Tot de duivel het schip keert

ISBN 978-90-824553-0-4

NUR 342

Eerste druk, januari 2016

Aan de muzen die me inspireerden

Tot de duivel het schip keert

Nathalie Briessinck

Antwerpen

2016

Hoofdstuk 1: Maryse Gallant

1

Zolang het spel gespeeld wordt volgens de regels, is het een eerlijk spel. Er zijn dan nooit echte winnaars en nooit echte verliezers. Dat is eenvoudig. Makkelijk bijna. En zoals het hoort. Je kent de regels en je houdt je eraan. De tegenspelers spelen met dezelfde belofte. De uitkomst is fair. Maar zo wordt het spel haast nooit gespeeld. Er zijn altijd uitzonderingen, geheimen en nieuwe regels, gemaakt door valsspelers, durvers en samenzweerders. In dit echte spel zijn er wel echte winnaars en ook echte verliezers. Je kunt niet winnen als je niet meespeelt. Je kunt niet verliezen als je niet waagt. Ik was geen speler, want ik was nooit aan zet. Ik was ook geen dobbelsteen, want ik tartte het lot niet. Ik was een pion waarmee gespeeld werd. Ik won niet. Ik verloor niet. Ik werd eindeloos ingezet in het spel van anderen. Ik zag dit aanvankelijk zo niet. Ik geloofde lange tijd dat ik me met weloverwogen woorden weg zou kunnen leiden uit de rol die ik in het spel speelde. Zorgen maakte ik me niet. Dat waren maar gedachten die al die aandacht en mijmeringen niet waard waren, omdat ze uiteindelijk toch vergankelijk bleken te zijn. Ik vertrouwde op de goedheid en ook op de eerlijkheid van de mensen. Zelfs van hen die met durf en een tikje huichelachtig speelden. Niet elke speler was betrouwbaar en toch gaf ik ook deze spelers het voordeel van de twijfel. Ik wilde het tegendeel aan den lijve ondervinden. Ik noemde mezelf niet naïef, want in mijn ogen wist ik hoe het allemaal in elkaar zat. Ik kende mijn plaats. Ik leefde volgens een ideaal en toonde grote inzet om dat te bereiken. In alles wat ik ondernam, werd ik gedreven door een niet te onderdrukken verlangen. Een passie. Sommigen meenden of hoopten dat die passie slechts tijdelijk was of tijdgebonden. Een rage van het moment die wel weer zou overwaaien met de komst van een nieuwe. Maar ik zag het als een blijvend durende noodzaak met af en toe een uitschieter in emotie, vertrekkend van een basis die ik sterk en stabiel vond. Dat mijn handelen uit passie deze basis aan het wankelen zou kunnen brengen door te ver uit te schieten in emotionele instabiliteit, ontkende ik. Ik zag de alternatieven in het leven en wilde ook dat anderen ze zagen. Het werd voor mij iets levensnoodzakelijks. Het was geen opgave om mijn doel na te streven. Ik merkte het onbegrip van anderen wel, maar negeerde het. Ik daagde elke speler uit door ontwapenend mijn opgelegde rol te spelen. Het was een hunkeren naar verandering dat me bleef aansporen. Als mijn bestemming bereikt was, zou de routine van het spel me misschien wel teleurstellen. Maar zolang dat niet het geval was, bleef de droom lonken. Ik besliste op het ritme van mijn kloppend hart. Het was het enige geluid dat met wederkerende slagen een ritme in mijn leven bracht. Ik vervloekte het soms ook. Het was niet evident om een spel te spelen met een hart waarvan ik bij tijden ontdekte dat ik het niet ten volle kon gebruiken, omdat mijn verstand me telkens weer terugfloot. Toch had dit besef geen invloed op mijn onverschrokkenheid. Ik gooide me keer op keer in het spel waar spanning en uitdaging conflicteerden. Af en toe subtiel zachte tranen schreien, bleek nodig om in grootsheid te spelen en om in fierheid te kunnen winnen. Versplinterd worden en herleid worden tot enkele verscheurde vezels van mezelf zorgde er dan weer voor dat ik de kracht had om opnieuw recht te krabbelen, door te zetten en weer te geloven in het einde van het spel dat nooit helemaal het mijne zou zijn. Het ging niet meer over winnen, noch over verliezen. Het spelen begrijpen, bleek de essentie te zijn. Ik zou wellicht nooit een moment in de tijd kunnen bevriezen waarop ik dat besef had kunnen inzetten om een andere uitkomst van het spel na te streven. Ik stond niet stil bij de gevolgen. Het spel was mijn passie. Een passie waarvan verteld werd dat het nadenken erover alleen maar zou toenemen met de jaren en het toegewijd eraan vasthouden tot niets anders zou leiden dan tot obsessie. Door niet te weten wat er volgde op 'had ik maar…' begon ik te verzinnen. De kans was groot dat al die verzinsels gebouwd waren op een misvormde herinnering en heel ver weg dreven van wat er echt had kunnen gebeuren. Maar dat stopte mij niet. Ik speelde plots wel mee. Ik verhul nu nog steeds wat ik wil zeggen in een overvloed aan woorden, omdat de gevolgen van het spel voor mij ongrijpbaar zijn. En dat, omdat geen emotie zo sterk bleek dan het hunkeren naar het onbereikbare.

2

Het geroezemoes nam licht toe door het volk dat binnenstroomde in de ontvangsthal. De holle klank van de stemmen in de hal werd hoe langer hoe meer gedempt naarmate troepjes mensen de zaal vulden. Ik stond naast mijn vader, vlak bij de monumentale marmeren trap die het midden van de hal sierde en keek wat doelloos rond. Mijn vader was in gesprek met een man die weleens zeer belangrijk kon zijn voor de toekomst van de rederij, zo had hij me vooraf verteld. Overal werden handen geschud en maakten mensen beste wensen voor het nieuwe jaar aan elkaar over. Ik probeerde flarden van mijn vaders gesprek op te vangen, maar de luidruchtige stemmen van de twee koppels die aan het tafeltje naast ons stonden, verstoorden mijn concentratie. Ik zou liever ergens anders geweest zijn. Ik hoefde slechts de deur uit te stappen en er lag een prachtige tuin te wachten die me, ondanks het gure winterweer, uitnodigde om te verdwalen in zijn wildernis van schimmen en exotische geluiden. In plaats van de kille avondlucht op te zoeken en in de schaduw van de bouwwerken van de Middenstatie een wandeling te maken, schudde ik handen van mensen die ik niet kende, maar die belangrijk bleken te zijn. Mijn vader animeerde zijn gast, gelaten en toch gedecideerd. De glimlach die in zijn gezicht gegrift stond, vergezelde steevast elk gesprek. 'Zaken doe je met de glimlach', zei hij altijd. Ik gaf het op het gesprek te volgen. Mijn ogen dwaalden af naar de grote glaspartijen

9

van de wintertuin die aan de inkomhal grensde. Twee bontgekleurde vogeltjes zaten zichtbaar heftig tegen elkaar te snateren. Ik staarde hen even aan tot ze opvlogen en achter de palmbladeren verdwenen. Telkens wanneer de grote glazen deuren geopend werden en heren vergezeld van hun vrouw, zonen of dochters de hal inkwamen, voelde ik een koude wind over mijn voeten waaien. De witte kleedjes op de hoge statafels vlak bij de deur wiegden zachtjes heen en weer wanneer de portier de deuren opnieuw sloot. Het kamerconcert zou binnen enkele ogenblikken beginnen. Ik deed teken naar mijn vader dat ik alvast in de concertzaal zou plaatsnemen. Hij keek eerst wat afkeurend, maar liet me toch alleen binnengaan. De rook van de sigaren van de heren in hun zwarte pakken prikte me te fel in de ogen. Ook het onophoudelijke gegiechel van de dames die hen vergezelden, deed mijn wenkbrauwen fronsen. Ik hou er niet van om in een avondjurk te moeten opdraven. Het duurt een eeuwigheid voor al die kraaltjes op de achterkant van het korset de juiste oogjes hebben gevonden om mij gepast in te snoeren. Om dan nog te zwijgen over die kilo's stof die ik verplicht meezeul en waarmee ik overal blijf vasthaken. Ik deel niet die drang naar schoonheid om me steeds opnieuw over te geven aan de nieuwste modegrillen, zoals de andere aanwezige vrouwen. Ik ben mijn eigen modegril. Na me een weg te hebben gezocht door de nu al goedgevulde ruimte, sloeg ik het gordijn om dat de scheiding met de foyer vormde en opende ik één van de grote deuren die toegang gaven tot de schaars verlichte marmeren zaal. De hakken van mijn schoenen op de stenen vloer bevestigden mijn aanwezigheid. Een jongen met een zwart pak, waarop een verguld plaatje met een onherkenbaar logootje aantoonde dat hij hier vanavond werkte, snelde me tegemoet om me naar mijn plaats te brengen. Stoelen stonden in rijtjes van tien aan weerszijden van de zaal. In het midden was een smalle doorgang gelaten. Mijn plekje bevond zich naast één van de imposante zuilen die langs weerskanten van de zaal omhoog torenden. Ik nam plaats en legde mijn tasje op de koperen leeuwenklauw. Of daar leek het voetstuk van de zuil althans op. De laatste muziekinstrumenten werden gestemd. De strijkers knikten me gemoedelijk toe. Elk jaar opnieuw dezelfde plaats, elk jaar opnieuw hetzelfde toneel. Het is niet zo dat ik niet van kamermuziek hou, integendeel. Muziek is voor mij een manier om mijn gedachten te ordenen. Maar ik begeef me niet graag in groepen van luidruchtige mensen die enkel aanwezig zijn omwille van hun status of hun beroep of omwille van het feit dat hun echtgenoten dat van hen verwachten. Soms wilde ik ook genoegen kunnen nemen in het gegiechel en het mezelf mooi maken om aan zijn arm te paraderen. Maar ik ben niet wat ze noemen huwelijksmaterie. Ik weet van mezelf dat ik te ruw en te scherp ben. Te ongeduldig vooral en bovendien veeleisend. Mijn vader hoopt al jaren dat hij me gelukkig kan maken met een bevriende rederszoon, maar ik heb de keuze in mijn hoofd daarvoor nog niet gemaakt. Ik had nog maar net plaatsgenomen wanneer iemand, die ik nochtans niet had horen binnenkomen, op mijn schouder tikte.

'Juffrouw Gallant?'

Ik draaide me om en keek vragend naar de man die voor me stond. 'Is het verschrikkelijk als ik niet weet wie u bent?' speelde ik ietwat naïef.

'Helemaal niet, de meeste mensen willen mij zelfs niet kennen,' knipoogde de man.

'Ik ben Alex Hennaud, uw vader is een collega van een … kennis van mij,' zei hij aarzelend.

'En wat kan ik voor u doen, mijnheer Hennaud?'

'Me laten ontsnappen aan de sigaren,' kreeg ik als antwoord. Ik glimlachte en vroeg me af wat deze charmeur probeerde te bereiken.

'U bent hier nu, dus denk ik dat u mijn hulp niet meer nodig hebt,' zei ik en hoopte dat hij zo zijn eigen zitje zou opzoeken.

'Mag ik even plaatsnemen? We hebben nog wel vijf minuten schat ik,' zei hij en hij ging zonder op mijn antwoord te wachten op de stoel naast me zitten.

'Ik denk dat u en ik meer gemeen hebben dan u vermoedt.'

'Ik vrees dat dat niet zo is,' gaf ik te kennen.

'Bent u dan niet die vrouw die altijd dat ietsje meer wil dan wat de norm is?'

'Dat hangt ervan af,' zei ik onverstoord.

'Ik heb vernomen dat u ambities heeft voor een boekhoudkundige plaats in de rederij van uw vader.'

'Maakt u dan deel uit van de raad van bestuur?'

'Ik zei u toch eerder dat ik aan sigaren wilde ontsnappen, dus neen, ook die rokerige aangelegenheden laat ik aan me voorbijgaan.'

Nu glimlachte ik bijna oprecht.

'Ik weet niet wat uw vader u verteld heeft, maar mijn … zakenrelatie vond uw voorstel uitermate utopisch,' zei hij lacherig, met opnieuw die zekere aarzeling die doorklonk in zijn stem, alsof hij niet het juiste woord vond om zijn bekende te benoemen.

'U weet duidelijk het vervolg ook al,' zei ik.

'Is het niet oneerlijk dat men u met uw ijver aan de kant schuift?'

'Ik ben zelf mijn economisch onderricht begonnen. Voor mij begint het pas.'

'Denkt u dat u als vrouw in zo'n functie hoort?'

'Ik weet niet of ik in die functie hoor, maar ik vind wel dat ik tenminste de kans zou moeten krijgen om me te kunnen bewijzen, net zoals elke arbeider met respect moet behandeld worden en allen de kansen moeten krijgen die ze verdienen.'

Alex grijnsde. 'U weet toch evengoed als ik dat uw privéonderwijs een spielerei is. U gaat toch niet beweren dat u met die prullerij in de rederij naam zult maken.'

'Wie is die Alex?' dacht ik. Ik wilde meteen in de tegenaanval gaan, maar hield me in.

'Weet u dat uw vader nu verweten wordt socialist te zijn?'

'De strijd van de arbeidersklasse is helemaal niet te vergelijken met mijn vraag. De arbeiders voeren geen strijd om te willen werken, maar om in betere omstandigheden te werken. Dat gaat over gepast uitbetalen en redelijke arbeidsuren. Zowel mijn vader als alle andere directieleden van de rederij trachten dit te verwezenlijken. Als u hen daarom socialisten noemt, dan is dat maar zo, maar vergeet dan niet dat u ook net uw kennis, als die al in het bestuur zou zetelen, hebt beschuldigd. Dit is een strijd van de volledige klasse, van mannen en vrouwen die bijna altijd in ellende leven. De rederij wil hen een leefbaar leven geven en slaagt daar bovendien wonderwel in.'

Ik raakte stilaan geërgerd en hoopte dat er snel mensen de zaal binnen zouden komen.

'Misschien is liefdadigheid iets voor u? Uw vader zal u zeker steunen,' ging hij verder.

'Dit concert wordt bijna volledig gedragen door mijn vaders steun, ik denk niet dat u mij hoeft te zeggen dat we aan liefdadigheid moeten doen. Het Gasthuis en de liefdadigheidswerking ervan is één van de grootste liefdadigheidsprojecten die de rederij ondersteunt. Het feit dat u hier nu bent, is dankzij hem,' probeerde ik zo feitelijk mogelijk te antwoorden, terwijl mijn hart in mijn keel bonsde.

'Juffrouw Gallant, ik denk niet dat u mij begrijpt. Ik wilde u alleen maar zeggen dat uw vader misschien niet alle troeven in de strijd heeft gegooid om u aan die functie te helpen. Dat kan hem uiteraard niet verweten worden, gezien zijn eigen plaats in de rederij. U moet toch ook al gehoord hebben van de eerste vrouwelijke arts of de eerste vrouw die furore maakt aan de Brusselse balie? Het zijn niet de mannen die deuren openen, het is het geld en het netwerk.'

'Ik weet inderdaad niet waarover u het heeft en ik denk niet dat ik dit gesprek verder wil zetten,' zei ik bitsig.

'Laat me nog even dit zeggen, ik heb dan misschien niet het geld, maar wel het netwerk om sommige deuren voor u te openen. Want ik denk niet dat uw vader uw plannen deelt.'

'En dan nog, stel dat ik u zou toelaten de weg voor mij te effenen, wat heeft u daarbij te winnen?' vroeg ik achterdochtig.

'Ik deel uw lot en hoop op die manier mijn eigen lot te verzachten,' zei hij.

Ik staarde hem aan zonder te begrijpen wat hij bedoelde. Plots trokken de zaaljongens de rode gordijnen opzij die de scheiding vormden met de foyer en zetten beide deuren volledig open, zodat de menigte vlot de marmeren zaal binnenstroomde. 'Nog een fijne avond, juffrouw Gallant.' Alex Hennaud stond op en stapte in de richting van een gezelschap mannen en vrouwen die aan de andere kant van de zaal plaatsnamen. De grote menigte zorgde voor een drukte in de middengang. Een man kon nog net zijn vrouw bij de arm grijpen, toen ze dreigde onderuit te glijden op de gladde marmeren vloer. Algauw werd de zaal overspoeld door het enthousiaste gewauwel van de aanwezigen. Hier en daar zag ik nog enkele bekenden elkaar begroeten en teken doen dat ze wel een gesprekje wilden aanknopen tijdens de pauze. De apotheker uit onze buurt begroette me beleefd. Hij liet zijn vrouw en jongste dochter plaatsnemen in de rij voor me, waarna hij zelf ook een plaatsje in de rij zocht.

'Maryse, is alles in orde?' Ondertussen had mijn vader naast me plaatsgenomen.

'Ja, papa.'

'Was dat net Alex Hennaud met wie je stond te praten?'

'Ja. Wie is hij eigenlijk?'

'Ik ken hem niet persoonlijk, maar de leden van de raad van bestuur lopen nogal hoog met hem op. Wat wilde hij?'

'Niets, hij zag me hier alleen zitten en wilde me even gezelschap houden.'

'Lijkt me wel een aardig persoon.'

'Ja,' zei ik.

De lichten werden gedoofd en de eerste tonen van de kamermuziek van Peter Benoit vulden de zaal. De tonen van de violen herinnerden me aan mijn eigen leven, kleurrijk, euforisch en dramatisch tegelijkertijd. Terwijl de melodie in mijn hoofd bleef doorklinken, sloot ik mijn ogen om in gedachten door de Antwerpse straten te kuieren. Het ritme van de muziek zorgde voor mijn bijna theatrale gedachtesprongen. Ik wilde al langer grote beslissingen nemen, maar de realiteit haalde me steeds weer in. Geleid door het orkest, kon ik verdwalen in wegen die ik anders wellicht nooit zou inslaan. Ik genoot van het leegmaken van mijn hoofd en van het vullen ervan met op romantiek beluste klanken. Daarvoor was ik ook hier. Het jaarlijks benefietconcert was voor mij een moment om mijn levensdoel weer bij te stellen en mijn levensweg te relativeren. De muziek liet me ontsnappen aan alle opkomende angstige gedachten over mijn plannen die gedwarsboomd zouden kunnen worden. Mijn ademhaling versnelde bij de gedachte aan het eerdere gesprek met Alex Hennaud, maar de schelle tonen van de violen bevolen me met aandrang om te stoppen met piekeren. Ik kende mijn doel en had een wel afgewogen plan. Het oude jaar lag net achter ons. Beslissingen van toen waren mijn wegwijzers voor de toekomst. Mijn eerste echte stappen zouden nu pas gezet worden. En niemand zou mij nog tegenhouden. Ik had al te veel opgeofferd om te staan waar ik nu stond. Het geluid nam toe, de strijkers verenigden zich. Het hoogtepunt nabij. Het afsluitend stukje muziek werd ingezet. Nog even, zo was er mij beloofd. Ooit zou dat waar ik al zo lang op hoopte wel mogelijk worden. De twee laatste noten en dan een luid applaus. Met een glimlach op mijn gezicht en gezuiverde gedachten, ging ik met mijn vader tijdens de pauze de ontvangstruimte weer in.

Monseigneur Claeys kwam meteen mijn vader tegemoet.

'Schitterend concert, Henri. Met de steun van uw rederij en de opbrengst voor dit concert kunnen we beslist nog meer mensen helpen.'

'Dat is de bedoeling,' glimlachte mijn vader.

'Juffrouw Gallant, mag ik u voorstellen aan een van mijn voornaamste liefdadigheidshelpsters, Anne Matthieu. Zij en haar familie werken al geruime tijd mee aan de uitbouw van het Gasthuis,' zei Monseigneur Claeys. De liefdadigheidshelpster stond vlak naast hem. Ze bewoog haast niet. Ze frutselde met haar ene hand aan een parelmoeren knoopje van haar zijden handschoenen en hield haar handtasje geklemd tussen haar arm en haar lichaam, alsof het een strohalm was, zonder dewelke ze ter plaatse zou neervallen. Ik maakte mij de bedenking dat ze een grote witte nonnenkap en een zwarte pij miste om haar kledij af te stemmen op het kleurloze wezen dat zij leek.

'Aangenaam,' zei ik en ik reikte mijn hand uit naar juffrouw Matthieu. Ze zette een stap dichterbij waarbij ze een zoete rozengeur in mijn richting verspreidde. De mannen in ons gezelschap waren ogenschijnlijk ook even verrast door dit Franse parfum.

'Aangenaam,' zei ze terwijl ze mijn hand zo zacht schudde dat ik dacht dat ze schrik had ze te breken.

'Juffrouw Matthieu, misschien kunt u Maryse inwijden in wat jullie allemaal doen in het Gasthuis?' zei mijn vader.

'Zeker, mijnheer Gallant. Heeft uw dochter interesse in actief liefdadigheidswerk?' vroeg ze, terwijl ze afwisselend naar hem en naar mij keek.

'Nog niet, maar misschien kan jij haar overtuigen.' Mijn vader knipoogde naar me.

Ik begreep niet goed in welke richting deze situatie evolueerde. Of wist ik dat net wel? Mijn ademhaling versnelde opnieuw bij de gedachte aan de dialoog met mijnheer Hennaud. Ik voelde me verraden. Mijn vader zette vlot zijn gesprek met Monseigneur Claeys, dat hij duidelijk al voor de pauze aangeknoopt had, verder. Juffrouw Matthieu keek me aan.

'Dus u verricht liefdadigheidswerk voor het Gasthuis?' probeerde ik beleefdheidshalve.

'Ja, ik ben verantwoordelijk voor de opvang en de eerste zorg van zieke en arme vrouwen. Zij komen meteen na hun doktersbezoek bij mij terecht. Samen met enkele andere vrouwen kleed en voed ik hen. Dankzij Monseigneur Claeys kon ik in het Gasthuis aan de slag.'

Verantwoordelijk, het klonk bijna spottend uit haar mond. Alsof zij ook maar iets te zeggen heeft, dacht ik.

'Staat u ook in voor het onderricht van deze vrouwen?'

'Ik persoonlijk niet, maar andere collega's nemen dit samen met de zusters op zich. Zij proberen hen richtlijnen te geven om hun huishoudelijke taken wat beter te organiseren, zodat ze naast hun werk in de haven ook tijdig eten op tafel kunnen zetten. Vrouwen die bij ons terechtkomen, zijn veelal havenwerksters. Zij kunnen het zich niet veroorloven om zonder werk te vallen door een kwetsuur en bovendien wacht er thuis vaak ook nog een berg werk op hen.'

Eigenlijk luisterde ik al niet meer. Misschien uit onverschilligheid. Misschien uit ongeloof. De vrouwen die ik ken, Josiane, Louise, Alice, … één voor één vrouwen die bij ons op de kade actief zijn, heb ik nooit ziek geweten, laat staan gewond. Deze vrouwen werken graag en goed en dat is wat ik ook wil doen. Niet met een kluitje in het riet of naar het Gasthuis gestuurd worden om daar wat oplapwerk te doen. Ik wil iets betekenen.

'Nietwaar?'

Ik had haar vraag niet gehoord. Mijn ogen waren afgedwaald en zochten in de menigte naar Alex. Ik wilde van hem te weten komen wat hij eerder bedoeld had.

'Pardon?' zei ik.

'Het is toch onze taak om de arbeidersvrouwen te helpen. Dankzij ons kunnen ze streven naar verbetering, naar een waardiger leven, naar daar waar ze op hun plek zijn, thuis bij hun kinderen.'

'Vindt u dat? Waarom bent u dan zelf niet thuis bij uw kinderen?' gaf ik haar meteen als wederwoord.

Ze keek me stilzwijgend aan.

'Wat u doet, is goed, het is waardevol,' ging ik verder, 'en veel vrouwen, zoals blijkt uit het grote aantal aanwezige liefdadige dames, doen het ook. Maar voor mij lijkt uw werk een vervolmaking van uw persoonlijke strijd om iets te kunnen zijn in deze wereld, dat ietsje meer dan enkel de dochter van uw vader of de vrouw van uw echtgenoot. U zal mij zeker niet horen zeggen dat het niets te betekenen heeft, want u zal waarschijnlijk heel wat vrouwen een menswaardiger leven schenken, maar mij spreekt het gewoon niet aan. Ik heb het gevoel dat ik meer wil halen uit dit leven.'

Ik vond zelf dat mijn woorden scherp klonken en misschien had ik dit niet moeten zeggen en al helemaal niet op deze manier, want ik kende haar niet en ik kende haar beweegredenen niet om te doen wat ze doet.

Ze bleef me in stilte aankijken.

'Mijn excuses, ik had me anders moeten uitdrukken. Het is uw levenswerk. Mijn uitval daarnet was eerder een uiting van mijn eigen frustratie,' zei ik.

'Ik ben ook regelmatig gefrustreerd,' glimlachte ze.

'Ik bewonder uw aspiraties, echt waar, maar mijn doel ligt gewoon elders.'

'Ik had in u niet zo'n traditiegebonden vrouw gezien,' zei ze.

'Traditiegebonden, ik?' riep ik lachend. Er werd afkeurend opgekeken door enkele mannen in pak met vlinderdas en vrouwen met zijden sjaaltjes die bij een tafeltje even verderop stonden. 'Juffrouw Matthieu, u heeft mij verkeerd begrepen.' Ik boog mijn hoofd wat meer in haar richting en ging fluisterend verder. 'Het is niet omdat het liefdadigheidswerk me niet ligt, dat ik geen grotere levensbestemming heb dan trouwen en kinderen op de wereld zetten.'

'Het is niet omdat ik aan liefdadigheidswerk doe, dat ook ik niet af en toe omwegen zoek om meer te realiseren dan men mij toestaat,' knipoogde ze.

Ik fronste met een zekere opgetogenheid voor de wending in deze ontmoeting.

'Dames, gaan jullie terug mee naar de marmeren zaal?' vroeg mijn vader.

'Jazeker, mijnheer Gallant,' zei Anne gehaast, alsof ze zich betrapt voelde in haar samenzwering.

Toen ik opnieuw op mijn roodfluwelen zitje had plaatsgenomen, keek ik de zaal rond. De blik van Alex kruiste me en hij knikte. Ook Annes ogen kruisten de mijne en ze glimlachte.

Het vervolg van Benoits kamermuziek ging aan me voorbij. De zaal werd er één vol schimmen en mijn gedachten dwaalden af. Toch slaagde ik er deze keer niet meer in om de therapeutische kracht van de muziek haar werk te laten doen. Mijn gedachten maakten bokkensprongen door de onzekerheid en de spanning. Zag mijn vader me als een liefdadigheidshelpster? Ik keek hem aan en hij glimlachte terug. Hij weet toch hoe geboeid ik ben door zijn werk op de rederij, door de oceaanlijners, door de overtochten, door de mensen en de activiteit op de kade. Ik was toch de eerste supporter om ons pronkschip, de Callica, te water te laten en te staan juichen toen zij behouden terugkeerde van haar eerste trans-Atlantische overtocht. Ze is de parel in onze vloot. Een vuurrood schip met een monumentale boeg en in het midden op het dek twee grote schoorstenen. Ze is onze drijvende wereld naar de toekomst. Binnenin, een en al luxe. Mooi gedecoreerde suites zorgen voor de basis van de inrichting. Daarnaast is de Callica voorzien van onder andere een grand café, een restaurant, een balzaal en een bibliotheek om haar 800 gasten een ontspannen overtocht te garanderen. We focussen vooral op de rijken van onze wereld en zetten dan ook alles in om hen in de paleizen van het water een unieke ervaring te kunnen bieden. Ik herinner me het moment waarop onze rederij de eerste keer een oceaanstomer de grote overtocht liet maken. Massa's mensen drumden samen onder de daken van de hangars vooraleer ze aan boord mochten gaan. Mannen, vrouwen en kinderen uit verschillende hoeken van Europa stonden daar op onze kade, met zicht op onze Schelde om richting Amerika te trekken. De avond voordien was mijn vader een zenuwinzinking nabij. Het zou zijn grote doorbraak in de rederij betekenen, want het was zijn verdienste. Hij had de juiste mensen benaderd om dit mee mogelijk te maken. Hij heeft de rederij mee groot gemaakt en dat heeft hem beslist geen windeieren gelegd. Hij is dankzij zijn rustige uitstraling, zijn berekende beslissingen en zijn oeverloze mensenkennis een grote speler in zijn sector, in onze sector. We moeten zeker niet onderdoen voor de groten onder de Antwerpse scheepsreders. Elke avond wachtte ik hem op om te luisteren naar zijn verhalen, om hem raad te geven over hoe hij sommige dingen anders kon aanpakken. Een bloeiend bedrijf groeit uit tevreden werknemers, heb ik hem altijd gezegd en hij heeft mijn woorden niet zomaar naast zich neergelegd. 's Middags is hij vaak te vinden in de kantine van wat wij de motorgasten noemen. Dit zijn de jonge mannen die zorgen dat er genoeg stoomkracht in onze vloot zit om de oversteek telkens tot een goed einde te brengen. Hij eet met hen en luistert naar hun verhalen. Hij deelt in hun verdriet en in hun vreugde. Hun respect voor hem groeit omwille van wie hij is. Menselijk en oprecht. De strijd op het water is niet alleen zijn strijd. Het is de strijd van hen allemaal.

'Dames en heren, wij zijn aan het einde van dit concert gekomen. Het Gasthuis en de partners die dit mogelijk hebben gemaakt, danken u zeer voor uw aanwezigheid en uw bijdrage aan de goede werken van onze instelling. Wij hopen dat u heeft genoten van de muziekstukken die onze gastmuzikanten u deze avond hebben gebracht en nodigen u graag uit in de foyer voor een afsluitend glaasje en gesprek,' doorbrak Monseigneur Claeys mijn gedachten. Een luid applaus volgde. De gordijnen werden opnieuw opzijgeschoven en de aanwezigen troepten de zaal uit.

Ik stond met mijn vader aan een hoge tafel vlak bij de deuren van de marmeren zaal. Hij was al meteen weer in gesprek met dezelfde man als eerder die avond.

'Henri, een investering in een rederij is niet iets wat wij zomaar doen,' zei de man.

'U moet rekening houden met het feit dat een onbedachte geldinjectie in een bedrijf zoals het uwe voor onze bank een doodsteek kan betekenen.'

'Maar Léon, u maakt deel uit van onze raad van bestuur. Wat wij doen, is toch geen onbekend terrein voor u. De economische onzekerheden kunnen misschien weggewerkt worden door een nieuwe toelichting van onze cijfers en onze doelstellingen en toekomstplannen wat betreft de vloot.'

'Ik denk dat het inderdaad een meerwaarde kan zijn dat ik zowel een plaats heb binnen het bankwezen, als binnen de rederij. Ik ben me echter ook bewust van de onzekerheden die ik creëer door beide functies met elkaar te vermengen.'

'Of welke beoogde groeikansen u de bank hiermee geeft, gezien de rendabiliteit van de mogelijke investering,' zei Henri.

'We willen allemaal deel uitmaken van een elite. Daar kunnen we het over eens zijn, denk ik. Maar groeien, betekent risico's nemen. De nieuwe technische ontwikkeling van mijn rederij vraagt om dergelijke risico's. En waarom zou ik me richten tot een andere bank, dan die waarvan wij een commissaris in ons bedrijf aan het werk hebben?'

'Ja, maar Henri, je moet begrijpen dat het voor mij belangrijk is om juist in te schatten welke sectoren en welke bedrijven de grootste kans hebben om sterk te groeien.'

'Het trans-Atlantische personentransport is verzekerd van succes. De concurrenten aan de Scheldekaaien getuigen hier toch van.'

'Ik wil niet zeggen dat ik niet geloof in de grote oceaanlijners. Het zijn net de concurrenten aan de Scheldekaaien die mij doen twijfelen. De Amerikanen, de Duitsers, zelfs de Fransen zien winst in een vertrek vanuit de Antwerpse haven. Het is moeilijk opboksen tegen dergelijke zwaargewichten. Ik begrijp waarom kleinere rederijen aansluiten bij de groten.'

'Wat wil je zeggen? Dat ik mijn rederij moet verkopen aan de Amerikanen?'

'Neen. Ik wil alleen maar aangeven dat ik niet zomaar een investering kan doen in een bedrijf zonder dat de nodige financiële informatie en draagkracht van het bedrijf me een terugkerend rendement garandeert. Dat moet je toch wel beseffen Henri.'

'Ik wil niet als ondernemer op de achtergrond verdrongen worden en moeten dansen naar de pijpen van die Amerikanen, omdat zij plots andere plannen zouden hebben. Ik ben een Antwerpenaar. Ik wil dit bedrijf hier houden en hier groot maken. Daarom ben ik op zoek naar waardevolle investeerders, zo moeilijk kan dat toch niet zijn?'

'Dag heren, nog altijd aan het discussiëren over de toekomst van onze rederij?' kwam Eduard Matthieu tussenbeide. Ik stond geboeid naar de discussie te luisteren en wilde liever zelf deelnemen aan het gesprek dan stilzwijgend aan de zijlijn te staan. Ik was het toch die de brief had opgesteld voor de regeringscommissaris die zich mengde in de heibel om de kolenspitsen aan onze schepen waardoor de kleinere schepen de doorgang werd bemoeilijkt op de smallere stukken van de Schelde. Ik spoorde mijn vader aan de communicatie tussen de verschillende grote reders aan te zwengelen om samen naar een oplossing te zoeken waarin iedereen zich kon vinden. Dankzij mijn brief toonden we aan het probleem te kennen en we stelden voor om slechts op bepaalde tijdstippen van de dag de schepen met kolen te bevoorraden. Ik was toch degene die de boekhouding van de laatste jaren grondig had geanalyseerd, waardoor ik de planning van de reparaties wist te optimaliseren zodat er meer schepen per maand konden ingezet worden. Ik kon deze man zo, uit het hoofd, de cijfers geven die tonen wat de Callica jaarlijks voor ons betekent. Ik kon hem de reden van onze omzetstijging laten zien en welke groei een extra financiële injectie in het bedrijf zou mogelijk maken. Uiteindelijk kwam het allemaal neer op menselijk kapitaal. Inzetten op mensen, is inzetten op het bedrijf. Respect voor ons personeel en hen levenskwaliteit bieden, gaf rendement op onze investering. Maar ik zweeg. Mijn vader had mij uitdrukkelijk bevolen me niet te mengen in zijn gesprekken met de andere raadsleden. Hij luisterde naar mijn raadgevingen. Ik kreeg inzage in alle belangrijke documenten en mocht hem adviseren, maar ik moest mijn plaats als zijn dochter in het openbaar wel kennen. En dat was niet in het vuur van het overleg mijn mening uiten.

'Juffrouw Gallant,' zei Anne, 'misschien kunnen wij ons gesprek van daarnet verderzetten?'

Eigenlijk had ik niet veel zin om opnieuw met de liefdadigheidshelpster een gesprek aan te knopen. Anne Matthieu zag er een heel lief meisje uit. De ideale schoondochter. Lichte blonde haren opgestoken in een knotje, een lichtblauwe jurk, sober met een lichtgrijs streepje dat doorliep tot in de pofmouwen. Haar zachte fluwelen handschoenen en het kleine tasje waren bijpassend. Ze zag er enigszins breekbaar uit door haar slanke taille vastgesnoerd in de jurk en haar bleke gezicht. Idealen die haar beslist wel een levensbestemming geven, maar mijn levensbestemming was toch niet dezelfde, ondanks dat korte moment van gelijkgestemdheid op het einde van het gesprek.

'Juffrouw Gallant,' herhaalde ze.

Ik had blijkbaar naar haar staan kijken en een analyse van haar gemaakt zonder een teken van leven te geven.

'Ja, juffrouw Matthieu, dat kan zeker,' zei ik, zonder de teleurstelling om de mogelijk interessante conversatie die ik daardoor dreigde te missen, in mijn stem te doen doorklinken.

'Je mag me Anne noemen hoor,' zei ze.

'Ik ben Maryse,' zei ik en reikte opnieuw mijn hand naar de hare uit als bevestiging van het gebruik van de voornamen. Wat gekunsteld nam ze haar tasje en handschoenen in haar linkerhand en legde ze haar rechterhand in de mijne.

'Wat een koude handen,' zei ik.

Ze trok meteen haar hand terug. Ze voelde zich duidelijk gegeneerd en bloosde.

'Als jij de mensen met zo'n koude handen verzorgt, dan vraag ik een andere verzorgster als ik ooit in jullie Gasthuis beland hoor,' schertste ik onhandig.

Bijna verontschuldigend zei ze: 'Ik probeer dan meestal mijn handen vooraf wat op te warmen aan een kachel of gewoon wat warm te wrijven.'

'Dus, waar waren we gebleven?' vroeg ik.

'Ik wilde je nog de vraag stellen of je niet met ons zou willen meewerken.'

'Dus toch een complot,' formuleerde ik luidop mijn gevreesde conclusie. Mijn vader keek op vanuit zijn gesprek en fronste zijn wenkbrauwen.

'Hoezo complot?' vroeg Anne.

'Niets,' zei ik onmiddellijk. Mijn vader toonde, bijna onopvallend, een belerende indruk en ging verder met zijn gesprek.

'Meewerken in het Gasthuis,' herhaalde ik om het opnieuw tot mij door te laten dringen.

'Ja, gewoon om te kijken of het je zou bevallen. Mijn vader stelde me voor om het aan jou te vragen.' Eduard Matthieu keek nu ook even op, maar keerde zijn hoofd meteen terug in de andere richting.

'Wil je wat gaan wandelen?' vroeg ik.

'Wandelen? Maar het is al laat en donker. Waar wil jij dan heengaan?'

'Gewoon even tot aan de kiosk hier vlakbij en weer terug, een frisse neus halen.'

'Euhm, goed dan.' Anne lichtte haar vader in en ging met me mee. Een tikje tegen mijn vaders schouder volstond om aan te geven dat ik ook even wegging.

Onze beide vaders bleven geconcentreerd in hun eigen onderhoud. Ik denk zelfs niet dat één van hen echt gehoord had wat Anne zei. We verlieten de foyer, haalden ieder onze winterjas in de vestiaire en gingen langs de zijkant van het gebouw naar buiten. Op de grote trappen stonden nog groepjes mannen en vrouwen te praten. We passeerden hen en gingen wat verderop op een bankje zitten, dat kil en klam aanvoelde. Ik zoog de winterse koude tot diep in mijn longen en liet de lucht in kleine rokerige wolkjes langs mijn neus en mond weer vrij.

'Zo krijg ik mijn handen nooit warm,' glimlachte Anne. De koude sloeg tegen onze benen aan. Anne wilde alweer opstaan en zei: 'Maryse, laten we toch maar weer naar binnen gaan, het is januari en niet bepaald weer om buiten gezellig op een bankje te keuvelen. Trouwens, mijn jas is al helemaal nat van deze bank.' Ze stond recht om terug te keren. Ik hield haar tegen.

'Ik moet je iets zeggen,' zei ik. 'Ik vrees dat mijn vader en jouw vader het geweldige plan hebben om mij in te wijden in het liefdadigheidsleven, omdat mijn ideeën niet passen in hun denkwereld. Ze willen mij kneden zodat ik pas in de normen van de heersende maatschappij. En jij schijnt hen daarbij te moeten helpen.'

'Kneden?' vroeg Anne.

'Ik wil graag een functie in de rederij. Een tijd geleden zochten ze iemand met een economische achtergrond en ik paste helemaal in het profiel. Maar als vrouw kwam ik niet in aanmerking voor een baan in de boekhouding van zo'n groot bedrijf.'

'Heb jij dan gestudeerd?'

Ik aarzelde of het de moeite was om het hele verhaal te vertellen en vatte samen: 'De hogere handelsschool laat geen vrouwen toe. Mijn vader heeft een brief geschreven met de vraag om mij per uitzondering toch een toelating te verlenen, maar de school vond dat de aanvraag meer neigde naar een tegemoetkoming voor mij als troost voor het verlies van mijn echtgenoot of voor mijn ongelukkige liefde.'

'Maar Maryse, innige deelneming,' zei Anne, waardoor de eenvoud van haar denkwereld voor mij als het ware nog maar eens bevestigd werd.

'Anne, ik ben nooit getrouwd geweest. En ik ben ook nooit ongelukkig geweest in de liefde. Het is gewoon iets waar ik niet mee bezig ben. Ik wil graag studeren en in een bedrijf meedraaien. Ik wil een man zijn!' riep ik.

'Pardon?' vroeg Anne verwonderd. En ze keek rond om te zien of de mensen die op de trap stonden niet verbaasd opkeken. Gelukkig was de afstand groot genoeg en leek niemand naar ons om te kijken.

'Nee, ik wil geen man zijn in de letterlijke zin van het woord. Ik wil dat voor mij ook mogelijk is wat voor een man het geval is. Ik wil mijn kunnen tonen, omdat het mag.'

'Dat willen we toch allemaal. Maar er zijn nu eenmaal spelregels in dit leven.'

'Ik wil vals spelen,' zei ik.

'Ben jij dan één van die vrouwen die in reformkledij staat rond te springen en opkomt voor vrouwenstemrecht?' vroeg Anne plots geënerveerd.

'Nee, hoewel ik mij in sommige van deze ideeën wel kan vinden, is dat zeker niet mijn eerste bekommernis. Ik wil werkrecht.'

'Wel, kom dan bij mij in het Gasthuis werken.'

'Ik wil geen zorgende taak, ik wil mij bezighouden met cijfers en budgetten. Ik wil strategieën bedenken voor de verbetering en uitbouw van de rederij. Ik wil op dit moment mee het gesprek voeren dat jouw vader en de mijne met die andere man uit hun bedrijf aan het voeren zijn,' zei ik net iets te enthousiast. Anne keek me stilzwijgend aan en zuchtte.

'Ik ken je eigenlijk niet. En ik weet niet wat het onderliggende complot, of hoe jij het ook wilt noemen, is. Maar ik begrijp dat je andere doelen hebt dan ik en ik respecteer dat. Ik zal dan ook aan mijn vader zeggen dat je geen interesse hebt.' De met rijm bedekte takken van de bomen rondom ons wiegden heen en weer en leken ons te willen overtuigen om weer naar binnen te gaan. Bovendien was Annes reactie voor mij een bevestiging dat ik van haar geen andere strijdbaarheid moest verwachten. Haar zachte uiterlijk verborg geen onbekende karaktertrekken. Ze was een liefdadigheidshelpster zoals er niet twaalf, maar duizend in een dozijn zijn. Ik stond op en zei: 'Laten we naar binnen gaan.' We keerden in stilzwijgen terug naar de foyer.

'Maryse,' zei mijn vader. 'Onze koets is al voorgereden. Ik wilde je net komen halen.'

'Juffrouw Gallant, ik zei net tegen je vader dat jullie beiden eens bij ons moeten dineren. We hebben hiervoor volgende week een avond vrijgemaakt.' Mijn vader knikte bevestigend.

'Het is mij een eer om bij u te komen eten, mijnheer Matthieu,' zei ik, met neergeslagen ogen, enkel omdat zoiets verwacht wordt.

'Wel, dat is dan geregeld,' zei mevrouw Matthieu die zich ook net bij het gezelschap van mannen had aangesloten. Haar gezicht was rood aangezet door een duidelijk te veel aan champagne die rijkelijk had gevloeid in de foyer. Een avond als deze was voor de aanwezige welgestelde dames een moment om zich te goed te doen aan fijne hapjes en drankjes, zonder dat ze zelf het personeel moesten aansturen. Ze maakten dan ook uitgebreid gebruik van de tijd om, wat ik neutraal uitwisselgesprekken met de andere vrouwen van hun stand noem, te houden. Gesprekken die in werkelijkheid niets meer zijn dan zuivere roddels over de niet-aanwezige vrouw van de dokter of van de notaris. Het gezicht van de vrouw verzonk in de met bont omzoomde jas, terwijl ze zei: 'Heb je alles Anne? Dan kunnen wij ook vertrekken.'

'Ja, moeder,' zei Anne.

Iedereen schudde elkaar de hand en samen wandelden we richting uitgang. Eduard Matthieu nam zijn beide dames bij de arm en ik liep naast mijn vader naar onze koets.

'Tot morgen Henri en tot donderdag juffrouw Maryse,' riep mijnheer Matthieu.

'Tot dan,' riep mijn vader terug. Ik zei niets meer.

De tocht naar huis duurde niet zo lang. Er was maar weinig volk in de straten. Hier en daar doofden de lampen in de huizen al. Ik zweeg. Mijn vader maakte ook niet meteen aanstalten om een gesprek op gang te brengen. We wisten allebei wel dat er de komende dagen nog genoeg gezegd zou worden. Want zowel hij als ik beseften dat er iets in gang was gezet dat ik niet zomaar zou laten gebeuren. Ik was niet het naïeve meisje met wie hij alles kon doen. Onze stilzwijgendheid aan weerskanten was een teken van dat besef. Toen we thuiskwamen, stond Emma ons al op te wachten. Ze nam mijn jas en mijn vaders wijde pardessus en hoed aan. Vader ging de bibliotheek binnen en zei me goedenacht. Zelf ging ik de trap op naar mijn kamer. Daar had Emma het vuur al een tijdje geleden aangestoken, zodat het er niet ijzig koud meer was. Ik nam plaats in mijn schommelstoel en schopte mijn zwartlederen schoentjes met hakjes uit. Er werd op mijn deur geklopt. Ik hoopte dat het niet mijn vader was, want ik wilde eerst nog eens een nachtje grondig nadenken over wat ik hem wilde zeggen en vooral hoe ik het hem wilde zeggen. Toen ik 'binnen' had geroepen, kwam Emma met een dienblad binnen.

'Ik heb een theetje gezet, juffrouw Maryse. Ik merkte bij het binnenkomen al meteen dat u dat na vanavond precies wel kon gebruiken.'

Ze kwam met het dienblad tot bij het tafeltje dat vlak naast me stond. Ik nam haar hand vast. Ik glimlachte en besefte weer hoe lief ik haar had. Hoewel ze me vaak formeel 'juffrouw' blijft noemen, weet ik dat onze band inniger is dan dat. Officieel is Emma bij ons in huis aangenomen als kokkin. Naast het koken, poetst ze, zorgt ze voor onze kleren en doet ze zowat het hele huishouden. Nadat mijn moeder de strijd met tuberculose verloren had in de winter dat ik net acht jaar moest worden, wist mijn vader niet meer hoe het alleen te redden. In zijn leven met mijn moeder aan zijn zijde, had hij altijd mee ingestaan voor het familieleven en mijn opvoeding. Hij had zich nooit te goed gevoeld om mee de handen uit de mouwen te steken om voor haar en mij te zorgen, tot groot onbegrip van zijn eigen moeder. Mijn ouders waren een tandem. Ze veranderden samen de wereld, te beginnen met hun eigen kleine wereld vol wederzijds respect en respect voor hun personeel. Hun huwelijk was er één uit liefde. Ze kenden elkaar en wisten wat ze van elkaar konden verwachten. Het was geen kwestie van geld of goede naam. Het was de toevalligheid van een ontmoeting tussen beide families die hen had samengebracht en het geluk dat beide families, jaren na deze eerste ontmoeting en de vele geheime afspraakjes van mijn ouders die daarop volgden, met een huwelijk instemden. Zijn moeder was niet de meest ruimdenkende vrouw en trouwen deed je volgens haar niet uit liefde, maar uit verzekering voor je toekomst. Goddank was dat iets wat beide families elkaar konden bieden. De dag waarop mijn moeder de strijd opgaf, was er dan ook één die de grondvesten van ons gezin aan het wankelen bracht. Mijn vader werd overrompeld door zogenaamde goede raad van zijn en haar familie en had hij toen niet volgehouden, dan was ik waarschijnlijk gedoemd om mijn dagen in internaten te slijten. Het was Emma die hem heeft bijgestaan om de beslissing van de familie te kenteren door haar behulpzaamheid en goede raad. Toen ik opgroeide, werd zij steeds meer mijn steun en toeverlaat, mijn maatje, mijn surrogaatmoeder. Ze is een klein gezet vrouwtje met appelrode wangen. De rimpels in haar gezicht zijn niet zoals bij de meeste mensen kromme naar beneden trekkende lijnen. Bij haar lijkt het wel of elk rimpeltje gemaakt is door een lach. De ouderdom heeft op haar geen negatieve invloed. De lijnen op haar gelaat zijn er van pure vrolijkheid. Wanneer ze de kamer binnenkomt, fleurt die meteen op, nog voor ze iets doet of zegt. Ze straalt een natuurlijk geluksgevoel uit en brengt dat ook op mij over.

'Wil je even bij me blijven?' vroeg ik.

'Maar natuurlijk lieverd,' zei ze zacht. 'Zal ik nog wat hout op de kachel doen? Of uw nachtkleed al wat te warmen hangen?'

'Of gewoon bij me zitten?' glimlachte ik.

'Of gewoon bij u zitten,' herhaalde ze bevestigend.

Ik heb soms het gevoel dat ik in een hoekje word geduwd, terwijl ik liever vrij ben en het is net of zij beseft dat ik wil ontsnappen. Ik hoefde Emma niets te vertellen. Ze kende mijn dromen en wist als geen ander wie ik wilde zijn.

'U moet zich niet zo snel van uw stuk laten brengen, juffrouw Maryse. U bent een verstandige jonge vrouw die weet wat ze wil. Het probleem is dat sommige mensen dat als een bedreiging ervaren. Probeer hen van het tegendeel te overtuigen. Pieker er vooral niet zo over.'

'Ja, dat is de bedoeling,' zei ik.

'Probeer alles eerst een nachtje te laten rusten. Morgen zal u het allemaal anders bekijken en kunt u gemakkelijker oplossingen zoeken. U bent nu al zo ver gekomen dat uw droom niet meer onbereikbaar is. Het is een traag proces. U moet gewoon geduld hebben en verder doen zoals u bezig bent. Ze hebben u daar nodig, juffrouw Maryse, en dat is bedreigend voor die mannen in hun eigen belangrijke wereldje. En bovendien vergeet uw vader uw moeders droom niet. Zij was een even grote strijdster als u en wilde ook altijd tot het uiterste gaan. Die mannen in de rederij weten dat een andere kijk op de zaak hen misschien verder brengt, maar ze kunnen hun gevestigde waarden toch niet in één keer overboord gooien. Op een dag zullen ze dat wel doen. Geef hen gewoon wat tijd en ondertussen bereidt u zich rustig voor tot ze u om uw inzicht zullen vragen.

'Ik hoop dat je gelijk hebt,' zei ik, in mijn binnenste wetende dat tijd alleen waarschijnlijk niet volstond.

'Heb ik dat dan niet altijd,' knipoogde ze.

'Ja, dat heb je,' zei ik, om haar niet te kwetsen.

'Ik heb niet zo veel dromen als u. Ik woon hier, omdat jullie mij hier willen en ik dank de hemel daarvoor, want mocht dat wegvallen, dan zou ik niet weten waarheen. Mijn taken houden voornamelijk in dat ik dagelijks tijdig de maaltijden op tafel krijg en dat het huis opgeruimd en gepoetst is. Maar ik heb ook één groot doel in mijn leven en dat is u gelukkig maken. Ik heb geen kinderen en toch bent u de dochter die ik wil helpen en steunen in alles wat ze wil. En u kunt alles, als u maar genoeg vertrouwen en geduld heeft.'

'Geduld, dat heb ik misschien wat weinig,' zei ik.

'Wat weinig? Dat heeft u gewoon niet. Als ik u niet op tijd en stond een kopje thee breng en u er even aan herinner dat u af en toe ook moet ademen, dan vergeet u zelfs dat nog te doen,' lachte Emma. 'Komaan, kruip gauw in uw bed en zet die gedachten even uit. Morgen slaat u opnieuw uw boeken open. Plots zullen ze wel beseffen dat ze u nodig hebben.'

Ik dronk het laatste beetje thee op en zette me recht. Emma hielp me uit mijn jurk en in mijn nachtkleed.

'Morgenvroeg staat er een lekker ontbijt op u te wachten en ziet alles er weer veel eenvoudiger uit,' zei ze.

Ik sloeg de lakens van mijn bed open en zei: 'Bedankt Emma.'

'Slaap zacht, lieve juffrouw Maryse.'

'Slaap zacht Emma,' zei ik en trok het deken tot over mijn oren, sloot mijn ogen en probeerde even niet meer te denken.

3

Ik wandelde met Emma onder wat mijn vader steeds de Catacombes van het Statiekwartier noemt. Deze galerij van het spoorviaduct was mijn favoriete doorsteek naar de De Keyserlei. Er was altijd een gezellige drukte van handelaars, schoenenpoetsers, leurders, dames in lange jurken die paraderen aan de arm van hun man, Joden met grote bonthoeden van waaronder de typische sierlijke krullen tevoorschijn kwamen, vergezeld van hun vrouw en kleine kinderen, de dochters dicht bij moeders rokken en de zoontjes rennend rond de ouders heen. Hun keppeltje werd met enkele haarspeldjes vastgemaakt om het niet te verliezen wanneer ze achter elkaar aanliepen en krijgertje speelden. Ik hou ervan om in het straatbeeld te verdwijnen. Emma liet me regelmatig buiten aan de winkels wachten, terwijl zij de bestelling van vader ging halen. Toen we aan de De Keyserlei aankwamen, was haar mand al gevuld met enkele flessen Merlot, fijne lapjes rundvlees, pastinaak, rammenas, raapjes en witlof.

'We kunnen er weer tegenaan,' lachte ze. Hoewel ze tegenpruttelde, nam ik toch de mand van haar over en droeg ze op de terugweg.

De wind blies door de galerij. Een rilling liep over mijn rug. Ondanks de winterzon die hard haar best deed, was de lente nog niet in aantocht. We wandelden langs de krantenkiosk op de hoek van de straat, kochten de krant en keerden huiswaarts. Emma nam de mand weer van me over. Ik ging niet tegen haar in. We passeerden langs de kleine donkere cafés in de Pelikaanstraat waar mannen met lange zwarte jassen hun mooiste diamantjes zaten aan te prijzen bij mogelijke kopers. We passeerden de diamantclub in de Simonsstraat waar een mooie auto voor de deur stond te schitteren in de winterzon. Hier kwam de elite van de diamanthandel. Veelal Duitse joden waren de heersers over dit imperium. Dit stukje Antwerpen was van hen. De hele wandeling door de Diamantwijk zweeg ik. Ik kruiste mijn armen rond mijn middel en klemde mijn handen onder mijn oksels om ze te warmen. Het zag eruit alsof ik in een dwangbuis vastzat, maar het voelde geruststellend en geborgen aan. Toen we bijna aan het stadspark kwamen, zei Emma: 'Juffrouw Anne lijkt mij wel een aangenaam meisje. Misschien is het goed dat u zich wat meer openstelt voor vriendschappen, juffrouw Maryse.'

Ik mompelde een ja of iets dat erop leek. Het laatste waar ik nu behoefte aan had, was de eeuwenoude preek die zowel mijn vader als Emma regelmatig opdreunden, namelijk die over mijn gebrek aan sociale contacten. Het leek wel of ze me vergeleken met een of andere kluizenaar die het daglicht schuwt en bij nacht leeft om zo de mensen te mijden. Ik ben nu eenmaal niet de persoon die uren wil tateren over huishoudens en kinderen, over de laatste nieuwe gerechtjes van onze koks of de uit India geïmporteerde kleurige stoffen voor tafellakens, die vandaag het meest begeerde hebbeding zijn. Wat kon het mij schelen? Er waren belangrijkere vraagstukken in de wereld. Al moest ik toegeven dat ik de laatste tijd misschien ook niet echt de uitdaging aanging om mensen te ontmoeten die net als ik liever over andere dingen droomden dan door te drammen over het nieuwste vloerkleed dat ze in hun voorkamer lieten leggen. Het verbaasde me wel dat Anne tijdens het diner gisteravond, dat mijn vader als wederdienst had georganiseerd om de familie Matthieu te bedanken voor hun hartelijke ontvangst van vorige week, nogal dweepte met Griekse filosofen. En dan vooral de waarheid van hun visie. Op zich boeide dat mij niet bijzonder, maar het gaf me alvast de illusie dat ook zij een mening kon hebben, al was het dan andermans mening. Ze stak een preek af die bijna net zo goed uit mijn vaders of Emma's mond had kunnen komen. Haar Aristoteles en zijn theorie over vriendschap als hoogste deugd werden als toemaatje op mijn dessertbord geschept. Ik heb altijd de indruk gehad dat filosofen zichzelf en de wereld zodanig analyseren dat ze zich er totaal in verliezen. Was het mijn vader niet die het onlangs nog had over die gekke Zwitser - of was het een Oostenrijker - die in de ijle lucht van de Zwitserse Alpen de helderheid in zijn waanzin probeerde terug te vinden en nu zijn dagen slijt in een psychiatrische instelling? 'Denken mag geen lijdensweg worden,' mijmerde ik. 'Ik denk graag na over de meest uiteenlopende dingen, maar uiteindelijk moet er een reden voor zijn en moet je ook iets met die gedachten doen. De emotionele wetenschappen zijn niet aan mij besteed'. 'Mensen willen zo graag vrienden hebben, relaties onderhouden en belangrijk zijn dat ze voorbijlopen aan de essentie van wat ze oorspronkelijk nastreven en dat is toch nog altijd leven', had Anne me gezegd. Ik wist niet welke kerkvader of andere godgeleerde ze daar citeerde, maar ik betwijfelde sterk of het haar eigen gedachten waren. Of ze daar nu mee aangaf, dat vriendschap misschien toch niet de hoogste deugd bleek, kon ik er niet echt uit afleiden, maar hoe kon een mens in godsnaam 'leven' definiëren? Dat is toch voor iedereen anders. Voor sommigen zal de invulling van deze definitie met zekerheid in de perikelen en geneugten van de familiale kring liggen en voor anderen dan weer in het beroepsleven. Voor mezelf komt het neer op zaken ondernemen, omdat er een duidelijke meerwaarde achter zit. Zo heb ik laatst bij het bouwproject van de douches in het kadegebouw van de rederij de aanwezigheden van de arbeiders mogen opvolgen. Het verbaasde me enigszins dat de rederij me dit toestond, maar dit zal wel op een of andere manier in hun kraam gepast hebben. Het met boter besmeerde rozijnenbrood naar de loodgieters en tegelzetters brengen, zal minder bedreigend geweest zijn dan mijn advies over hun cijfers. Ik zal nooit zeggen dat ik dat niet graag doe en al helemaal niet dat ik mij te goed zou voelen om die werkmannen van een ontbijt te voorzien, maar ik wil niet het moedertje zijn. Als ik daar ben om in het werklogboek kruisjes te zetten achter de namen van de mannen die op tijd aanwezig waren, dan ben ik oprecht geïnteresseerd in wat ze eigenlijk doen, hoe stoffig of vuil ik de werf achteraf ook verlaat.

'Leven, dat zijn de zestig jaar, als het er al zoveel zijn, die wij hier op de aarde doorbrengen. Een mens kan van ons nu toch niet verwachten dat we die verknoeien door te broeden op wat we allemaal zouden kunnen doen om uiteindelijk niets te presteren,' zei ik haar. In de bijna filosofische discussie die daarop volgde, kon

Anne me een paar keer aangenaam verrassen met haar uitspraken. 'Nieuwsgierige mensen zijn slimme mensen,' zei ze. Ik begon te geloven dat we dat allebei waren. Jammer genoeg draaide het gesprek weer uit op dat liefdadigheidswerk. Mijn vader hield niet op en ook mijnheer Eduard had duidelijk zijn zinnen gezet op mijn quasi opsluiting in dat huis van ellende. De avond eindigde voor mij dan ook in mineur. Er werd onderling door onze vaders afgesproken dat ik mij om te beginnen elke woensdagnamiddag zou vrijmaken om mee te helpen in het Gasthuis. Deze wandeling vanochtend met Emma was voor mij een moment om nog even niets te moeten, maar gewoon de tijd te bevriezen en te genieten van mijn eigen denkwereld, zonder gek te worden.

'We zijn er, juffrouw Maryse,' haalde Emma me uit mijn dromerigheid.

Ze zwaaide de voordeur open en liet mij eerst binnengaan.

Ik deed mijn bonnet af, trok mijn handschoenen uit en schudde de koude uit mijn jas, die Emma meteen van me overnam. In het bureau smeulde de haard nog. Ik nam de stok, porde in de gloeiende as en gooide er een blokje hout op. Al snel flakkerde het vuur weer op en voedde ik het met wat meer hout. In geen tijd voelde ik mijn wangen gloeien na deze frisse wandeling. Ik ging aan mijn schrijftafel zitten en probeerde me te concentreren op een tekst over beleggen. 'Tulpenmanie,' las ik luidop. Ik las de tekst diagonaal en bedacht me dat in de ideeën van de mens waanzin eigenlijk altijd om de hoek komt kijken. Je moest daar blijkbaar geen Oostenrijks of Zwitsers genie voor zijn. Iedereen is in staat totaal domme dingen te doen. Het is eigen aan de mens. Duizenden Nederlanders investeerden al hun gulden in tulpenbollen. Het bolgewas bleek in een mum van tijd meer waard dan goud. Om van economische speculatie te spreken, dacht ik. Niet alleen tuinders, ook bakkers en slagers namen deel aan de winstkoorts. Het ging niet langer om de tulp, maar om het geld. Van tulpenhobbyist tot miljonair in slechts enkele stappen. Maar hoogmoed komt voor de val. Toen het aanbod de vraag niet meer kon inlossen en men de tulpen al had verkocht nog voor ze werkelijk bestonden, was een dramatische ineenstorting onafwendbaar. Wat die overijverige Nederlanders in 1634 hebben gedaan, doen we vandaag nog steeds. Volgen, graaien, hebben en bezitten. Hoewel de bankiers en diamantairs hier in Antwerpen hun zaakjes stevig in de hand menen te houden door bedacht te investeren in buitenlandse bedrijven die zich in onze stad vestigen, zou ik ze de kost niet willen geven, wanneer plots de Amerikanen, Duitsers of Joden elders heen zouden trekken. Mijn vader begrijpt dat en speelt daar ook op in. De rederij is in Antwerpse handen en dat wil hij ook zo houden. Minder pottenkijkers, minder risico en meer onafhankelijkheid. Geen emotionele beslissingen, wel beredeneerd keuzes maken. Dan krijg je geen hartstochtelijke doodsteken, zoals vele speculanten, gedreven door de tulpenwaanzin, hun collega's in de zeventiende eeuw toebrachten. Eduard Matthieu durft veel meer risico te nemen. Ik kan moeilijk oordelen waartoe hij in staat is en ten koste van wie of wat, maar ik vrees dat hij vaak door waanzinnige ideeën gedreven wordt. Geld moet binnenstromen en als een gevaarlijk bondgenootschap daar op het eerste zicht positief toe kan bijdragen, laat hij zich nogal snel verleiden door de woorden van vele praatgrage financiers. Mijn vader vroeg me gisteren om raad. Hij wilde weten wat hij het best kon zeggen om mijnheer Eduard op andere gedachten te brengen. Hij toonde me de papieren van een voor mij onbekende bank die mooie investeringsbeloftes maakte voor onze rederij in het geval we toenadering zouden zoeken tot het Britse 'Cunard Line'. De dubbele agenda's van deze zogenaamde investeerders hebben al meermaals kleinere bedrijven zoals het onze de das om gedaan. Het gevolg was dat ze uitgekocht werden door de groten van het water. 'Ik begrijp niet dat mijnheer Eduard dat zelf niet inziet,' zei ik bij mezelf, 'hij is toch een ondernemer. Hij weet toch ook welke risico's hij loopt.' Ik noteerde wat ideeën uit de tulpentekst op een blaadje, vouwde het dubbel en stak het tussen de kaft van mijn vader. Emma klopte op de deur en bracht me een bord met twee sneden brood en wat beleg. Ze zette het plateautje op het kleine ronde tafeltje bij het raam. Als mijn vader er niet was, at ik hier meestal snel een boterham, zodat ik meteen weer aan de slag kon. Ze schonk een kopje thee in en herinnerde me aan mijn afspraak deze namiddag.

'Het rijtuig staat alvast klaar,' zei ze me. Ik knikte.

'Komt u binnen, juffrouw Maryse,' zei Monseigneur Claeys verheugd. Ik stapte door de grote houten poort de binnentuin van het Gasthuis in. Door een wirwar van gangen kwamen we in zijn bureau terecht. Hij liet me plaatsnemen op een houten stoel die schuin tegenover zijn bureau stond. Hijzelf nam plaats in een lederen stoel. Het bureau was zeer rommelig, overal lagen dossiers en kaften verspreid. De bibliotheek die links tegen de muur stond, puilde uit van de medische encyclopedieën en handleidingen. Een groot houten kruis hing dreigend boven de deur. Het rode tapijt was vuil en vlak bij de staande asbak waren er brandplekken. Het rook er naar boenwas en sigaren en het was er somber doordat de zon bijna geen kans kreeg om door het stoffige groene loodglazen venster te schijnen. De Monseigneur informeerde me over de gewoontes in het Gasthuis en de kledijvoorschriften voor de dames op de verschillende afdelingen.

'Om stipt twaalf uur wordt u hier verwacht. U doet uw schort aan en meldt zich bij de zuster op de afdeling. Zij zal u dan hoogstwaarschijnlijk vragen om meteen mee de maaltijdbedeling te doen. 's Middags krijgen de mensen hier soep en brood. Na de maaltijd ruimt u mee af en brengt u de vuile borden en kommen naar de gaarkeuken die zich naast de grote ziekenzaal bevindt. De zuster die kookt voor de patiënten en de andere zusters zullen u dan wel zeggen waar u alles mag zetten. U zult zien dat hier in deze winterperiode veel oudere mensen zijn. Die komen in ons Gasthuis op krachten. Deze arme stakkers hebben vaak niets en wij nemen hen dan op. Het is dankzij uw vaders steun dat we dat extraatje kunnen doen. Toch verzoek ik u nu al om op te letten. U bent een liefdadigheidshelpster en u bent hier om goed te doen. Maar de oudjes zullen u misschien willen overtuigen om hen te voorzien van een extra stuk brood of nog een lepel soep. Vergeet niet, het rantsoen is voor iedereen gelijk. Goed doen, is voor iedereen hetzelfde doen.'

Ik knikte. Hij overliep met mij ook een lijst met regels waaraan ik me moest houden als liefdadigheidshelpster. Ik was geen arts en mocht me dan ook niet uitlaten over medische kwesties ten opzichte van de patiënten. Het was duidelijk dat hier een strakke hiërarchie heerste waar hij als leider torenhoog boven de rest uitstak. Als ik bij het binnenkomen al geen zin had in het gebeuren, was mijn mogelijke opkomende interesse nu helemaal verdwenen. De Monseigneur vond het een eer mij in zijn Gasthuis te mogen verwelkomen.

'Als u mij toelaat, zal ik u nu naar juffrouw Anne brengen. Zij zal u de nodige kledij geven,' zei hij terwijl hij zich in de richting van de deur begaf. Ik volgde hem mee naar buiten. De strijder die ik me vanbinnen voelde, was plots niets meer dan een gedweeë hond die zijn baasje overal heen volgt. Ik slenterde achter hem aan tot in de grote ziekenzaal. Er hing een doordringende geur van grootkeuken, ouderdom en krankheid. Anne zat bij het bed van een jonge vrouw. Ze hield de hand van de vrouw vast en sprak met haar. Ik wist niet voor wie dit de grootste opoffering zou zijn. Voor mezelf, om tegen wildvreemde mensen praatjes te maken die hen beter moeten doen voelen of voor de zieken, die verplicht worden om mij te aanhoren.

En dat terwijl er zoveel anderen zijn die hen wel de juiste troostende woorden zouden kunnen toefluisteren. Anne keek op, kneep bemoedigend in de hand van de vrouw en stond op om ons te begroeten. De Monseigneur liet me achter in haar goede handen. Anne troonde me mee naar een soort van kleedkamertje vlak bij de tweede ziekenzaal. Het was niet echt een kleedkamer, eerder een verzamelhok van allerlei poetsmateriaal, emmers, dweilen, bezems en vloertrekkers, waarin achteraan een kleine houten kast met witte overgooiers stond. Ze trok er één uit en hield me die voor. Het was een enorm breed kleed, waarin ik mezelf zag verdwijnen. Een wit lint zorgde voor een beetje model in de schort maar door de strik die achteraan geknoopt werd, voelde ik me helemaal een werkster.

'Net echt,' zei Anne, waarmee ze mijn vrees bevestigde.

'En wat wordt er nu juist van mij verwacht?' vroeg ik bedeesd.

'Ik zal je eerst rondleiden bij mijn mensjes. Je zult zien dat je je er meteen op je gemak bij zult voelen. Je hoeft nog niet meteen taken op je te nemen, als je denkt dat die je niet liggen hoor,' zei Anne met een overmatige zachtheid in haar stem.

Haar mensjes, wat een rare manier om over zieken te spreken. Over mensen met zulke lelijke wonden door de ongelukken in de haven of door de slijpmachines in de diamantfabrieken, dat ik hen amper durf aanzien. Over vrouwen en kinderen in armoede, wiens huid meer dan driemaal met een goede vette zeep geschrobd zou moeten worden voordat ze die vieze zwarte lijnen van hun handen en hun voeten krijgen. Dat zijn niet de mensen die ik ken. Dat is niet mijn leefwereld. Dat is een wereld waarvan ik enkele weken geleden het bestaan nog durfde te ontkennen.

'Kom je mee?' vroeg ze vrolijk.

Ik volgde haar opnieuw de grote zaal in. Twee zusters duwden een kar vooruit met daarop de vuile borden en de lege soepketel. We kruisten hen aan de deur waarna zij verdergingen in de richting van de gaarkeuken. De grote spitsboogvensters in de ziekenzaal gaven mij het gevoel dat ik in een deel van de kathedraal was binnengestapt. De houten vloeren kraakten terwijl we verder liepen, zonder iets te zeggen, zij aan zij, onze armen tegen elkaar aanschurend. Aan het einde van de zaal, bijna vlak bij het grote Christusbeeld dat als een herder zijn wakend oog over zijn kudde liet rusten, zat een oud vrouwtje rechtop in een wit ijzeren bed. Anne hield halt bij haar.

'Juffrouw Anne, juffrouw Anne,' riep het vrouwtje met een onmogelijke snelheid in haar stem.

'Louise, rustig maar,' zei Anne.

'Ze zullen wel komen. Ik voel het, ze zullen wel komen en dan is het allemaal te laat.' De vrouw wond zich op en sprong daardoor bijna op en neer in het piepende bed. Het rode gehaakte mutsje dat ze op haar hoofd had, gaf haar iets guitigs, jongensachtigs, bijna kinderlijk.

Anne ging op het bed zitten. Ze raakte de vrouw niet aan en deed ook geen aanstalten om haar rustig te krijgen, maar stelde mij voor en negeerde daarbij dat de vrouw hevig zat te wiebelen. Het vrouwtje keek mij aan en hield mijn blik een hele tijd vast. Ze hield haar hoofd schuin en keurde me van kop tot teen. Het was alsof ze nu wel even de rust kon vinden, omdat dit belangrijk was. Toen zei ze uit het niets: 'Twee dagen.'

Ik keek verbaasd.

'Is dat de tijd dat ze denkt dat ik het hier volhoud?' vroeg ik me stilzwijgend af. 'Dan komen ze,' zei de vrouw en ze barste in een bulderlach uit. In wat voor een gekkenhuis was ik hier terechtgekomen.

'We komen straks nog weleens terug,' zei Anne terwijl ze opstond.

'Ja ja, doe dat. Voor het te laat is,' zei het vrouwtje nog en ging plat op haar rug liggen met haar voeten over de ijzeren rand achteraan het bed. Ze sloot haar ogen en neuriede. Louise bleek al sinds mensenheugenis een vaste verschijning in het Gasthuis. Ze kwam af en toe binnen met wonden aan haar voeten omdat ze winter en zomer blootsvoets door de straten liep. Ze woonde ergens bij de dokken, maar niemand wist eigenlijk echt goed waar. Ze bedelde hier en daar wat bijeen en kreeg af en toe wat toegestopt. Als ze er te erg aan toe was, belandde ze in het Gasthuis en kreeg ze een opknapbeurt. Ze was eenvoudig en geloofde dat er spoken woonden in de dakkapel. Ze kon uren stokstijf voor het raam staan, starend naar het smeedijzeren traliewerk van het balkon en dan met één beweging gillend als een gek weglopen. Ze leek waanzinnig, maar als psychiaters werden opgetrommeld om haar te onderzoeken, vertelde ze rustig over haar bestaan en de moeilijkheden die ze elke dag moest trotseren. Zonder gekte. Ze lieten haar daarop uit medelijden of vanwege het feit dat er een tekort aan gasthuisbedden was, opnieuw vertrekken met haar kleine valiesje. Iedereen in het Gasthuis wist dat het toch maar tijdelijk zou zijn en dat ze enkele maanden later weer op de dorpel zou verschijnen.

Achter een wit gordijntje lag de jonge vrouw met wie ik Anne eerder had zien praten. Anne stelde mij voor als een nieuwe helpster. De vrouw knipperde met haar ogen, maar zei niets. Ze had een lelijke wonde van haar rechterwang tot aan haar lippen. Deze wonde, die allerminst aangenaam was om naar te kijken, scheen beter te genezen door blootstelling aan de lucht dan door ze telkens weer in verbanden in te pakken. Haar rechteroog was dik en blauw en ze had moeite het te openen. Ik meende een vrouw te zien liggen wiens echtgenoot haar wat te hardhandig had aangepakt, maar blijkbaar was het verhaal nog duisterder dan dat. Ze was amper zeventien en had gewerkt in een van de sigarenwinkels die ik vanmorgen met Emma nog was gepasseerd in de Pelikaanstraat. 'Meisjes van haar afkomst zijn tuk op een positie als winkeljuffrouw,' vertelde Anne me later. Als uniform mochten ze zich kleden in een pronkerige zijden jurk. Hun huid werd mooi gepoederd en ook hun haar werd verzorgd en opgestoken met de grootste precisie. Niet iedereen kreeg deze kans en bovendien had je door zo'n functie de gelegenheid om het pad van de rijken van de stad te kruisen. Arme meisjes die het platteland ontvluchtten, hunkerden naar een weelde die voor hen niet weggelegd was. Dit werk liet hen even van hun droom proeven. Natuurlijk waren niet alle mannen die in deze zogenaamde luxewinkels hun sigaartje kwamen halen oprecht. Geflirt tussen de welgestelde heren en de beeldschone winkeljuffrouwen was geen uitzondering. Veel van deze jonge vrouwen lieten zich met gemak verleiden door de minder goede bedoelingen van de rijke jongemannen in de hoop hoger op de sociale ladder te raken. Ook de eigenaars van deze luxewinkels hadden niet altijd de beste intenties met hun jonge werkneemsters. Niet alleen onderwierpen ze hen aan zware financiële boetes als zij te laat waren of een praatje maakten in de winkel, vaak was hun handeltje niet meer dan een doorgangshuis naar de echte prostitutie en rijfden ze het nodige geld binnen door jonge meisjes als wild te koop aan te bieden. Het was niet omdat onze koning Leopold zijn oog had laten vallen op het zwarte continent, dat de wulpse gazellen en jonge leeuwinnen die in de krant tot ver over de Belgische grenzen heen te koop aangeboden werden, ook daadwerkelijk wilde dieren waren. Echte handelaars kenden hun product. Dit jonge meisje had met de beer geslapen en vertoonde nu nog de door hem veroorzaakte wonden. Gelukkig was ze tijdig uit zijn hol kunnen ontsnappen, een geluk dat slechts voor de enkele vechters weggelegd was. Ik luisterde verwonderd naar alle verhalen. Na het meisje volgde een oudere vrouw die in de dokken met haar been onder een kraan terecht was gekomen en die wellicht nooit meer zou kunnen lopen. Er waren ook veel jonge kinderen met wonden aan de handen en de voeten. Wanneer ik al deze mensen zag en hun levensweg voor mijn ogen zag, werd ik wakker geschud uit mijn eigen vertrouwde wereldje. Ik leek wel in de hel terechtgekomen. Misschien wist ik inderdaad niet wat er allemaal rondom mij gebeurde. Mijn kamer thuis zag ik ineens als een soort van afgeschermd eiland in onze stad, een stad die buldert en beeft en onder wiens wakend oog er 's ochtends minder mensen opstaan dan er de avond voordien gaan slapen zijn. Ik slikte bij iedere patiënt en moest me echt sterk houden. Hoe zou ik dit elke woensdag volhouden? We liepen verder de zaal door, langs de apotheek en via een grote houten trap naar beneden. Anne liep opnieuw met mij langs het vertrek van de Monseigneur, tot in de kapel. Daar knielde ze op een houten bankje en deed teken dat ik hetzelfde moest doen. Ik vond dit nu niet meteen een plaats waar ik veel kon opsteken over het liefdadigheidswerk dat er van mij verwacht werd, maar dat was blijkbaar niet haar bedoeling. De wierook nestelde zich in mijn neus. Terwijl het weinige licht dat de kaarsen verspreidden tegen de wand flakkerde, keek ze me aan en zei: 'Ik ben blij dat je hier bent, maar ik wil je niet, zoals jouw vader, de mijne of de Monseigneur, aanzetten tot taken die je echt niet wilt doen. Ik leef hierin op. Voor mij is elke glimlach die ik iemand bezorg het waard om dit te blijven doen. Als je mij zou vragen of ik dan niet liever een echte dokter zou willen zijn, dan zeg ik natuurlijk meteen ja. Maar ik weet ook wel wat er mogelijk is en wat niet. Misschien later.' Ik keek haar nog steeds stilzwijgend aan. Sinds ik in het Gasthuis binnen was gekomen, was het net of alle rede uit mij weggevloed was. Liefdadigheid is iets wat de welgestelde vrouwen vandaag de dag doen omdat ze dat graag doen, omdat ze daardoor betekenis kunnen geven aan hun leven. Het is toch al te belachelijk dat ik mij dan verplicht zie tot deze rol. En toch leek iets in mij te willen buigen. 'Ik zal mijn lot dragen en ik denk wel dat ik hier kan leren om anders te denken en te handelen,' zei ik.

'Het is geen lot, het is een keuze,' antwoordde ze streng.

'Leer mij dan om ervoor te kiezen,' gaf ik weerwoord.

Ze keek me strak aan, zelfs lichtjes geërgerd, alsof ze me wilde ontraden om koppig mijn wil door te drijven. Uiteindelijk knikte ze en beloofde om me de kans te geven mij als liefdadigheidshelpster te bewijzen.

Niemand begreep waarom ik plots mijn zinnen op het liefdadigheidswerk had gezet. Ik denk niet dat ik het op dat moment zelf begreep. Toch wandelde ik de daaropvolgende woensdagen met een bijna grotere overtuiging dan die van Anne zelf de witgekalkte wandelgangen van het Gasthuis binnen om te luisteren naar de verhalen van de mensen uit onze stad, naar hun miserie, hun strijd en hun oeverloze overlevingsdrang. Het leek alsof deze mensen en ik een soortgelijke strijd voerden, weliswaar vanuit een andere wereld, maar met eenzelfde doorzettingskracht. Hoewel voor sommigen de toekomst uitzichtloos was en het verzachten van de pijn door samen met hen te bidden de enige uitweg leek, kon ik moed putten uit hun levenslust, om elke woensdag op het vaste tijdstip Anne op te wachten om samen aan onze ronde te beginnen. Samen duwden we na de maaltijd de kar met borden tot bij zuster Eloise die in haar keuken met lichtblauwe tegeltjes de plak zwaaide. Ik praatte weinig, maar luisterde des te meer. Aan het einde van de namiddag ging ik steevast langs bij Mary. Ze lag afgeschermd van de andere zieken en was, op verklaring van de toezichter van de gezondheidsdienst, na een negatieve controle verplicht naar het Gasthuis gestuurd. De meeste liefdadige vrouwen leken haar volkomen te mijden. Ze was een gevallen vrouw die het Gasthuis op nadrukkelijke vraag van Anne toch had opgenomen, hoewel haar toekomst uitzichtloos was. Voor deze jonge vrouw was het wachten op het einde, had ik horen fluisteren in de gangen. Hoewel haar lijden niet langer gezien werd als een straf van God, werd ze wegens de ziekte die ze had opgelopen door haar niet al te vrome activiteiten vreemd bekeken. Vele meisjes weigerden haar te verzorgen of zelfs maar met haar te praten uit angst zelf besmet te raken. Het isolement waarin Mary dreigde terecht te komen door de wratachtige huiduitslag die zich van haar handpalmen en voetzolen naar haar hele lichaam verspreidde, verzwakte haar nog meer, zowel mentaal als fysiek. Op een nacht had ze zelfs geprobeerd om met een mes uit de gaarkeuken een einde aan haar leven te maken. De nachtzuster had dit ontdekt en was er tijdig in geslaagd haar te overmeesteren. De dagen nadien werd Mary vastgebonden aan haar bed om te beletten dat ze een nieuwe poging zou ondernemen. Door de toenemende koorts en de uitslaande ziekte, sloeg de jonge vrouw vaak slechts wartaal uit. Het was een zonde om haar zo te laten afzien. De Monseigneur had haar opgedragen de bijbel te bestuderen om haar pijn te verzachten. Ik denk dat geen enkel boek, hoe vroom de lectuur nog mocht zijn, haar kon helpen. Bovendien had ze nooit geleerd om te lezen of te schrijven. Enkel haar naam kon ze spellen. Rust en troost vinden in het woord van de Heer kon ze dus zeker niet in haar eentje. Hoewel ook ik maar weinig voor haar kon betekenen, wilde ik er wel voor haar zijn, met haar praten en voor haar bidden. Ik vertelde haar over de stad, over alles aan de andere kant van de grote spitsboogvormige vensters. Ik vertelde haar over de dingen die ze waarschijnlijk nooit meer terug zou zien, maar die ze in haar geheugen wilde opslaan. Ze vertelde mij over haar leven. Het leven van een kind, zo bleek, want ook dit slachtoffer had de kans niet gekregen haar vijftiende levensjaar al te zien. Ze kwam uit Engeland en was hier enkele jaren eerder gestrand. Ze hoopte op een mooie betrekking als gouvernante bij een familie die net buiten de stad woonde. In plaats daarvan was ze in een café terechtgekomen met verschillende achterzaaltjes waar enkel leden toegelaten werden. De goed betalende gasten die dergelijke etablissementen bezochten, hadden meestal andere ideeën over een avondje uit dan een biertje te drinken en wat mee te zingen met de man achter de piano. Het resultaat was wat ik nu zag. Een jonge vrouw die de pijn haast niet kon verbijten en de dag moest doorbrengen met een minimum aan pijnverzachtende middeltjes, veeleer voor de schijn, omdat hier vooral in het Boek werd geloofd. Ik had de toelating van de hoofdzuster om haar voeten in te smeren met zinkzalf. Er restte me niets dan met haar mee te hopen op een zacht einde. De woensdag nadien was ze er niet meer. Men had haar slechts in doeken gewikkeld en bij gebrek aan familie niet eens een eervolle begrafenis gegund. Dat noemen ze dan liefdadigheidswerk.

4

'Juffrouw Maryse, mag ik even met u meelopen?' hoorde ik iemand achter me roepen. Ik keerde me om en zag Alex Hennaud de poort van het Gasthuis achter zich toeslaan.

'U hier?' vroeg ik.

'Ik kom net van bij de Monseigneur,' zei hij.

Ik wilde verder lopen, want ik wist niet of ik nu wel of niet met hem gezien wilde worden.

'Dus, men heeft u dan toch weten te temmen,' grinnikte hij.

'Ik sta open voor veel dingen. En als liefdadigheidswerk is wat men op dit moment van mij verwacht, dan zal ik dat ook doen. Dat neemt daarom mijn andere idealen nog niet weg.'

'Als u dat zo wilt zien,' lachte hij. Het begon te druppelen en ik had geen zin om lang in de motregen met hem te staan praten.

'Ik moet gaan, mijn rijtuig staat te wachten. Ik moet nog even langs een boekenwinkel in de buurt van de Groenplaats en die sluit weldra,' wimpelde ik hem af.

'Mag ik u bij gelegenheid een koffie aanbieden?' vroeg hij me nog. Ik knikte in mijn vlucht en stapte in de wagen. Op een of andere manier bezorgt Alex Hennaud mij steeds een vreemd gevoel. Ik ken hem niet. Ik heb hem nog maar twee keer gezien en toch is er iets met die man. Misschien is hij te sociaal, te direct of te open. Soms lijkt het of ik me zelfs aan zijn stem alleen al stoor. Hij heeft een uitgesproken tongval die mij helemaal niet vertrouwd overkomt. Zijn stemgeluid zorgt er bovendien voor dat ik de geloofwaardigheid van wat hij zegt niet kan inschatten. Hij verschijnt ook steevast waar ik hem nooit verwacht, alsof hij een schim is die plots een gedaante aanneemt. Een echte engerd. Johan, onze koetsier was, om mij de druppelende nattigheid te besparen, voor mij het boek gaan ophalen in het winkeltje. Toen we naar huis reden, sloegen de druppels met plotse kracht tegen de raampjes van de koets. Binnen enkele seconden waren de straten herschapen tot modderpoelen. Wat verderop zag ik Anne wandelen. Helemaal verwaaid en schuilend onder haar paraplu, liep ze dicht tegen de gebouwen aan. Toen we langs het postgebouw reden, vroeg ik Johan even halt te houden.

'Juffrouw Maryse, u gaat er nu toch niet uit?' zei hij. De mannen en vrouwen die langs het postgebouw liepen, ontsnapten, ondanks de geplaveide wegen, niet aan de vuiligheid. Ik nam mijn zwartiederen tasje, grabbelde naar mijn hoedje en zei dat ik nog even in de Grand Bazaar binnen wilde gaan. Ik zou zelf wel naar huis wandelen eens het opgehouden was met regenen. Hij stelde geen vragen meer en vertrok. Het regende nog steeds, maar minder hard dan enkele minuten eerder. Anne liep opgejaagd door de druppels de Groenplaats op. Bij het oversteken van de straat haastte ik me haar tegemoet en vroeg ik of ze even samen met me wilde schuilen. Wat later stonden we beiden met drijfnatte kleren in het warenhuis, dat omwille van de regen voor de gelegenheid leek omgetoverd in een café. Gezellig geklets van dames in mooie met druppels bespatte mantelpakjes en crèmekleurige, met kant afgezette zijden blouses en van heren in keurige pakken, de hoed in de hand, regenjassen over de arm. Ze stonden keuvelend te wachten op wat zonnestralen.

'Ik wist niet dat jij ook te voet ging, anders had ik wel op je gewacht,' zei Anne.

'Normaal hoef ik deze richting niet uit, maar ik moest nog even langs een boekenwinkel. Mijn vader stuurde ons rijtuig. Toen ik je zag vluchten in de regen dacht ik je even te vergezellen,' zei ik. Waarschijnlijk klonk dit vreemd, want nu riskeerden we allebei een verkoudheid. Ik maakte van de gelegenheid gebruik om haar te bedanken, want de gesprekken met de mensen in het Gasthuis zorgden er niet alleen voor dat ik mijn eigen strijdlust beter kon begrijpen, ze leerden me bovenal dat ik zelf moest beslissen hoe mijn toekomst eruit zou zien. Sommige van deze vrouwen hadden het lef gehad om hun lot aan te vechten, zonder te weten of het goed zou aflopen. Misschien moest ik dat ook meer doen. Mijn vader zou zeggen dat ik dat al genoeg deed, zelf had ik niet het gevoel dat ik al één stap verder stond dan enkele jaren geleden. Integendeel. We bleven nog even tegen de glazen deuren aangeleund staan kijken naar de striempjes water die naar beneden liepen. Anne steunde op haar paraplu die al een plasje water tussen ons had gemaakt. Ze keek me aan alsof ze iets wilde vragen of zeggen, maar ze hield zich dan toch in. We bleven zo nog een tijdje zwijgend naast elkaar staan. De ongedwongen drukte nam na een kwartiertje af doordat verschillende koppels toch besloten het weer te trotseren. Om de stilte en de lichte ongemakkelijkheid die er tussen ons was op te heffen, stelde ik voor dat we ook onze kans zouden wagen. De ergste regen was nu wel weg. Dikke zachte druppels vielen uit de bomen. De zon verscheen terug van achter de wolken en toverde een regenboog die uit de richting van de Schelde over onze hoofden sprong.

'Ik wilde nog even uitwaaien aan de Schelde, maar ik zal dat voor een andere keer houden, denk ik. Jij moet toch ook de richting van de Middenstatie uit, niet? Nemen we anders samen een koets?' vroeg Anne. Ik keek omhoog naar de kathedraal die gracieus boven de resten van enkele recent gesloopte huisjes uittorende, om te kijken hoe laat het was. De door de regen verfriste buitenlucht voelde behaaglijk aan en na de namiddag binnen te hebben doorgebracht, had ik bijna heimwee naar het buiten zijn. Mijn vader zou nog niet meteen thuiskomen, dus ik vroeg haar of ze zin had om richting huis te wandelen.

Toen we op de Meir naast elkaar liepen, zei Anne: 'Ik vind het echt magnifiek wat je deed voor Mary. Je zult wel gemerkt hebben dat we de enigen waren die zich om haar bekommerden.' Ik vond zelf niet dat ik voldoende had gedaan, maar knikte stilzwijgend. 'Hoe vlotten je andere plannen?' vroeg ze.

'Ik trek me nog elke avond terug achter mijn boeken en tracht mijn vader zo veel mogelijk bij te staan met advies over een mogelijke aanpak voor de rederij,' zei ik met een zekere trots in mijn stem. Ik vond Annes blijk van interesse ronduit eigenaardig. Ik kon haar beweegredenen maar moeilijk plaatsen. Het leek meer dan een uiting van beleefdheid. Was het dan een vissen naar informatie voor haar vader? Mijn paranoïde gedachten namen de overhand, waardoor ik haar niets vertelde over de risicovolle beslissingen die haar vader overwoog en mijn mening hierover. Ik dacht in elk geval niet dat dit alles haar zou interesseren. Bovendien kende ik haar onvoldoende om juist in te schatten in hoeverre zij achter haar vaders ideeën stond, voor zover ze die al kende. Mijn vastberadenheid om uiteindelijk meer dan enkel advies aan de eetkamertafel te geven, bleef ik natuurlijk sterk verdedigen. Ze keek me aan, glimlachte en stak haar arm tussen de mijne, waarmee ze leek aan te geven dat ze mijn vastberadenheid bewonderde. Ik ben normaal gezien iemand die erg aanhankelijk is en ben de eerste om iemand bij de arm te nemen. Zelfs mijn vader vindt mijn aanhankelijkheid niet altijd gepast. Maar dit kleine gebaar gaf me een ongemakkelijk gevoel. Het leek wel alsof ik moeite had te geloven in haar vriendschap. Ze voelde mijn ongemak aan en stond even stil. 'We kunnen wel vrienden zijn hoor, zelfs wanneer onze vaders elkaar niet altijd het zonlicht in de ogen gunnen,' zei ze alsof ze mijn gêne had aangevoeld. De rest van de wandeling bleef ze stevig ingehaakt, als om haar woorden extra kracht bij te zetten. Door het onbehaaglijk gevoel dat me overviel, stelde ik mijn zelfstandigheid, waar ik altijd fier op was geweest plots in vraag. Misschien was ik meer gebonden aan de grillen en de wil van anderen dan ik wilde toegeven. Ze vroeg me of ik de dag nadien met haar naar de zoo wilde gaan. Ik herinnerde me de woorden van Emma en besloot deze vriendschap als hoogste deugd een kans te geven. Hoewel de zakelijke ideeën van onze families uiteenlopend waren en ik regelmatig advies tegen haar vaders wil in gaf, moest ik toegeven dat ik het best wel fijn vond om samen met Anne in het Gasthuis te werken.

'Het ene hoefde het andere niet uit te sluiten en je overgeven aan anderen hoeft niet altijd negatief te zijn', dacht ik. Haar onschuld was misschien slechts mijn eerste indruk. Haar vaders redeneringen belemmerden haar niet om zelf keuzes te maken. We staken de Boulevard over. Toen we verder richting station gingen, sprong er een straatfotograaf die zijn fotocamera op een groot statief had vastgemaakt voor onze neus. 'Een fotootje van de twee mooie jonge dames,' zei hij. Nog voordat we iets konden zeggen, flitste het felle melkwitte licht van de camera ons in de ogen. Hij stak ons een crèmekleurig kaartje toe met zijn naam erop en zei dat hij de foto's de volgende week hier op deze plek zou uitstallen. Dan konden we komen kijken. 'Gegroet,' zei hij nog en zo snel als de wind stapte hij al af op een nieuwe potentiële klant. 'Vader en zoon samen op de foto,' hoorden we hem nog zeggen. Anne en ik keken elkaar verbaasd aan en lieten elk het kaartje van de enthousiaste fotograaf in onze tasjes verdwijnen. Toen we het station naderden, kreeg ik de geur van warme peertjes in de neus. We hielden halt en meteen riep de perenverkoper ons al toe: 'Warm peertje voor de schoonheden?' We bedankten vriendelijk. 'Hier moet ik naar rechts', zei ik. 'Hier keer ik een stukje terug,' zei ze. Ze hoefde helemaal zo ver niet, want ze woonde samen met haar ouders in een van de herenhuizen op de Meir. Ik had er vorige week nog met mijn vader gedineerd en had niet gemerkt dat we het huis al voorbij waren gewandeld.

'Het gezelschap op de wandeling moet me bevallen zijn,' zei ze, mijn poging tot verontschuldiging onderbrekend. Ik glimlachte. Voordat ze terug begon te stappen, gaf ze mij een boekje 'dat ik maar eens moest lezen, als ik tijd had,' zo zei ze. Ze viste het uit haar tas en overhandigde het me. Haar vader had het recent meegebracht uit Londen. Het is daar een sterboekje. Na afscheid te hebben genomen, wandelde ik onder de Arcades, zoals zij de stationsbogen zo mooi noemde, richting huis. De donkere wolken die in de lucht boven mijn hoofd voorbijdreven, leken de strijd van de avondzon te verliezen. Ik genoot van het laatste stukje van mijn wandeling. Hier en daar kruiste ik paartjes die zich duidelijk al klaar hadden gemaakt om een avondje de stad in te gaan. En trokken enkele boeren met een restje niet verkochte goederen op hun kar weer in de richting van hun boerderijen vlak buiten de gordel. Op het einde van de Pelikaanstraat stonden wat arme Hongaren of Bulgaren enkele kleren van hun kinderen te versjacheren om toch maar aan het nodige geld te raken voor een ticketje in derde klasse naar het beloofde wereld. De passantenhuizen puilden weer uit van de landverhuizers die hoopten deze week of volgende week mee te kunnen dobberen, al was het maar naar Engeland. Het werd hoe langer hoe drukker en luider toen ik de reisverblijven voorbijging.

Enkele vrouwen hadden de vensters geopend van hun tijdelijke verblijfplaats en spoorden hun mannen in het Pools of Russisch aan om de zware canvaszakken naar binnen te zeulen. Mijn vader vindt dat ik als jonge vrouw 's avonds niet door de stationsbuurt moet wandelen. Hij heeft nog liever dat ik de tram neem, hoewel die meestal ook uitpuilt van de boeren. Ik kan genieten van de diversiteit in onze stad. Het maakt ons wie we zijn, ongeacht onze rang of stand of wat althans zo gedefinieerd wordt. Daarin lijk ik dan op mijn vader en toch behoedt net hij me voor deze veelheid aan mensen. Dit stukje Antwerpen doet me steeds glimlachen en is de kleine omweg naar huis meer dan waard. Toen ik aan ons huis in de Albertstraat aankwam, zag ik dat het licht in de voorkamer nog niet brandde. 'Hij zal wel nog op de rederij in de weer zijn', bedacht ik me. Emma kwam me in de gang tegemoet toen ik de deur openmaakte.

'Ik heb een frisse neus gehaald,' zei ik.

'Zo fris dat u nu volledig verkleumd bent,' glimlachte ze en ze wees daarbij naar mijn handen waaruit alle bloed leek weggevloeid. Mijn nagelriempjes hadden een ijzig witte kleur gekregen. Ik moest mijn handschoenen ergens vergeten zijn. Vreemd dat ik dat tot nog toe niet opgemerkt had. Toen ik even later in de bibliotheek zat, voelde ik mijn handen zacht tintelend ontwaken. Ik zat voor me uit te staren naar de boom in de tuin die zijn eerste groene knoppen begon te vertonen. Het werd al donker en mijn vader was er nog altijd niet. Misschien dat ook hij onze woordenwisseling van enkele dagen geleden nog wat liet bezinken en daarom wat langer dan gewoonlijk op kantoor bleef. Het leek alsof ik me bij de hele liefdadigheidszaak had neergelegd. Onterecht. Ik kon me er niet ten volle aan overgeven, ook al probeerde ik mezelf er voortdurend van te overtuigen hoe positief mijn medewerking was. Toen mijn vader in het begin van de week ook nog vertelde dat hij de Monseigneur had beloofd dat ik meerdere namiddagen zou komen helpen, was ik echt furieus. Hij wist dat ik nu al minder tijd in mijn studie kon steken dan ik gewoon was te doen. Een extra namiddag zou me alleen nog meer afleiden van mijn echte werk. Hij wilde misschien dat ik daar op termijn, zoals Anne, alle dagen ging doorbrengen, maar dat zou toch buiten mij gerekend zijn. Plots hadden ze mij daar nodig. Alsof er niet genoeg andere rijke vrouwen, die niet wisten hoe hun dagen te vullen, konden aangespoord worden om daar iets te betekenen. Mijn vader leek ook helemaal zichzelf niet. Hij was nors en maakte amper nog tijd om met mij te overleggen. Ik mocht dan wel aan Anne gezegd hebben dat ik mijn eetkameradvies aan mijn vader bleef geven, in realiteit was dit de laatste weken herleid tot de enkele briefjes die ik op zijn bureau neerlegde, en waarvan ik 's morgens vaststelde dat ze er nog steeds onaangeroerd lagen. Hij werd een vreemde. De rederij putte hem schijnbaar uit, waardoor hij geen tijd meer had om rustig na te denken. Ik stond op uit de schommelstoel en nam het kleine boekje uit mijn tas. Op het voorkaft stond er een konijn. Ik sloeg het open en glimlachte. De tekeningen waren in lichte kleuren en de taferelen waren zeer vrolijk. Ik begreep maar al te goed, nadat ik het boekje doorbladerd had, waarom Anne het me gegeven had. Ze zag in mij wellicht het opstandige konijntje dat overal de boel op stelten zette. Of althans wilde zetten, want ik liep nu de laatste weken toch echt wel recht in de pas. Het verhaal eindigde goed, zoals dat ook hoort in een kindervertelling. Hopelijk was mijn toekomst gelijkaardig. Anne voelde me goed aan, wat ik voordien nog niet vaak had ervaren met anderen. Ik had wel voortdurend het gevoel op mijn woorden te moeten letten, maar misschien was dat onterecht, zeker wanneer ze met een klein verhaal erin slaagde mijn avond vrolijk in te zetten. Misschien was dit dan echt wel wat ze vriendschap noemden en moest ik gewoon wennen aan het idee.

'Kijk daar Maryse!' riep Anne enthousiast, terwijl ze naar de emoes wees die met knikkende koppen in onze richting kwamen gewandeld. Hoewel ze toch ietwat gereserveerd voor me uit liep, was haar glimlach haast guitig te noemen, iets wat ik niet echt van haar gewend was. Het was alsof ze niet wist welke houding zichzelf aan te meten. Haar vrolijkheid contrasteerde met haar houterige stap. De stad begon eindelijk op te drogen na de koude, winderige en regenachtige eerste maanden van het jaar. De dauwdruppels in het gras fonkelden in de ochtendzon. De grasperken geurden heerlijk nadat ze voor de eerste keer sinds het einde van de winter gemaaid waren. De bontkleurige vogels in hun grote smeedijzeren kooien tjilpten en floten dat het een lieve lust was. Ook voor hen was de lente daar. We waren bijna de enige bezoekers op dit vroege ochtenduur. Dat gaf me een magisch gevoel, alsof we in onze eigen paradijselijke tuin konden verdwalen. Als kind was ik al een grote liefhebster van deze zoo en nog altijd is het voor mij een eiland in de stad waar ik tot rust kan komen. Van zodra ik door de poort loop, kan ik me weer kind voelen en genieten van de eenvoud en de schoonheid van de planten en de dieren. Hier moet niets en lijkt alles mogelijk. Ik versnelde mijn pas en ging naast Anne wandelen.

'Vraag jij je soms niet af hoe het er hier binnen honderd jaar uit zal zien?' vroeg ze me plots.

Verbaasd door haar vraag, wist ik niet meteen hoe te reageren.

'Het is niet dat ik er van wakker lig,' grapte ik.

'Ik wil dat soms wel weten. Waarschijnlijk is het hier in de stad dan nog drukker dan het nu al is en rijden er minstens honderd auto's meer,' glimlachte ze.

'Die dingen kosten nog veel nu, maar ik denk dat je eerder aan duizenden mag denken,' antwoordde ik nuchter.

'En onze maatschappij dan. Socialisten overal aan de macht, sociale steun voor iedereen,' ging ze verder.

'Ik denk dat onze maatschappij te sterke conservatieve grondvesten heeft en die krijg je niet zo makkelijk stuk door wat opstanden en stakingen in de fabrieken hoor,' antwoordde ik.

'Maar Maryse,' zei ze verontwaardigd, 'het lijkt wel of ik tegen een vreemde aan het praten ben. Jij bent toch de grote vrijheidsstrijder van ons twee.'

'Ja, dat ben ik en blijkbaar ben ik ook de meest realistische van ons twee.' Mijn woorden klonken pessimistischer dan ze bedoeld waren. Ik zie de toekomst rooskleurig, althans mijn eigen toekomst, hoewel ik jammer genoeg moet vaststellen dat er maar weinig echte vrijheidsstrijders zijn. We wandelden langs de apen die rustig van de ene naar de andere tak slingerden of die lui tegen de stam van een boom zaten te genieten van de eerste zon. Er kwam een aap dichterbij en Anne probeerde hem wat apennootjes te geven. Voor ze het besefte, was hij er met haar zijden sjaaltje vandoor. We probeerden het beest te lokken met nog meer nootjes, maar hij liep fier met zijn trofee terug naar de anderen van zijn groep. Een opzichter die wat verder in het park stond en ons had gadegeslagen, kwam naar ons toe.

'Juffrouw Anne, bent u het slachtoffer van onze kleine monstertjes?' lachte hij.

'Ja, mijnheer Bertels, hij was sneller dan ik verwacht had.' De opzichter zei dat ze vanavond wel zouden proberen om het sjaaltje terug te bemachtigen en dat Anne een van de komende dagen maar eens moest langskomen bij het apencomplex om te zien of het gelukt was, of anders zou hij het wel in het Gasthuis voor haar achterlaten.

'Ken jij de opzichters hier?' vroeg ik toen de man met zijn hand een tikje tegen zijn pet had gegeven als blijk van afscheid en verder het park inliep.

'Nee niet allemaal persoonlijk, maar mijnheer Bertels is verantwoordelijk voor de levering van de melk aan het Gasthuis,' zei ze.

'Melk? Van apen?' het klonk belachelijk uit mijn mond, maar ik volgde werkelijk niet in haar verhaal.

'Maryse, melk komt voornamelijk van koeien of geiten, schapen had ook nog gekund, maar apen, ik dacht het niet,' zei ze ironisch.

'Van die massa's exotische koeien die hier staan dan?' vroeg ik lachend. Ze nam me bij de arm en trok me terug mee in de richting van de apen.

'Toen het apencomplex was afgebrand, heeft de directie van de zoo beslist om bij de wederopbouw plaats te voorzien om koeien naast de apen te zetten. Verschillende biologen meenden dat de nabijheid van koeien TBC zou voorkomen bij apen. Of dat klopt, weet ik niet. Zo'n kudde koeien produceert in elk geval heel wat liters melk. Er is dan tussen de zoo en de liefdadige instellingen afgesproken dat wij de melk aan verminderde prijs konden krijgen. Die wordt regelmatig geleverd aan de Gasthuizen en instellingen voor hulpbehoevenden in de stad. Op die manier ken ik mijnheer Bertels dus.' En inderdaad, naast de apen stonden koeien te grazen. Het is waarschijnlijk net omdat het geen exotische beesten zijn, dat mijn oog er nooit eerder op was gevallen of dat ik althans niet de nodige moeite had gedaan aandacht te schenken aan deze dieren, zoals ik dat wel voor de andere had gedaan.

We wandelden verder door het park en gingen even op een bankje zitten. De zon schitterde in de koepel van het station. Het park begon stilaan vol te lopen met kinderjuffrouwen die een kinderwagen voor zich uitduwden. Ze hadden moeite de twee of drie oudere kinderen, die meteen alle kanten uitliepen omdat ze ogen tekortkwamen om alle grote dieren te zien, in de gaten te houden. Een hele troep jongens in korte broek, hun hemd netjes rechtgetrokken en meisjes met lange vlechten die heen en weer sprongen wanneer ze liepen, stond een eindje verderop in rijtjes te wachten om een rondrit te mogen maken op de grote Indische olifant of op één van de pony's. Terwijl we op de bank zaten, passeerde een flamboyante dame met een weelderige rode haardos, veel te veel rood op haar lippen en zwarte koolranden rond haar ogen. De hoge hakken waarmee ze op de paadjes wandelde, bleven keer op keer steken in het zand, waardoor ze haar evenwicht dreigde te verliezen. Slingerend aan de arm van een oudere heer met een hoge hoed werd ze door verschillende wandelaars met ingehouden lach nagestaard. Haar jurk was ook niet zoals die van de meeste vrouwen. Behoorlijk wat zwarte kant omzoomde haar rode jurk. We kenden zulke vrouwen enkel van ziens. Ze behoorden niet tot onze kringen, maar werden er soms weleens geïntroduceerd door oude grijsaards die weinig of geen familie hadden en met de mooie jonge vrouwen wilden pronken in de straten. Het waren vreemde koppels waarvan ik niet echt wist hoe ze elkaar dan juist vonden, maar dat het niet helemaal zuiver op de graat was, kon je zo wel zien. We moesten ons bedwingen om niet te blijven staren en te lachen met het komische tafereel.

'Dat is niet mooi van ons,' zei Anne. 'Wij hebben een naam hoog te houden.'

De gedwongen samenhorigheid die in deze zin doorklonk, deed me abrupt stilstaan bij haar woorden. Ik was plots weer echt één van hen, de liefdadigen, wat een ongemakkelijk gevoel met zich meebracht. Mijn houding verkilde en toen Anne mijn hand vastgreep en vroeg waaraan ik dacht, kreeg ik een warmtegevoel dat volledig contrasteerde met de angstgedachten die me net daarvoor overvielen. Ik negeerde haar vraag, stond recht en wandelde in de richting van de wintertuin. Ze volgde me en ging mee naar binnen. De planten en bloemen stonden weelderig te pronken in het frisse lentegroen. De palmbomen kwamen bijna tot aan de nok van de grote glazen koepel. 'Dus dit komt dan overeen met een wandeling in de jungle,' zei Anne.

'Ik zou het je niet kunnen zeggen, ik ben nog nooit in de jungle geweest. Mijn ervaring met warmte beperkt zich tot de uitgestrekte vlakte van de Kalmthoutse Heide op een hete droge zomerdag,' zei ik.

'Droge warmte of niet, ik vind het hier best gezellig. De lianen die van hoog uit de bomen naar beneden hangen, de grote bloemen en prachtige planten. Ik waan me wel in het aardse paradijs.'

'Als Eva in het paradijs,' grapte ik.

'En jij als slang,' siste ze lachend. Ik sloeg mijn ogen naar de hemel op en zei uitdagend: 'Of als appel,' en knipoogde.

'Allebei vergif,' zei ze.

'Bedankt voor de positieve indruk die ik op je nalaat,' zei ik op een serieuze toon alsof ik het erg vond. Ze keek me ietwat verschrikt aan omdat ze schijnbaar niet meteen wist of ik het al dan niet meende.

'Komaan,' zei ik, 'Ik krijg het hier te warm.'

Ik greep haar bij de arm en samen liepen we de wintertuin uit. We wandelden opnieuw langs de Moorse tempel met de struisvogels en de emoes.

'Zijn we al rond?' vroeg Anne.

'We kunnen nog in de richting van de Egyptische tempel gaan met de olifanten en giraffen,' zei ik, 'die hebben we daarnet overgeslagen.'

De felgekleurde zuilen van de tempel nodigden ons vanuit de verte uit tot een bezoekje. De olifanten stonden vlak bij het gebouw te wiebelen, zoals enkel olifanten dat doen. Ze willen daarbij blijkbaar niet echt bewegen of vooruitgaan en schudden zachtjes hun logge lijf van links naar rechts. We zagen er één met zijn slurf zand scheppen en over zijn rug heen uitstrooien, zijn stugge opstaande haren onder het stof bedelvend. 'Een wonder hoe ze deze Afrikaanse reuzen naar hier halen, vind je niet,' zei Anne.

'Zo buitengewoon is dat nu ook weer niet hoor. Met de vele vrachtschepen die bijna wekelijks naar ginder varen, is het een kleine moeite om wat van die plaatselijke fauna mee naar hier te brengen, een kwestie van goede onderhandeling tussen de stad, de zoo en de rederijen die instaan voor die trajecten,' zei ik.

'Ik dacht niet meteen aan het vervoer, eerder aan het vangen van het beest in kwestie, mijn beste reder,' zei Anne ironisch. Ik zei al niets meer.

'Ken je dit?' vroeg Anne en ze toonde me een hangertje dat op een donkerblauw steentje leek en waarvan de vorm me deed vermoeden dat het een kever was. Het steentje hing aan een gouden ketting rond haar hals. Ze legde het steentje in haar hand.

'Dat is een scarabee,' ging ze verder zonder op mijn antwoord te wachten.

'Ik wist niet dat jij in Egyptische geschiedenis of kunst geïnteresseerd was,' zei ik.

'Dat ben ik ook niet, toch niet echt. Ik kreeg het van mijn oom die op een archeologische site in Aswan, ergens in het zuiden van Egypte, werkt. Hij is de ontdekkingsreiziger van onze familie. Na zijn studies archeologie, is hij in Parijs bij een professor aan de slag gegaan die zich specialiseerde in Egyptologie. Hij is verslingerd aan alles wat te maken heeft met tempels en goden. We zien hem haast nooit meer want hij verblijft vaak maanden aan een stuk aan de oevers van de Nijl. De laatste keer dat ik hem zag, gaf hij mij deze scarabee. 'Een geluksbrenger,' zo zei hij. De betekenis ervan stond voor ontstaan en verandering. Ze klikte het kettinkje los en legde het rond mijn hals. 'Misschien kan jij dat wel beter gebruiken dan ik met al je wilde dromen en toekomstplannen,' zei ze en klikte het slotje vast. Ik keek naar het blauwe kevertje dat schitterde in de zon, sloeg daarna mijn ogen naar haar op. 'Ben je zeker dat je dit wilt weggeven?' vroeg ik.

'Maryse, ik kan je verzekeren dat jij de juiste nieuwe eigenaar bent,' antwoordde ze. Ik speelde met de scarabee rond mijn hals en bedankte haar. De zon stond nu al hoog aan de hemel. Ik had me voorgenomen om rond de middag terug thuis te zijn, maar de gezelligheid hield me aan het wandelen.

'Goed is beter dan groots', zei Anne uit het niets.

'Vermoeiend,' antwoordde ik met een lichte zucht in mijn stem.

'Nee nee, de waarheid,' zei ze. Ik grinnikte, moest me inhouden om niet luidop te lachen en eigenlijk had ik geen idee waarom. De absurditeit waarmee Anne soms een gesprek bracht, was te gek voor woorden. Meestal was er noch een reden noch een directe aanleiding voor. En toch flaneerden er door deze geschifte dialogen, eindeloze bedenkingen in mijn hoofd die regelmatig nog tot laat 's avonds nazinderden.

'Groots is beter dan eindeloos,' zei ik me overgevend aan het gegoochel van woorden.

'Tenzij eindeloos adembenemend is,' repliceerde ze.

Het leek alsof we elkaar wel degelijk iets vertelden terwijl geen van beiden daarvoor de juiste woorden uitsprak. Of was juist misschien niet het goede woord en school de waarheid net in de waanzin van deze conversatie?

'Adembenemend is te beklemmend,' ging ik verder.

'Is het niet eerder een hoogtepunt waardoor het er niet meer toe doet wat er volgt?'

'Met ademloos als eindpunt,' lachte ik.

Ze trok haar schouders op en zei: 'Of buiten adem.'

Ik vroeg me af of dat niet hetzelfde was, maar op één of andere manier leek ik precies wel te weten dat zij dat niet zo zag.

'Het is een unieke omstandigheid,' zei ik.

'Uniek als in enig of als in uitzonderlijk?'

'Als in onvergelijkelijk.'

'Dat is geen woord Maryse,' zei ze lachend.

'Jawel, dat betekent zoveel als buitengewoon.'

Ze rolde met haar ogen. Ik zag dat ze me toch het voordeel van de twijfel gaf.

'Als buitengewoon extreem is, is het dan grenzeloos te noemen?' vroeg ze.

'De vraag is of het extreem is en als dat al zo zou zijn, is de vraag nog of extreem geen eindpunt kent en het per definitie over de grenzen gaat,' zei ik.

'Straks ga je nog beweren dat het onbehoorlijk is,' zei ze.

'Goed is onfatsoenlijk,' ging ik lachend verder.

'Goed is schandelijk,' zei Anne. 'We kunnen maar beter ophouden goed te zijn.'

'Of goed te doen,' zei ik met een knipoog, mezelf voorstellend in mijn bleke gasthuisschort.

Anne negeerde mijn opmerking en zei: 'Dus, we kunnen besluiten dat alle goed beter is dan een eindeloze, adembenemende grootsheid die de grenzen van het fatsoen dreigt te overschrijden.'

'Mooi,' zei ik, me bewust van een opkomende spanning die zich heer en meester maakte van mijn lichaam. Ofschoon ik me tegenover Anne opstel als de grote rationele denker die niet te vinden is voor dergelijke hersenspinsels, moet ik toegeven dat ik die macht van de betekenis van het woord een zegen vind. Er zijn momenten dat ik zelfs de toevalligheid waaruit zulke gesprekken lijken voort te komen, zou willen kunnen manipuleren. Hoewel het eerder waarschijnlijk is dat net het onopzettelijk vervallen in zo'n gesprek haar conclusie zo mooi maakte.

Ze keek me aan en zei: 'Gelukkig is de realiteit gewoon, zo opvallend eenvoudig.'

Ik vond dat niet. Voor mij was de realiteit er één die nooit eerder veranderd leek en nu plots vol capriolen zat. Zowel in mijn denken, zijn als handelen wist ik andere invloeden te appreciëren. Mijn vaste structuren vertoonden barsten, echt aan het wankelen brachten ze me niet. Ik gaf eraan toe, zonder meer. Maar eenvoudig, allesbehalve dat.

'Juffrouw Anne, vergezelt juffrouw Maryse u bij het diner?' vroeg de huishoudster.

We waren nog maar net bij Anne thuis aangekomen of het personeel begon zich zichtbaar af te vragen of ze hun planning voor die ene persoon overhoop moesten gooien.

Anne keek me vragend aan. Ik zou niet blijven. Ik moest meer aandacht schenken aan mijn steeds kleiner wordende hoeveelheid ijzeren discipline en bedankte vriendelijk.

'Enkel voor de thee,' zei ze.

Een beetje later lag Anne languit op de chaise longue in het salon. Ik had mezelf neergevlijd in de grote lederen fauteuil die aan de andere kant van de haard stond. De thee werd gebracht, samen met wat boterkoeken die ons absoluut smaakten, aangezien we zonder het goed te beseffen al ver voorbij het middaguur waren. 'Ik heb je boekje gelezen', zei ik.

'Je merkte toch meteen de gelijkenis, niet?' knipoogde ze.

'Een gezonde redelijkheid laat me toe te zeggen dat ik waarschijnlijk kleinere oren heb en beslist ook minder haargroei, maar dat de ruimdenkendheid, sterke wil en de ongeziene inzet van het hoofdpersonage volledig in lijn zijn met mijn persoonlijkheid,' zei ik waarbij ik een vrolijke ironie trachtte te laten doorklinken in mijn stem.

'De onvolkomenheid is net de aantrekkelijkheid van de persoonlijkheid.'

'Je moet de nadruk niet zo leggen op de gebreken, daarvoor kennen we elkaar niet goed genoeg.'

'Ik ben zeer sterk in eerste indrukken. En trouwens, het is maar een persoonlijke recensie van een boekje dat we toetsen aan een mogelijke realiteit, de realiteit van jou als persoon met soortgelijke aspecten, die ik niet meteen gebreken zou noemen, maar eerder eigenschappen. Onvolkomenheid geeft ruimte voor groei.'

'Interpretaties, interpretaties, je lijkt wel een letterkundige.'

'Iedereen interpreteert. Het is eigen aan ons brein om te interpreteren. Meer nog, taal is maar wat het is, omdat de mens conventies heeft opgesteld om te vinden dat bijvoorbeeld een kast een kast is. Het is onze geest die betekenis geeft.'

'Jaja, en die betekenis is dan dat ik vergelijkbaar ben met een konijn uit een of ander kinderverhaal.'

'Inderdaad, je hebt het helemaal door Maryse!'

Ik rolde met mijn ogen en nam nog een hapje van mijn koek.

'Je denkt te veel na.'

'Moet jij juist zeggen, ik ben niet de persoon die elke avond achter de boeken kruipt om zich te ontwikkelen tot een geleerde die dan de geschiedenis ingaat als de vrouw van een toekomstige echtgenoot die met haar ideeën aan de haal gaat, omdat de maatschappij niet klaar is voor al die zoete intelligentie.'

'Vanwaar die plotse neerhalende mentaliteit?' zei ik ietwat verbolgen.

'Dat is - om het met de woorden van mevrouw de geleerde te zeggen - gezonde redelijkheid.'

Het leek alsof Anne in haar eigen omgeving een houding aannam die veel harder was dan ik van haar gewoon was. Ze was bijna aanvallend te noemen, terwijl ik niet de minste intentie had om grof te zijn. Ik dronk mijn kopje thee leeg en stond op.

'Deze zoete intellectueel keert terug naar huis,' trachtte ik de stemming weer wat luchtiger te maken. Ze keek op en knikte. 'Alice zal je wel buiten laten,' zei ze eerder kil.

Ik was verward. Hoe de sfeer plots bijna grimmig kon geworden zijn, begreep ik niet. En ik die dacht dat ik als persoon complex in elkaar zat. 's Avonds dacht ik eraan om onze koetsier Anne een berichtje te laten brengen om een mogelijk misverstand uit te klaren, maar deed dat dan toch maar niet. De daaropvolgende dagen gaf ik me volledig over aan mijn studie en had ik ook een goed gesprek met mijn vader. Dat was nodig, want het leek alsof ik de laatste tijd mijn prioriteiten uit het oog was verloren door een toewijding aan een zogenaamde vriendschap, wat Emma alleen maar bejubelde als uiting van zuivere menselijkheid. De rederij zat in moeilijke papieren. De bestaanszekerheid leek minder evident dan enkele jaren geleden, doordat de grote rederijen een duidelijk monopolie dreigden te bemachtigen in onze stad. Geld laat de wereld draaien. Maar wat met onze wereld? Vader zei me dat de plannen met de – ook voor mij – dubieuze bank geen optie meer bleek. Bovendien waren er de financiële verplichtingen door de verwevenheid van de kerkelijke machthebbers. Het is toch niet normaal te noemen in deze tijd van opkomend liberaal denken dat de kerk nog zoveel te zeggen heeft in de bedrijfswereld. 'Schoenmaker blijf bij je leest'. En als ik dan hoor van mijn vader dat het niet alleen een kwestie van geven, maar ook van krijgen is, dan vraag ik me af, wanneer de kerk ooit in de rederij heeft geïnvesteerd. Lachwekkend. Financiële steun door liefdadigheid, menselijke opoffering - want dat is steun nauwelijks meer te noemen - in de vorm van menselijke capaciteit, met vrouwen zoals Anne die zich heel wat wanen in hun rol, en ikzelf die verplicht wordt om voor de schone schijn te doen wat goed is. En krijgen? Niets. Nog niet eens een bedanking. Vader zegt dat de steun van de kerk op een ander niveau moet gezien worden. Het is de instelling die onrechtstreeks maakt dat andere bedrijven in ons investeren, omdat we zo georiënteerd zijn. Maar ook daar moet ik toch nog de eerste indrukwekkende cijfers van onder ogen krijgen. We kunnen nog geen bank overtuigen. Mooie oriëntatie, wat heeft een mens daaraan. Ik weet niet wat de ideale oplossing is, maar misschien zou een overname nog niet zo slecht zijn, noch voor ons, noch voor het personeel. Het is alleen die Antwerpse koppigheid die in mijn vaders hoofd, even hard als in het hoofd van die andere koppigaard van een mijnheer Eduard, steeds opnieuw de leiding neemt. Elk hadden ze hun eigen redenen. Hun vasthoudendheid is al even traditioneel te noemen als de kerk die ze als partner zo hoog in het vaandel dragen. Het zijn niet de bedrijven, die in traditioneel gewauwel blijven draaien, die het maken. Het zijn net diegene die drastisch voor verandering durven kiezen, die een mooie toekomst tegemoet gaan. Maar het zal nog wel even duren vooraleer ik wie dan ook daarvan overtuigd krijg.

5

Ik ging het café binnen en liep naar het eerste tafeltje naast de deur. Ik leek wel in een trein met kleine houten coupés te zijn binnengestapt, waar mensen gezellig naast elkaar op bankjes drummen om enkele uren later met hun hoofden tegen elkaar aanleunend wakker te worden terwijl de trein rustig verder tuft tussen de flanken van de Zwitserse Alpen. Ik keek even rond, maar zag haar niet. Het briefje dat ze me deze ochtend had laten brengen, gaf nochtans dit adres op. Ik hing mijn jas aan een haakje onderaan de goudkleurige hoedenplank die tegen de wand naast het tafeltje bevestigd was. Ik schoof in één van de coupés en ging zitten op een donkergroen klapbankje. Ik had niet verwacht dat het zo comfortabel zou zitten. De rugleuning van de bank - ook in groen leder - was heerlijk zacht. Een ober met een grote donkere snor die heen en weer wipte als hij sprak, keek me vreemd aan en wist niet of hij moest wachten tot mijn gezelschap zich mogelijk aanbood of dat hij al meteen op me af kon stappen. Toch kwam hij me vragen wat ik wilde drinken. Ik wachtte liever nog even. Hij knikte en keerde terug naar de grote toog die achteraan de zaal stond. Een man en een vrouw zaten verderop te nippen van een koffie. Hij bladerde in de krant die opengespreid op de tafel lag en zij keek rond. Toen onze ogen elkaar kruisten, glimlachte ze. De deur klapte open en dicht. De in het glas van de deur gegraveerde koning die bovenop een vat De Koninck zat, klapte mee. Een oudere man kwam binnen. Hij zette zich in de coupé achter mij. Hij bestelde een trappist die de ober met de snor hem meteen bracht. De zon scheen binnen en de wanden met houtsnijwerk leken plots minder somber. De deur klapte opnieuw open en dicht. Door het spelen van de zon werd de muurschildering met cherubijntjes die bier schonken uit een houten vat een levend tafereel. De klimop die de schildering van de in sneeuw gehulde bergen omkaderde, leek te bewegen in het briesje. Daar stond ze dan. Ik stak mijn hand naar haar op. De ober keek ook op. Ze wandelde in mijn richting terwijl ze haar jas losknoopte. Ze deed haar handschoenen uit en klapte het zitje tegenover mij open. We bestelden thee. En omdat de fruittaartjes op een bijzettafeltje zo heerlijk stonden te glimmen onder een glazen stolp lieten we ons daar ook door verleiden. De ober vroeg ons of we nog iemand verwachtten. Hij nam de kaart mee toen we zeiden dat we voltallig waren. Het was even stil toen we elk onze vork in een stukje taart hadden geprikt. We hadden elkaar al anderhalve week niet meer gezien, tenzij vluchtig in het Gasthuis. Het was niet dat ik haar bewust meed en ik had ook niet die indruk van haar. Toch leek er een ongemakkelijk gevoel tussen ons te hangen waarvan ik niet meteen kon zeggen waar het vandaan kwam. Na de taart vertelde ze me dat ze gevraagd was.

'Gevraagd om wat te doen?' vroeg ik haar.

'Om te trouwen,' zei ze.

Ik wilde blij zijn, omdat dit waarschijnlijk wel in haar plannen paste, omdat dit waarschijnlijk iets was waar ze als kind stiekem van gedroomd had, omdat zoiets van een vriendin, als ik mezelf al zo mag noemen, verwacht wordt. Eigenlijk had ik er geen gevoelens bij of althans geen gevoelens die ik kon benoemen. Ik probeerde enthousiast te zijn voor haar door naar haar verdere plannen te vragen. Het huwelijk was gepland voor september. Haar familie en die van Ernest waren dat zo overeengekomen. Ik kende Ernest niet en had eigenlijk nooit eerder iets over hem gehoord. Hij bleek de zoon van de commissaris van de rederij te zijn. Van goeden huize en een zeer ruimdenkend iemand, als ik Anne mocht geloven. Ze hadden elkaar al een paar keer ontmoet bij haar thuis en ze had het fijn gevonden. Hun vaders wilden plots dringend werk maken van een huwelijk en hun moeders waren al volop bezig met de voorbereidingen. Ik zag de zijden stoffen en de witte linten al voor me. Naaisters en kleedsters die de tijd van hun leven hadden omdat de dochter des huizes in het huwelijk zou treden. Koks en keukenpersoneel die plannen maakten voor de grote dag door de gerechten ter voorbereiding al eens klaar te maken. Het huis dat een grondige schoonmaakbeurt kreeg, nieuwe uniformen die gekozen werden voor het kamerpersoneel, kortom een heel huis in rep en roer. Schijnbaar genoot Anne wel van die aandacht. Terwijl ze me dit nieuws vertelde, toonde ze voor het eerst echt grote gelijkenissen met de andere jonge vrouwen die we weleens tegen komen op de *m'as-tu-vu*-feestjes die onze ouders organiseren om de banden met hun investeerders extra aan te halen. Het verschil dat ik altijd meende gezien te hebben, bleek niet meer zo groot. Ik zag een bijna naïef meisje dat uitkeek naar het prinsessenhuwelijk van haar dromen. Blij met de aandacht van haar moeder en haar steun tot aan de grote dag. Ze leek plots weer die prille twintiger, die ze ook wel was, maar van wie ik eerder een volwassenheid had ervaren die deze leeftijd niet verraadde. Ik kwam tot de vaststelling dat mijn mensenkennis me in de steek had gelaten. Het werd weer donkerder in het café. De zon had zich opnieuw achter de wolken verscholen. De taartjes waren op en ook van onze thee bleef er niet veel meer in het   kannetje   over. 'Bestel ik nog wat?' vroeg ik Anne. Maar ze was nogal gehaast, want ze moest haar ouders vergezellen naar een diner bij de familie van Ernest. Plots leek het alsof die jongeman al jaren in haar leven was. Ze leunde voorover, haar ellebogen rustend op de tafel. 'Alles blijft hetzelfde hoor', vertrouwde ze me toe. Ik had het tegendeel niet eens echt gevreesd. Misschien omdat ik er tot dan toe niet over had nagedacht of bij had stilgestaan dat het tegenovergestelde mogelijk zou zijn. En toch overviel mij een gevoel van afscheid dat wrong.

Het was alsof ik de gezelligheid en de betekenis van onze gesprekken pas naar waarde wist te schatten. Nu, op het moment dat alles op het stond te veranderen. Ik kende genoeg vrouwen om te weten dat er voor hen andere taken zijn weggelegd eens ze die ring aan hun vinger kregen geschoven. Ongegeneerd liet ze haar been tegen het mijne rusten. Ik voelde een warmte die ik zou moeten missen. Ze keek me in de ogen en glimlachte. 'Ik moet gaan,' zei ze zacht. Ik had de indruk dat ze er net was. Plots tikte er iemand op het venster. De deur klapte even later weer open en toe. Een jongeman begroette ons. 'Goedemiddag dames, mag deze heer zich bij jullie voegen?'

Anne stelde ons aan elkaar voor. Ernest zette zijn hoed af en legde die op de hoedenplank recht boven mijn jasje. Hij nam een houten stoel van een tafeltje naast het onze en ging zitten. Hij was een vlotte kerel, duidelijk de zoon van een bankier. Afgeborsteld, in een net donkergrijs pak met een licht krijtstreepje. Zijn haar was kortgeknipt en hij had, in tegenstelling tot de andere jongemannen die ik kende, een zeer fijn ringbaardje. Hij glimlachte telkens als hij sprak, alsof de wereld voor hem alleen maar vreugde bracht. 'Anne heeft de mond vol over u, juffrouw Maryse, u blijkt een ambitieuze dame te zijn,' zei Ernest. Ik keek naar Anne die haar ogen neersloeg. 'Ik heb wel wat plannen die ik hoop te realiseren,' zei ik. 'Het is altijd leuk te weten dat vrouwen hun man willen steunen in hun werk,' ging hij verder. Ik maakte mezelf de bedenking dat hij waarschijnlijk niet eens had begrepen wat Anne hem over mij had verteld, maar maakte geen aanstalten om er verder op in te gaan. Het leek alsof ik het stilaan opgegeven had om telkens in de verdediging te gaan. Ernest stelde voor om nog een kannetje thee te bestellen. Anne wilde liever afscheid nemen zodat ze zich tijdig klaar kon maken om met haar ouders naar het geplande diner te gaan. Ze nam haar tasje, jas en handschoenen en maakte aanstalten om te vertrekken. Ik wilde ook opstaan, maar Ernest hield me tegen en zei: 'Juffrouw Maryse, blijft u anders nog even voor een kopje thee zodat ik de hartsvriendin van mijn toekomstige alvast wat beter leer kennen.' Ik begreep niet welke plaats ik in haar leven leek in te nemen. Het woord hartsvriendin verwonderde me. Ik keek Anne verbaasd aan, maar zij leek er geen graten in te zien. Ik had zin om huiswaarts te keren. Ik bleef uit beleefdheid. Anne kuste me op de wang en fluisterde me toe: 'Niet te veel geheimen prijsgeven hé.' Ik kneep in haar arm en antwoordde: 'Daar ben jij te voorbeeldig voor.' De deuren klapten opnieuw open en dicht en ze verdween in de drukte van het volk dat na een werkdag vanuit de haven terugkeerde naar huis.

Surreëel. Dat was het enige woord dat door mijn gedachten ging. Ik moest in mezelf lachen om de complexiteit van die enkele sociale contacten die ik onderhield. Ik besefte plots hoe weinig ik er eigenlijk van begreep.

'Dus u wordt waarschijnlijk binnenkort meer betrokken in de acties van de rederij?' vroeg ik.

'Dat zou ik niet meteen zo stellen,' zei hij voorzichtig. Uit het gesprek dat volgde leek ik af te leiden dat hij misschien toch niet de meerwaarde zou betekenen voor de rederij die ik mogelijk in hem had gezien. Hoe een eerste indruk toch zo snel kan veranderen. Hij leek mij een dromer, een avonturier. Hij paste perfect in het profiel van de grote landverhuizers die hun grond inruilen voor de ongereptheid van de nieuwe wereld. Hij leek oprecht in mij geïnteresseerd. Het was alsof hij mijn mening naar waarde schatte, maar ik was toch op mijn hoede. Hetgeen ik absoluut kon missen, was een nieuweling in de rederij die alle ideeën uit me zoog om ze dan zelf als waarheid in het bedrijf te verkondigen. Ik paste op mijn tellen. Hij informeerde over het werk in de liefdadigheid en mijn samenwerking met Anne. Het was alsof hij in het half uurtje dat ons restte alles wilde weten. Ik vroeg me af of dat de manier was waarop mannen vrouwen leerden kennen. Het kon toch niet dat je samen een leven wilde uitbouwen zonder dat je elkaar eigenlijk kent? Blijkbaar begrijp ik niet hoe sommige facetten van het leven in elkaar zitten. Misschien maar goed ook.

Ik schrok vanmorgen wakker en trilde onophoudelijk. Het was alsof de adrenaline door mijn lichaam suisde na een spannend duel dat ik noch gewonnen noch verloren leek te hebben. Een duel waarvan de klappen nog steeds in mijn hele lijf nazinderden. Ik kon niet meer logisch nadenken. Mijn bestaansrecht en -reden bleken wazig te worden voor mijn ogen. Mijn vaste denkpatronen en structuren leken uit te doven. Ik riep Emma om me te helpen bij het kleden, at in alle haast een boterham en vluchtte de stad in. Ik liep als een waanzinnige door het park en haastte me door de straten. Ik snakte naar frisse lucht en de geruststellende aanwezigheid van de Schelde. Ik wilde de geur van de Scheldewind tot diep in me opnemen en als een ijlende zieke genezen van de haast onredelijke angst die me plots overviel. Ik hoopte me los te rukken van de tomeloze gedachten die zich vannacht in mijn hoofd hadden genesteld. Ik zocht gemoedsrust. Ik liep de kade op en ademde langzaam in en uit.

'Goeiemorgen juffrouw Maryse, zo vroeg op stap.'

'Goeiemorgen Vic. Ik moest even uitwaaien. Ik heb geen oog dicht gedaan deze nacht en hoop hier de slaap uit mijn ogen te kunnen laten blazen,' probeerde ik de woeling in mijn hoofd te verbergen.

'Om te piekeren moet je niet hier zijn hoor, 't gaat een mooie dag worden, geen dag voor zorgen,' zei de immer opgewekte dokwerker.

'Duurt het nog lang voordat de Callica aankomt?'

'Die wordt binnen een half uurtje verwacht. De loopplanken liggen al klaar. En de vertrekkende reizigers komen ook al aan. Het zal hier weer over de koppen lopen zijn, want het is een zeer groot reizigersaantal, heb ik gehoord.' Vic rolde de touwen op en legde ze klaar aan de meerpalen.

'Tegen dan zorg ik wel dat ik uit de buurt ben.'

'Geniet nog even van de ochtendrust,' zei Vic, zeulend met de loopplanken om zo weinig mogelijk tijd verloren te laten gaan tussen het aanmeren van het schip en het vrijgeven van de deuren en de overgang naar de kade voor de passagiers.

'Dat ga ik doen, Vic. Tot straks misschien.'

'Ja, tot later.'

Ik liep verder langs de kade in de richting van de terrassen, niet meer zo gehaast. Er was bijna niemand te zien. Ik liep naar het zuiderterras en wandelde in de richting van het Steen. Meeuwen krijsten boven mijn hoofd en op het water verschenen hier en daar schippers op het dek van hun boten. Een enkele kar werd richting de dokken getrokken. En ook in de straten werden hier en daar luiken geopend. De stad ontwaakte. Ik ging zitten op een bankje met zicht op de Schelde. De wind was gaan liggen en de opkomende zon verwarmde mijn rug. Ik kwam hier om mezelf terug te vinden door mijn ogen te richten op wat ik als mijn tweede natuur kende, mijn rivier. De stroming van het water was zacht. Ik liet mijn gedachten meedeinen op het water. Nog even en het liep hier weer vol Antwerpenaars, zoals bijna elke zondag. Mannen met hun vrouwen aan de arm, hun kinderen voor hen uitlopend, gekleed in hun mooie zondagse kleren. De jongens met het haar strak achteruitgekamd en de meisjes met een kanten parasolletje in de hand van waaronder veelal twee vlechten met witte haarlinten tevoorschijn komen. Ze komen na de mis de kathedraal uit om vervolgens een tochtje te maken door de stad. Deze genietende mensen, kuierend in de heerlijke lentezon, die hun namiddag dan eindigen met een wafel of een pannenkoek in een koffiehuisje op de

Grote Markt, lijken niet te beseffen hoe gelukkig ze zijn door voldoening te kunnen vinden in deze kleine dingen. Als kind kende ik dat gevoel van eenvoudig geluk ook. Na de kerkdienst wandelde ik met mijn beide ouders over de vogelmarkt op de Meir, waar mijn moeder de grootste moeite had om mij ervan te overtuigen dat we in onze herenwoning geen plaats hadden voor levend pluimvee of voor konijnen, hoe schattig die diertjes er ook mochten uitzien. Soms zag je kinderen toch zeulen met een konijn in een ijzeren rennetje of kregen ze wat kuikens mee in een kartonnen doos, niet beseffend dat deze dieren eerder in de pot zouden eindigen dan dat ze hen een privéverblijf op hun kamer mochten geven. Mijn moeder moedigde mij steeds aan mijn grenzen te verleggen. Na een goede onderhandeling zou ik misschien toch wel bereiken wat ik wilde, zei ze. Het zit hem in de argumenten. Ik geloofde dat toen ook. Maar vandaag zat niemand te wachten op mijn blijk van interesse. Werkelijk niemand.

Een dof getoeter van de Callica deed me glimlachen. Dit was mijn beest. Het logge gevaarte verscheen in de bocht van de Schelde, begeleid door een kleine loods. Op het dek stonden heel wat mensen te kijken naar de stad van hun aankomst, hun terugkeer of hun doortocht. Beneden op de kade troepten de eerste reizigers samen. Ze kwamen uit de hotels en logementen vlakbij. Rijke dames en heren vergezeld van kruiers die de valiezen naar de waterkant brachten. Onder hen zeker ook avonturiers die niet altijd alles tot in de puntjes doorgedacht hadden. Of waaghalzen die niets te verliezen hadden in de landen waar ze vandaan kwamen en die steeds terug konden, als hun folietje fout zou aflopen. Er waren ook minder gegoeden bij, gelukzoekers die probeerden na te streven wat ze nooit eerder gekend hadden. Ze investeerden vaak de laatste centiemen die ze hadden in de hoop dat ene ticketje naar de vrijheid te bemachtigen, nog voor ze goed en wel beseften of het wel om de gehoopte bevrijding ging. Dat waren er niet zo veel, want slechts een beperkt aantal tweede- en derdeklassers kon met de Callica mee, in tegenstelling tot de schepen van sommige andere rederijen. Een vrouw begroette me vriendelijk. Soms wilde ik dat ikzelf iets meer van hun durf kon tonen. Het water rond het schip sloeg klotsend tegen de romp. Het leek alsof het moment dat ik me hier alleen waande onzichtbaar was omgeslagen in een moment waarop een ongeziene bedrijvigheid zich van de kade had meester gemaakt. Ik nam mijn tasje op en baande mij een weg door de plots opgekomen massa, alsof ik mezelf trachtte te bevrijden. De terrassen liepen stilaan vol met mensen die hun geliefden of hun vrienden een laatste keer wensten uit te wuiven of opnieuw in de armen wensten te sluiten. Ik zocht mij een weg tussen hen, in de hoop iets van mezelf terug te vinden of iets nieuws in mezelf te ontdekken.

Hoofdstuk 2: Madame Elsa

1

Ik luisterde naar hen. Ratelend over een of de andere man. Geklaag over vuilheid, gepoch over luxe en vooral veel gezeur over geld. Arme stakkers. Ze schepten tegen me op over hun veroveringen. Hij had haar gekozen en niet 'die blonde opgetutte Marie'. De strijd tussen de meisjes was hard. Voor velen was het een beroep zoals een ander. Voor anderen was het hun leven. Mannen behagen, alles doen wat ze vragen.

'Achteraf is het een kwestie van uitspugen en mijn mond schoonvegen', zei eentje ooit tegen me. En op naar de volgende. Zonder verpinken spreidden deze dames de benen, opnieuw en opnieuw. Het waren vrouwen voor wie zelfrespect gelijk stond aan weelde, geld en een steeds groeiende inhaligheid. Ze stonden er niet bij stil, het kon hen niet raken. Deze wijfjes maakten zich dan ook geen zorgen. Er waren vrouwen bij, oude vrouwen met niet meer dan een kippenborst en twee schrompelige tepels, die zeer jonge mannen in hun netten wisten te strikken. Als een bronstige chimpansee kwam er vorige week nog zo'n jongeman naar beneden gestormd. Hij riep een huurrijtuig om haastig ergens geld te halen voor een tweede ronde. Françoise, de verleidster van dienst, verscheen even later op de trap en knipoogde naar me. Ze had haar zijden badjas nog niet eens losgeknoopt. De kunst van het erotisch behagen bestaat erin de hongerige vuilaards op te stoken tot net voor hun kookpunt. Ze te laten sudderen en smeken. Ze te laten smachten, want dat is net waarvoor ze komen. Als ze langer dan een half uur in de kamer blijven, ga ik op de deur kloppen en zeg ik dat ik opnieuw kom ontvangen. Hoeren die goed zijn in hun vak kunnen hun klanten zo minstens het dubbele of het driedubbele laten betalen vooraleer ze de salon verlaten. Ik heb veel aan zulke lepe vrouwen die bijdragen aan mijn rijkdom. Je ziet meteen welke vrouwen plezier beleven aan hun vak. Het uitdagende stroomt door hun bloed en de verleiding lees je in hun ogen. Dat soort vrouwtjes wil niet bij me weg. Het is alsof ze ervoor geboren zijn. De onderlinge concurrentie loopt vooral op naarmate ze ouder worden, want allemaal beseffen ze dat de tand des tijds aan hun lichaam knaagt. Je moet blijven uitblinken in je vak, zoals Françoise dat doet, om ook in de herfst van je carrière gekozen te worden boven de strakke lijven van het aankomend talent. In mijn salon zitten er ook een paar *entreneuses*. Deze vrouwtjes beperken zich tot wat onschuldig geflikflooi in ruil voor een traktatie. Een sappige zoen voor een fles champagne is hun manier van onderhandelen. Het toevallig laten aanraken van hun borsten of zelf de handen eens laten afdalen naar de broekbanden van de heren kan ook wel. Verder gaan ze niet. Zij zorgen voor de juiste stemming. Deze ronselaarsters zijn de eerste stap om de mannen zo lang mogelijk in huis te houden. In het begin wilde ik me beperken tot een hoerenkast met alleen maar Belgische vrouwtjes. Allemaal geregistreerd, zodat ik niet voortdurend de politie aan mijn deur zou hebben. Ik zou het anders doen dan mijn bazin het had aangepakt, toen ik zelf nog tussen de lakens kroop. Maar wanneer je het geld ziet binnenstromen en je je dagelijks kunt laten bedienen in mooie etablissementen, dan bekijk je het gauw anders. Geld verleidt, net zoals mijn vrouwtjes. Mijn idealen om het anders te doen dan de andere hoerenmadammen heb ik dus snel aan de kant geschoven. Mijn moeder was zo arm als een luis, maar ze bleef altijd trouw aan haar eerlijkheid, zei ze. Deugdzaamheid was voor mij blijkbaar niet weggelegd. Ik probeer hoe langer hoe meer munt te slaan uit de mannen die hier vertier komen zoeken. Drank wordt nu niet meer geserveerd per glas. Een fles is de norm geworden. In de kelder heb ik een hele voorraad luxeflessen staan en minstens evenveel linke flesjes. Ik ken een wijnimporteur die hier in de stad enkele winkels en restaurants bevoorraadt. Hij passeert ook regelmatig langs mijn deur met flessen, gebotteld in de buurt van Reims, maar zonder het juiste etiket. In de achterkeuken week ik de etiketten van de lege dure flessen en gebruik ze opnieuw. Het aantal zelfverklaarde wijnkenners dat het verschil proeft tussen de goede flessen en mijn randgevallen is op één hand te tellen. Het is een kwestie van perceptie. En als er dan toch een paar van die omhooggevallen experten komen klagen over de kwaliteit, dan verontschuldig ik mij, keer op keer zeer oprecht, en solfer ik hen een nieuwe – echte – fles op waardoor de domme opgehitste mannen een tweede keer voorbij mijn kassa passeren. Want, 'ik moet toch ook overleven, nietwaar mijnheer?' Het grote geld valt evenwel daar niet te verdienen. Daarvoor waag ik me de laatste jaren aan het versassen van meisjes naar het buitenland. Dat dit uiteindelijk één van mijn belangrijkste inkomsten zou worden, had ik nooit kunnen vermoeden. In het begin zat ik er zelfs wat om verlegen en was ik altijd blij wanneer ze uit mijn handen verdwenen waren. Door de jaren heen werden het routineklussen. Het was niet mijn bedoeling om er zo ver in te gaan, maar mijn hebzucht werd aangewakkerd naarmate ik meer mensen leerde kennen en ik deze vorm van handeldrijven beter onder de knie begon te krijgen. Het begon met eentje. Via via kon ik haar verkopen aan een cabaret in Parijs. Zo'n verkoop van een verzwegen, of beter, ongeregistreerd vrouwtje spijsde mijn portefeuille aanzienlijker dan ik ooit had durven hopen. Voor consumptie, niet voor eigen gebruik heette dat dan in het milieu. Ik startte mijn zaakje met zwarten of halfbloeden. Dat trok de rijke handelaren aan. Voor hen waren dergelijke amazones een vervulling van hun gedroomde fantasieën. Ik zag deze vrouwen als mijn persoonlijke renpaarden. Ze brachten bakken vol geld op, want ik had kwaliteit in de aanbieding. Al snel ging het gerucht door de stad dat ik een clandestien zaakje aan het opstarten was. Omdat ik niet almaar geviseerd wilde worden zoals Le Globe, waar de politiewachten als hongerige wolven voortdurend voor de deur paradeerden in de hoop dat de eigenaar een steek zou laten vallen en ze zo zijn keet konden sluiten, ben ik wat voorzichtiger geworden. Ik weet dat de burgervaders van onze stad de hoerenhuizen en *rendez-vous maisons* al jaren met argusogen aanschouwen als een soort onuitroeibare kanker. Maar doordat het vaak hun eigen magistraten zijn die onze werking draaiende houden, durven ze mijn boeltje en evenmin Le Globe te sluiten. Ze tolereren dat de *rendez-vous maisons* elke avond hun gele lantaarns ontsteken, net zoals ik het rood lantaarntje van mijn hoerenkast laat branden. En dit uit angst dat wij als verklikkers de hele magistratuur onderuit zullen halen door de vinger te wijzen naar de ene of de andere hoge pief. In de krant schrijven de socialisten aanklachten tegen ons. We worden vergeleken met de duivinnen van de stad, die woekerend de straten en pleinen vervuilen. Alsof de socialisten ons schuwen. Het is wel waar dat we allemaal onze eigen manier hebben om te overleven. Ik ken de salons ook waar slechts zes vrouwen geregistreerd zijn, maar waar de slager en de bakker voor het dubbel aantal mensen mogen leveren. De schraapzucht van de bordeelhouders is alom gekend. Geen mens laat een kamer onbewoond wanneer de vraag naar 'vrouwen voor het beminnelijke werk' zo groot is. Om nog maar te zwijgen van de onschuldige jonge kinderen die, verstopt in de achterhoeken van veel van die huizen, als speelbal voor rijke kopers hun leven eindigen, als de ontbering hen al niet eerder uit hun lijden verlost. Ik ben niet degene die haar hoertjes met suikerklontjes tatoeëert, opdat de open wonde een blijvend litteken laat in hun gezicht en ze op deze manier voor eeuwig mijn stempel dragen. Ik hou van mijn vrouwtjes, ze maken mij rijk omwille van hun schoonheid. Dan zou ik toch gek zijn om hen die vervroegd af te nemen door hen met littekens te markeren. Ik geef toe dat niet alle vrouwen bij mij op het boekje staan en dat ik, laten we zeggen door nonchalence, niet altijd binnen de achtenveertig uur aangifte doe van mijn nieuwe aanwinsten bij de stadscommissaris, maar ik ben geen vrouw die kinderen aan het werk zet of vrouwen blijvend verminkt om te krijgen wat ze wil. Zo ontaard ben ik niet. Ik paradeer langs de straten, gekleed als een voorname en gerespecteerde vrouw die met iedereen het beste voor heeft. Sinds de spoorwegen en de boottrafiek naar onze stad zo goed draaien, komen van overal alleenstaande jonge vrouwen hun geluk hier beproeven. Helaas is de smaak van het avontuur niet altijd zo zoet als ze zelf wel geloven. Vooral Engelse meisjes, vaak buffetjuffrouwtjes, meiden en winkeldochters die de oversteek naar het vasteland ontdekt hebben, vinden door miserie en door armoede snel de weg naar de achterbuurtjes van de stad. Ze zijn makkelijk te overtuigen van mijn voorgewende goede bedoelingen. Ik zou hen wel een mooi baantje bezorgen als kinderjuffrouw of ik had wel een familielid dat dringend op zoek was naar huispersoneel. Ze komen met me mee omdat ik hen hun droom op een schoteltje presenteer. Ik geef hen vertrouwen in de vorm van een bed voor de nacht, wat eten en een glas wijn gekruid met wat opium. Het verbaast me dat zoveel jonge vrouwen zo snel hun vertrouwen stellen in iemand die ze niet kennen, gewoon omdat die er betrouwbaar uitziet. Misschien is het wel omdat ik een vrouw ben. Soort vertrouwt soort, terwijl dat louter een gevoel is. Ze volgen me omdat ze me willen volgen. Ze luisteren naar me en begrijpen misschien niet alles wat ik zeg, maar hun fantasie laat hen toe het verhaal naar hun eigen wensen af te maken. En voor ze het weten, heb ik hen de hand gereikt en staat er een koets op hen te wachten om hen een veilig onderkomen in deze gevaarlijke stad te geven. Bovendien mist niemand hen de eerste maanden, want de in Dover of Londen achtergebleven ouders denken dat hun lieve dochters, vaak uit trots, eerst wat willen sparen voordat ze terug contact opzoeken. Wanneer de meisjes dan uiteindelijk als vermist worden opgegeven, zitten ze al aan de andere kant van de wereld te snakken naar opium en geld. De strop van de hoererij is de verleiding en het geld. Zowel voor hen als voor mij. Met de hoeren heb ik dan ook geen compassie. Dat heeft ook niemand ooit met mij gehad. Ach, ik wilde het fijn doen, maar het is me niet gelukt en nu zou ik het nooit meer anders willen. Het geklets van mijn vaste vrouwen en hun strijd om de beste te zijn, het geklaag van de oude zeurpieten die in de salon een heel relaas komen doen over hun huiselijke toestand vooraleer ze zich laten verleiden in de kamers, de geur van sigaren en het zweet van al die lijven, ik zou het niet meer kunnen missen. Ik geniet er nog elke avond van om mijn rode lantaarntje te ontsteken en me over te geven aan de ondeugd en de verwennerijen die de nacht elke keer opnieuw in petto heeft. Ik ben er één mee geworden. Het is een deel van mijn leven, al van toen ik veertien jaar was en dat zal altijd zo blijven. Ik weet wel wat ik er voor opgeef. Vertrouwen is een woord dat langzaamaan uit mijn woordenschat is verdwenen. Mensen komen nooit meer naar mij voor vriendschap. Mensen komen alleen maar naar mij voor geld. Want met geld kan je alles worden en met geld kan je alles doen.

2

Ze legde haar tasje op de kast en tuurde de donkere gang in. Weer eentje, aangekomen in een nieuwe stad, klaar voor een ander hoofdstuk in haar leven, meende ik. Ze leek zo hulpeloos. En toch straalde er een zelfverzekerdheid uit haar houding die ik nog niet eerder gezien had bij mijn andere debutantes. Ze leek overtuigd tevreden met haar beslissing om me hierheen te volgen. Het was beslist de juiste, al was het maar voor de verbetering van mijn eigen financiële situatie. Ik bleef haar aankijken en snoof zelfingenomen. Nadat ik het licht in de gang had aangedaan, nam ik haar mee naar de keuken voor een glas laudanum, een mengeling van Spaanse wijn, kaneel, kruidnagel, saffraan en wat opium. Zo leek mijn gastvrijheid ook verzekerd. Het beetje opium stelde dat soort jonge meisjes meteen op hun gemak door hen zachtjes te verdoven. De keuken voelde zoals altijd plakkerig warm aan. De vensters waren bewasemd en de luikjes gesloten. Een gezellige ontvangstruimte kon ik haar niet geven, maar dat was dan ook niet mijn intentie. Bovendien zou ze hier niet lang blijven. Ik liep in de richting van de kachel. Zij stond wat onwennig tegen de tafel aangeleund en keek fronsend rond.

'Ga even zitten,' zei ik, terwijl ik mijn sjaal en jas op een lichtbruine, tot op de draad versleten, lederen zetel naast de kachel gooide. Ze knoopte haar jas los en ging ietwat gereserveerd zitten op de houten bank die vlak bij de kleine keukentafel stond. Ik goot de wijn in een bestoft glas en overhandigde het haar. Ze deed haar zijden handschoentjes uit. Terwijl ze het pareltje door het oogje duwde om haar handschoenen los te maken, brak het draadje en schoot het kraaltje over de tafel heen. Ik kon het net met mijn hand tegenhouden op de rand van de tafel. Jammer, dacht ik bij mezelf. Het zou beslist de mogelijke prijs die ik er voor zou kunnen krijgen, verlagen. Of ik moest me zelf weer aan het naaien zetten.

'Morgen zal een van de dienstmeisjes je meenemen voor een nieuw stel kleren en een nieuw paar handschoenen,' loog ik. Ze keek me verbaasd aan. 'Bij een nieuwe start hoort dat toch, niet?' grijnsde ik. Ze trok haar schouders op.

'Dat doet me eraan denken. We moeten nog een lijst opstellen van al je persoonlijke eigendommen. Mocht er ooit iets verloren of gestolen geraken en we vinden het terug dan weten we wie de eigenaar is,' ging ik welwillend verder.

Ik trok de lade van de keukentafel open en nam er een blaadje papier en een potloodje uit dat niet meer dan een stompje was.

'Wat was je naam weer?' vroeg ik, terwijl ik me zeer bewust was van het feit dat ze me die nog niet had gegeven.

Ze keek verschrikt op, alsof ze twijfelde om die te noemen, maar zei dan aarzelend: 'Héloïse.' Ik likte aan de punt van het potlood en begon in kriebelige letters haar naam te schrijven.

'Héloïse met een h?' vroeg ik schaapachtig.

'Ja en een accent op de e,' antwoordde ze plots kordaat.

Ik wist wel dat veel van die jonge vrouwen meestal een valse naam opgaven. De anonimiteit gaf hen waarschijnlijk een beter gevoel, alsof ze nog een uitweg wilden openlaten mocht hun beslissing om op eigen benen te staan toch niet de juiste blijken. Het kon me niet echt schelen, zolang ik het kind kon aanspreken was dat voor mij al meer dan genoeg. Ik begon een lijstje te maken van de kledij die ze droeg: een paar lederen molières, kousen in lichtblauwe wol, een lichtbruin stoffen kleed, een jas in grijze zijde met bijpassende zijden handschoentjes en een halskettinkje met een soort blauw steentje. Waardeloze prul, dacht ik. Ik likte aan de potloodpunt, waarmee ik de indruk wilde scheppen dat ik belang hechtte aan de volledigheid van deze lijst.

'Zijn dat gouden oorbelletjes?' vroeg ik zijdelings, me verheugend op de waarde.

'Ja, met saffiertjes ingelegd,' antwoordde ze, terwijl ze haar glas stevig vasthield, alsof ze zich vastberaden wilde overgeven aan haar nieuwe manier van leven.

'Ik veronderstel dat je nog een korset en een lange onderbroek draagt?'

Ze knikte. Het papiertje met het overzicht van haar bezittingen verdween samen met het potloodje terug in de lade bij een stapeltje andere notitieblaadjes, dat de rest van mijn zogenaamde administratie voorstelde. Omdat de commissaris van politie regels heeft opgelegd over het houden en het registreren van vrouwen, breng ik hen eerst naar mijn eigen huis. Zo kan ik al van het begin een eerste reeks van die regeltjes omzeilen. In mijn huis, dat ik het Slot noem, vang ik de vrouwen op om te zien welk vlees ik in de kuip heb. Als ik denk dat het er eentje is om te houden, verhuis ik haar meestal een van de daaropvolgende dagen al naar mijn werkhuis, de zogenaamde salon. Vervolgens geef ik binnen de achtenveertig uur, zoals dat dan moet, de lijst van bezittingen van de hoer bij de commissaris aan. Soms gebeurt dit weliswaar met een kleine vergetelheid van mij in de vorm van een gouden oorbelletje of een ring met een duur uitziende steen. Als ze voorgoed bij me blijven, dan geef ik ze ook bij het dispensarium aan. Ik sta niet te springen voor vrouwen met de venusziekte die dan de helft van mijn cliënteel aantasten en mij zonder werk zetten. Aangezien het college van geneesheren, dat trouwens flink zijn boterham verdient aan de wekelijkse controles, in mijn ogen een nog extremere waakhond is, wacht ik ook hier liever tot ik definitief beslist heb wat ik met de meisjes ga aanvangen. Als ik weet dat ik ze meteen kan inzetten, dan volg ik de wet. Goede zaken doen, is geven en nemen en het rad dat ik de magistraten voor de ogen draai, moet niet altijd te fel tollen. Door geregeld eens een vrouwtje correct te registreren en me zelf ook op gepaste tijdstippen te laten onderzoeken, wat verplicht is omdat ik geen man in huis heb, win ik het vertrouwen van die mannen met hun netjes afgeborstelde kostuumpjes en belandt mijn salon weer wat lager op de lijst van verdachte etablissementen. Ik riep Jeanne, van wie het gestommel al een hele tijd in de achterkeuken klonk. Ik schelde want ik wou dat ze zich zou bezighouden met de kachel, want die stond maar lichtjes te puffen in de hoek van de keuken, zonder nog veel warmte te geven. Ik moest haar een tweede en een derde keer roepen. De traagheid van dat oude mens, met haar dof sluik haar dat ze bij elkaar hield onder een klein wit kapje, ergerde me mateloos. Het was niet dat ik zoveel van haar vroeg. Na nog meer gestommel en gekreun, verscheen ze eindelijk om de hoek. Haar dienstjurk met kanten franjes aan de mouwen, een afdankertje van een van de andere wichtjes, hing slap om haar lijf. De jurk had ze de afgelopen jaren omgetoverd in niets meer dan een oude stinkende rokerige lap waarin zij de hele dag stookte en kookte. Ik had er waarschijnlijk toch niet veel meer voor gekregen als ik hem eerder had proberen te verpatsen. Jeanne keek me niet aan wanneer ze binnenkwam en ook het nieuwe meisje gunde ze geen blik waardig. Ze schuifelde in de richting van het vuur en schepte wat kolen uit de kolenkit in de kachel. Ze schoffelde met de pook in de as tot de kooltjes sisten en verdween even sloom en achteloos als ze was binnengekomen terug naar haar hol achter de keuken. Ik zag de nieuwe kijken. Waarschijnlijk behandelden zij hun personeel anders, maar we waren hier dan ook niet meer in die poederdoosjes van huizen, waar zelfs de kat gepamperd werd. Het ging niet over leven met elkaar, het ging over leven vóór elkaar. En stooksters zoals Jeanne, net als alle keukengrut trouwens, leefden voor mij en niets meer. Ze mocht al blij zijn dat ze hier nog kon blijven na het toch wel aangename leventje dat ze hier in haar jonge jaren had gekend. De meeste andere overjarige vrouwen die hier hadden gewoond en gewerkt, crepeerden nu in armenhuizen of leefden als schooiers op straat. Ik kon ze toch niet allemaal onder mijn dak houden eens hun carrière beëindigd was en hun wellustig gevormde lichamen herschapen waren tot aftandse vormeloze zakken die geen klant meer lokten. Ik was geen messias, hoewel ze allen hun avontuur begonnen met dat te veronderstellen. Ze zagen in mij een verlosser, iemand die hen kon bevrijden uit hun miezerige bestaan. Sommigen ontvluchtten de armoede op het platteland, anderen probeerden te ontsnappen aan een gedwongen huwelijk omdat ze in de ware liefde geloofden. Ze geloofden in mij omdat ze dat wilden, omdat iets in hen het nodig had om in mij te geloven, omdat ze zonder dat geloof niet verder konden. Welke redenen om los te breken ze ook hadden, allen ontdekten ze vroeg of laat dat ik niet de langverwachte zaligmaker was. Integendeel. Ze trachtten mij te ontvluchten, ze vochten en schreeuwden, maar uiteindelijk berustten ze allemaal in hun lot. Tussen diepe afkeer en begeerte naar geld zorgde zelfopoffering steeds voor de balans. Eens de stap gezet, was er geen weg meer terug. Niemand keek ooit achterom. Zij die dat toch deden, beseften al gauw dat elk laatste beetje hoop vergeefs was. Er was niemand meer aan de andere kant om hen te redden. Overgave aan hun nieuwe bestaan was het enige dat hen nog gegund was.

'Het getuigt van durf om alleen in dit avontuur te duiken. Maar net als ik, hebben hier heel wat meisjes dat jou al voorgedaan. Je hoeft je geen zorgen te maken, we zullen je wel op weg helpen,' probeerde ik het gesprek terug op gang te brengen. Ze keek me enigszins gerustgesteld aan en zei bijna voorzichtig: 'Ik ben blij dat u mij deze kans geeft.' Ik glimlachte. Kansen geven, was niet meteen hoe ik het zou noemen. Het was mijn lot om het hare een andere wending te kunnen geven. Binnen enkele weken zou ik deze grijze muis wel omtoveren in een mooie pauw. Ik verheugde me alvast op de kansen die ze me zou geven. Ik haalde een vijl uit mijn tas en vijlde mijn rood gelakte nagels. Er was lawaai op de straat. Voetstappen, die hun pas steeds versnelden, naderden uit de richting waarlangs we eerder het huis binnen waren gekomen. De voordeur sloeg open. Ik liep de gang in en zag Louise.

'Madame Elsa!' riep Louise nerveus terwijl ze struikelend binnenviel.

Ik zuchtte en keerde terug naar de keuken. Ze volgde in mijn spoor als een ganzenjong. Nog voordat ze me kon vertellen welke demonen haar nu weer achternazaten, keek ik haar streng aan, waarop ze, zonder verder nog gejaagd te doen, ging zitten. Ik had de fles wijn nog in mijn hand en schonk meteen ook voor haar een glas in. Ik wilde even rust vooraleer ik me overgaf aan de nachtelijke bedrijvigheid die me te wachten stond. Met Louise in deze rusteloze toestand leek me dat niet dadelijk gegund, als ik het niet zelf wat in de hand werkte. Ze schuifelde op de bank, terwijl haar arm tegen het andere meisje aanleunde. Ondanks de groene jurk die haar een zekere maturiteit gaf, bleven haar blozende bolle wangetjes en haar wiebelende houding het kinderlijke in haar duidelijk tonen. Als uit gewoonte nipte ze van de wijn.

'Ik dacht dat ik niet op tijd was om het vuur brandende te houden,' loog het wicht, zoals ze dat allemaal op hun beurt wel eens doen. Ik zuchtte geïrriteerd. Amper vijftien jaar oud was ze en toch meende ze de wereld alleen aan te kunnen. Zo wist ze maar al te goed dat ze zich zonder mij niet buiten mocht vertonen, maar profiteerde ze af en toe toch van mijn afwezigheid om de Antwerpse straten te verkennen. Gekleed alsof ze een jonge twintiger was, hing ze dan rond bij de poorten van de koekjesfabriek. Ze kwam daar niet, zoals verschillende huisvrouwen en kinderen, om wat stukken chocolade of boterkoekjes bedelen, maar probeerde haar verleidingstechnieken uit op de fabrieksarbeiders. Deze jonge knapen die zich dagelijks in de fabriek in suikergoed wentelden, zagen in haar hun welverdiende zoete zonde op het einde van een lange werkdag. En dat liet Louise zich welgevallen. Vorige week stond één van de eigenaars nog bij me te klagen dat het gedaan moest zijn dat zij zijn mannen zo afleidde. Door haar miste meer dan eens één van hen het begin van zijn shift. Louise verleidde zonder gêne zo'n koekjesprins. Van zodra het weer het toeliet, trok ze met hem tot net buiten de stadsrand. Daar verkenden ze samen meer natuurlijk schoon dan alleen de weiden, tot het krieken van de dag hen terug de stad in joeg. Op warme zomeravonden gingen ze naar het zwembad, vlakbij de fabriek, om te spelen en te plagen en om elkaar te behagen. Ze moest me niets voorliegen. Ik wist dat wel. Ook ik ben jong geweest en ik woon hier al mijn hele leven. Ik wreef met mijn vingertoppen over de rimpels die zich op mijn voorhoofd begonnen te vormen.

'Ik wil geen gedoe meer met de chef van de fabriek, gehoord. En meer wil ik hier vanavond niet meer over kwijt,' zei ik kort, want ik had geen zin om nog langer mijn tijd aan deze kalle te verdoen. Ze voelde zich duidelijk betrapt, werd rood en kneedde onwennig met haar hand de huid van haar hals. De andere duts hoefde ook niet meer op mijn aandacht te rekenen.

'Louise, jij zorgt ervoor dat dit meisje zich bij ons op haar gemak voelt. Ik maak jou daar persoonlijk voor verantwoordelijk. Geef haar maar de Chambre des Roses en als ze iets nodig heeft, dan zorg je dat ze het krijgt. In de mate van het mogelijke natuurlijk,' grijnsde ik.

'Zeker, Madame Elsa, ik zal alles doen om het haar hier naar haar zin te maken,' zei Louise, terwijl de twee meisjes elkaar aankeken en bevestigend knikten.

Het hoofd van mijn onervaren juffrouwtje begon zichtbaar te tollen. En ook Louise had maar kleine oogjes meer. Ik stuurde de twee daarom onmiddellijk naar boven, om te vermijden dat ze beiden ter plaatse in een roes zouden vallen. Louise goot het laatste van haar glas in één teug naar binnen en ging naar de deur.

'Geen reistas?' zei ze en ze nam de jas van de nieuwe, waarop het debutantje nee schudde. Het meisje glimlachte naar me met waterige ogen en volgde Louise de deur door. Even later hoorde ik de twee, met een lompe stap, de krakende trap opstommelen. Ik had Louise de olielamp meegegeven. Die gaf weinig licht, maar net voldoende om de namen op de deuren te kunnen lezen. Bovendien woonde het kind hier lang genoeg om de weg te kennen en haar meteen naar de juiste kamer te begeleiden. Ik hoorde hen boven over de houten vloer van de gang waggelen. De drank was zo te merken met hun evenwicht aan de haal gegaan. Elke kamer had een eigen naam die in gekleurde sierlijke letters op de deur was geschilderd: Chambre des Tulipes, Chambre des Lys, Chambre des Marguerites,... De laatste op de gang aan de linkerkant was de Chambre des Roses. Het nieuwe stekje voor het meisje, althans voor even. Het was een mooie kamer, haast indrukwekkend te noemen voor meisjes die hier voor het eerst kwamen en vaak al een lange reis achter de rug hadden. Een groot bed stond in het midden van de kamer en één venster gaf uit op de achtergevels van de achterliggende huizen. De donkerrode gordijnen waren meestal gesloten. Alle ramen waren van sierlijke tralies voorzien. Het oogde niet zoals in een gevangenis, maar had wel dezelfde functie. Ik had in het verleden genoeg last gehad met meisjes die weer het ruime sop kozen. Ik was in de deuropening gaan staan om te horen of alles verliep zoals ik wilde. Het laatste wat ik kon missen, was dat één van hen ter plekke op de grond ineen zakte door de werking van de opium in de Spaanse kruidenwijn.

'Als er iets is, ik slaap op de Chambre des Dahlias. U mag altijd komen kloppen,' hoorde ik Louise lispelen, waarop ze de deur achter zich sloot en zich in haar eigen kamertje terugtrok.

'Het debutantje zal nu waarschijnlijk met haar jurk aan het worstelen zijn', dacht ik. Dit moment was voor velen het ogenblik van de pijnlijke vaststelling dat ze er echt alleen voor stonden. En ik was niet degene die haar ging helpen. Bovendien zou ze zich mogen haasten. De wijn deed zijn werk steeds goed, zeker in het begin. Ik hoorde een plof op een krakend bed, gevolgd door nog eentje, aan de overkant van de gang. Die waren wel uitgeteld voor een paar uren. Ik ging terug de dompige keuken binnen en nam de wijnfles. Mijn missie voor het nieuwe meisje was zopas succesvol gestart. Vanaf nu mocht ze proeven van mijn wereld en moest ze zo veel mogelijk de smaak van haar wereld vergeten. Zij zou hier wel met een doel zijn gekomen net zoals die vele landverhuizers die de stad dagelijks overspoelden. Ze zou zich dan ook snel genoeg aanpassen. En als dat niet meteen lukte, kon ether of een extra sterke laudanum de komende dagen beslist helpen. Grijnzend duwde ik de kurk terug op de fles en zette ze neer op het schap boven de kachel, achter een bestofte weckpot met pruimen. Ik hoorde Jeanne in haar beddenbak kruipen en niet veel later was haar gesnurk al hoorbaar. Er was nog altijd lawaai op de straat. Stemmen echoden uit de steeg, waarschijnlijk van enkele fabrieksarbeiders van wie de late shift was afgelopen en die nu op weg waren naar huis. Voetstappen weerklonken even later toen het troepje werkvolk voorbij de gevel van mijn huis passeerde. Ik nam één van de sleuteltjes van de bussel die rond mijn hals, verzonken in mijn boezem, aan een lederen touwtje hing en opende het venster in de keuken om de vochtige lucht te verdrijven. Een zoete koekjesgeur waaide mij vanuit de richting van de fabriek tegemoet. Het gelach stierf weg.

'Madame Elsa!' hoorde ik plots een stem verderop roepen.

Ik drukte mijn hoofd tegen de tralies van het kleine venster en zag in de schemering Pierre dichterbij komen.

'En mijnheer Pierre, heb je mij nog iets te bieden vanavond?' riep ik door het venster.

'Altijd Elsa, altijd,' lachte hij familiair.

Pierre was de grote man van een van de plaatsingsbureaus aan de Middenstatie. Hij was mijn bron van inkomsten, maar ook van uitgaven. Ik had het geluk dat ik vaak mooie koopwaar kreeg voor mijn geld. Terwijl hij de deur naderde, zag ik dat hij een jong meisje voor zich uit duwde. Ik trok mijn hoofd naar binnen, sloot het venster zorgvuldig en ging naar de voordeur.

'Kom binnen,' zei ik en ik stak mijn hand naar hem uit. Pierre trok me dichterbij en gaf me een kus op de wang. Een walm van zweet, sigaretten en verdorvenheid sloegen me in de neus.

Hij en de jonge vrouw volgden mij naar de salon, het vertrek dat schuin tegenover de keuken lag en dat ook steeds met een sleutel werd afgesloten. In deze stoffige ruimte stonden twee oude zetels en een tafeltje met enkele kristallen flessen en wat glaasjes, verder geen meubilair. Tegen de wand hingen wat grauwe schilderijen van Antwerpse haventaferelen.

'Zeg het eens,' zei ik, terwijl ik met mijn hand uitnodigend teken deed dat Pierre kon gaan zitten. Hij deed de knoop van zijn jas open en plofte met zijn logge lijf in de zetel. Het meisje negeerde hij. Zij bleef in de deuropening staan. Toen ik naar haar keek, maakte hij haar met gebaren duidelijk dat ze daar moest blijven, alsof ik het hem met mijn ogen had opgedragen. Ze wendde haar hoofd af als een neergeslagen hond en verroerde zich niet meer.

'Cognacje?'

'Moet je dat nog vragen?' grijnsde Pierre.

Ik schonk hem een glas in en schoof het over het tafeltje naar hem toe.

'Ze is deze middag al binnengekomen, maar ik wachtte liever tot het donker was om met haar naar hier te komen. Ze heeft ook al wat verdovende zoetigheid binnen,' zei hij met een knipoog, terwijl hij met zijn door de tabak vergeelde vingernagels tegen het glas tikte.

Ik keek naar het meisje dat, nog steeds met haar hoofd naar de grond gebogen, in het deurgat stond.

'Daar deed je goed aan,' zei ik.

Meestal ging ik zelf langs het plaatsingsbureau om te zien of er nieuwe poezen in de aanbieding waren. Ik wilde vermijden dat de politie argwaan begon te krijgen over wat zich hier in mijn huis in de Montignystraat allemaal afspeelde. Het was eerder uitzonderlijk dat Pierre mij hier een bezoekje bracht. Dat kon dan zijn omdat hij een speciaal vrouwtje voor me had dat ik nog die avond zou kunnen inzetten of omdat hij zijn eigen bureau wat ontzag doordat hij zichzelf geviseerd voelde door de politie.

'Ze zoeken me weer,' zei hij, waarmee hij dadelijk bewees dat de tweede reden zijn bezoek verantwoordde.

'Geen van hier precies,' zei ik met mijn hoofd wijzend naar het jonge meisje.

'Nee, inderdaad, het is een Bulgaarse,' bevestigde hij, terwijl zijn geelbruine tanden zijn volledige gezichtsuitdrukking ontsierden.

Ik liep naar het meisje toe en nam haar kin in mijn hand. Ze keek me verweesd aan. Met mijn vinger deed ik teken dat ze moest draaien. Ze maakte een half kringetje. Ik hield haar tegen bij haar schouders en voelde aan haar billen.

'Geen vel over been. Belangrijk,' zei ik controlerend.

Ik duwde haar verder zodat ze terug met haar gezicht in mijn richting stond. Ze sloeg haar ogen neer en apprecieerde duidelijk niet dat ik haar betaste. Maar dat is nu eenmaal het spel. En ik koop niet graag een kat in een zak. Ik knoopte haar bloes los en raakte haar borsten aan. Ik kneedde ze zacht en ging met de toppen van mijn duimen over haar tepels. Ze huiverde. Ik klakte met mijn tong en zuchtte twijfelend.

'Ja, Pierre, ziet er goed gerief uit, maar ik heb al zo veel geïnvesteerd de laatste tijd. Die grieten moeten ook nog eens beginnen opbrengen. En ik heb zelf pas een nieuwelingetje binnengehaald.'

'Het is investeren voor ze het leren. Vierhonderd frank,' zei hij droog en hij wees met zijn hand naar de koopwaar.

'Veel geld, man,' snoof ik waarop ik opnieuw haar borsten vastnam om mezelf, in afwachting van de afloop van de onderhandeling, toch dat extra pleziertje te gunnen.

'Tweehonderdvijftig en je mag haar hier laten.'

Het meisje keek afwisselend naar hem en naar mij, niet begrijpend dat we over haar onderhandelden.

'Driehonderd,' klonk zijn laatste bod. Ik streek mijn hand langs mijn mond en stak vervolgens mijn duim op om onze handelsovereenkomst te bevestigen. Ik deed teken dat ze haar bloesje terug dicht kon knopen en bood een stoel uit de keuken aan. Zoals dat bij elke goede handelstransactie hoort, schonk ik onze glazen nog eens vol. Voor de Bulgaarse haalde ik een glas laudanum zoals ik eerder die avond voor haar lotgenote ook al had geschonken.

'Op de lichte zeden,' lachte ik en ik hief mijn glas in de lucht.

'En op onze moraal,' zei Pierre, die na het klinken in één teug het glas leegdronk en als een boer zijn mond schoonveegde met de rug van zijn hand.

Pierre deed teken naar het meisje dat ze moest drinken. Ze nipte met mondjesmaat van haar wijn en liet nog een groot deel staan, maar de uitwerking bleef niet uit. Ze versufte zienderogen en zakte algauw onderuit op haar houten stoel.

'Je hebt haar precies al wel genoeg gegeven,' zei ik.

Een grijnzend lachje verscheen rond zijn mondhoek.

'En papieren? Want ze is nog minderjarig zeker.'

'Ja, dat is nog een probleem,' zei Pierre aarzelend.

We kenden de pseudoadministratieve wegen. Het was niet de eerste keer dat we meisjes lieten verdwijnen en onder een andere identiteit opnieuw lieten verschijnen, maar eigenlijk deed ik dat liever niet. De politie zat ons al genoeg achter de veren. Er waren wel wat van die mannen die een oogje dichtknepen als ze ook eens mochten komen spelen, maar toch. Er was aanbod genoeg, dus moesten we het lot niet tarten. We zaten in een uitgelezen omgeving. Ze brachten de jongedames met de nieuwste treinen en de mooiste boten tot haast vlak voor onze deur. Het ging louter over snel genoeg inspelen op de situatie. Ik vroeg me dan ook af of het wel de moeite was om ons in onnodige ingewikkelde toestanden te begeven. Ik was bovendien al eens bijna voor valsheid in geschrifte opgepakt. Een van die freules had het nodig gevonden om uit het 'bed' te klappen tegen een Brusselse agent. Deze jonge snaak dacht macht uit te stralen door tegen de wijven te pochen over zijn functie. Maar kwam wel naar Antwerpen om op de hoertjes te kruipen, uit schrik door zijn collega's betrapt te worden. Ze vonden elkaar tussen de lakens en meenden elkaar een dienst te kunnen bewijzen. Zulke overijverige ambtenaren kon ik missen als kiespijn, net zoals die opstandige snollen die dachten uit dit leven te kunnen ontsnappen. Een hartig woordje met de agent en wat bankbiljetten in zijn hand, deden hem inzien dat hij er meer bij zou verliezen dan ik. En het meisje, daar sloeg ik het inzicht wel in.

Pierre overhandigde mij de geboorteakte van de Bulgaarse. Zestien jaar, gelukkig zag ze er ouder uit. Ik wilde haar in elk geval niet weer onderhouden zoals die wees van een Louise waarin ik meer eten stak dan ik er mijn kost aan verdiende. Te jonge meisjes zijn geen goede belegging. Dat heb ik met Louise wel geleerd. Ze moeten direct opbrengen, want voor je het weet, krijg je ze niet meer verkocht. En ze onderhouden tot ze rijp zijn, is al helemaal te gek. Het is omdat Louise een soort erfenis was van een stieftante van me, dat ik haar tolereer. Bovendien lijkt het wel of ze het een echte eer vindt om hier in het Slot te mogen wonen. Ik ben me er van bewust dat ze zichzelf meer dan eens de grote Madame waant als ik niet in de buurt ben. Maar ach, het is de bedoeling dat ze in de 'familiezaak' stapt eens ze ouder is. Het feit dat ze de controlerende rol nu al op zich neemt, is voor mij een geruststelling. Ik knijp dan wel eens een oogje dicht. Het meisje op de stoel knikkebolde en sloeg haar hoofd achterover. Die is uitgeteld, dacht ik. Buitenlandse vrouwen houd ik meestal niet zo lang in eigen huis. Die zet ik sneller in mijn internationale transacties in. Al mijn handelingen zijn welgekozen zetten in één groot strategisch spel. Het is lucratief, dat zal ik zeker niet ontkennen, maar het kan toch ook zoveel persoonlijke voldoening geven als je de juiste pion op het juiste moment weet te verplaatsen. In mijn hoofd borrelden de ideeën al op. Ik kon morgen best eens langs Weismann gaan. Hij was een jood naar mijn hart en één van de betere handelaars waarvan ik tot nog toe het genoegen had mee samen te werken. Daar was Pierre, die ondertussen al doorgezakt in de zetel zat, maar klein bier tegen. Meermaals had Weismann een tocht naar verschillende zeehavens in Rusland ondernomen en dat voor wel zeer goed opbrengende handelsakkoorden. Als ik hem mocht geloven, zou hij gestart zijn door zijn eigen vrouw ginds als slavin te verkopen. Hij kende het milieu en trok de juiste mensen aan. Hij had bovendien gelijk wanneer hij zei dat hij de veiligste job van ons allemaal had. Het enige wat hij moest doen, was trouwen en scheiden. Hij was er een soort van specialist in geworden. Een zestal maanden geleden was hij nog met een Britse schone, die ik hem aan de hand had gedaan, naar Riga - of was het Odessa? - getrokken. Hij was zo thuis in het Russische wereldje dat hij met veel geld, zonder vrouw en enkel een stempeltje in zijn vals paspoort waarop stond 'gescheiden', terugkwam. En de douanebeambten, die hadden geen idee, want hoe jammer voor meneer dat hij gescheiden terugkeerde van zijn reis. Dat zou wel een blaam zijn op de naam van de familie. Waarop Weismann, alias Van den Berghe, Lebowski of Dujardin, met neergeslagen ogen zijn schaamte voor de douanebeambte probeerde te verbergen en prevelde dat zijn vrouw een meisje van lichte zeden bleek te zijn. De ambtenaren, die door het verhaal zelf bijna het schaamrood op de wangen kregen, legden om deze reden de duidelijk gekwetste man vaak niet langer op de rooster. Eens hij terug in de stad was, transformeerde hij weer in Weismann, de man met de onberispelijke levenswandel. Je moest het hem maar nadoen.

'Je helpt me haar toch mee naar boven brengen, nietwaar?' schudde ik Pierre wakker, die met deze laatste cognac duidelijk niet aan zijn tweede borreltje van de avond toe bleek te zijn. Hij staarde dronken in het glaasje dat hij in zijn hand ronddraaide. Hij zag aan mijn gezicht dat hij niet anders kon dan bevestigend antwoorden. Even later zeulden we met twee het meisje de trappen op. Ik bracht haar onder in de Chambre des Lys, recht tegenover de Chambre des Roses, de kamer van mijn andere aanwinst. Ik keerde, nadat Pierre vertrokken was, terug naar boven en ging de Chambre des Roses binnen. Het meisje lag uitgeteld op het bed in een nachtkleed dat ik daar eerder die avond had achtergelaten. Ik nam haar kledij mee naar beneden en legde een pakketje met nieuwe kleren naast haar bed op de stoel. In de Chambre des Lys ontkleedde ik de Bulgaarse en nam ook haar kleren, evenals haar reistas, mee. In ruil liet ik ook hier een pakketje met andere kleren achter. Ik droeg alles naar beneden en selecteerde de jurken, rokken en korsetten die ik het best op de markt kon versjacheren. Ik vouwde alles op en wikkelde de kleren in bruin papier om ze vervolgens in de lade van de gangkast te leggen. Ik sloot de lade met de sleutel en nam de sleutel mee naar mijn eigen kamer. Daar kreeg hij een plaatsje in mijn geldkoffertje, waaraan ook een hangslotje hing. Ik noem dit huis niet voor niets het Slot. Alle deuren en ramen werden er steevast vergrendeld. Bovendien had het Slot alles wat een echte koningin zou verlangen van haar kasteel. Mooie kamers, mooie toekomstige prinsessen, en een schatkist met de opbrengst van de afgelopen week. Ik verzamelde er de meisjes, die ik later meenam naar mijn werkhuis in het schipperskwartier. Tegen valavond vertrok ik meestal op jacht. Ik kende wel anderen, voornamelijk de mannen en vrouwen van de plaatsingsbureaus, die voor niets terugdeinsden en de hele dag in het station rondhingen op zoek naar nieuw vlees. Ik probeerde toch voorzichtiger te werk te gaan. Voor mij verborg de schemering de geheimen van de nacht. De vaak naïeve grietjes nam ik eerst met het rijtuig hier naartoe. We reden gewoonlijk van de Middenstatie of van de aanlegsteigers aan de kade de stad in, langs de bomenrijen op de boulevard richting zuid. De koets waarmee ik hen vervoerde, had achteraan slechts zeer kleine ramen met gordijntjes in donkergroen fluweel die hen, zonder dat ze het merkten, elk zicht van de stad en de omgeving ontnam. Als ze dan in het Slot aankwamen, kregen ze lessen in nederigheid, een bed om te slapen en wat drank om het besef, als ze dat al zouden hebben, te verdrinken. Het was vooral dat laatste dat er al snel voor zorgde dat hun gevoel voor recht en onrecht vervaagde. Het Slot lag bewust nogal ver van de eigenlijke hoerenbuurt. Zo kon ik mijn buitenlandse praktijken zo veel mogelijk van mijn binnenlandse scheiden. Ik keerde terug naar de salon. Het was nu stil in huis en ook de rest van de straat leek ingeslapen te zijn. Ik ging in mijn zetel zitten, sloot mijn ogen en genoot nog heel even van de rust, want zo dadelijk moest ik terug naar het werkhuis om daar de hongerigen te spijzen.

Ik stak de sleutel, waarmee ik het Slot zorgvuldig had afgesloten, weg en klom in het rijtuig.

'Naar het schipperskwartier,' zei ik en het paard trok langzaam de karos in gang.

De gesloten gordijntjes in het rijtuig wapperden tegen het kleine venstertje toen de koets zijn weg over de kasseien zocht. Ik nam mijn tasje en haalde er mijn spiegeltje en poederdoosje uit. In één snelle beweging bracht ik wat zwart onder mijn ogen aan. Ik stiftte mijn lippen rood, trok er een zwart potloodlijntje rond en poederde mijn wangen. Ondanks het geschommel van de koets, had ik een soort van natuurlijke finesse opgebouwd, waardoor ik onder alle omstandigheden met een vaste hand snelle en mooie lijnen kon trekken die mijn gezicht meteen opfleurden. Voor mij is een tot verslaving aanzettende schoonheid in de hand te werken met wat maquillage. Ik duwde mijn borsten bij elkaar en spande mijn rode korset wat meer aan. Ik ging rechtop zitten, strikte het touwtje bovenaan, keurde mezelf nog eens in mijn handspiegeltje, duwde mijn ivoren haarkammetjes wat dieper in mijn haar en stak vervolgens alles weer netjes terug in mijn grote stoffen kabas. Even later hield het rijtuig halt voor het werkhuis. Ik stapte uit, ging binnen en deed de deur meteen weer dicht. De wagen bleef nog even voor de deur staan. Julia stond me al op te wachten.

'Het is hier druk geweest deze middag. De nood was weer hoog bij heel wat van onze vaste mannen,' glimlachte mijn tweelingzus toen ik de gang verder inliep. Haar ogen waren klein en de trillende ader die over haar voorhoofd liep, verraadde dat zij wel wat rust kon gebruiken. De constante duisternis in het werkhuis maakte dat niet alleen onze hoertjes maar ook wijzelf moeite hadden om de dag van de nacht te onderscheiden. Julia kuchte. Het tekort aan licht, lucht en slaap had zijn weerslag op onze gezondheid. Elke paar weken wisselden we dan ook bewust onze dag- en nachtverdeling om.

'Er zijn twee nieuwen in het Slot. Ze liggen in de achterste kamers,' informeerde ik haar.

'Dure?'

'Eentje heb ik vanochtend zelf opgepikt aan de kade, een chique. De andere komt van Pierre, maar is voor verkoop,' zei ik zakelijk.

Twee mannen waggelden de trap af. De ene had nog een slip van zijn hemd uit zijn broek hangen. De andere zette zijn hoed op, sloeg met zijn rechterhand tegen de achterkant ervan, en trok zijn jas dicht. Ze knikten in onze richting en verlieten het werkhuis. Ik stak mijn hoofd even om de hoek om te kijken of er volk zat in de salon. Eén jongeman zat in een van de zeteltjes achteraan. Zijn handen streelden de naakte benen van een roodharig meisje. De kaarsen in de kandelaars aan de wand die flikkerend lichtschaduwen op de muur toverden, waren half opgebrand en er hing een rokerige nevel boven de tafeltjes. Ik haalde het geld uit het kistje, stak het in de lederen slagersportefeuille en legde het klaar. Julia haalde haar zwarte jas uit ons privévertrek dat zich vlak naast de salon bevond, nam de portefeuille, gaf me vluchtig nog een zoen en verdween door de voordeur. Ik hoorde de paarden weer aanzetten en vertrekken richting het Slot.

'Goeieavond, Madame Elsa,' begroette Juliette me vrolijk, terwijl ze in het deurgat verscheen van de kamer, waar een deel van mijn nachtvlinders, die net uit de slaapvertrekken kwamen, zich klaarmaakten voor hun nachtelijke taak. De grote vrouw, wiens lange benen meteen de aandacht trokken, leek een toonbeeld van gelatenheid. Deze benen in netkousen die met een jarretellegordel over de kanten slip aan een zwart satijnen korset met rode kanten ruches waren vastgehaakt, deden zelfs de concurrentie het hoofd draaien. Het witte doorschijnende kleedje dat zij over haar korset droeg, kwam net over haar brede heupen. De twee touwtjes vooraan waren los, waardoor haar welgevormde boezem iedere man meteen uitnodigde en ook mij niet onberoerd liet.

'Goeienacht, Juliette,' antwoordde ik. Zij was zo'n vrouw waar ik oprecht trots op mocht zijn. Ik herinner me nog goed hoe kwetsbaar ze overkwam toen ik haar voor het eerst in het vizier kreeg. Ze kwam met de trein uit de Kempen in Antwerpen aan. Ik zie ze nog onhandig op het perron haar bagage bij elkaar zoeken. Er waren meteen al wat jonge wolven die haar het hof trachtten te maken en haar een bagagetas probeerden af te troggelen. Ze viel dan ook voor me als stof op de kast, toen ik mijn hulp aanbood. Het zal waarschijnlijk mijn moederlijke uitstraling geweest zijn die daarvoor zorgde. Want overdag, wanneer ik zelf de stad afschuim, zorg ik ervoor dat zwarte koolranden rond mijn ogen of een zichtbare decolleté mijn nachtelijke avonturen niet verraden. Ze had op een blaadje papier een adres gekribbeld waar ze aan de slag kon als kindermeisje. Ik spiegelde haar een nieuwe droom voor en beloofde haar de hemel. Wat was dat tikkeltje misleiding voor zo'n jong meisje? Ze wilde toch werken! Nu staat ze tenminste echt in het leven. Ze zorgt ervoor dat de grote kinderen van de stad niets tekortkomen. Ik grijnsde bij deze haast vergeten herinnering aan mijn eerste ontmoeting met haar. Bovendien denk ik dat ze mij nog dankbaar is ook. Vorige week hoorde ik een charlatan haar nog mooie beloftes maken over hoe zij onbezorgd bij hem kon komen wonen. Hij zou wel voor haar zorgen. Mijn gevallen stofje wilde zelfs niet meer weg. En zo zijn ze hier bijna allemaal. Ik zou de deur haast kunnen openlaten. Deze vrouwen bewaken elkaar voortdurend, haast onbewust. En mocht het echt nodig zijn, dan zijn er altijd wel bij die er persoonlijk voor zorgen dat de beginnelingen niet ontsnappen. Als uit respect voor mij, hun hoerenmadame. Niet altijd te verklaren, maar wel gemakkelijk. Er werd op de deur geklopt. Een krachtig gebons, alsof er een zekere gejaagdheid achter zat. Ik opende de deur op een kier en keek wie er stond. Een man in een net pak met een bruine vilten hoed keek schuin naar binnen. Hij hield zijn hand tegen de deur, klaar om ze open te duwen. Ik herkende hem meteen en liet hem binnen.

'Mon habitué préféré', verwelkomde ik hem hartelijk.

'Madame Elsa,' riep hij uit, eens de deur achter hem gesloten was en hij zichzelf de vrijheid gaf om met luide stem zijn intrede in het etablissement te maken.

Zodra ze die stem hadden herkend, hoorde ik de meisjes in de achterkamer gejaagd heen en weer lopen. Ze wilden allemaal zo snel mogelijk in de deuropening verschijnen. Er was iets met die man, iets wat hem onweerstaanbaar leek te maken, zelfs voor die meisjes bij wie het nodig was om hen met spiritualiën het besef te ontnemen, zodat ze zich zouden kunnen geven aan dat eerste, soms zelfs gedwongen contact. Het was alsof een ervaring met hem hun kijk op hun lijden veranderde. Ik wist maar al te goed dat mijn sloeries voorkeuren hadden. Een rijke, afgeborstelde, niet onaantrekkelijke man paste beter in hun droombeeld dan een arme dokwerker die dankzij een partijtje armworstelen in een bruin café vlak bij de kade het nodige geld had weten te verzamelen om zich, al was het maar heel even, in één van hun boezems te kunnen verschuilen. Drie mooi opgemaakte vrouwen met rood geverfd haar verschenen in de gang. Het was als een vleeskeuring, waarbij ze zelf uitdrukkelijk hoopten op een brandmerk. Ze glimlachten bijna sprookjesachtig naar de man wiens linkerwenkbrauw spontaan trilde bij het zien van al dat moois. Het gangetje was smal en donker. Vlak bij de deur naar de achterkamer stond een houten toonbank, waarop drie kaarsstompjes brandden. Ik schonk de vrouwen verder geen aandacht. Voor mij waren ze amper meer waard dan de blikken doosjes sperziebonen of erwtensoep die geschrankt op het houten winkelschap achter de kruidenier stonden. Klaar voor verkoop.

'Renée', riep ik over mijn schouder.

'Ja, Madame,' zei een jonge vrouw, klein van gestalte, die zich kenbaar maakte door zich een weg tussen de drie roodharige vrouwen te wurmen.

'Als ik een suggestie mag doen, beslist eentje voor u, mijnheer', zei ik, terwijl ik het kwetsbare meisje met de donkere haren en de lichtbruine teint in de richting van de grote salon duwde. Haar naakte benen vertoonden enkele blauwe plekken ter hoogte van haar scheenbenen. Ze sloeg haar lichte zijden kamerblouse toe en haastte zich de salon binnen.

'Soms is het nodig om de meisjes wat extra aan te porren,' zei ik de man, die naar de blauwe plekken staarde. Ik had van mijn meisjes gehoord dat hij ook niet vies was van een tik af en toe, zeker niet wanneer hij wat te veel had gedronken. Hij keek nog even dromerig naar de andere meiden, maar zijn keuze was al gemaakt. Ik legde mijn hand op de toonbank en tokkelde met mijn vingers op het

103

hout. Het leek alsof hij ontwaakte uit een eerste vervoering. Hij glimlachte verontschuldigend.

'Alsjeblief, Madame Elsa,' zei hij en schoof een stapeltje bankbiljetten in mijn richting.

Ik telde ze na en knikte als teken dat hij naar binnen kon gaan. De nacht was begonnen. In de spiegel kruisten mijn ogen die van Renée. Ik gebaarde met mijn vingers dat er geld achter deze man stak en dat zij beslist nog meer geld uit zijn zakken kon doen rollen. De salon was voorzien van kleine tafeltjes en roodfluwelen zitbanken. Renée gaf zich meteen over aan het spel van de nacht en liet nonchalant haar negligé openhangen, waarop de man spontaan een fles Veuve Clicquot bestelde, net zoals Napoleon deed voor zijn Joséphine toen hij haar op een koude winterdag tot keizerin kroonde. Even later genoot de gast, met een uitdrukking op zijn gezicht alsof hij Bonaparte zelf was, samen met zijn gezellin van een coupe van de heldere mousserende wijn. Ze zaten dicht bij elkaar op de zetel, in een hoek van de salon. Veel werd er niet gepraat. Zij knipperde met haar ogen. Hij zat al met zijn hand aan haar half ontblote schouder. Ze nipten van de wijn en streelden elkaar. De keizer haalde zijn slag binnen en mijn kassa rinkelde. Zowel overdag als 's nachts kwamen er mannen naar het bordeel. Maar de nachten schenen toch altijd ietsje aantrekkelijker. Het leek meer geoorloofd, alsof de nacht als een donker deken de naaktheid van de wereld toedekte. Al na een goed uur zat de salon vol met mooie dandy's, omringd door mijn godinnen, die gehuld waren in niemendalletjes die niemand onbewogen lieten. Er waren drie kamers beneden en vier kamers op de eerste verdieping. Op drukke nachten trok er zich elk half uur wel een nieuw koppel terug. Op sommige nachten liepen die vertrekken, ingericht als koningskamers, tezamen tot zeventig keer toe vol. De slaapkamermeubels straalden rijkdom en weelde uit. Als er geen vlekken op het beddengoed gemaakt waren, gaf ik de werkvrouw die tussendoor de kamers ging opruimen de opdracht om de lakens gewoon wat recht te trekken en de bedden netjes terug op te maken. Geen haan die ernaar kraaide en zo spaarde ik heel wat wasgoed uit. De mannen zelf hadden veelal geen oog voor de bedden met bonte spreien of de met bordeaux of paarse suède beklede muren. Hun oog viel niet op de blote Griekse vrouwen die als garnituur op de schoorsteenmantel prijkten, ze wilden slechts het zoete naakte vlees van de jonge schoonheden die hen in deze kamers vergezelden, tussen hun handen voelen en in hun mond proeven. Mijn bordeel was niet zomaar een achterkamertje in een café of in een restaurant. Het was een wereld op zich. Een ontmoetingsplaats ook, voor de mondaine mannen die met hun bedrijven in de haven of in de diamant grote sier maakten en hier tussen glas en borst vaak belangrijke verbintenissen aangingen. Ik lieg niet wanneer ik zeg dat hier al grote pacten werden gesloten. De helft van die vermogende families trouwde met elkaar, voor geld of macht. En wees maar gerust dat mijn Veuve Clicquot en een - door een van die gewiekste bedrijfsmannen betaalde – schone regelmatig een mogelijk nog twijfelende vader tot jaknikken hadden aangezet. De regeling was meestal al getroffen nog voor de fles helemaal leeg was. Het was per uitzondering dat we hier boerenjongens over de vloer kregen. Die zochten met hun geld wel andere, meer bij hun portemonnee passende, oorden op. Het was dan ook vooral de meer gegoede klasse, de rijken, met onder hen enkele edellieden *pur sang* die nog altijd in het idee geloofden dat mannen hun natuurlijke driften moesten kunnen botvieren op vrouwen die speciaal voor deze gelegenheid gezond werden gehouden. Wat de natuur verlangt, moet de natuur krijgen, desnoods verborgen. Een wereld die aan het zicht onttrokken werd, nodigde uit tot dromen en fantasie. Sommige van mijn vrouwtjes waren van een zo zeldzame schoonheid dat ik de mannen in de cafés over hen hoorde praten. Deze vrouwen maakten mijn bordeel een aanlokkelijk doelwit voor de vele jagers. Schoonheid kende zijn prijs en een verrassing betaalde blijkbaar gemakkelijker. Ik vertoon me om deze reden zo weinig mogelijk met de meisjes op straat. Gelukkig heb ik de toelating om te doen wat ik doe en ik verdien er nog goed mijn boterham mee ook. Ik telde de bankbiljetten die in mijn kistje zaten en keek daarna naar de rokerige ruimte achter me. Ik zag sommige mannen leunen op de vrouwen die bij hen zaten. Enkele tafeltjes waren verlaten. Het enige wat restte waren de lege flessen en hier en daar wat omgevallen glazen. Een dienster ruimde ze af voor nieuwe gasten, terwijl ik mijn ronde in de salon deed om te zien of alle klanten tevreden waren. Zelf ben ik niet meer actief in de slaapkamers. Ik weet maar al te goed dat ik niet langer ben wat mannen komen zoeken in bordelen. Die tijd ligt achter mij.

'Rose, ga weg bij dat venster,' zei ik kordaat.

Hoewel er dikke wollen gordijnen voor alle vensters in het huis hangen, zijn er toch vaak nieuwsgierige vrouwmensen die ik betrap in hun poging om naar buiten te gluren. Alsof de wereld daar zoveel aantrekkelijker is voor hen.

Er werd plots weer hard op de deur gebonsd. Ik deed open en in het donker verscheen een man met kepie. Ik herkende hem meteen. Het was mijn vaste klaaggeest.

'Meneer de agent, ik heb ze toch direct van het raam weggejaagd. Dat moet u toch gezien hebben, als u nu al op mijn deur staat te kloppen. U gaat hierover nu toch geen zaak aanspannen?' vroeg ik, haast geërgerd, nog voor de man de kans kreeg om de reden van zijn komst duidelijk te maken. Naast hem stond nog een tweede agent.

'Nee, Madame Elsa, dat had ik zelfs niet gezien. Ik kom langs omdat we een anonieme brief uit Brussel hebben ontvangen dat er hier in onze Antwerpse bordelen mogelijk een vrouw zit die door een Hongaarse ontvoerd werd om haar in Hongkong te verkopen. Ik ken hier niet zo veel Hongaarse vrouwen, maar jij en je zus zijn toch van daar, nietwaar?'

Ik probeerde kalm te reageren en zei, wijzend op de blondines en brunettes achter mij: 'U bent aan het adres van de verkeerde Hongaarse, heren, want ik heb alleen maar Belgische vrouwtjes.' Het was niet gelogen. Op dat moment had ik echt geen buitenlandse vrouwen in mijn aanbod. En die vrouw voor Hongkong, zo had ik vorige week al van Pierre gehoord, zat nu blijkbaar ergens met die andere Hongaarse in Berlijn, omdat deze laatste via een handelaar in Rotterdam had gehoord dat de politie in België haar praktijk op het spoor was en dat Antwerpen niet meer veilig was. Onze wereld is klein en de grenzen zijn vaag. In ons midden reist nieuws even snel als de treinen die het station dagelijks verlaten.

'Mogen we eens een kijkje nemen?' vroeg de tweede agent, die al meteen enkele stappen in de richting van de salon zette.

'Maar natuurlijk heren, kan ik jullie alvast een glaasje aanbieden? Ik zal jullie ook de werkboekjes van de vrouwen laten zien,' zei ik met een flair. Ik deed meteen teken naar twee meisjes die alleen achteraan stonden om een van de lage tafeltjes leeg te maken en de nodige flessen aan te dragen. De heren deden weinig moeite om de glazen die hen werden aangereikt af te slaan. Bovendien lieten ze zich welwillend in de zetels bij twee blondines vallen. Ik bood hen een sigaartje aan, dat ze rustig oprookten voordat ze met een knipoog naar mijn blondjes en een knik in mijn richting vertrokken. Tot zover hun onderzoek. De werkboekjes verdwenen terug in de lade, zonder dat ze ooit in hun handen waren beland. Vrienden zijn zij die me geen mes in de rug zouden steken, maar in dit vak moet je ook je vijanden verzorgen.

De nacht vloog voorbij. De wandkandelaars werden tot tweemaal toe van nieuwe kaarsen voorzien. Tegen de ochtend verlieten de laatste hoerenlopers het huis en telde ik opnieuw met plezier onze inkomsten van de afgelopen nacht. De vrouwen kleedden zich uit. Ze konden van enkele uren slaap profiteren in de grote slaapzaal achteraan, voordat ze tegen het middaguur weer moesten opdraven. Ik zette de ramen achteraan het huis op een kier om de zurige geur van zwetende lijven en lichaamssappen, de blauwe mist van sigarenrook en de odeur van alcohol en opium, hun vlucht te laten nemen. Het eerste zonlicht van de dag viel door de opening naar binnen en toonde de tekenen van het slagveld. Omgevallen glazen, lege flessen, vergeten jassen en uitpuilende asbakken.

De wind blies enkele witte pluizen van de bomen aan de overkant van de straat door het vensterraam naar binnen, toen de deur met een dreun opensloeg.

'Ze is voor jou,' schreeuwde een rood aangelopen Julia.

Ik keek verbaasd naar mijn zus die als een woesteling het werkhuis binnenliep.

'Sinds wanneer breng je grieten met een dergelijk temperament mee naar huis?' zei Julia geërgerd. Ik reageerde amper. Julia kon mijn bezadigdheid niet op prijs stellen en trok me mee naar buiten. In het rijtuig zat de schaars geklede debutante, die de nacht in de Chambre des Roses had doorgebracht, met een bleek aangezicht en glazige ogen, gekneveld voor zich uit te staren.

'Waarom heb je haar mee naar hier genomen?' vroeg ik, terwijl we haar probeerden snel en onopgemerkt vanuit het rijtuig het werkhuis binnen te loodsen.

'Ze hield niet op met krijsen en leek wel een waanzinnige, zoals ze met het keukenmes naar ons stond te zwaaien. Als Louise en ik haar niet hadden overmeesterd, vastgebonden en in de koets gezet, waren er ongelukken gebeurd,' riep Julia terwijl ze met de hiel van haar voet tegen de deur tikte om deze te sluiten. Ze duwde het meisje voor zich uit de gang in. Ik maakte de touwen die haar handen samenhielden, los. Julia hield het meisje stevig bij de pols vast. Ik weet dat Julia graag overdrijft en het makke lammetje dat nu voor ons stond, deed me sterk aan het verhaal twijfelen. Enkele andere vrouwen kwamen kijken wat het tumult te betekenen had, maar ik stuurde hen meteen terug hun slaapzaal in.

'Ik denk dat er een grondig misverstand is,' zei het meisje, schijnbaar gekalmeerd en zelfingenomen, haar pols loswrikkend uit de greep van Julia.

'Lieve schat, er is geen misverstand. Dit wordt het dan,' zei ik me tot het meisje richtend.

Ze eiste in een mengeling van spanning en vijandigheid haar kleren terug en vroeg om een rijtuig richting centrum. Toen ze aanstalten maakte om naar de deur te stappen, trok ik mijn wenkbrauwen op en grijnsde: 'Jij gaat nergens meer heen vanaf nu.'

Julia hield haar ondertussen opnieuw stevig bij de polsen vast. Ze keek rond en ik zag haar besef omslaan in woede. 'Ik kan toch niet gewoon blind in deze val getrapt zijn. Dit is absurd,' zei ze nijdig, 'Ik kan toch niet zo naïef zijn? Laten we dit oplossen.' Het meisje schopte woest om zich heen in de hoop zich te kunnen loswrikken.

'Er is hier nooit een we, er is alleen een zielige jij,' snoof Julia. Ik stapte op haar af en sloeg met mijn vlakke hand tegen haar slaap. Ik nam haar gezicht hardhandig vast en zei: 'Nu ga jij eens goed naar mij luisteren. Je stopt met je aanstellerij en drinkt nog een glas.'

Ze veegde de tranen die ondertussen over haar wangen liepen met haar vrije hand weg. Een zwarte streep bleef op haar gezicht achter.

'Nee, dat doet me vergeten wie ik ben,' snikte ze angstig.

'Vergeten is het beste wat je nu kunt nastreven,' zei ik resoluut.

Julia trok haar de salon in en duwde haar met harde hand in één van de zetels. Ik liep naar de toog in de gang, haalde er een fles laudanum uit en vulde een glas dat ik meenam naar de salon. Het meisje was zo hevig aan het spartelen dat Julia moeite had haar goed vast te houden. Ik hield haar mee stil en bracht het glas naar haar mond die ze krampachtig dichthield. Door het getrek en geduw stootte het meisje haar hoofd tegen de houten leuning van de zetel. We zetten haar terug recht en ik probeerde opnieuw het glas aan haar lippen te zetten. Als verdoofd door de slag op haar hoofd, dronk ze. Ze sloot haar ogen. Het leek alsof ze hiermee wilde aangeven dat ze, althans voor nu, de strijd opgaf. Julia en ik ondersteunden haar, namen haar mee naar een van de achterliggende slaapzaaltjes en legden haar in een leeg bed, naast drie andere vrouwen die daar hun rust zochten. We dekten haar toe en ik deed teken naar Juliette, die even vanonder haar laken opkeek, om haar in de gaten te houden. Ze knikte. Het meisje draaide zich op haar zij en zuchtte diep, alsof ze haar ziel met deze ademhaling uit haar lichaam deed verdwijnen.

Julia hielp me de glazen naar de keuken te brengen.

'We worden hier te oud voor, Elsa,' klaagde Julia toen we terugkeerden naar de salon.

'Stel je niet aan, we hebben er al ergere gehad! Dit meisje draait wel bij en anders sturen we haar met Weismann mee naar Riga,' zei ik kordaat. Ik haalde de doos met de kaarsen tevoorschijn en begon de wandkandelaars opnieuw te vullen. Het was stil in huis. Ik keerde terug naar het Slot en Julia bleef in het werkhuis achter. Zo wisselden we opnieuw van taak. Het liet ons toe toch wat te kunnen slapen. Want net als bij onze hoertjes was onze slaap het eerste dat erbij inschoot. Julia sloot de deur met de sleutel. Ik vertrok in de hoop deze avond een weergekeerde rust te vinden.

3

'Laat me los,' krijste ze in verschillende talen, of ik meende althans verschillende talen te onderscheiden. De razernij die uit haar mond explodeerde, was er één waarbij de opeenstapeling van klanken een oerkreet van elke diepste emotie leek. Ze haalde uit naar mijn gezicht als een wilde wolf en stampte zich een weg tot aan het kleine dakvenster dat ze met één slag van de bedpan, die naast haar bed had gestaan, aan diggelen sloeg. Het glas kraakte onder onze schoenen. Er werd getrokken en geduwd.

'Julia!' riep ik om hulp, toen ik voelde dat ik niet langer de meerdere in de strijd was. Het meisje gaf me een duw waardoor ik even mijn evenwicht verloor en tegen de schuine rand van het dak belandde. Eén van mijn haarkammetjes tikte neer op de grond en een lange haarsliert viel voor mijn ogen.

'Ik vlucht nog liever over de daken met het gevaar uit te glijden dan dat ik hier zou moeten blijven,' schreeuwde ze, terwijl ze probeerde om zich een weg naar buiten te zoeken, zonder zich te verwonden aan de achtergebleven glasscherven in het vensterraam.

'Je overdrijft. Je hebt nog niet eens echt ervaren wat het leven in dit huis inhoudt,' riep ik haar na, terwijl ik snel rechtkrabbelde en haar belette te ontsnappen via het zolderraam. Met de kracht van een krijger die geen enkele vorm van angst kent, stampte ze tegen mijn borst. Ik viel weerloos achterover in de zolderkamer. Een glasscherf maakte een lelijke snee in mijn dij. Julia, die net in de zolderdeur verscheen, vloog meteen op het ontsnappende meisje af, stampende voeten ontwijkend en trok haar, als met een onmenselijke lichaamskracht begiftigd, terug de zolder in. Ze vielen allebei op de grond. Julia hield de polsen van het meisje, dat als een rabiate hond klauwde, in bedwang en zette zich met haar volle gewicht op haar buik om haar zo te immobiliseren. 'Je hebt gelijk, het is een monster,' riep ik tegen Julia, die het vervolg van het gevecht aanging. Onderaan de trap stond Juliette te jammeren. Het was haar schuld. Ze wist met welke gekkin we te maken hadden. Als zij haar wat beter in het oog gehouden had, dan zouden we nu niet de zoldertrap moeten opstormen om deze losgeslagen waanzinnige terug te halen. Mijn been bloedde en ik probeerde het te stelpen met een stuk van mijn onderrok. Julia probeerde ondertussen de bovenhand te houden in de strijd.

'Juliette, breng ons dat lint uit je kamerjas,' riep ik in het trapgat naar beneden, terwijl ik zelf enkele treden afdaalde. Juliette kwam direct met het lint aanzetten. Bij elke stap die ik op de trap zette, voelde ik de snede branden in mijn dij. Gelukkig was het bloeden niet meer zo hevig. Ik haastte me terug naar boven en samen probeerden we de handen van het nog steeds hevig om zich heen graaiende meisje vast te binden. Julia sloeg haar verschillende malen in het gezicht. Ze bleef zich verzetten en beet in Julia's hand. Mijn geduld was op. Met mijn vuist sloeg ik hard op haar borst, waardoor ze even de controle over haar ademhaling leek te verliezen. Schijnbaar verlamd, zonk ze ineen.

'Is ze buiten bewustzijn?' vroeg Julia, wat geschrokken van mijn uitval.

Ik tikte zacht met mijn vingers tegen haar wang, waarop ze met haar ogen knipperde. Ze had haar vijand bevochten, maar de trofee was duidelijk niet voor haar. Samen brachten we haar terug naar beneden. Haar gezicht was rood en licht opgezwollen door de slagen van Julia's hand. We brachten haar naar het hok naast de slaapzalen en legden haar neer op een vuile matras op de grond. Verschillende opstandige meisjes voor haar hadden hier hun eerste dagen en nachten doorgebracht. Er kwam bijna geen daglicht in het hok. Het was er vochtig, rook er muf en het pleisterwerk schilferde van de muren. Het zonlicht dat door een spleet tussen de houten planken voor het vensterraam viel, lichtte het stof in de kamer op.

Er stonden een paar bezems en een emmer tegen de muur, die ik voor de veiligheid buiten op de koer zette. Verder was de kleine ruimte leeg en stil. Hier temden we onze meest onstuimige meisjes tot volgzame deernen. Zo leerden ze wat rust was. Het temmen van zo'n meisje was als het temmen van een wild dier. Uiteindelijk moesten ze zich naar mij buigen. Het zou nu niet anders zijn. Elke keer dat ik het kamertje binnenkwam, lag ze bewegingsloos op de matras. Ik hield haar in het gareel en dwong haar volgzaamheid af. De eerste week verplichtte ik haar, voor onze middag begon en de klanten één voor één binnendruppelden, een glas laudanum leeg te drinken waardoor haar besef van waarheid en realiteit langzaamaan vervaagde. De dofheid in haar ogen nam met de dag toe. Ze staarde, zonder meer. Ze had opgehouden te strijden en ademde zonder reden. In het duister van haar kamertje en de somberheid van haar gemoedstoestand werd het dagelijks glaasje genot haast een lichtpunt om hunkerend naar uit te kijken. Een dorst naar rust. Haar weerstand veranderde in een bijna dociel wachten op die zoete aandacht. Ik zag haar verlangen naar het gevoel van evenwicht in haar hoofd en ik was degene die haar dat gevoel kon geven. Ik had haar in mijn macht.

'Hier, een boterham en wijn,' zei ik.

Ze nam het bord aan en dronk meteen het glas leeg. De stok die eerder sloeg, hoefde niet meer te slaan. Ze was getemd. Ik liet haar samen met de andere meisjes in de achterliggende slaapzaal slapen. Stilaan nam ze het ritme van het huis aan. Ze stond op tegen de middag en leerde van de andere meisjes hoe ze zich moest kleden en opmaken. Rode lippen, koolzwart rond haar ogen en zacht rozig poeder op haar wangen en haar borst. Ze leerde paaien en verleiden, al was het onder druk van de anderen. Ze moest zich tonen in de salon en werd verplicht met haar ogen te strelen. Aan de manier waarop ze door de salon stapte in haar lichte kanten bloesje dat losjes over haar korset hing en bovenaan niet gestrikt was, zag ik dat ze begreep hoe haar lichaam te gebruiken. Toch zorgde haar aarzelende houding er nog te vaak voor dat mannen hun zinnen zetten op een van de andere vrouwen. Ze liet de mannen aan haar frunniken, alsof ze het gewoon was, maar daagde hen niet uit. Als het aan haar lag, bleef het bij strelen. Ik stuurde haar daarom soms verplicht mee naar boven. Beetje bij beetje leek zij meer vertrouwd te raken met de gasten, hoewel ik bij haar geen voorkeur zag voor de ene of de andere habitué, zoals bij de andere vrouwen wel het geval was. Het was één van de bezoekers zelf die voor haar de voorkeurskaart trok. Nadat hij haar een eerste keer had gezien, vroeg hij telkens opnieuw naar haar. Ik kon niet echt op haar gezicht lezen of ze er tegenop zag hem te ontmoeten, maar er was iets met die twee. Het was alsof ze angstvallig elke emotie die ze voelde opborrelen, probeerde te verbergen als ze hem zag. Het leek of hij alle gevoel uit haar wegzoog. Toen hij laatst binnenkwam, tuurde hij meteen in de salon om te zien of ze er was. Hij kwam hier al jaren. Ik herinner me hem van toen ik hier zelf nog aan de slag was als lichtmeisje, jaren voordat Julia en ik het boeltje van de toenmalige bazin, Madame Gironde, overnamen. Hoewel zijn uiterlijk zijn leeftijd moeilijk verraadt, schat ik dat hij een vijftiger moet zijn. Altijd mooi verzorgd en strak in het pak. Hij leek door de jaren heen vergroeid te zijn met ons huis. In het begin was hij misschien te jong om te huwen en kwam hij hier zijn lusten bevredigen zodat hij de deftige dames in zijn eigen omgeving niet in gevaar zou brengen. Madame Gironde, die graag in sensuele rode en zwarte vederkleedjes door de salon paradeerde, deed maar wat graag haar lange zwarte handschoenen uit, wanneer hij het haar vroeg. Het leek alsof ze hem met plezier meer dan de randen van haar kanten lingerie toonde. Haar ogen twinkelden wanneer ze hem zag binnenkomen. En hij schonk na een tijd geen aandacht meer aan ons. Het was een soort wederzijdse verleiding, waardoor de andere meisjes twijfelden of er wel altijd betaald werd zoals het hoorde.

Toen zij de salon voorgoed verliet, hebben we hem enkele maanden niet gezien. Uiteindelijk verscheen hij toch opnieuw. Het verlangen naar schaars geklede vrouwen zal te hardnekkig in hem aanwezig zijn geweest. Nu is hij waarschijnlijk getrouwd en is het allicht de spanning, het avontuur of de fantasie die hij hier opzoekt. Je ziet in zijn ogen dat hij er plezier in schept om zich terug te trekken in zijn eigen droomwereld. Hij maakt zijn eigen verhaal, zijn eigen toneel. Telkens wanneer ik een mooi exotisch meisje, wiens lichtbruine teint menig man doet wegdromen naar lome, warme nachten en naakte schoonheden die kinderlijk en haast primitief over verre paradijselijke stranden huppelen, voorstel aan mijn salonpubliek, is hij de eerste om een extraatje te betalen en zich zo te verzekeren van wat hij 'de pure zuiverheid' noemt. Hij geniet van nieuwigheden en vraagt ook geregeld naar vers bloed dat ik dan soms in de salon binnenhaal. Ik ben geen voorstander van al die zuiderse vrouwen en versas hen meestal snel door naar andere oorden, zodat ik hen niet moet registreren. Een uitzondering kon uiteraard wel eens, zeker wanneer ik merkte dat ze voor een bijkomend centje in mijn kassa zorgde. Maar ik maakte er geen gewoonte van. Ik hield ze hooguit enkele dagen, zodat de meeste mannen er hun pleziertje mee konden hebben en verkocht ze dan door. Het verwonderde mij dat deze man, die naar mijn mening een duidelijke voorkeur had voor al dat vreemde volk, kon geïnteresseerd zijn in een lelieblank meisje, bij wie de weinige uitstraling dat ze nu nog had afkomstig was van de kledij die ik haar verplichtte te dragen. Haar verschijning was er echter wel één die een zekere twijfelachtigheid ten toon spreidde. Zo meende ik toch ook een vorm van arrogantie in haar handelen te zien. Het leek of ze ieder van ons op een onverwacht moment zou verrassen. Misschien was het deze mengeling van opstandigheid en overgave die hem zo aantrok. Of was het de vertrouwdheid van zijn eigen klasse die hij, net als ik, in haar gracieuze uiterlijk meende te lezen. Hij genoot in elk geval van haar gezelschap, want de frequentie waarmee hij naar de salon kwam, nam met de week toe. En als ik toevallig voorbij de deuren wandelde op de eerste verdieping, hoorde ik hoe de man steunend en zuchtend, stotend en drukkend, zijn geslacht tot diep in haar een weg deed vinden. Zoals bij velen, als een triomf. Van het meisje geen geluid. Zij onderging, zonder meer. Op een avond, wanneer de salon al goedgevuld was, kwam hij binnen. Ik zag dat het meisje moeite deed om uit mijn en zijn gezichtsveld te blijven.

'Goede avond, Madame Elsa, ik heb een voorstel voor u,' zei de man rechtuit, terwijl hij zijn jas over zijn linkerarm hing en frank en vrij tegen de toonbank in de gang leunde.

'Ik luister,' zei ik.

'Dat meisje waar ik de laatste tijd voor kom, u moet haar verkopen,' zei hij en hij bewoog zijn tong op en neer tegen de binnenkant van zijn wang.

Ik keek verbaasd, want er was geen enkele reden om een dergelijk voorstel te verwachten. Een huwelijksaanbod tot daaraan toe. Zo waren er in het verleden nog geweest. Jonge mannen die meenden mijn hoertjes een beter leven te kunnen schenken, of zichzelf minder in de kosten dachten te jagen door zich een vrouwtje aan te meten, waarvan ze de kwaliteiten uitvoerig hadden ervaren.

'Aan u zeker,' grijnsde ik, denkend dat ik het spel moest meespelen.

'Nee, beslist niet. U moet haar de landsgrenzen overbrengen,' zei hij.

'Ik denk niet dat u zich hoeft bezig te houden met mijn personeel,' zei ik streng.

'U krijgt het dubbele van het bedrag waarvoor u haar verkoopt er van mij bovenop,' zei hij en hij toonde een goed gevulde portefeuille waarin meer geld zat dan ik op een avond bij elkaar kon krijgen. Ik kon zijn voorstel niet plaatsen.

'Kent u haar misschien?' vroeg ik.

'Vanbinnen en vanbuiten,' knipoogde hij vulgair.

'Ze brengt te veel op,' zei ik meteen om zo de prijs in mijn voordeel onderhandelbaar te maken.

'Als u het op die manier wilt spelen, kan dat,' zei hij droog. 'maar dan zal de toevalligheid van een brief aan die ene politiebeambte die tot mijn kennissenkring behoort er één zijn die nadelige gevolgen kan hebben.'

'Lieve schat,' zei ik wat frank, 'je denkt mij toch niet te intimideren. Ik heb ervaring genoeg en ik ken politiebeambten genoeg om te weten waar mijn grens ligt.'

'Ik kan, zonder opzet en zonder gêne, tegen hem uitweiden over mijn nachtelijke wandelingen door dit deel van de stad en toevallig kan ik het dan hebben over die ene Madame die zogezegd wel volgens het boekje werkt, maar die toch regelmatig weet uit te pakken met lekkere exotische tijgers, die even snel als ze verschijnen weer naar andere oorden verdwijnen en die beslist nergens geregistreerd zijn,' ging hij onverstoord verder. 'Het gevaar op ziektes door die vrije vogels moeten we toch trachten te beperken, nietwaar meneer de agent,' speelde hij zijn rol.

Ik wilde niet terugkomen op mijn standpunt, maar zijn voorstel was er natuurlijk wel één om bij stil te staan. Het frigide meisje leek alleen maar goed om handjes te houden met koele jongens die schrik hadden van hun eigen gedachten. Hij wist haar te overtreffen. Hij won telkens opnieuw de onuitgesproken machtsstrijd met haar. Niet zoals bij de andere mannen. Er zat iets meer achter, alleen wist ik niet wat. De lichte eigenwaan die het meisje soms liet uitschijnen, maakte bij hem geen kans. Was het zijn mannelijke intelligentie of was het zijn alomtegenwoordige lichamelijkheid die alle gewicht in de strijd wierp om als een versmachtende massa alle zuurstof uit haar lichaam te zuigen en haar neer te slaan?

'Ik zal zien wat ik kan doen,' zei ik zakelijk.

'Daar drinken we op,' antwoordde hij met de glimlach, alsof het reeds een uitgemaakte zaak was.

We namen plaats in de salon. Ik vroeg het meisje de glazen te brengen en erbij te komen zitten. Ik hoopte het waarom van zijn vraag te kunnen afleiden uit hun contact, maar noch hij, noch zij verraadde de ware toedracht, die mogelijk enkel in mijn hoofd bestond.

4

'Daar valt veel geld mee te verdienen, Elsa,' zei Weismann met zijn gutturale g, terwijl hij zijn cederen spaantje aan de kaars op de tafel in brand stak en de licht knetterende vlam naar de sigaar, die hij zachtjes tussen zijn vingers ronddraaide, zoog.

Ik wist ook wel dat de dubbele kisten meer opbrachten. Ze moeten maar één internationale taal meer spreken dan hun moedertaal en ze verdubbelen in prijs. En dit meisje blijkt er dan nog vier te kennen. Ze spreekt Frans en Nederlands op zo'n manier dat ik zelfs niet kan achterhalen wat haar moedertaal is. Bovendien spreekt ze ook nog eens Engels en Duits. Ik lijk wel op een goudmijn gestoten te zijn. Daar krijg ik zeker drieduizend frank voor op de internationale markt. Als het niet meer is. Want met opbod kunnen we de prijzen zelfs nog wat de hoogte injagen. Als ik haar vergelijk met die poldermeisjes of Engelse freules die blindelings op een advertentie reageren omdat ze denken in de stad of over de plas hun brood zelfstandig te kunnen verdienen en zo het ouderlijk gezag dat hen op het platteland in de greep houdt, te ontvluchten, is dit meisje bijna speciaal te noemen. Ze heeft een eigenwaan en geeft soms de indruk me uit te lachen, maar dat uit zich niet in hoe ze met de mannen omgaat. Dan doet ze plots enkel wat ik haar opleg. Mannen komen niet voor een volgzaam wicht, dat hebben ze vaak gewoon thuis zitten. Ze willen spanning en verzet. Ze willen uitgedaagd worden.

'Ze lijkt inderdaad het ideale exportproduct. Ze is koel en frigide, maar dan met het statige van een koningin en het rebelse van een jong veulen dat onbeteugeld om zich heen schopt om zijn vrijheid te beschermen. Ze is één van hen,' zei ik.

Weismann zoog aan de punt van zijn sigaartje, proefde met zijn mond en neus en blies de rook in wolkjes langs zijn lippen. Een zucht. Ik wist dat hij aan chantage dacht, net zoals ik, want hij kende de verschillende vrouwentypes ook maar al te goed. Maar het klimaat was er niet naar. Met dat nieuwe wetsvoorstel dat de laatste weken nog extra bepleit ging worden, moesten we onze ramen binnenkort niet gewoon met een gordijntje afschermen, maar konden we beter in kelders gaan werken. De politie leek nu al vaste klant bij ons. Wanneer ik 's avonds langs de stoombootsteigers dwaalde of in de stations op nieuw wild joeg, dan voelde ik regelmatig hun ogen in mijn rug priemen. Ze lieten ons zogenaamd met rust, zolang we niets opzichtigs deden. Toch ervoer ik de verscherpte blikken bij elke stap die ik zette. Ik had het gevoel dat ik de stempel droeg van 'zeer verdacht vanuit zedelijk oogpunt', terwijl ik eigenlijk nog moeite deed om de reglementering zo goed mogelijk na te leven.

'Een van die rijkaards afpersen,' vatte ik mijn gedachten luidop samen.

'Wie dan? We zijn niet eens zeker dat ze van hier is,' antwoordde hij met zijn opvallend accent terwijl hij opnieuw zachtjes en met tussenpozen aan zijn sigaar trok.

Ik wist het niet. Toen ik haar tegenkwam, leek ze aangespoeld te zijn op de oevers van de Schelde, als uit het niets. Soms geloofde ik werkelijk dat ze niet van hier was, want ik had nog nergens opgevangen dat men haar zocht. Ze droeg nog geen tas bij zich, had geen centiem op zak en bovendien leek ze zo doortastend. En dan dat voorstel van die man.

'Zouden vrouwen ons bewust opzoeken?' vroeg ik Weismann.

'*Aber nein*. Dat zou onze job te veel vereenvoudigen,' lachte hij.

'Je moet daar niet mee lachen. Ik heb de laatste tijd echt de indruk dat er vrouwen zijn die voor dit leven kiezen. Kijk naar Juliette. Komt er hier vorige maand iemand bijna letterlijk een huwelijksaanbod doen en dan slaat ze dat af,' zei ik verbolgen.

'Elsa, je overdrijft,' zei hij waarbij hij de u als een oe liet klinken. 'Dat is nu eenmaal het effect dat wij altijd al hebben gehad op die wijfjes. We drogeren ze tot ze hun besef volledig kwijt zijn. En misschien dat die spiritualiën wat bijwerkingen hebben. Zolang ze daardoor nog normaal kunnen functioneren en wij er geld aan kunnen verdienen, vind ik niet dat je daar zo over moet beginnen filosoferen. Ga je anders politiek engageren en vergezel dat groepje losgeslagen dulle grieten die opkomen voor het recht van de vrouw als seksueel wezen,' zei hij geërgerd.

'Verkopen we haar?' vroeg ik.

'We? Jij zal je bedoelen! Het is jouw inzet' zei hij.

'Yaakov, nog wat koffie?' probeerde ik vriendelijk zijn plots chagrijnige stemming te kenteren. Ik stond recht, ging in de richting van de keuken en riep Jeanne dat ze verse koffie moest brengen. Het gemor uit de keuken gaf aan dat ze me had verstaan. Even later stommelde ze de kamer binnen, met op een houten plateau een verse kan koffie. Ze zette alles op het tafeltje voor de zetel neer, goot de koffie in de kopjes die er al stonden, knikte goedkeurend voor haar eigen werk en verdween weer naar achteren.

Ik nam een kopje en zei: 'Het kind zit hier nu al drie maanden. Ze is zo ijzig als wat. Ik wil er iets uithalen. En dringend. Ik heb het er al proberen uit te slaan, maar ik kan haar toch ook niet zo havenen, dat ik er helemaal niets meer aan heb.'

'Je hebt haar toch al eens mee naar boven gestuurd, of niet?' zei Weismann.

'Maar ja, met Vermeersch en met een man wiens naam ik niet ken, maar die hier al jaren komt,' antwoordde ik.

'Vermeersch, dat sjofele heertje zal haar niet bekeren,' lachte Weismann.

Ik moest toegeven dat iedereen zich wel al had afgevraagd wat Vermeersch eigenlijk in het werkhuis kwam zoeken, want om handjes vast te houden, kon hij ergens anders toch wel goedkopere slachtoffers vinden. De banketbakker behandelde haar zeer minzaam. Hij streelde haar alsof hij één van zijn roomsoezen zorgvuldig met chocolade bestreek. In de kamer boven zal er waarschijnlijk ook niet met te veel slagroom gegooid zijn.

'En die andere man?' vroeg Weismann.

'Hij krijgt waar voor zijn geld. Of althans, hij neemt wat zijn geld waard is. Maar moeten we haar houden voor één kerel?' vroeg ik, zonder iets prijs te geven over het voorstel dat in mijn hoofd speelde.

'Wat zegt Julia ervan? Wil zij ervan af?' vroeg Weismann.

'Die is het allemaal beu. Zeker na wat er gisteren in het werkhuis gebeurd is.'

'Maar dat zijn toch de uitzonderingen,' zei hij.

Ik wist niet of ik dat werkelijk uitzonderingen kon noemen.

'Elke uitzondering is er één te veel,' zei ik.

'En hoe heb je het ontdekt dan?'

'Dat was niet moeilijk. Het plotse gegil van de meisjes in de slaapzaal zorgde er wel voor dat ik in minder dan drie tellen bij hen was. Héloïse zat al naast één van mijn laatste nieuwe meisjes die zich aan het touw vergrepen had. Ze hadden haar al op de grond gelegd. Ik denk dat het toen al te laat was. De slag van de koord om haar hals heeft haar nek vrijwel direct gebroken. Dat zorgt voor beroering, Yaakov. Dat is miserie, heisa en veel drukte. Bovendien zit je daar ineens weer met een lichaam waar je onopgemerkt vanaf wil, terwijl de politie precies zijn kampplaats voor je deur heeft opgezet. Om dan nog maar te zwijgen over het inkomstenverlies en de trauma's bij die achtergebleven schapen die plots, allemaal tegelijkertijd, hun eigen leven in vraag beginnen te stellen. Ik ben de kerk niet. Als ze wilden nadenken, dan hadden ze dat vroeger moeten doen. Niet op mijn kosten!'

'Zo ken ik je weer,' zei Weismann, wiens eerdere ergernis verdwenen leek.

'Het is toch waar! Ik ben te goed voor deze job. Als je hoort wat er in de clandestiene cabarets van de Duitsers hier om de hoek gebeurt, dan ben ik als een moeder voor mijn meisjes. Ik geef ze onderdak, ik geef ze eten. Ze kunnen hier slapen. Ik ga er zelfs mee wandelen. Wat voor ijdeltuiten heb ik eigenlijk zelf gecreëerd?'

'Ze moeten wel betalen als ze naar buiten willen voor een wandeling, toch?' zei Weismann.

'Dat zou er nog aan ontbreken!' riep ik uit. 'Ik zal er anders voor de gezelligheid een koffietje mee gaan drinken! Gisteren flaneerde ik met twee van mijn zogenaamde betalers van de Saucierstraat via de Burchtgracht in de richting van de Zirkstraat en kwamen er zo'n paar van die sloeries voorbij. Duidelijk jeneverleursters, afkomstig uit de zogenaamde brasserieën van twee straten verderop, die eropuit gestuurd leken om nog wat extra volk te lokken voor de avondconsumpties en mogelijke nachtelijke verbruiken. Eén van die twee vond het absoluut nodig om wat te roepen tegen enkele scheepsmannen die daar ook liepen. Ze beweerde dat ze zo vrolijk was omdat ze zich deze winter, zodra het stenen dik zou vriezen, in de ijskoude Schelde zou storten. De andere knikte en lachte beamend. Breng mijn vrouwen nog wat op ideeën, zou ik zeggen! Ik heb nog geen touwhangers genoeg! Het moet inderdaad gedaan zijn. Ik neem hen niet meer mee naar buiten!' schreeuwde ik meer en meer opgewonden.

Ik schonk nog wat koffie in mijn eigen kopje, tikte nerveus tegen het kopje van Weismann en vroeg of hij ook nog wat wilde. Hij bedankte en verwijderde de as van zijn sigaar door deze zachtjes over de rand van de asbak te rollen.

'Ze plegen zelfmoord, ze willen hun klanten niet afwerken zoals het moet of ze willen zelfs helemaal niet werken. Ik ben geen liefdadigheidsinstelling! En over uitzonderingen gesproken, het is al de derde poging dit jaar. Gelukkig slechts de eerste die lukt!' raasde ik, terwijl ik me bewust werd van mijn woordenvloed.

'Misschien tijd om die balk te verwijderen?' glimlachte Weismann.

'Misschien,' zuchtte ik.

'U zult toch moeten handelen voordat er met uw statige koningin ook zoiets gebeurt, want de waanzin in haar hoofd heeft al eerder bewezen dat ze tot het onverwachte in staat is,' zei hij en hij schoof met zijn hand zijn keppeltje over zijn kalende kruin. Ik bleef spelen met het idee om uit te vissen waar ze vandaan kwam om mogelijk op een andere manier geld aan haar te verdienen, maar Weismann stuurde aan op een buitenlandse verkoop. Hij vond dat we niet te veel moesten roeren in andermans potten. We wisten toch ook niet welke machthebbers van de stad we plots tegen de schenen zouden kunnen stampen. Waarschijnlijk had hij gelijk en bovendien incasseerde ik het driedubbele, maar dat hield ik liever voor mezelf. Hij zou werk maken van de nodige papieren en de huwelijksakte.

Het ochtendgloren legde een zachte witte nevel over de straten. Ik keek vanachter het gordijn de straat in. Aan de overkant kwamen enkele mannen aangewandeld die aanstalten leken te maken om nog aan te kloppen, maar wiens onhandig gedraai en getalm getuigde van een zekere twijfel. Weer die beginnelingen, dacht ik bij mezelf, toen ik hen herkende. Wanneer even later een man met kepie traag door de straat kwam gefietst, zag ik dat de twee heren aan de overkant hun hoofden lieten wegzinken in hun overjassen en zich naar de voorgevel van het huis aan de overkant draaiden. Ik sloot het gordijn. Toen ik het geluid van de rammelende fiets hoorde wegsterven, keek ik opnieuw. De mannen vertrokken. Het vroege ochtenduur zal hen op andere gedachten hebben gebracht. Of misschien durfden ze niet meer, nadat ik hen vorige week bijna de deur had uitgegooid toen ze voor spektakel dreigden te zorgen. In de salon was nog één jongeman. Het hoertje dat bij hem was, zat met open benen op de bank tegen de rechtermuur. Hij had één voet naast haar rechterbeen gezet, steunend op de bank en hing voorover, zowat aan haar lippen, terwijl hij met zijn linkerhand de binnenkant van haar dij streelde. Deze jongen had geld te veel. Hij wilde niet zomaar even binnenkomen, wat opwinding, naar boven en weer buiten. Hij hing hier de hele nacht rond en bleef meestal, nadat hij met zijn uitverkoren meisje van de avond was teruggekeerd, nog even in de salon hangen. Als hij correct betaalde, kon het me eigenlijk weinig schelen wat zijn plannen met mijn vrouwen waren. Al was het maar om te kijken. Zolang mijn kassa rinkelde, keek hij voor mijn part heel de nacht. De eerste zonnestralen die door de gordijnen priemden, verspreidden een rode gloed in de gang. Voetstappen. Weismann, gekleed in een zwart kostuum en een hoge hoed, kwam binnen. Hij kruiste het pad van de jongen die alleen was achtergebleven in de salon en die nu ook de weg naar de uitgang zocht.

'De trein vertrekt om zeventien over zes,' zei hij, terwijl hij zijn hoed afnam en de gang binnenstapte.

'Ze zegt werkelijk niets,' zei ik. Ik dirigeerde hem meteen in de richting van mijn privéruimte, waar een van mijn dames zich over hem ontfermde. Zijn jas werd aangenomen, zijn plaats om te zitten aangeduid en hij kreeg koffie. De vrouwen wisten dat hij niet voor meer dan dat kwam. Weismann ging zitten en wachtte. De laatste in de salon achtergebleven meisjes trokken zich terug in de slaapzaal om zich daar aan de twee watertobben te wassen met het water dat eerder die ochtend al door verschillende anderen was gebruikt. Ze trokken hun slaapkleed over het hoofd en kropen vervolgens in de lege slaapbakken.

'Dit zijn de papieren,' zei Weismann en hij toonde een huwelijksakte en een uittreksel uit het geboorteregister. Een overvloed aan zegels en stempels sierde beide documenten.

'Maria Thérèse Léon Peeters en Louis Klara Pieter Gelmond,' las hij luidop.

'En de prijs,' vroeg ik.

'Zoals afgesproken bij terugkeer,' antwoordde hij, terwijl hij met zijn hand over zijn grijze baard streek.

'Wat gebeurt er nu?' polste ik, alsof het mijn eerste avontuur was.

'We nemen de trein naar Berlijn. Vandaar gaan we verder naar Rusland. Ik heb er afgesproken met mijn vaste partner. Ik breng haar naar hem toe. Hij heeft een plaats voor haar gereserveerd in een cabaret in Riga. Ze zal er andere matroosjes mogen behagen,' knipoogde hij.

'En een voorschot?'

'Elsa, heb ik je ooit bedrogen? Je weet hoe het werkt. Betaling bij levering. Maak je geen zorgen,' zei hij zakelijk terwijl hij een lepeltje suiker in zijn kopje koffie schepte.

'Ik zal haar halen,' zei ik. Het was stil in de gang. In de slaapzaal sliepen de meeste meisjes ondertussen. Diepe ademhalingen zorgden voor een regelmatig terugkerend geluid van stromende lucht. Het meisje zat op de rand van haar bed. Ze had het kleed en de schoenen die ik haar eerder had gegeven aangetrokken en wachtte. Ze keek op toen ik de deurkruk naar beneden drukte en de deur zachtjes opende. Ik wenkte haar. Ze nam het jasje dat naast haar op het bed lag en kwam naar me toe. Ik nam haar bij de arm en trok haar nogal hardhandig de gang in. Ze keek nog een laatste keer om, alsof ze afscheid wilde nemen en zich wilde verontschuldigen bij al die zuchtende meisjes omdat zij wel mocht vertrekken en de anderen niet. Misschien omdat ze niet wist waar ze heen zou gebracht worden.

Toen we in de privéruimte kwamen, zette ik haar met een duw op de stoel die vlak bij de schrijftafel stond. Weismann dronk zijn koffie op. Hij viste zijn gouden uurwerk uit zijn borstzakje.

'We moeten voortmaken,' zei hij lichtjes gejaagd.

Ik schoof de papieren die nog op de tafel lagen bij elkaar en stak ze in het lederen etui dat Weismann me had aangereikt. Ik gaf het hem terug. Hij stond op, trok zijn jas recht en nam zijn koffertje. Ik greep de hand van het meisje, trok haar mee de gang in en duwde haar in de richting van de deur.

'Ga je mee naar het station?' vroeg hij.

Ik schoot mijn jas aan en volgde hen mee naar buiten. Toen iedereen op straat stond, deed ik de deur op slot, want Julia was nog niet gearriveerd. We stapten in het rijtuig van Weismann en vertrokken richting Middenstatie.

5

Ik had dit in het verleden al zo dikwijls gedaan. Op eigen initiatief, zonder zorgen. Nu was het, althans voorlopig, de laatste keer geweest. Een misselijkmakend gevoel maakte zich van mij meester. Ik was te ver gegaan in mijn drang naar geld. Het geluid van de wielen van de zwarte gesloten wagen weerklonken tegen de gevels van de huizen. De man die over me zat, keek stuurs. De knopen op zijn kostuum blonken alsof hij elke ochtend een kwartier vroeger opstond om ze met een doekje hevig schoon te boenen. De stalen uitdrukking op zijn gezicht gaf hem het uitzicht van een Romeinse krijger die door zijn jaren ervaring niet met zich liet sollen. Deze man was er een van een ander kaliber dan diegenen die ik gewoon was te ontmoeten in mijn salon. Dit was er één met een andere overtuiging dan dewelke met een glas champagne bereikt kon worden. Hij was een toonbeeld van het volgen van de regels die hij kende als geen ander. Er viel niet te onderhandelen. Ik sloot mijn ogen en probeerde na te gaan wanneer het mis was gelopen. Waarschijnlijk op de dag dat ik dat meisje had ontmoet. Ik geloof niet in het lot dat maakte dat ik net op die dag besloot om aan de kade te kijken in plaats van de perrons af te schuimen om er daar eentje te vinden. Ik verlaat me niet op mijn emoties, om dan de schuld af te schuiven op iets waarop ik zelf geen impact heb. Het is geen toeval of gelegenheid die de dief maakt. Je bent de dief of je bent hem niet. Je weet welke gevaren je loopt en jij beslist. Ik koos er zelf voor, zonder enige twijfel. Toen ik het meisje voor me uit duwde en de deur van het werkhuis achter me dichtsloeg, aarzelde ik geen moment. Ik zag het als een handelstransactie met een extraatje voor mijn portefeuille. Geen wroeging, geen angst. Nooit omkijken, gewoon doorgaan. Ik zie nog hoe het meisje, slechts een schim van wie ze eerder was, voor mij ineengebogen zat in het rijtuig, haar handen onhandig op haar schoot. Weismann doorbladerde het lederen mapje, alsof hij een laatste keer wilde controleren of alle nodige documenten er wel degelijk inzaten. Voor mij was dit uitwuiven van Weismann een soort ritueel. Ik hoefde de meisjes niet te begeleiden tot ze op de trein zaten, maar ik deed het als extra bevestiging van de handelsovereenkomst tussen mij en Weismann. Ik wilde hem er het gevoel mee geven dat we een pact hadden gesloten. Er waren heel wat vrouwen zoals ik in het milieu, slechts weinigen kenden het respect dat ik kreeg van de handelaars. Er werd niet met mij gesold. Ik zag hoe een gespannen ader op Weismanns voorhoofd trilde. Een zweetdruppeltje parelde langs zijn neusvleugel. De rust die ik in mezelf voelde, contrasteerde met de roerige zenuwachtigheid die uit zijn lichaamstaal sprak. Hoewel hij dit gewoon was, leek hij elke keer gevangen in het web van zijn eigen angstgevoel om betrapt te worden. Hij beweerde net als ik dat het nooit zijn bedoeling was geweest om dit te doen, maar dat hij als geboren stroper geen kansen kon laten liggen. Geld trok aan iedereen. Of hij even oprecht was als ik, betwijfel ik sterk. Ik zag het meer als zijn commerciële praatje om zich aan mijn kant te scharen. Het was zeker geen gewetenskwestie, hoewel hij me daar soms van trachtte te overtuigen. Het meisje zuchtte.

'We zijn er bijna,' stootte ik haar aan, net op het moment dat het rijtuig tot stilstand kwam. Weismann duwde het houten deurtje open en stapte uit. Wat er daarna gebeurde, heb ik slechts als in een droom ervaren. Het gebeurde allemaal zo snel en toch staan de details nog glashelder op mijn netvlies gebrand. We konden het niet voorkomen. Het was een val, speciaal voor ons opgezet. De stropers werden gestroopt. Nadat het meisje en ik Weismann vergezelden in de richting van het station, leek het alsof al mijn zintuigen door een schok verstoord werden. De woorden en de stemmen rondom mij kwamen als vreemde onverstaanbare geluiden op me af. Mijn zicht werd vertroebeld door een donkerheid die me overviel, alsof dronkenschap mijn hele zenuwstelsel overnam. Alle gevoel werd uit mijn lichaam gezogen door een onbekende kracht. Ik was niet meer dan een geestverschijning die de situatie overzag, alsof ik zelf geen deel meer uitmaakte van mezelf of het tafereel waarin ik figureerde. Alles overkwam me. Ik hoorde holle stemmen die schreeuwden en voelde getrek en geduw van aanstormende mannen. Er werd aan mij getrokken. Ik struikelde en viel op de grond. De klap deed me even ontwaken uit de wazigheid waarin ik me bevond. Een hond stond vlak bij me. Ik krabbelde recht en werd meteen vastgegrepen. Het kluwen van armen en benen dat als vertraagd rond me leek te worstelen, werd in een flits weer op me losgelaten in zijn werkelijke snelheid. De trage lage geluiden verhoogden. De beelden verscherpten. Ik begreep niet helemaal wat ons zopas was overkomen, maar ik kon nu duidelijk het resultaat van de overrompeling zien. Ik zag hoe het meisje uit het kluwen werd weggeplukt. Op enkele meters zag ik haar even later staan kijken, als toeschouwer, beschermd door de armen van een jongeman. Hij sloeg zijn jas stevig om haar heen en nam haar mee in zijn rijtuig. Ze huiverde niet, zoals ik haar eerder zag doen in de armen van andere mannen. Er was iets vertrouwds in zijn ogen, zoals hij daar grijnzend in mijn richting keek. Ik verzette me, maar ik herinner me niet of de kracht die ik in mijn handelen zette, ook maar iets teweegbracht. Achter me schreeuwde een man. Hij greep me stevig bij mijn onderarmen vast. Ik voelde de boeien rond mijn polsen en hoorde het alles overstemmende geklik toen de boeien gesloten werden. De achtergrondgeluiden van karren, stoomtreinen en stemmen vervaagden in het niets. Het was het laatste slot dat gesloten werd en waardoor er een einde leek te komen aan de vrijheid. Mijn vrijheid. De stem van Weismann klonk, als in de verte. Een onverwacht schriele stem voor de stevige man die ik kende. We werden meegenomen. Ontsnappen was niet meer mogelijk.

Het leek alsof we uren rondreden, terwijl ik maar al te goed wist waar het lot me nu heenvoerde. Het was niet dat ik verlangde naar de invulling van dat lot, maar voor mij mocht het vonnis sneller uitgesproken worden. Ik kon het niet ontkennen en wilde dat ook niet. Ik heb geprofiteerd. Ik heb gegokt en ik heb verloren. Een slechte verliezer ben ik allesbehalve. Ik draag mijn schuld waardig. en vertrouw erop dat ik hier sterker uitkom. Er zijn steden genoeg, op slechts luttele kilometers hiervandaan, waar ik binnen enkele jaren opnieuw kan beginnen. Eerst voorzichtig en dan weer lucratiever, net zoals het mij nu ook is vergaan. Mijn zus zal de boel hier misschien voor een bepaalde tijd moeten sluiten. Gelukkig hebben we samen genoeg van onze verdiensten verborgen om een tijdje rond te komen. Zij is altijd de voorzichtige geweest van ons twee. Hoewel de schreeuwerige verleiding van het geld ook haar meesleepte, nam ze minder risico's. Ik heb mezelf verraden en Weismann mee de dieperik in getrokken. Ik zal me ook deze beslissing niet berouwen, ondanks het feit dat ik toen twijfelde. Het geld is nooit verloren. Het zwarte rijtuig draaide de hoek om en hield halt voor het commissariaat. Weismann zat in het rijtuig voor me. Het laatste dat ik van hem zag, was zijn gebogen hoofd terwijl hij door de deur van het politiegebouw werd binnengeleid. De norse agent met de geblonken knopen die de hele rit uitdrukkingsloos over me had gezeten, nam het kettinkje dat de boeien rond mijn polsen samenhield vast en trok me recht. Ik bukte om uit het rijtuig te stappen en werd door twee agenten via dezelfde ingang naar binnen gebracht. De kleine geluiden die de stad eerder die ochtend uit de stilte lieten ontwaken, waren nu omgeslagen in alles overheersende klanken van een stad in volle bedrijvigheid. Hoeven van paarden klaterden over de straten, karrenwielen scherpten zich

130

aan de kasseien, werkmannen riepen naar elkaar op een nabijgelegen werf, een fietsbel klonk in de verte. De zon scheen. Het zou beslist een mooie dag worden.

Hoofdstuk 3: Eduard Matthieu

1

Ieder van ons heeft een schuld te vereffenen. Al van bij onze geboorte is dat zo. Het is de dankbaarheid die we verplicht zijn te tonen om het leven dat ons werd geschonken. Een levensschuld waar we nooit vanaf raken. Generatie na generatie verwerven vader en moeder op basis van deze bloedschuld respect. Als vanzelf. Een opgroeiend kind ervaart dat schuldgevoel niet, want het krijgt liefde en genegenheid en er wordt in zijn onderhoud voorzien. Of dit is toch hoe het zou moeten zijn. Geven en nemen, en nemen en geven zorgen voor het natuurlijk evenwicht. Het is door nog iets tegoed te hebben en tegelijkertijd in schuld te staan. Deze balans ontstaat als vanzelf. Ik heb altijd gedacht dat het leven eenvoudig was, als een kleine rekensom. Je geeft, je verliest. Je krijgt en telt bij. Je riskeert en vermenigvuldigt. En in nood wordt er gedeeld. Maar de realiteit heeft me ingehaald. Ik heb teveel geriskeerd, waardoor mijn bloed niet alleen door de aders van mijn eigen dochter stroomt. En dat achtervolgt mij, want ik blijf achter met de schuld. Er is geen stilzwijgende erkenning mogelijk. Het is de wereld op zijn kop. Het kind gaat vrijuit. Ik benijd al die vaders voor wie die natuurlijke levensloop wel als vanzelf gaat. Ze beseffen niet met welk groot geluk ze begiftigd zijn. Voor hen is alles mogelijk, iets waarvan ik alleen maar kan dromen. Wanneer ik zie hoe de jonge Van Daele zonder moeite in het voetspoor treedt van zijn vader, dan vreet dat aan mij. Het zal mijn eigen wil en drang zijn die mij doet slagen. Ik hou me sterk door vast te blijven houden aan de gedachte dat een bloedband niet te verbreken is. Het is de enige band die alles verantwoordt en nog meer verontschuldigt. Zelfs wanneer de schuldvereffening volgens de normale gang van zaken onmogelijk blijkt. Het tekent mij. Ik heb een spel gespeeld, heb me overgegeven aan de krachten van het hart en heb verloren. Mijn vader had me er in het verleden meermaals voor gewaarschuwd. Tevergeefs. Als ik nu nadenk over het moment waarop ik alle ratio verloren ben, dan ben ik haast beschaamd te moeten toegeven dat ik mij, al was het slechts een kortstondig moment, eenvoudigweg heb laten verleiden door de fysieke schoonheid van een vrouw. Het was hoe ze me uitdaagde, zonder te tonen. Haar trage plagen, haar elegantie en zelfvertrouwen. Ze nodigde me uit met haar fluwelen glimlach en ik volgde haar. Ik herinner me met weemoed hoe ze haar schouders naar achteren duwde en haar borsten vooruitstak terwijl ze haar heupen langzaam heen en weer wiegde. De geur van een essence die als een zoet vanillearoma rond haar hing, prikkelde me van zodra ik bij haar in de salon aan de comptoir stond. Haar lichaam, meestal gehuld in een sensueel vederkleed, verleidde zoals het verwacht werd te doen. Geen enkele jongeman weerstond eraan. Ook ik niet. Het werd meer dan lust, het werd passie. Ze liet me toe in een andere wereld dan die van de salon. Als *madame* kon ze zich dit veroorloven. Ik maakte kennis met dat deel van haar leven waarin niet alles draaide om haar lichaam en haar sensualiteit. Ik liet me verder verleiden en mocht deel uitmaken van haar andere verhaal. We ontmoetten elkaar in het geheim. Ik nam haar mee naar Brussel met de trein, waar we, van onze vertrouwde stad verwijderd, anoniem tijd konden stelen. Ze maakte me aan het lachen door haar spontaniteit. Alles aan haar was echt. Of dat wilde ik mezelf tenminste wijsmaken. Haar leven in teken van de verleiding deed haar in mijn ogen onrecht aan. Bovendien wilde ik haar voor mij alleen. Hoe langer hoe meer zag ik het als oprechte minnaar als mijn plicht om haar uit de hoererij te halen. Als jongeman stond ik symbool voor sublimiteit en kracht. Het ene wilde ik haar geven door haar te bevrijden uit het leven waarin ze zich bevond en van het verleden dat ze met zich meesleepte. Het andere door haar een toekomst te geven, met mij. Als vrouw stond zij symbool voor schoonheid en toewijding. Twee kenmerken waarin ze uitblonk. Maar het zou een sprookje blijken, gehuld in een nevel die mijn geloof in de ware liefde zou versmoren. Ik kon haar niet overtuigen, zelfs niet toen ik haar een nakomeling opdrong. Heimelijk verdween ze. Ze beëindigde ons verhaal zonder dat we samen het slot konden schrijven. Ik zou haar alles gegeven hebben. En meer. Maar ik kreeg de kans niet. Ik bleef achter met een schuld die ik, met alle weelde in mijn wereld, nooit zou kunnen aflossen, omdat ik niets verschuldigd was. Ik heb haar nooit meer weergezien, tenzij in de blik van het kind. Ons kind.

2

'Perspectieven, Ernest, kansen grijpen als ze zich voordoen,' zei ik.

'Het is geen kwestie van durf, Eduard, het is een zoeken naar rationaliteit. Je bent de pedalen kwijt. Je stort je keer na keer de afgrond in. Hoe lang denk je dat we die financiële krater nog kunnen vullen?'

'Wat is dat toch met die jonge generatie? Waar zijn de landveroveraars van weleer die hun laatste centen investeerden in hun droom?'

'We zijn geen fantasten die hun vlag ergens neerpoten en vinden dat de grond die ze afbakenen hun bezit is. Dit is België. Niet de andere kant van de oceaan. Nu, vandaag. Het is niet omdat een nieuwe eeuw is aangebroken dat we plots onze realiteitszin moeten verliezen,' antwoordde Ernest bitsig.

'Er zindert nog fin-de-sièclepessimisme in je. Zo ken ik je niet,' zei ik, mijn ergernis verbergend achter mijn knipperende ogen.

'De raad van bestuur zal dit bovenmatig gedrag niet langer dulden,' zei hij en negeerde zo mijn opmerking.

Ik nam mijn bril van mijn neus, blies een wit stofje van het rechterglas, nam een schone zakdoek uit mijn borstzakje en blonk de glazen op. Ik probeerde door de traagheid van de handeling mijn kalmte te bewaren, hoewel een lichte ergernis steeds heviger opborrelde.

'Je bent familie nu,' roerde ik een gevoelige snaar aan, 'De vraag is niet meer of er iets zal gebeuren, maar hoe het zal verlopen. En jij, mijn schoonzoon, zult aan mijn kant staan,' sprak ik hem vermanend toe, terwijl ik over de tafel leunde om mijn woorden kracht bij te zetten. De jongeman zakte onderuit en voelde zich duidelijk niet afgeschrikt. Met zijn vader die tot enkele weken geleden nog mee aan het roer stond, moest ik ook altijd onderhandelen. Het was telkens een zware opdracht om iedereen achter mijn ideeën te scharen opdat de juiste hoeveelheid geld geïnvesteerd werd in de zaken, materialen of menselijke capaciteiten die mijn voorkeur wegdroegen. Deze gewiekste snaak leek een nog grotere haai dan zijn vader. Haast onhandelbaar. Met zijn ego wilde hij de rederij een door hem uitgestippelde koers laten varen.

'Het idee van die blauwe wimpel is ronduit ridicuul, Eduard. De vloot die we vandaag hebben, is daar niet op voorzien. Bovendien zal het al dan niet halen van die vlaggenmastversiering ons aanzien in de haven niet veranderen. We zijn een te kleine speler. We hebben duidelijk gekozen voor de niche van de rijken en zouden ons beter op onze klanten richten dan snelheidsraces te houden tegen de allernieuwste schepen die te water worden gelaten.'

'De snelste oceaanlijner in het gamma hebben, lokt rijke klanten. Mensen nemen geen genoegen meer met de vrachtschepen die hen wekenlang op het water gijzelen in hun tocht naar Amerika. Ze willen een snelle en aangename overtocht. We hebben nood aan prestige!' beet ik nogmaals van me af.

'Ons imago is prima zoals het is,' zei Ernest kort en vastberaden. 'We hebben net een visie op papier gezet, met als belangrijkste pijlers de aandacht voor de uitbouw van de kadegebouwen en het inzetten op de arbeiders. We zijn zo onze tijd al vooruit. Waarom dat dan allemaal veranderen?'

'Wie spreekt er van verandering? Die blauwe wimpel bemachtigen, heeft altijd op de agenda van de raad van bestuur gestaan. Het is niet omdat het telkens gereduceerd werd tot een onbenullig variapunt dat meestal gedoemd was om zelfs niet behandeld te worden, dat ik niet op mijn strepen mag blijven staan.'

'Vorige maand hadden we de herstelling van één van de schepen, nog geen week geleden die buitensporige uitgave voor die promotiecampagne op de velodroom van Zurenborg. Nu weer geld over de balk gooien voor dat blauwe wimpeltje is niet aan de orde. Het is trouwens niet aan jou alleen om het traject van investeringen te bepalen.'

'Jongeheer, ik ben nog altijd de grootste aandeelhouder en jij bent alleen maar adviseur, geen beslisser. Vergeet dan eventjes niet welke rol jij hierin mag of kan spelen! Ieder zijn plaats,' zei ik geïrriteerd.

'Henri is een evenwaardige aandeelhouder,' repliceerde hij onmiddellijk.

'Ach, die man geeft mij vrij spel. Hij heeft genoeg andere zorgen aan zijn hoofd.'

Plots werd ons gesprek verstoord. Alex kwam, zonder kloppen, het bureau binnengewandeld.

'Heren,' begroette hij ons haast sardonisch. 'Stoort het als ik jullie vergezel?' zei hij, terwijl hij opzichtig Ernest de hand schudde en vervolgens in de stoel naast hem neerplofte.

Hij nam de karaf die op de tafel stond, schonk een glas water in, dronk ervan en leunde glimlachend achterover.

'Alex, we zitten midden in een gesprek,' zei ik.

'We komen hier later dan wel op terug,' zei Ernest, die zijn kans zag het gesprek vroegtijdig te ontvluchten.

'Maar nee, Ernest, blijf. Ik denk dat de gesprekken over de rederij toch geen publiek geheim zijn,' zei Alex smalend en griste een fijn ivoren pijpje uit zijn borstzak dat hij prompt met tabak begon te vullen.

'Dit is ongepast, Alex, je kunt niet zomaar ongevraagd binnenvallen,' zei ik zonder dat mijn woorden indruk op hem leken te maken.

Ernest nam zijn papieren bij elkaar, sloot zijn kaft, stond op en zei dat hij de cijfers opnieuw meer in detail zou bekijken.

"Alex, wij zien elkaar zondag, nietwaar?" zei hij nog, voordat hij het bureau uitbeende. "Zoals afgesproken," repliceerde die daarop. Ik kreeg geen kans meer om Ernest tot blijven aan te manen. Een gevoel van woede maakte zich van me meester. Het bewijs leek nu wel voorgoed geleverd dat ik geen gezag meer had.

'Wie denk jij wel dat je bent,' riep ik verwijtend naar Alex, die verwaand kringen rook in de lucht blies en met zijn wijsvinger enkele gemorste tabaksdraadjes van de tafel plukte.

'Ik denk dat we dat allebei maar al te goed weten,' zei hij zelfingenomen.

'Het moet gedaan zijn dat jij hier ongevraagd vergaderingen komt verstoren en doet alsof het imperium van jou is.'

'Is het dat dan niet?' grijnsde hij.

Ik reageerde niet op zijn opmerking. Hij moest niet denken dat hij mij hier kon komen intimideren op mijn eigen terrein.

'En krijg je de centjes voor je blauwe vlaggetje los?' spotte hij. 'Het verhoopte succes met je financiële partner door het huwelijk van je Anne lijkt hoe langer hoe meer een vergiftigd geschenk, nietwaar?'

sneerde hij verder. Nog zo'n jonge snuiter die er niet voor terugschrok om met scherp te schieten. Ongeoorloofd. De jonge garde leek net een bastion waartegen elk verweer met hoongelach werd onthaald.

'Dat is aan mij alleen om te oordelen,' probeerde ik kalm en zakelijk te blijven.

'Je kunt het oordeel misschien eens aan mij overlaten. Wie weet bereik je dan wel wat je wilt,' zei hij terwijl hij zijn benen kruiste en opnieuw enkele blauwige rookkringen in de lucht blies. Een pluk van zijn donkerbruine golvende haren viel voor zijn ogen. Met zijn perfide blik leek hij los door me heen te kijken. Ik herkende duidelijke trekken van zijn moeder in de zelfzekerheid die uit zijn blik sprak. Zijn haat kon ik niet begrijpen.

'Luister eens Alex, je kent je plaats. Een plaats die al van bij je geboorte vastligt. Dat is niet nieuw. Dat is al altijd zo geweest. Het wordt tijd dat je je daarbij neerlegt.'

'Als ik mijn boekje over jou eens zou opendoen, zouden ze hier op de rederij wel anders denken.'

'Denk dat maar niet. Niemand zal je geloven. Je levensstijl, je geld, je werk. In één keer neem ik het van je af, vergeet dat niet,' zei ik scherp.

'Altijd dreigen. Daar ben je goed in. Hoeveel keer heb ik dit de laatste maanden al niet moeten aanhoren? Je weet dat ik je mee de dieperik in trek. Jouw lot, mijn lot. Tot de dood ons scheidt,' glimlachte hij venijnig.

Ik liep zenuwachtig naar de hoge kast met glazen deurtjes die in de hoek van het bureau stond, schonk een glas Irish Mist in en zuchtte om de onrust uit mijn hart te verdrijven. Het leek wel of mijn invloed, die ik vroeger diplomatiek had weten uit te oefenen, de laatste tijd steeds opnieuw wegzonk in een overvloed aan meningen die met meer aandrang wisten te overtuigen. Ik streek mijn hand over mijn grijze bakkebaarden en ademde diep in en uit, waardoor ik het zoete aroma van Alex' tabak in mijn mond proefde. Ik staarde in het glas van het venster naast de kast en hield mijmerend mijn spiegelbeeld vast. Het hoofd van de familie hoorde de teugels toch strak gespannen te houden. Het was geen kwestie van evenwicht. Het was er één van overwicht. De vader zag erop toe, door eendracht en huwelijk, de harmonie te bewaren in de strijd om de eerste plaats in de competitie. Ikzelf heb snel genoeg beseft dat niets je in het huwelijk verder brengt dan het nastreven van een dergelijke autoriteit en idealen, maar de tijden lijken veranderd. Het paternalistische zeggenschap spreekt niet meer aan, wordt herleid tot een geluidloos mechanisme in een wereld waarin alle fundamenten van weleer ondergraven worden. Ik keerde terug naar Alex, die ondertussen onbeschroomd en respectloos zijn voeten op de met groen leder ingelegde vergadertafel posteerde.

'Wel oudeheer, wat is je volgende stap?' vroeg hij uitdagend.

Ik knarste mijn tanden en trachtte mijn gevoel van onkunde te verbergen in een strenge blik.

'Ik wil niet dat je me, op welk moment dan ook, aanspreekt met een woord dat refereert naar vader.'

'Wat zei ik misschien?' antwoordde hij, alsof hij niet wist hoe hij me telkens opnieuw verder uitdaagde, 'Alleen Anne heeft de officiële permissie om dat te doen zeker?'

'Aangezien de wereld is zoals ze is, heeft zij inderdaad dat alleenrecht,' antwoordde ik en sloeg daarbij vigoureus mijn hand op de tafel.

'Touché,' zei hij, terwijl hij rechtkwam en het kopje van zijn pijp leeg schudde in de asbak. De geur van de tabak verspreidde zich nu in de hele kamer.

'Je zal me toch nog eens moeten uitleggen waarom ik hier dan weer zit,' zei Alex met een verwaande glimlach. 'Het was toch gemakkelijker geweest als je me had losgelaten, de deur achter je dicht had getrokken en nooit meer had omgekeken. Elke andere goede huisvader in jouw situatie zou zich niet zo hard om mij, de sjofele wees, hebben bekommerd. Bovendien zou niemand zich vragen hebben gesteld. Ik zou een deel van de maatschappij geweest zijn, zoals er vandaag nog zoveel andere kinderen zijn. Waarschijnlijk zou er wel een of ander liefdadig vrouwtje de goede zorg voor mij hebben overgenomen. Net zoals dat nu ook voor veel van die armeluizen het geval is. En wie weet, was ik dan wel gelukkiger geweest omdat ik niet beter wist. Maar nee, jij moest je zo nodig in allerlei bochten wringen om jouw bloed dicht bij je te houden. Uit medelijden? Misschien. Uit eigenbelang? Wellicht. Waarom het ook was, ik had duidelijk niet te kiezen. Ik mag alleen maar dankbaar zijn voor de mogelijkheden die ik nu krijg, hoewel ik nooit zal weten of ik in onwetendheid geen gelukkig leven zou hebben geleid.'

'Je stelt een kind niet voor zo'n keuze. Je doet wat je zelf het beste acht,' zei ik, terwijl de staande klok die achter me stond zeven uur sloeg. De zon speelde al een tijdje niet meer tussen de bomen en wierp geen stralen meer op de gevels van de gebouwen aan de overkant van de straat. Ze was al achter de horizon verdwenen en liet nu slechts een gouden gloed achter op enkele voorbijdrijvende sluimerwolken. Ik deed de kristallen luchter aan die protserig boven de vergadertafel hing, waardoor de kleur in onze gezichten weer verscheen en trok de stoel bij waarin ik eerder die avond had gezeten.

'Alles wat ik ooit deed en waarschijnlijk in de toekomst nog zal doen, is allemaal voor jou geweest. Ik had een verhaal, een droom en …'

'En wat?' onderbrak Alex me met een vurige kwaadheid in zijn stem.

Ik duwde mijn vingers tegen mijn slapen. Ik wilde dit gesprek niet opnieuw voeren. Zijn reactie en het aanslepend getreiter waarmee hij me keer op keer belastte, paste niet in het scenario dat ik jaren eerder had uitgedacht. Het was mijn beslissing geweest. Toen ik er hem, enkele maanden geleden voor het eerst over sprak, meende ik dat het tijd was om hem de ware toedracht van mijn handelen te vertellen. Het was net Kerstmis. De band die tussen ons door de jaren heen geschapen was, leek me sterk genoeg om wederzijds respect te kunnen tonen. Hij was er klaar voor, of althans dat dacht ik. Met vurig verlangen hoopte ik dan ook op een positieve afronding van dit aanslepende hoofdstuk. Achteraf bleek dat ik beter had gezwegen. Ik kreeg niet het gehoopte begrip, ik stootte zowaar op een berg van afschuw en verbijstering. Hij jouwde me uit en verweet me dat ik hem zijn identiteit had afgenomen. Terwijl ik net de waas die ik rond zijn persoon had gecreëerd als een meerwaarde zag. Zo kon hij mijn opvolger worden zonder dat iemand zich vragen zou stellen, omdat hij zich al eerder had mogen en kunnen bewijzen. Dat was het eindpunt dat ik altijd voor ogen had, uit respect voor wie hij was en als reactie op mijn eigen lafheid. Hij was de zoon waarop ik recht had, maar die ik niet mocht krijgen. Hij had mijn naam moeten dragen en verderzetten. Nu eindigde de naam Matthieu met mij. Dat had ik niet kunnen voorkomen. Alles waar ik mijn hele leven voor had gezwoegd, zou verdwijnen in de handen van onbekenden, hoe nobel ze ook mochten zijn en dat zou ik niet laten gebeuren. Daartegen zou ik me verzetten met alles wat ik had en dit zelfs ten koste van mijn goede naam. Alex bleef me aanstaren.

'En?' herhaalde hij, na een minutenlange stilte.

'Ik heb je alles verteld, omdat je het recht had om het te weten.'

'Het was inderdaad een gemis geweest niet te weten in welke Griekse komedie ik geboren ben. Nu weet ik tenminste dat zelfs onder de maskers die hier gedragen worden geen ware gelaten verborgen gaan,' zei hij sarcastisch.

'Ik had het misschien wel anders gewild, maar...'

'Maar je durfde niet. Je wilde je eigen familie niet te schande maken,' maakte hij mijn zin af.

'Nee, ik heb daar zelf niet over kunnen beslissen.'

'Het waren de doden wellicht. Die kunnen nu toch niet meer weerleggen wat je zegt.'

'Hoe erg ik het zelf ook vind, zij die het je kan vertellen, is er inderdaad niet meer. Ik kan niet zeggen of ze dood is, maar ik heb haar sinds jouw geboorte nooit meer teruggezien.'

Soms dacht ik in zijn ogen begrip te lezen voor mijn aanpak van de situatie of voor mijn keuze, voor zover ik over een keuze kon spreken. Maar telkens opnieuw doofden de bulderende woorden die hij over me uitbraakte elke vorm van sympathie die ik in de glinstering van zijn ogen meende te herkennen. Hij verweet me hebberigheid, egoïsme en vooral egocentrisme. Terwijl ik in deze zelfzuchtigheid enkel maar oog voor hem had willen hebben. Ik wilde hem het gevoel van geluk geven en had er alles aan gedaan om hem nooit te verliezen. Zelfs nu nog probeerde ik hem halsstarrig dicht bij mij te houden, hoewel hij mij de dood toewenste. Ik hou vast aan herinneringen van voorspoed. Ik voel zijn kleine armpjes nog rond me, toen hij bij me op de schoot kroop. Hij geloofde dat ik een oom was die voor hem instond, omdat hij geen ouders meer had.

Alex stond op, schopte tegen de tafel een innerlijke frustratie weg en leunde met zijn hand tegen de muur, zijn gezicht van me afgekeerd.   Zijn kille, kwade houding contrasteerde met de zachtheid die hij vroeger voor me had getoond. Hij verschool zijn hoofd in mijn oksel om troost te vinden wanneer hij als kleine jongen gevallen was en ik net in de buurt was. Hij liet geen gelegenheid voorbijgaan om me zijn genegenheid te tonen. Toen hij aan de universiteit cum laude afstudeerde, glunderde hij en knipoogde naar me vanuit de rij jonge alumni die fier naast elkaar op het podium stonden. Hij was het kind en de jongeman waarvan mijn partners in de rederij dachten dat hij de verpersoonlijking van mijn liefdadigheidsgevoel was, terwijl ik hem uit echte liefde alle kansen gaf. Hoewel hij onder de hoede van Monseigneur Claeys bleef, die mij na mijn bekentenis, in ruil voor een jaarlijks terugkerende gift, absolutie schonk voor mijn daden, bezocht ik hem elke keer ik kon en gaf ik hem een rol in de rederij van zodra dat mogelijk was. Ik zal niet zeggen dat ik de alomtegenwoordige vaderfiguur was, maar wanneer ik met geld of invloed poorten voor hem kon openen, twijfelde ik niet. Alles met het oog op zijn en mijn toekomst. Mijn vrouw en dochter heb ik nooit ingelicht. Ook zij geloven in mijn weldadig zijn. Liefdadigheid neemt dan ook een belangrijke plaats in onze familie in. Niemand vermoedt iets anders.

'Alex, ga naar huis,' zei ik.

Hij snoof. 'Naar huis, wat betekent dat nu nog?'

'Je kunt niet blijven terugkomen op wat ik je verteld heb. Laat het verleden rusten. We kunnen misschien beter praten over hoe we de toekomst zien.'

'Ik zie mijn toekomst alvast niet meer in deze rederij. Al word ik een inhalige herbergier, dan nog zal ik minder het gevoel hebben me te verlagen tot het bedrieglijke gedrag dat jij vertoont.'

'Je hoeft zo niet te doen. We kunnen het er ook gewoon nooit meer over hebben en eens ik dood ben, kan je hier doen en laten wat je wilt.'

Hij grijnsde kwajongensachtig, alsof hij mij het gevoel wilde geven dat ik alle macht over hem was verloren.

'Je bent manipulatief en denkt daarmee alles te kunnen realiseren,' zei hij, 'De wereld is jouw schouwtoneel en wij je marionetten.'

Ik zweeg, stond op en maakte aanstalten om mijn mantel aan te trekken.

'Loop nu maar weg, lafaard!' riep Alex.

Ik draaide me bruusk naar hem om.

'Hou er ogenblikkelijk mee op. Ik beveel je naar huis te gaan en anders laat ik je hier buitenzetten, heb je dat begrepen?' zei ik pinnig, met mijn vinger in zijn richting wijzend.

Hij stond op, duwde zijn stoel met een knal onder de tafel en stapte in mijn richting.

'Als je dit denkt te kunnen volhouden, dan vergis je je grondig. Ik zal de raad van bestuur wel inlichten over je buitenechtelijke avonturen. Eens zien of de Monseigneur nog zo geneigd zal zijn te zwijgen, wanneer jouw verhaal bij al die andere heerschappen lustig over de lippen gaat.'

Ik grijnsde.

'Die zijn geen haar beter dan ik, mocht je van het tegendeel overtuigd zijn. Of dacht je dat ik niet meermaals in gezelschap die vrouwtjes bezocht? De grootste pilaarbijters zitten niet alleen in de kerk op de eerste rij, ze ontsteken ook vaak met de hoerenmadammen de rode lantaarntjes. Je hebt er geen idee van, mijn jongen. Of toch?'

Hij beet op zijn lip en zette nog een stap dichterbij. De houten vloer kraakte onder zijn voeten, terwijl hij diep ademend vlakbij mij kwam staan.

'Ik heb genoeg van je spelletjes,' siste hij.

'Dit is de realiteit. Het is aan de durver om te leven.'

'Ik vermijd zo'n etablissementen, maar ...'

'Dat lukt je dan niet echt aardig,' onderbrak ik hem, 'of dacht je dat ik dat niet wist?'

Hij keek me ietwat geschrokken aan.

'Mijn ogen zien overal en mijn oren horen alles, mijn Alex.'

'Mijn leven gaat jou niets aan,' zei hij bijna verslagen.

'Ach man, je bent een creatie van mijn hand.'

'We hebben elkaar niets meer te vertellen, ik ga naar huis.'

Mijn triomf leek opnieuw verzekerd.

'Wie is hier nu de lafaard?' vroeg ik.

Hij greep mijn arm nijdig vast en liet hem meteen weer los, zonder me op enige manier echt te raken. Hij duwde me opzij en stormde de deur uit.

Ik zuchtte opgelucht en teleurgesteld tegelijkertijd, verzamelde de papieren die nog her en der over de tafel verspreid lagen en stak ze in mijn map die ik toevouwde. Toen ik het licht wilde doven, kwam Henri langs.

'Jij nog hier?' vroeg ik verbaasd.

'Ik wilde net vertrekken toen ik het licht hier nog zag branden,' antwoordde hij.

'Wat ga je nu eigenlijk doen, Henri? Zo kan je hier toch niet blijven ronddolen,' zei ik.

Hij haalde zijn schouders op. Sinds zijn freule het geluk op andere plaatsen was gaan beproeven, was hij niet meer dan een schim van zichzelf. Met zijn dochter uit het zicht was er dan toch al één bemoeienis minder in de rederij. Alsof zij ooit een plaats naast ons zou kunnen innemen. Ik hoorde het met ironie aan wanneer sommige mannen zich uitlieten over vrouwen met briljante ideeën, alsof ze echt zouden bestaan. In het stadsbestuur van sommige steden in ons land zetelden er ook een paar van die heren die hun dames, in mijn ogen, onvoldoende wisten bezig te houden waardoor ze vaak zelf het onderspit moesten delven. Onze wereld zat niet te wachten op vrouwen in de politiek of op andere verlichte geesten. Ik maakte me wel vaker kwaad wanneer ik hoorde dat in verschillende voorname families de kleine jongens nog maar matig konden lezen of schrijven. Sommigen konden het op hun zes jaar nog altijd niet. Een schande. En wie anders dan de vrouwen in onze steeds meer verloederde maatschappij konden we daarvoor als schuldigen aanduiden? De jonge moeders verwaarloosden het onderricht van de zonen die onze toekomst zijn, omdat ze plots geen voldoening meer vonden in deze taak en zo nodig hun heil elders probeerden te vinden.

'Weet je wat,' zei ik, terwijl ik de deur achter me dichttrok, 'we gaan samen nog een borreltje drinken.' Henri stond nog wat te draaien in de gang. Hij had zijn mantel om zijn schouders gehangen, zonder zijn armen in de mouwen te steken. Hij zuchtte als reactie op mijn voorstel en haalde opnieuw zijn schouders op.

'Heren,' begroette de kelner van Café Tivoli ons toen we het terras opliepen. Het was al donker en de Pelikaanstraat was in tegenstelling tot haar levendigheid van overdag herschapen tot een verlaten, haast gure straat. De gewiekste diamantairs die in het daglicht als statige heren in hun lange zwarte jassen naast de sporen van het station paradeerden, leken in het donker niets meer dan op de vlucht geslagen boeven die zich in de portieken van de huizen verscholen, uit angst voor elke bewegende schaduw. Het moest al tegen negen uur aanlopen. Het lampje boven het hek naar het terras van het café, nodigde ons, net als enkele andere toevallige voorbijgangers, uit om binnen te stappen. In de tuin van het café stonden witgelakte metalen tafeltjes, met telkens twee of vier stoelen, onder de bescherming van een vijftal lindebomen. De takken ruisten door de wind die in de gekleurde bladeren speelde. De lichtlampions die het tuintje karig van licht voorzagen, wiegden op eenzelfde ritme mee. Het was een mooie nazomeravond. Hoewel we oktober al naderden, lieten de buitentemperaturen ons toch toe om in de tuin onder de bomen van een glaasje te genieten. De kelner stapte op ons af en veegde enkele gele hartvormige lindeblaadjes van de tafel waaraan we wilden plaatsnemen. Achterin de tuin maakte een groepje mannen van de schuttersvereniging, die hier hun stamcafé hadden, danig kabaal. Ze zaten samen aan enkele bij elkaar geschoven tafeltjes. Allen met een De Koninck in de hand, schenen ze te klinken op een overwinning. Hun bogen stonden geschrankt tegen de gekalkte muur van het café. Een zelfde aantal lederen tasjes met pijlen lag ernaast.

'15000 jaar geleden heeft onze grondlegger de eerste pijl afgeschoten, nu zou hij nog iets van ons kunnen opsteken,' schepte een van de mannen in een al duidelijk beschonken toestand tegen zijn kompanen op.

'Het is je dominante linkerarendsoog, Louis,' riep een ander uit. Het luidruchtige vieren zette zich nog even voort, terwijl onze bestelde trappisten arriveerden. De heren van het schuttersgezelschap waren allemaal goed op weg om even later stomdronken de straat op te stommelen. Nadat we een eerste keer het schuim van de bierkraag dat zich in onze snorren had genesteld met onze onderlip hadden schoongeveegd en genoten van de ongecompliceerde nasmaak van de peperkoek die de bittere moutsmaak van het bier verzachtte, zag ik Henri, al was het maar even, een moment genieten. Ik had op een of andere manier wel met hem te doen. Misschien had ik mijn pijlen anders kunnen verschieten, maar het leven is niet aan de confuse twijfelaar die voor iedereen goed wil doen. Het is aan de doordachte schutter die als geboren leider met een vaste hand elk van zijn pijlen zinrijk weet af te schieten. Het kon zo niet verder. De man sleepte zich elke dag naar de rederij. Zonder doel. Hij droeg steeds minder bij tot de gesprekken en de plannen die de raad vooropstelde en was zichtbaar in gedachten nog steeds de verdwijning van zijn dochter aan het overpeinzen. Het leefde in hem, dag in dag uit.

Hij bekeek me bedrukt en vroeg, niet onverwacht, wat hij me elke dag opnieuw vroeg: 'Waar kan ze nu toch zijn, Eduard?'

'Jongen, ik denk dat die vraag na al die maanden niet meer beantwoord kan worden. Ze is weggelopen of geroofd. Dat zullen we misschien wel nooit weten. Het heeft geen zin om jezelf te blijven pijnigen met die vraag. We weten dat ze nooit iets onberedeneerd zou doen. Misschien hoopte ze elders te vinden wat hier niet mogelijk was,' zei ik alsof ik hem met mijn geveinsd medelijden een gunst wilde doen, terwijl ik maar al te goed wist dat de kennis die ik bezat en die ik zonder scrupules voor hem verborgen hield niet schrijnender kon zijn.

'Ik had haar nooit naar dat Gasthuis mogen sturen. Dat was niets voor haar. Ik heb te weinig haar gevoelens gerespecteerd.' Hij begon zich op te winden en dronk meermaals kort achter elkaar van zijn glas.

'Je moet jezelf niets verwijten. Je hebt gehandeld zoals een echte vader. Ze moest haar plaats kennen. Wat is dat nu ook met die jonge vrouwen van tegenwoordig en hun ambities buitenshuis. Je hebt er goed aan gedaan.'

De boogschutters passeerden ons met hun pijlen en boog op de rug. Ze verlieten de tuin langs het houten hek, nog steeds in volle euforie. Henri bestelde nog voordat onze glazen leeg waren twee nieuwe trappisten. De pindanootjes die de kelner in het midden van het tafeltje voor ons had neergezet, bleven onaangeroerd.

'Je moet terug leren genieten,' ging ik verder.

Het was nodig om over iets anders te beginnen, want mijn mening werd zoals steeds afgedaan als aanvallend. Hij negeerde elke vorm van goede raad of vertoonde al snel berouw wanneer hij dan toch eens berustte in andermans advies. Het leek alsof het voor hem een teken van onmacht was om het eens anders aan te pakken, of zelfs om er eens anders over na te denken.

'Jij vindt duidelijk niet dat je gefaald hebt als vader,' zei hij.

'Ik?' vroeg ik verbaasd, 'Nee, ik denk dat ik alles redelijk in de hand heb in mijn familie. En jij hoeft jezelf dat gevoel ook niet aan te praten. Sommige kinderen zijn nu eenmaal onhandelbaar.'

'Het is wel mijn dochter waar we het over hebben,' klonk het verontwaardigd.

'Ik wil maar zeggen dat het geen zin heeft om over 'als' of 'had ik maar' te blijven mijmeren,' probeerde ik het gesprek te keren, 'Misschien moet je zelf ook eens een andere weg inslaan.'

Hij keek me vragend aan.

'Is de rederij nog altijd datgene wat je wilt?' vroeg ik.

'Een mens wil altijd wel iets anders of iets meer. Maar je vertrekt van wat je hebt en de rederij is op dit moment het enige wat me rest en daar moet ik dan ook iets mee doen,' kaatste hij verrassend terug.

'De raad van bestuur gaat je houding niet blijven tolereren,' hoorde ik de woorden die Ernest eerder die avond tegen me had gezegd uit mijn eigen mond echoën, 'Je bent al maanden niet meer de oude. Je bent er niet meer bij, Henri.'

Henri walste het bier in zijn glas, waardoor opnieuw een kleine kraag langs de randen naar boven schuimde.

'Moet je ze hebben?' vroeg hij en hij keek me doordringend aan.

'Pardon?' antwoordde ik.

'Je mag mijn aandelen hebben, allemaal. Ik stap eruit. Ik wil er niet bij zijn als iemand zoals jij de rederij kapot maakt. Want ik weet al langer dat maar één iemand daar naartoe werkt en dat ben jij,' zei hij, terwijl hij met zijn bierglas, alsof hij een beschonken caféganger was, in mijn richting wees. 'En mijn dochter, die wist dat ook. Ze waarschuwde me elke avond opnieuw met haar briefjes en notities.' Hij lachte.

'Henri, waar heb je het over?' probeerde ik kalm, terwijl ik het bloed door mijn aders voelde razen.

'Je moet het niet ontkennen. Je wil mij er al zolang uit. Het is niet meer dat bedrijfje met een paar bootjes dat wat overtochtjes regelt. Het gaat alleen nog maar over geld. Het is niet meer voor het plezier. We zijn volwassen geworden.'

Plots besefte ik dat wij, de twee jongemannen van weleer die pijlen durfden afschieten in de richting van fabelachtige doelen, onze bogen in elkaars richting hadden opgesteld. Ik had altijd gedacht dat, wanneer dat zou gebeuren, ik als eerste zou schieten, omdat ik nooit angst had beschoten te worden. Wat had ik me vergist. De man waarvan ik dacht dat hij me nooit zou kunnen raken, hield nu mijn lot in zijn handen.

'Hoeveel wil je ervoor hebben?' vroeg ik zakelijk. Ik hoopte van zijn licht benevelde toestand gebruik te kunnen maken om het onderste uit de kan te halen.

'Ik kan mijn aandelen ook verkopen aan de Red Star Line natuurlijk, of aan de Cunard Line,' ging hij ironisch verder. 'Als ik voor Cunard kies, kan je misschien zelfs die dwaze financiële overeenkomst met die dubieuze geldschieter, waarvan niemand ooit het fijne heeft geweten, nog binnenhalen. In elk geval is er bij een verkoop aan een derde partij, welke dan ook, meer kans dat er iets verstandigs met onze vloot zal gebeuren. Mijn aandelen komen dan tenminste in handen van mensen die bewezen hebben er iets vanaf te weten. Bovendien zit de concurrentie op deze manier meteen als bondgenoot voor de helft in het bedrijf. Als zwaargewicht tegen de kleine garnaal die je dan waarschijnlijk nog maar bent, kan dat wel tellen. Ik ga daar niet langer wakker van liggen. En verder weet ik dan dat ik voor één keer in mijn leven eens echt naar mijn dochter heb geluisterd en haar niet in de waan heb gelaten dat ik wel iets zou doen met haar ideeën. Dat had ik veel eerder moeten doen.'

'Heren, wij gaan sluiten,' doorbrak de ober de geladenheid die als een opgespannen pees tussen ons in trilde. We keken elkaar aan, hij draaide zich naar de kelner en knikte.

We lieten het geld voor onze consumpties op de tafel achter en verlieten de tuin.

Toen we op straat stonden, maakte Henri aanstalten om zonder verdere uitleg te vertrekken. Ik hield hem tegen en zei: 'Ik bied je twintig procent meer voor je aandelen dan hun waarde.'

'Je gelooft nu toch niet dat ik hier op straat met jou een akkoord ga sluiten over mijn verdere toekomst.'

'Ach, Henri, we zijn hieraan kunnen beginnen omdat onze ouders geld genoeg hadden om ons zulke risico's te laten nemen. Nu, zoveel jaar later, denk ik niet dat het daarover gaat. Vermogen is de kwestie niet.'

'Het is niet aan jou om daarover te oordelen. Ik laat je nog wel iets weten en ik zal de raad van bestuur ook officieel van mijn vertrek op de hoogte brengen.'

'Wat ga je daarna doen? Het land doorkruisen op zoek naar je dochter?'

'Dat heb ik nog niet uitgemaakt. Tot voor een uur, had ik er nog niet eens bij stilgestaan dat ik iets moest doen. Misschien maak ik wel de overstap naar een ander bedrijf dat niet zo lichtzinnig met zijn kapitaal omspringt. Ik voel me opgelucht bij de idee alleen al. Als je me nu wilt verontschuldigen. Nog een fijne avond, Eduard.'

Ik wist niet of ik op onze jarenlange vriendschap moest inspelen om hem op andere gedachten te brengen. Natuurlijk was ik me, net als hij, wel bewust van het feit dat die de laatste jaren niet veel meer voorstelde. We zagen elkaar niet meer als vrienden die samen dromen wilden realiseren. Onze contacten beperkten zich voornamelijk tot zakelijke bijeenkomsten en tot hoogstens wat beleefde diners waarop, in beide gevallen, vooral de schijn van het goede kameraadschappelijke samenwerken hooggehouden werd. Hij keek niet om toen hij de straat uitwandelde. Ik zag hoe zijn silhouet op het einde van de weg de bocht nam en zo uit mijn zicht verdween. Ik slenterde in de richting van de De Keyserlei om naar huis te gaan. Toen ik even later voor mijn eigen huis stond, zoekend naar mijn sleutels, opende Adèle de voordeur.

'Zo laat?' zei ze onverschillig.

Ik leunde tegen de balustrade van het kleine trapje naar onze deur en haalde verveeld mijn schouders op. Ik liep haar voorbij, gooide mijn hoed en jas op de plank en ging het bureau binnen. Ze vroeg of ik nog wat wilde eten. Er stond een bord in de keuken. Ik mompelde dat ik zelf wel iets zou vragen en dat ik nog wat moest werken. Ze liet me verder met rust. Toen ik naar de keuken ging om te horen of ze nog iets voor me konden opwarmen, kwam de geur van koffie mij tegemoet. Er brandde een klein lampje en in de hoek zat een van de meiden met een groene houten molen tegen haar borst geklemd koffie te malen. Ze onderbrak haar werk meteen om me ten dienst te staan. Even later verscheen ze in het bureau met een zilveren plateau waarop ze een klein bordje met wat koud gebraad, mosterd en twee sneden brood had gelegd. Ze zette het neer en schonk een kop verse koffie in. Ze vroeg of ik nog iets anders wilde, maar ik bedankte en wenste haar een goede nachtrust toe. De holle weerkerende roep van de koekoek tegen de wand gaf me te kennen dat het elf uur was. Ik liep er naartoe en trok de gewichten op zoals ik elke avond rond dit uur gewoon was te doen. Adèle kwam goedenacht wensen en vroeg of ik het laat zou maken. Ik zei dat ik misschien nog even weg zou gaan. Ze knikte ongeïnteresseerd. Ieder ging hier zijn eigen weg. Dat was doorheen de jaren meer en meer het geval. Adèle regeerde het huis met harde hand, zoals ik het vanaf het begin verlangde. Ze stond in voor de opvoeding van Anne en vergezelde me op officiële aangelegenheden. Verder hadden we niets gemeenschappelijks. Zij had haar vertrekken en ik de mijne. Zij had haar gezelschap en ik het mijne. Een gelukkig huwelijk had volgens mij niets met liefde te maken. Ze deelde mijn standpunt. Het was de kunst elkaar te vinden in de noodzaak die ons bijeenbracht en elkaar vrij te laten in al dat wat ons van elkaar scheidde. Net zoals mijn vader en zijn vader voor hem mij waren voorgegaan, volgde ik deze levensvisie. Een dergelijke ingesteldheid tegenover het huwelijk heeft ermee voor gezorgd dat onze familie in de laatste generaties heel wat vermogen heeft vergaard. Dat ik voor Anne eenzelfde toekomst voor ogen had, was dan ook vanzelfsprekend. Het huwelijk was voor mij, net zoals voor het merendeel van mijn kennissen trouwens, een algemeen erkende strategie om banden met andere welgestelde Antwerpse families aan te halen en te vergroten. De georchestreerde relatie van mijn dochter met Ernest Van Daele versterkte het professioneel contact dat reeds bestond met deze bankiersfamilie. Vader Léon Van Daele was sinds jaren een belangrijke figuur geweest voor de rederij. Door hem te overtuigen zijn belangen met de onze te vermengen, dacht hij meer strategisch mee en konden we rekenen op een niet onbelangrijke geldelijke steun. Daarnaast kwam het uiteraard ook zijn eigen fortuin meer dan ten goede. Toch één belangrijke verdienste die ik aan Henri kon toeschrijven. Op financieel vlak wist hij werkelijk heel goed wie we moesten kennen. Zijn aanpak was evenwel niet altijd efficiënt. Zo was hij aanvankelijk nogal naïef geweest te denken dat hij Van Daele kon overtuigen met enkel wat mooie cijfers over de rederij. Relaties versterken en professionele netwerken uitbouwen door het opzetten van huwelijken begreep hij niet. Voor hem kon het ene niets met het andere te maken hebben. Hij zag de zakelijkheid van een huwelijk niet in. Hij bleef vasthouden aan een eigenaardige romantische visie op het instituut van het huwelijk, iets wat ik enkel zou toeschrijven aan de jonge boerenliefde en nooit zou associëren met de gewoontes die in onze klasse courant waren. Hem was trouwens in de vroege jaren '80 hetzelfde lot beschoren. Zijn familie duidde hem een jonge vrouw aan, waardoor hij de voordelen van de verplichte partij zelf aan den lijve mocht ondervinden. En toch bleek dit net iets waar hij zeer sterk tegen gekant was. Gelukkig liet hij uiteindelijk deze volkomen ongerijmde gedachte varen en steunde hij mij in mijn idee van een huwelijk tussen mijn dochter en de jonge Ernest Van Daele. Iets wat niet meteen zo evident bleek, maar wat na uitvoerig betoog van mijn kant toch bewerkstelligd kon worden. Ik prikte het laatste stukje vlees op mijn vork en doopte het in de overgebleven mosterd. Met mijn boterham veegde ik het bord schoon. Het deurtje van de wandklok sloeg opnieuw open en toe, waarbij de koekoek éénmaal zijn goe-koeh door de kamer liet klinken. Wat was het plots snel half twaalf. Ik viste mijn zakhorloge uit mijn vest, draaide eraan tot de wijzers gelijk stonden met die op de wandklok, duwde mijn bril terug wat steviger op mijn neus en stond op. Nadat ik het lege bord op het dienblad had gezet, voelde ik me, door het lichte avondmaal gesterkt, klaar voor mijn nacht.

3

'Waar kennen we haar toch van,' hoorde ik de ene jongeman tegen de andere fluisteren.

De twee zaten in een zetel die rug aan rug met de mijne stond. Tussen de zetels in stond er een weelderige bos rode rozen op een rond tafeltje dat, net als enkele hoge Chinese vazen en houten *paravents* die her en der verspreid stonden in de salon, dienstdeed als scheiding. Ze moesten zorgen voor een zogenaamd privékarakter en garandeerden de klanten een intieme sfeer. De twee deden moeite om langs de bloemen heen in mijn richting te kijken. Toen ik me ook naar hen wendde, voelden ze zich duidelijk betrapt waardoor ze zich meteen weer omdraaiden. Ik herkende hen niet. De ene had piekerig blond haar dat hij zichtbaar in bedwang probeerde te houden met heel wat brillantine. Hij had een ruwe baard en zijn gezicht was getaand door de zon. Zijn kledij was verzorgd, maar zeker niet van die haute couture die de meeste mannen in de andere zetels droegen. Niets meer dan een zich opgewerkte kadewerker die nu mogelijk de kaartjes mocht controleren bij het inschepen, als je het mij vroeg. Zo een van die mannen in een fluweel rood apenkostuumpje met een matrozenhoed die zelf de kade nooit verliet, maar wiens kledij zijn zeewaardigheid moest suggereren. Ik kende dat soort mannen wel. Ik zag hen regelmatig op onze kade paraderen en had zeker niet de gewoonte hen aan te halen. Het waren onze eigen werkmensen of die van de Red Star Line, wanneer onze schepen door hen gehuurd werden. Veel sociale omgang met hen was voor mij niet nodig. De andere man leek jonger. De guitige jongensachtige trekken die een onbezonnenheid lieten vermoeden, waren nog in zijn gezicht te zien. Zijn jeugdige gelaat verraadde dat hij nog niet moest zwoegen om de eindjes aan elkaar te kunnen knopen voor een gezin dat zes of meer kinderen telde. Waarschijnlijk was hij zelf nog een hongerige mond aan de tafel van zijn moeder. Hij probeerde de dame die naast hem zat op een onbeholpen manier aan te raken. Al dan niet zijn hand op haar dij leggen, leek op het eerste gezicht al een dilemma. De knullige houding die hij zich daarbij aanmat, deed me glimlachen. Hij trok zijn lichaam vreemd kronkelend van haar weg toen zij zich dichter tegen hem aannestelde. In zijn onwennigheid stootte hij een glas om dat op het tafeltje voor hen stond. De andere negeerde de onhandigheid van zijn metgezel en draaide zich verschillende keren naar mij om. Ik streelde met mijn hand over de dij van het meisje dat bij mij zat en zei haar dat ik meteen zou terugkomen. Ze bleef onberoerd en nipte nogmaals van het glas Veuve Cliquot dat ik haar die avond net als elke voorgaande avond dat ik me naar de salon had begeven, had aangereikt.

Ik stapte in de richting van de mannen en hield bruusk mijn pas bij hen in, alsof ik aanvankelijk niet de intentie had om bij hen halt te houden.

'Mannen,' zei ik, terwijl ik door de woordkeuze in mijn aanspreking meteen wilde laten merken dat ik de meerdere zou zijn in dit gesprek, 'ik kon niet anders dan opmerken dat jullie moeite hadden om jullie ogen niet voortdurend in de richting van mij en mijn gezelschap te wenden. Kennen wij elkaar?'

'Neen, mijnheer,' zei de man van wie ik enige salonervaring veronderstelde.

De andere keek niet op. Hij bleek eindelijk een eerste stap in de goede richting te hebben gezet met het meisje aan zijn zijde. Zijn hand streelde zacht over haar ontblote schouder. Hij liet zich nu door niets of niemand meer afleiden.

'Vanwaar dan uw interesse?' vroeg ik.

'Ik dacht het meisje dat bij u zit te herkennen, mijnheer,' zei hij beleefd, terwijl hij zich nogmaals omdraaide en in haar richting keek.

'Misschien hebt u haar hier al eens eerder verwend,' knipoogde ik.

'Het is de eerste keer dat mijn broer en ik hier komen, mijnheer.'

'Ik heb geld gewonnen bij het gansrijden in Stabroek,' viel de jongere man, die dan toch gehoord bleek te hebben wat we zeiden, enthousiast bij.

'Anders hebben we het geld niet om hier te komen, mijnheer,' gaf de oudere toe. Zijn herhaling van het woord 'mijnheer' begon me danig op de heupen te werken, dus ik besloot hen nog een fijne avond te wensen en terug te keren naar het meisje.

'Werkte die niet op de kade?' ging hij verder tegen zijn broer, alsof hij zich plots wel herinnerde vanwaar hij haar kende. Ik keek hem vragend aan, alsof ik verwachtte dat hem nog meer te binnen zou schieten.

'Dat is dat meisje van de koffiekoeken,' zei hij plots.

Een rilling liep over mijn rug.

'Ja, daarvan ken ik haar,' herhaalde hij, 'ik wist niet dat zij een hoer was, mijnheer. Maar ja, ze heeft er precies wel de vormen voor.'

Hij zag er schijnbaar tevreden uit dat hij zich plots voor de geest kon halen waar hij haar eerder had gezien.

Ik zette behoedzaam een stap dichter in zijn richting en zei: 'U kent haar niet en hebt haar nooit eerder gezien.'

Hij lachte en zei: 'Maar jawel, mijnheer, dat is geloof ik zelfs…'

Ik liet hem zijn zin niet meer afmaken en zei grimmig: 'Ik herhaal dat jullie haar niet kennen, nooit eerder hebben gezien en ook niemand over haar vertellen.'

De twee keken me verbaasd aan.

'Hebben jullie dat begrepen?' vroeg ik streng.

De jongste die duidelijk niet in de wieg was gelegd voor vrouwen maar beslist niet afkerig stond tegen wat onderhandelen, vroeg zonder gêne: 'En wat krijgen wij daarvoor?'

'Mijn eeuwig vertrouwen,' zei ik.

De jongen stond op en zei: 'Daar kan ik niet van eten.'

Ik grijnsde, terwijl de oudere broer ongemakkelijk op de zetel wiebelde. De meisjes verdwenen op mijn teken even naar de toog achteraan.

'Intimidatie is voor verliezers. U gaat nu toch niet beweren dat u een verliezer bent?' vroeg ik.

'Intimidatie wordt vaak zo geïnterpreteerd door angsthazen. Ik kan moeilijk geloven dat u ooit bang bent, mijnheer,' zei de jongeman.

Ik gaf geen krimp, maar reikte hem de hand. Toen hij zijn hand in de mijne wilde leggen, plooide ik zijn vingers tot een vuist en dwong hem tot knielen door hard zijn pols in de richting van zijn onderarm te duwen. Zijn broer stond op en wilde tussenbeide komen. Ik drukte nog even verder tot de jongen op beide knieën ineenzakte en een pijnkreet van diep uit zijn keel door de salon liet klinken.

Madame Elsa, die als een waakhond haar etablissement in het oog hield, kwam meteen toegelopen en zei: 'Mannen, ik wil hier geen spektakel, daarvoor moeten jullie maar naar andere etablissementen lopen.'

Ik bevrijdde de jongen uit mijn greep. Hij stond op en schudde zijn pols los.

'We hebben een akkoord bereikt,' glimlachte ik, 'Nietwaar, jongeman?'

'Zeker, mijnheer,' antwoordde hij flauwtjes.

Ik keerde terug naar mijn eigen tafeltje en nam plaats dicht tegen het meisje. Ze verzette zich niet, dat had ze vreemd genoeg zelfs nooit gedaan. Het gevoel de bovenhand te houden in elke situatie deed me goed. Toen ik haar hier voor het eerst zag, stond ik als aan de grond genageld. Ik ging meteen weer naar buiten en begon gejaagd te lopen. Doelloos, zo bleek. Ik wist niet wat ik moest doen met het gegeven dat me toen net op een schoteltje gepresenteerd was. Mijn verstand leidde me uiteindelijk naar het politiebureau. Toen ik de poort van het gebouw naderde, kon ik me echter met de beste wil van de wereld niet naar binnen bewegen. Iets in mij hield me tegen. Misschien was het mijn egoïsme of de terugkerende ergernis die ik ten opzichte van haar ontwikkeld had de afgelopen jaren. Ik wist het niet. Toen ik aan Henri dacht, begreep ik opnieuw dat hem verwittigen de juiste en meest verantwoorde manier van reageren zou zijn. Ik heb dat evenwel niet gedaan. Ik wilde geen wraak nemen, want die gevoelens beheersen mij niet. Bovendien had ze nooit iets gedaan waardoor ik meende zo drastisch te moeten reageren. Het was de dochter van mijn zakenpartner, van mijn vriend. En toch wilde ik impulsief het onverwachte doen. Niet handelen zoals elk redelijk mens zou doen, maar de situatie laten gedijen zoals ze zich aan mij had geopenbaard en er mijzelf in verliezen, zonder te weten waartoe het zou leiden. Ik wist niet hoe ik dit gegeven moest begrijpen, maar hoopte dat het begrijpen wel duidelijk zou worden uit het doen van het onverwachte. Het was dus niet de rede die me ingaf om niet te reageren. Het gebeurde gewoon zonder dat ik er een logische verklaring voor had, alsof ik eigenaar was geworden van een kracht die mij net overtuigde dat niemand inlichten over wat ik wist ook een juiste manier kon zijn. Hoe meer ik me overgaf aan het idee het onverwachte te doen, hoe meer een gevoel van geruststelling de bovenhand nam. Al mijn rationele gedachten werden er langzaamaan door overstemd. Ik keerde terug en koos haar. Toen zij mij de eerste keer zag, bleef ze me aanstaren tot ik haar bij de arm nam en mee de salon in duwde. We spraken niet over het verleden, uitgezonderd van die ene keer dat ik haar bastaardjong had genoemd. Ze keek me toen aan en zei droog: 'Ik heb een vader en een overleden moeder.'

'En wat voor een moeder,' had ik haar geantwoord terwijl ik met mijn tong ostentatief over mijn lippen streelde. Ze sloeg me toen in het gezicht en verder is er nooit meer over gesproken. Ze behandelde mij alsof ik eender welke man kon zijn. Ik deed net hetzelfde met haar. Ik deelde champagne uit en streelde haar net zolang tot ik wist dat ik het niet meer uit zou houden als ik me niet meteen op haar zou storten. Ik nam haar dan vast en trok haar uit de zetel. Ook in de kamer ontweek ze elke opmerking die ik maakte over haar leven in dit huis. Ze kleedde zich uit en deed wat er van haar verwacht werd. Meer zelfs dan ik had kunnen vermoeden, gezien ons verleden. En zo zitten we hier na al die maanden nog altijd bijna wekelijks. Ik knipoogde naar haar. Ze staarde me aan en hield mijn ogen met de hare vast. Ze was gegroeid de laatste tijd. De jonge vrouw die als een betweterige onderwijzeres haar zogenaamde vader de les spelde had de wereld ontdekt. Een wereld die niet enkel zwart-wit meer bleek en waarin goed en kwaad als enige mogelijke waarheden heersten, maar één waarin de nuance het belangrijkste deel van het spel uitmaakte. Ik streelde over haar bovenbeen en liet mijn hand afdwalen naar haar lies. Ze ging rechtstaan en streek met haar hand door haar haren. Ze wist wat haar te doen stond. Ik stond recht en leidde haar mee in de richting van de hal. We kruisten Madame Elsa in het naar boven gaan. Ze glimlachte goedkeurend. In de kamer legde ik me op mijn zij op het bed, mijn hoofd ondersteund door mijn rechterhand. Ze begon zich traag uit te kleden. Ik keek toe. Zodra we in deze kamer waren, ging het helemaal niet meer over spanning, of over verleiding. Het vervolg was daarvoor te makkelijk. Van een mogelijke schijn die we nog hooghielden in de salon, was hier geen sprake meer. Ik hoefde niets te doen om toch te krijgen wat ik wilde. Het was gewoon een natuurlijke behoefte die bevredigd moest worden. Ik trok haar op het bed en deed zelfs de moeite niet mij helemaal uit te kleden. In het begin kon ik misschien nog spreken van een soort verlangen. Een verlangen naar een nieuwe triomf, wat ook ophield van zodra ik haar armen een eerste keer in het bed had neergedrukt en ik mij ten volle in haar had gewoeld. Ik had de hoeren altijd gezien als een aangenaam tijdverblijf. Ik amuseerde me ook al vond ik er geen uitdaging in. Als man heb ik altijd graag het gevoel gehad de bovenhand in de strijd te houden, maar in de salon was er geen strijd. Ik hoefde het verwerven en behouden van de macht niet na te jagen. Ik had ze al vanaf het eerste moment dat ik de kamer binnen stapte. Toch was het met haar enigszins anders. Het was een onuitgesproken strijd die zich niet tussen de lakens, maar in onze hoofden afspeelde. Zij was niet zomaar een hoer. En ik was geen ordinaire hoerenloper. Maar ook in die situatie zou ik de bovenhand blijven houden. Na mijn hoogtepunt rolde ik van haar weg. Ze draaide zich met haar rug naar me toe en bleef liggen. Ik stond op, stak mijn hemd weer in mijn broek en knoopte die weer dicht. Ik kraakte mijn nek door mijn hoofd eerst naar links en dan naar rechts te bewegen. Ze stond op en liep naar de porseleinen waskom en waterkruik die op een sierlijk houten kastje met een marmeren blad klaarstonden. Terwijl ze zich begon te wassen, verliet ik de kamer zonder verder nog iets te zeggen. Ik liep de trap af, liet geld achter bij Madame Elsa, knipoogde nog naar enkele meisjes die in de deur naar de salon stonden te wachten op nieuwe klanten en verliet het huis. Het was kouder dan ik had verwacht. Ik probeerde mijn zakhorloge uit mijn mantel te vissen om te kijken hoe laat het was, toen op hetzelfde moment ergens een kerkklok twee uur luidde. Ik liep het steegje uit en begaf me in de richting van de kade. Toen ik de hoek omsloeg, hoorde ik achter me enkele mannen luidruchtig de straat oversteken. Eén van hen kwam me voorbij gelopen. De anderen liepen een honderdtal meter achter mij dezelfde richting uit als ik. Luidruchtige zeemanslieden horen bij de geneugten van de nacht, zeker hier. Ik liet me er niet door intimideren. De hakken van mijn schoenen tikten zacht op de kasseitjes terwijl ik mijn weg naar huis verder zette.

'Mijnheer,' riep een van de mannen plots.

Ik hield halt en draaide me om.

'Ik geloof dat wij nog niet waren uitgepraat,' zei de grootste van de twee. Hoewel het donker was, herkende ik hem meteen. Het teveel aan brillantine deed zijn hoofd glinsteren in het zwakke licht van het straatlantaarntje.

'We hoeven geen geld, we komen onze eer terughalen,' zei de andere.

Ik snoof bedenkelijk, trok mijn wenkbrauw op en zei: 'En wie ga je daarvoor halen?'

'Wij zijn een grote familie,' lachte de brillantinejongen. Toen ik me omdraaide om verder te lopen, stapte plots een forse kerel uit de donkere schaduw van het portiek van het huis waar we naast stonden en sloeg met zijn vuist tegen mijn slaap.

'Onze broer,' zei de kleinste gestalte.

Ik wankelde al op mijn benen, toen ik van een van hen ook een trap tegen mijn scheenbeen kreeg, waardoor de pijn me op de grond deed stuiten. De kolos trok me aan de kraag van mijn mantel weer overeind.

'We willen u niet echt pijn doen,' zei de brillantinejongen. Ik bungelde hulpeloos in mijn mantel, voelde de grote hand van de kolos als een nijdige klem in mijn nek drukken en keek met een gezwollen oog zijn richting uit.

'Maar het moet maar eens gedaan zijn dat dandy's zoals u, in hun fijne maatpakjes, met hun door de barbier gladgeschoren wangen en fijn afgelijnd baardje, denken dat zij het altijd voor het zeggen hebben. De waarheid is onbetaalbaar en eerlijkheid kent zijn prijs. Het venijn zit in de staart, mijnheer,' zei hij, de nadruk leggend op de aanspreking.

Ik verzette me niet. De klemmende hand liet me los en ik zakte terug door mijn knieën op de grond. Er werd niet nagetrapt. De brillantinejongen trok zijn vest dicht en liet merken aan de andere twee dat het voor hem voldoende was. Ze keerden me de rug toe en liepen de straat uit. Ik krabbelde recht en voelde hoe het bloed zich opnieuw een weg door mijn benen pompte. Ik steunde tegen de dichtstbijzijnde gevel om mijn evenwicht terug te vinden en strompelde vervolgens verder de straat door. Een stekende pijn priemde door mijn hoofd en nek. Mijn benen gingen vooruit, maar het leek alsof ze aan touwtjes hingen die door een poppenspeler in beweging werden gebracht. Het stukje stad waar ik doorheen wandelde, was gehuld in stilte. Zo'n stilte waarvan je normaal gezien geniet. Maar nu wreef ze me een ongemakkelijk gevoel aan, alsof ik niet thuis was in deze stad. Ik probeerde sneller vooruit te komen, de stilte te ontvluchten. Ik hield me vast aan de geluiden van het ruisen van de bladeren van de bomen langs de weg, telde mijn eigen voetstappen die weerklonken op de straatstenen. Ik liep voort, af en toe uitrustend tegen de witgekalkte gevels en de gietijzeren poortjes die ik passeerde. Ik ademde diep in en uit en voelde een straaltje bloed over mijn rechterwang naar beneden druppelen. De Mariabeelden in de nissen van de huizen op de hoeken van de straten keken me veroordelend na. Ik schuifelde verder tot ik eindelijk voor de deur van mijn huis opnieuw in elkaar zakte. Daar bleef ik even zitten. Roerloos. Ik sloot mijn ogen en voelde de slag op mijn hoofd nog steeds ritmisch nadreunen in mijn aders. Toen ik even had gezeten, krabbelde ik terug recht. Ik tastte in mijn zakken naar de sleutel van de voordeur. In huis werd de stilte doorbroken door het tikken van de kleine koperen klok op de schoorsteenmantel in de woonkamer. Ik plofte in de zetel en viel in slaap. Lang leek dat niet te duren, want even later verscheen Alice in de deuropening.

'Mijnheer Matthieu, wat is er met u gebeurd?'

Ik opende mijn ogen, zonder te antwoorden. Ze haalde een teil water en hielp me recht, om vervolgens het gestolde bloed van mijn gezicht af te wassen. Het prikte, maar als een zorgzame moeder lette ze erop me zo min mogelijk pijn te doen.

'U kunt beter boven in uw bed rusten,' zei ze. Ik zal mevrouw Matthieu wel inlichten over uw ongevalletje wanneer zij straks komt ontbijten. Ik had geen besef van tijd, maar wist dat Alice genoot van de ochtendlijke uren. Ze hield ervan om samen met de dag te ontwaken, had ze me ooit eens gezegd, toen ik haar op een haast onmenselijk vroeg uur in de gang tegenkwam.

Ze hielp me uit de zetel en ondersteunde me op de trap naar boven. Ze ging mijn kamer in en legde het bed open.

'Lukt het zo, mijnheer Matthieu?'

Ik knikte en gaf met mijn hand te kennen dat ze kon beschikken. Het enige wat ik deed was mijn schoenen uitschoppen en met al mijn kleren op het bed gaan liggen, waar ik spontaan wegzonk in een diepe slaap.

4

'Vader, gaat het?' vroeg Anne verbaasd toen ze me de woonkamer zag binnenkomen.

Ik nam plaats aan tafel, terwijl ik alleen maar even knikte.

'Hij heeft te diep in andermans glas gekeken,' lachte Adèle.

Ik reageerde niet, dat had ik jaren geleden al opgegeven, en schonk een kop koffie in.

Het nutteloze gewauwel van Adèle dat daarop volgde, hoorde ik wel, maar het raakte me niet. Ze had een grote kluif aan het mogelijke verhaal achter mijn blauwe oog en liet het dan ook niet na iedereen in huis die het horen wilde met enkele van haar zelfbedachte tragedieverhalen te amuseren. Zo is ze nu eenmaal. Medelijden hoefde ik van haar niet te verwachten en dat deed ik ook niet. Anne negeerde haar moeder. Ze keek me eerder troostend aan. Ook aan haar troost kon ik me niet optrekken. Zij heeft me onvoorwaardelijk lief. Althans, dat moet ik geloven omdat ik haar vader ben. En in deze rol zou ik voor haar ook een soort ontembare vaderliefde moeten voelen, maar die ontbreekt. Of misschien is ontbreken niet helemaal het juiste woord. Ik ben trots op mijn dochter en al helemaal op de schoonheid die zij, zowel innerlijk als uiterlijk, geworden is, maar het is niet meer dan dat. Anne is er gekomen omdat dit verwacht werd. Vlak na mijn huwelijk met Adèle zat mijn hoofd vol dromen. Ik wilde de wereld veroveren. Toen de schepen in opdracht van Leopold naar Afrika voeren, hoopte ik daar op een dag ook deel van uit te maken. Henri en ik waren in die tijd nog jonge kameraden die nergens voor terugschrokken. We hadden zelf een wrak van een olietanker gekocht dat we helemaal lieten herstellen tot het werkelijk een juweeltje werd. We legden wekelijks enkele trajecten af naar Groot-Brittannië in opdracht van wat grotere rederijen, zoals we vandaag de dag nog steeds doen, om uiteindelijk onze droom te kunnen realiseren, onze eigen rederij te dopen. Anne koestert, gelukkig maar, niet zo'n dromen. Los van dit alles hebben Anne en ik eigenlijk geen oprechte band. Zij is een jonge vrouw die deeluitmaakt van mijn familie, net zoals Adèle. Het is niets meer dan een natuurlijk proces van zijn. Bovendien is er iets in het gedrag van Anne dat ik eigenaardig vind. Ze mist een soort vrolijke spontaniteit. Ze heeft iets afzijdigs, niet alleen tegenover mij, maar ook tegenover anderen. Ik mag dat niet luidop zeggen, want dan krijg ik meteen weer een ontkennende woordenvloed van Adèle over mij, die haar enige kind ten volle met moederliefde overstelpt. Het is ook niet zo dat Anne volledig onverschillig is tegenover mensen die zij niet goed kent, wanneer ze in onze kringen vertoeft, en ze zal een toenadering van anderen ook niet afslaan, maar toch. Toch gedraagt ze zich niet zoals je van een respectabel meisje zou verwachten. Zowel Adèle als ik zijn zeer open, gepassioneerd in wat we doen. We nemen niet gauw een blad voor de mond en zijn de eersten om mensen aan te spreken en contacten met andere gegoede families te leggen. Elk in onze eigen context, dat spreekt voor zich. Adèle met de andere dames en ik in het herengezelschap. Anne daarentegen lijkt niemand te hebben met wie ze op een zelfde lijn zit en een passie kan delen. Zeggen dat Anne niet gepassioneerd is, is ook niet juist, want haar gedrevenheid voor het Gasthuis is uitermate groot, zeker als ik de Monseigneur mag geloven. Ze deelt haar passie echter niet. Het lijkt soms gewoon alsof ze, wanneer er andere mensen in de buurt zijn, een beroep doet op een hele hoop principes die ze zichzelf heeft opgelegd of aangeleerd om te overleven in de wereld buiten haar eigen denken. Ze is niet zoals de andere kinderen die ik ken van mijn naaste vrienden. Ze laat mensen, indrukken en emoties maar in beperkte mate toe, alsof ze schrik heeft van de gevolgen mocht ze dat wel voortdurend doen. Haar aandacht voor de wereld rondom haar ontsluit zich dan ook nooit volledig. Ik begrijp niet ten volle wat ze wil of wat ze denkt. Ze leeft ietwat opgesloten in een eigen wereldje, waarin ze het contact met anderen graag zelf orkestreert. Ik vind het niet verwonderlijk dat ze een oeverloze aandacht geeft aan die sukkelaars in het Gasthuis. Zij vormen eenvoudigweg geen bedreiging voor haar. Over hen heeft ze een soort van vrouwelijke heerschappij, die ze in alle andere gevallen niet heeft. Ze weet dat ze geen schrik hoeft te hebben dat deze arme stakkers plots haar wegen zouden leiden. Hun fysieke en soms ook mentale zwakheid, geeft haar deze zekerheid. Anne is geen onmens, hoewel ze die indruk misschien dreigt te wekken. Ze is gewoon anders betrokken. Haar sociale bewogenheid contrasteert met het zichtbare gebrek aan begrip voor de nuances die voortvloeien uit elk menselijk contact. Als ik aan de andere liefdadige schoonheden denk die het Gasthuis telt, dan herken ik Anne in heel wat opzichten in hen, maar het zijn de verschillen met deze spontane, open en gedreven vrouwen die me nog meer opvallen. Ik moet toegeven dat ik me nooit met haar heb beziggehouden. Zoiets kan men ook gewoonweg niet verwachten van een vader. Dat resulteert misschien wel in het feit dat ik nu wat vervreemd van haar lijk. Ach, misschien is niets wat het lijkt en mogelijk zelfs dat niet. Anne legde haar hand even op mijn schouder als teken van haar affectie en verliet de kamer om zich klaar te maken voor het Gasthuis. Hoewel Anne na haar huwelijk met Ernest in een van de nieuwe herenhuizen aan de Jan Van Rijswijcklaan woonde, hield ze vast aan haar kamer bij ons. Het grote herenhuis, dat gebouwd werd kort nadat de familie Belpaire hun grond daar verkaveld en verkocht had, had ze zich mogelijk nog niet vertrouwd gemaakt. De zekerheid dat ze kon terugvallen op de geborgenheid van ons huis, hielp haar misschien om te wennen aan haar nieuwe bestaan en om zich langzaamaan over te geven aan haar eigen thuis. Dat Anne moeite had met zelfstandig zijn, verwonderde me niet. Het heeft nooit in haar aard gelegen. Adèle keek op van haar borduurwerk.

'Wat is er nu echt gebeurd?' vroeg ze.

Ik beet aan het nagelriempje van mijn ringvinger en deed net alsof ik de vraag niet gehoord had. Er waren dingen waarover wij nooit spraken. Dit was er zo één. Ik wilde de ongeschreven wet die ons stilzwijgen over ons eigen doen en laten jarenlang in stand had gehouden nu niet breken omdat mijn gezicht uiterlijke tekens vertoonde van mijn persoonlijke avonturen. Ik zag hoe Adèle onverstoord probeerde verder te borduren, terwijl ze af en toe haar ogen naar me opsloeg. Het leek alsof ze plots een openheid van me verwachtte waarvan ze maar al te goed wist dat ik haar die ook nu niet zou geven.

'Ga je deze middag naar de velodroom?' vroeg ze.

Ik mompelde dat ik het nog niet wist. Ze borduurde verder. Als aandeelhouder van de velodroom had ik de gewoonte om me daar altijd even te laten zien. Adèle's naald ging vingervlug heen en weer door de stof. Mijn groeiende contacten met de familie Cogels konden mogelijk zorgen voor een investering in onze rederij. Het garen kleurde de stof blauw op de plaats waar haar naald telkens weer in de stof prikte. Aangezien het de laatste wielerwedstrijden op de zomerbaan waren, wilde ik deze gelegenheid toch niet aan me voorbij laten gaan. Bovendien was de velodroom ook de plaats om informeel nieuwe klanten aan te trekken en zakenrelaties te smeden.

'Geef je me de schaar eens?' vroeg Adèle, terwijl ze met een vingerhoed om haar wijsvinger in de richting van een rieten mandje wees, waaruit enkele breinaalden priemden. Ik stond op en gaf haar de schaar. Ze knikte dankbaar. Ik hamerde steeds op het belang van een advertentie van de rederij in de programmaboekjes en heb laatst nog de raad van beheer overtuigd om een hele zijde van de reclamepanelen in de velodroom met een foto van ons mooiste schip te sieren. Mensen kiezen voor een rederij omdat ze het gevoel hebben betrokken te zijn. Dat kun je alleen maar bereiken door hen voortdurend in aanraking te brengen met dat waar de rederij voor staat. Warmte, gezelligheid en bovenal luxe. Dat verklaarde volgens mij ook het grote succes van de Red Star Line. Nadat ik me nog een kop koffie ingeschonken had, bladerde ik wat door de krant. Adèle zei niets meer. Ze hield haar aandacht zonder afleiding bij het instoppen van haar garendraadjes. Ik snoof toen mijn oog op een foto van een grote oceaanlijner viel. Die Amerikanen weten wel hoe het moet. Een reuzegrote advertentie van de Red Star Line bevestigde mijn eerdere gedachten.

'Ze laten die schepen onder Belgische vlag varen en wakkeren het chauvinisme extra aan als was het ons eigen werk, terwijl het voor de Amerikanen enkel over goedkope werkkrachten gaat', zei ik luidop tegen mezelf. 'Het grote geld daarentegen zal wel niet uit Antwerpse zakken komen. En dat terwijl de klinknagels, die met veel inzet op de scheepswerven van Cockerill Yards in de boegen van grote schepen worden geslagen, wel degelijk getuigen van Antwerpse kwaliteit en werkelijk onze investering zijn.' Ik zuchtte. Adèle bleef schijnbaar geconcentreerd over haar naaiwerk gebogen.

Mijn jaloezie voor het succes van de Red Star Line steek ik niet onder stoelen of banken. Ik blijf erbij dat de associatie het zonder de Amerikanen en de expliciete steun van de stad nooit zover geschopt zou hebben. En dan ben ik toch fier op mijn eigen verdiensten. Ik ken de financiën van de Red Star Line niet. Ik zie wel dat hun affiches de hele stad overspoelen en dat hun aankondigingen tot in de kleine lokale kranten verspreid zijn. Tot ver over de grenzen fluisteren Russische en Poolse boerenzoons die een grote droom koesteren, de naam van de Red Star Line. Ik hoop met onze plakkaten op de velodroom de grote bouwmeesters van onze stad en hun netwerk van grote rijken voor onze schepen te strikken. Want als we willen groeien zoals de grootmacht van de Antwerpse wateren, dan moeten we niet beschaamd zijn te leren van hun successen en te willen handelen zoals zij succesvol doen.

'Laten we dan toch maar naar de velodroom gaan,' zei ik.

Adèle keek over haar brilglazen naar me op. Twee speldjes die ze tussen haar lippen gekneld hield, belemmerden haar te spreken, maar in het knipperen van haar ogen las ik een onverschillige goedkeuring. Ik ging nooit alleen naar de velodroom. Of Anne of Adèle vergezelde me. Dat hoorde zo. Het was zo een van die uitstappen waaraan het woord familie als een kenplaatje vastgehecht zat. Het familiegevoel werd in ons geval niet expliciet aangehaald. Elk lid van de familie verheugde zich vooral om het eigen amusement.

Anne kwam terug de kamer binnen. 'Ik ga te voet naar het Gasthuis. Het is mooi weer, ook al is het fris.' Alice, die achter haar stond, gooide een donkerblauw pelerinemanteltje over Anne's schouders en zette haar capevormige kraag rechtop. Haar haar had Anne met Alice's hulp strak bij elkaar gedaan in een knotje dat net boven de kraag kwam piepen.

'Zal ik Johan zeggen dat hij je moet ophalen vanavond om je thuis te brengen?' vroeg Adèle, die niet ophield te moederen over haar dochter. Alice knielde ondertussen voor Anne neer en deed de knooplaarsjes dicht die ze onder haar rok droeg.

'Dat hoeft niet, Ernest heeft al voor vervoer gezorgd.'

Ze groette ons en verliet de kamer opnieuw. Alice vroeg of ze mijn kopje mocht meenemen en ging daarna met een gevulde plateau in de richting van de keuken.

'Misschien moeten wij ook maar vertrekken,' zei ik terwijl ik een blik op de staande klok wierp. Adèle stopte een laatste draadje in, knipte de draad los en prikte de naald in het roodfluwelen speldenkussentje dat naast haar op de tafel lag.

'Ik ga me nog even klaarmaken,' zei ze. Ze stond op, liep door de deur de gang in en de trappen op.

'Alice, help jij mevrouw nog even boven? Wij gaan zo dadelijk naar de velodroom,' zei ik, toen Alice opnieuw binnenkwam om te vragen of ze nog iets voor ons kon doen.

'Zeker, mijnheer,' antwoordde ze.

Ik nam mijn korte manteljas van de mahoniehouten kapstok in de gang en zette mijn vilten hoed op. Ik keurde me even in de majestueuze spiegel en drukte mijn hoed nog wat steviger op mijn hoofd. Ik wachtte in de gang en niet veel later kwam Adèle de trap al af.

Ik hielp haar met haar mantel en Alice maakte een grijze platte hoed met een fraaie bloem met enkele speldjes op haar hoofd vast.

'We zijn er klaar voor,' zei ik en ik gaf Adèle een arm. Even later zaten we in de koets op weg naar de velodroom. De zondagmiddagdrukte in de straten rond de velodroom zwol langzaam aan. Vrouwen, kinderen, jonge mannen met hun nieuwste verovering aan de arm, iedereen hield ervan zich in het gewoel van de koers te begeven. Niet omdat ze allemaal geboeid waren door de snelheid waarmee de mannen over het houten planken circuit denderden of door de rode blozende wangen die onder een ruige stoppelbaard gloeiden of door zwetende lijven die elkaar te snel af wilden zijn. Ze genoten van de gezelligheid van de contacten met vertrouwde gezichten of de ontmoeting met nieuwe mensen. Kinderen drumden samen om een glimp op te vangen van hun lokale held. Vrouwen stelden zich bij elkaar op en brachten de namiddag al taterend door. De arbeiders uit de haven durfden al eens een louche weddenschap aan te gaan, wat soms uitliep op wat getrek en geduw, wanneer de geplaatste gokjes niet allemaal even goed genoteerd bleken en er onduidelijkheid dreigde over de uiteindelijke winnaar van de nietsbetekenende geldpot. De welgestelden van de stad lieten hun sociaal hart zien door zich te mengen onder het gewone volk rond het parcours van de velodroom. De laatste jaren werd de velodroom meer en meer overspoeld door luidruchtige boerenjongens en havenarbeiders, met stemmen als klokken, die hun favoriete renner theatraal aanmoedigingen toeschreeuwden. Heel wat moeders van onze stand hielden angstvallig hun zonen in de gaten zodat die zich niet zouden laten verleiden om mee te gaan in het platvloerse taalgebruik van de jonge mannen uit de fabrieken. Toch bleef ik graag naar de velodroom gaan. Misschien was het net het gevoel van volkse gemoedelijkheid dat mij er samen met de boeren en de schoolmeesters met plezier naartoe lokte.

'Mijnheer, Matthieu,' hoorde ik een stem achter me.

'Ah, mijnheer Hennaud,' antwoordde ik, terwijl ik me omkeerde en de teleurstelling in mijn stem trachtte te verbergen. Mijn blauw oog verraste hem zichtbaar, maar met uitzondering van een door mij weggewimpeld gebaar van medelijden, vroeg hij niet verder naar de oorzaak.

'Mevrouw,' knikte hij Adèle schalks toe.

Met wat vleiende woorden knoopte Alex een gesprek aan met Adèle. Ik keek rond of ik in de menigte mijnheer Cogels niet zag, toen mijn ogen die van de brillantinejongen kruisten. Ik draaide me meteen om in de hoop dat hij me niet herkend had. Op het podium in het midden van de piste waren enkele notabelen van de stad verzameld. Adèle had er Mevrouw Toté van de apotheek gezien, verontschuldigde zich bij Alex en verliet het gesprek om de apothekersvrouw te vervoegen onder het houten prieel vlak bij het podium. Na een beleefdheidsknikje naar Alex, volgde ik haar tot op het middenplein. De brillantinejongen glimlachte schelms in mijn richting toen ik samen met Adèle het grasveldje waarop naast het podium enkele vlaggenmasten stonden te wapperen, betrad. Ik merkte hoe zijn blik mijn doen en laten onafgebroken volgde. Hij zag hoe ik door Adèle alleen gelaten werd omdat zij door Mevrouw Toté zou worden voorgesteld aan een andere dame uit het gezelschap dat zich onder de luifel had verzameld. Hij zag hoe ik de hand schudde van enkele heren uit de raad die met vrouw en kinderen aanwezig waren. Tussen de hoofden van de mannen met te grote stoffen petten bleef hij in mijn richting turen. Enkele jongetjes die achter elkaar renden alsof ze op een kermis dolden, liepen tegen hem aan en belemmerden even zijn zicht, maar als een jager azend op zijn prooi, had hij me algauw weer in zijn vizier. Ik probeerde me achter de mannen van de fanfare te verschansen om me van zijn staren te ontdoen, toen Alex me samen met Ernest onder de luifel vergezelde.

'Het doet me plezier je hier te zien, Ernest. Kom je de geplaatste investering met eigen ogen aanschouwen?' vroeg ik glimlachend.

'Het is een mooie affiche,' antwoordde hij droogjes.

'Anne was vanmiddag nog bij ons, voordat ze naar het Gasthuis vertrok. Ik had je daar ook verwacht,' zei ik.

'Ernest en ik zijn deze voormiddag na de kerkdienst samen gaan paardrijden in de Kaartse bossen. We hebben u trouwens gemist in de kerk,' zei Alex. 'Een ongelukje gehad?'

Ik keek rond om te zien of de brillantinejongen het ondertussen had opgegeven om me hier te blijven volgen en dat was ook Ernest niet ontgaan.

'Heeft die boerenjongen u dit oog bezorgd?' vroeg hij.

Ik tuitte mijn lippen en wimpelde de vraag met een zucht af. Ook Alex keek nu in de richting van de brillantinejongen. Zonder verpinken keek deze terug.

'Dat is toch een van die kaartjesknippers van de Red Star Line,' zei Alex zonder enige aarzeling in zijn stem.

'Dat kan zijn. We hadden een klein meningsverschil en ik heb het, zoals jullie kunnen zien, verloren,' probeerde ik cynisch de luchtigheid in het gesprek te houden.

'Dat maakt me nog meer benieuwd naar de oorzaak,' zei Ernest, 'U moet toegeven dat u gewoonlijk niet de persoon bent die zich laat toetakelen. U hebt uw tegenstander meestal al met woorden op de grond gebliksemd, voor hij kan terugslaan.'

'Laat me, om het verhaal af te ronden, zeggen dat hij hulp kreeg,' zei ik lacherig.

De twee keken in de richting van de brillantinejongen, wiens haar in het zonlicht als een soort aureool rond zijn hoofd schitterde.

'We komen er nog wel achter,' porde Ernest Alex aan, die schijnbaar in gedachten verzonken naar de brillantinejongen keek.

'Mijnheer Matthieu,' onderbrak de oude Van Daele, op een gemaakte formele toon ons gesprek. 'Maakt de jeugd het u moeilijk?'

'Ach, Leon, je weet hoe ze zijn.'

Alex en Ernest keerden terug naar de tribune om zich verder mee te laten slepen in het gejoel van de massa. Gelukkig werd ik niet opnieuw op de rooster gelegd over mijn gezicht. De oudere ratten onder ons hebben allemaal weleens een aanvaring gehad waarover ze liever niet uitwijdden. Stilzwijgendheid werd dan ook als een evidentie beschouwd. Vanuit mijn ooghoek zag ik hoe de brillantinejongen zijn rug naar me toekeerde. Ik hoopte dat ik van zijn bijna beklemmende observatie verlost zou zijn, maar de mogelijkheid dat hij toenadering tot Alex zocht, maakte me onzekerder. Leon vertelde ondertussen honderduit over zijn nieuwste passie voor filatelie. Blijkbaar had hij een postzegel uit Congo bemachtigd via een bevriende bankier die vroeger nog mee naar de zwarten was gevaren met een rederij uit het Antwerpse. Ik knikte en gaf met nu en dan een kort gehum een blijk van mijn aandacht. Alex en de brillantinejongen keken af en toe in onze richting. Ik zette een stap opzij, zodat ik me kon verschuilen achter de grote logge gestalte van Leon, wiens brede overjas met visgraatmotief quasi clownesk rond zijn lichaam wapperde. Ik aanhoorde de postzegelverhalen, zonder de twee jongemannen uit mijn zicht te laten verdwijnen. Een gevoel van onzekerheid knaagde aan mijn gemoed. Ik had geen enkele controle over de jongens en het feit dat ze elkaar nu spraken. Wat ondenkbaar hoort te zijn in onze samenleving, was voor mij niet meer dan alweer een bewijs dat de waarden van weleer aan het afbrokkelen zijn. De burgerij die zich verlaagt tot een gesprek met het plebs. Het is de invloed van de socialisten die ons daartoe drijft. Alex is burgerij. Hij zou zijn plaats hier nu toch wel mogen kennen. Sympathiseren met het soort volk dat die brillantinejongen is, kan alleen maar voortkomen uit zijn haatgevoel voor mij. Hij houdt niet op mogelijkheden te zoeken en kansen te grijpen om op mijn hart te trappen. Maar ik pardonneer zijn houding en zal dat blijven doen, ondanks zijn onbegrip. Ze lachten. Er werden handen geschud, alsof kameraadschap de gewoonste zaak was. Ik wist niet zeker of ze elkaar in persoon kenden of dat het het toeval van het eerdere gesprek was dat hen samenbracht. Ik kon me moeilijk voorstellen dat die brillantinejongen uit zichzelf een gesprek met Alex zou aanknopen. Sommige mannen verloochenden hun stand niet. Hoewel zijn onverschrokkenheid, waarmee ik eerder had kennisgemaakt, me misschien moest doen twijfelen. Het kon toch niet zijn dat hij Alex over Maryse zou vertellen? Waarom zou hij trouwens? Het is niet zo dat hij weet heeft van de situatie tussen mij en mijn zoon. Hij leek me te braaf, het zal die jonge broer wel geweest zijn die hem gisteravond had opgestookt. Ik beet op de rand van mijn nagel, toen Leon zei: 'Je kijkt zo bedrukt. Ach jongen, binnenkort kan jij de rederij ook aan de jonge garde overlaten. Laat zij zich dan maar zorgen maken over de verhuur van de schepen, het onderhoud en de eigen trajecten.'

Ik glimlachte zonder overtuiging.

'Leon, ik ga je laten. Er zijn nog een paar mensen die ik zeker moet spreken vandaag.'

'Ik begrijp het, Eduard, filatelie boeit je minder dan de grote investeerders,' knipoogde hij. Ik zag de rimpels rond zijn ogen tot spleetjes samentrekken. Ik schudde hem de hand en besefte dat hij niet meer tot mijn werkwereld behoorde, een wereld waarin hij nochtans tot voor kort mee aan het roer stond. Het was me nooit eerder opgevallen, maar nu hij niet langer deel uitmaakte van de raad van bestuur, leek hij op enkele maanden tijd echt oud te zijn geworden. Ik voelde medelijden met hem, maar tegelijkertijd leek hij mij een spiegel voor te houden die mijn eigen realiteit bruut en zonder medelijden weerkaatste. Misschien waren de groeven in mijn gezicht een teken voor de jonge wolven die kwijlend stonden te wachten tot ze konden toeslaan. Misschien herkenden ze mijn weerloosheid en roken ze mijn angst. Misschien wilden ze me verslinden voordat ik zelf verslagen de aftocht moest blazen en gebruikten ze daar alle mogelijke middelen voor. Ik wandelde langs de overvolle tribunes. De fietsers op de wielerbaan raasden voorbij met steeds hogere snelheden. Het publiek juichte en joelde. Ik zag hoe Alex nog steeds bij de brillantinejongen stond. Hij leunde in de richting van de jongen, alsof hij door het lawaai moeite had te begrijpen wat hem werd gezegd. Ze keken niet op. Ze gingen hoogstens aan de kant, wanneer er andere toeschouwers voorbij wilden gaan. Ik klemde mijn kaken op elkaar. Het maakte me ongemakkelijk hoe ze daar stonden te konkelfoezen. Ik begreep niet wat zij elkaar die hele tijd te vertellen hadden. Adèle kwam me tegemoet.

'Wat sta jij hier zo alleen te talmen?' vroeg ze.

'Ik wacht op Leon,' loog ik.

'Maar is die al niet vertrokken? Ernest is in elk geval al weg. Wil jij nog lang blijven? De meeste dames vertrekken en ik heb niet veel zin om me straks een weg naar buiten te banen tussen al die onbeschaafde arbeiders.'

'We gaan zo dadelijk wel,' antwoordde ik. 'Ik moet nog even mijn mantel ophalen die ik onder de luifel heb achtergelaten. Ga je met me mee?'

Adèle stak haar arm in de mijne en volgde me. Toen we de poort uitliepen, zag ik net hoe Alex de brillantinejongen hartelijk de hand schudde, voordat zij elk een andere kant opliepen.

5

Ik liep door de lange gang van het Gasthuis. Vroeger kwam ik hier meer, op vraag van de Monseigneur of uit eigen beweging. De reden van mijn bezoek had altijd met Alex te maken. Over andere zaken zocht de Monseigneur mij in de rederij of na de mis op. Als klein kind werd Alex grotendeels opgevoed door de nonnen die hier in het Gasthuis de touwtjes in handen hadden. Hij bracht dan ook heel wat zomerdagen in de tuin van het Gasthuis door. Als ik hem hier tegenkwam, vertelde hij met veel lof over zijn nonnetjes. Hij genoot van hun onverdeelde aandacht en respecteerde tegelijk hun ijzeren hand die hem meermaals terug in het gareel dreef. Hij hield van de kleine dingen in hun manier van doen. De wijd openstaande witte kappen die als engelen rond hun hoofd fladderden, gaven hem een reden om te fantaseren over kloosterfeeën en andere tot zijn verbeelding sprekende wezens. Ik herinner me nog hoe gefascineerd hij kon vertellen over de manier waarop ze een brood aan hun in zwarte pijen gehulde boezems drukten om er met het grote broodmes dikke sneden van te snijden. Die boterham die ze rijkelijk met zelfbereide confituur belegden, leek hem te doen geloven in de zoete wereld van het klooster en haar geloof. Het is te betwijfelen of hij nu nog diezelfde zoete gedachten voor het geloof koestert. De non die me voorgegaan was tot bij de Monseigneur opende de deur en liet me binnengaan. Ze boog haar hoofd en keerde terug in de richting van waar we samen gekomen waren.

'Mijnheer Matthieu, kom binnen!' zei de Monseigneur schijnbaar hartelijk.

Ik was er niet helemaal gerust op, ondanks de vriendelijkheid die hij in zijn stem probeerde te leggen.

'Monseigneur,' zei ik op een bescheiden toon. Ik boog mijn hoofd en kuste de hand die hij me aanreikte. We zetten ons in de kleine salon die aan zijn vertrek grensde. Op de tafel stonden al twee glaasjes klaar.

'Dat verzacht het gesprek,' zei hij terwijl hij vanachter een stapel boeken een flesje likeur haalde. Ik nam plaats in een kleine roodfluwelen zetel en bedankte voor het glas dat hij me aanbood.

'Mijnheer Matthieu,' zei hij mijn naam, alsof dit het begin was van een ellenlange preek. 'Wat moet ik toch met u beginnen?'

Ik verplaatste me in de zetel en keek hem strak aan. Ik had geen zin me onderdanig op te stellen en zuchtte. De macht die de Monseigneur uitstraalde, werd versterkt door zijn monotone manier van spreken en zijn kalmte.

'Mijnheer Matthieu, ik denk dat u uw zaakjes niet meer in de hand hebt.'

Ik bleef zwijgen, klemde mijn tanden op elkaar om mijn groeiende frustratie te onderdrukken. Ik voelde me een kleine jongen die betrapt werd op het drinken van de miswijn. Dit was geen gesprek tussen gelijken.

'De kerk kan haar ogen sluiten voor bepaalde zaken, zoals u beslist weet. Maar ten koste van wat, stel ik me dan de vraag.'

Ik dronk van mijn glas en wachtte tot ik met zekerheid wist waarop hij doelde.

'Ik ben bang dat uw bastaard als klokkenluider bepaalde verhalen de wereld wil insturen die de kerk, en met name mijn persoon, al jaren met de mantel der liefde en vergiffenis toedekt.'

'Dat hoerenjong kost me mijn leven!' stootte ik mijn opgekropte woede uit.

'Mijnheer Matthieu, uw taalgebruik,' zei de Monseigneur op zijn immer serene toon.

'Hij is mijn bloed en dus ook mijn verantwoordelijkheid,' zei ik.

'U begrijpt wel dat ik de gelden die de kerk voor dit soort aflaten ontvangt, niet kan maar bovenal niet wil mislopen, omdat één protégé loslippigheid verwart met het tonen van zijn goed hart.'

Ik vreesde dat Alex de Monseigneur had ingelicht over dat vrouwmens dat zich bij Madame Elsa schuilhield. Hij moest dat wel te weten gekomen zijn door die brillantinejongen. De gedachten raasden door mijn hoofd. Ik schraapte mijn keel en zocht de juiste woorden om de Monseigneur van repliek te dienen.

'Ik begrijp maar al te goed dat dit binnenskamers moet blijven,' zei ik. 'En ik zal u dan ook van een ruime som voorzien om dit te realiseren.'

'Mijnheer Matthieu, ik denk eerder dat het tijd is om het over een andere boeg te gooien. Uiteraard zijn uw giften steeds welkom, maar ik denk dat we in dit geval mijnheer Hennaud dienen te geven wat hij verlangt.'

'Wat bedoelt u?' vroeg ik en gaf daarmee toe dat ik niet helemaal begreep waar hij heen wilde.

'U erkent uw bastaardzoon, mijnheer Matthieu. Met mijn steun en die van de kerkgemeenschap.'

'Hem erkennen als mijn zoon, openlijk?' riep ik uit. 'Dat bestaat niet! U heeft geen idee welke impact dit zal hebben op mijn zakelijke dan wel persoonlijke relaties.'

'Ik heb uit een zeer goede bron vernomen dat mijnheer Hennaud zelf dit pad al is opgegaan.'

'Dat is onmogelijk. Hoe weet u dat dan?'

'Gods wegen zijn ondoorgrondelijk en ik ben met handen en voeten gebonden aan het vertrouwen dat men in mij stelt,' zei hij, terwijl hij zijn handen naar de hemel richtte en daarna weer samenvouwde.

Ik had de onbeschaamdheid om mezelf nog een glas in te schenken en het vervolgens meteen achterover te gieten.

'Monseigneur, u ontvangt al jaren aanzienlijke bedragen uit mijn persoonlijke fondsen om dit te allen tijde te vermijden. Ik begrijp absoluut niet dat we om welke reden dan ook hier plotseling op terug zouden komen.'

'De giften werden in dank aanvaard, mijnheer Matthieu. En ik begrijp dat u ze zou terugschroeven, wanneer de aanleiding voor uw gulheid weg zou vallen. U mag niet vergeten dat de invloed van de kerkelijke instelling op uw rederij van onschatbare waarde is, los van elk persoonlijk conflict,' zei hij terwijl hij de toppen van zijn vingers tegen elkaar zette en er een piramide mee vormde.

Ik streek met mijn hand over mijn baard, zoals ik gewoonlijk deed wanneer ik niet wist welk besluit te nemen.

'Wat stelt u dan concreet voor, Monseigneur?'

'In uw zakelijke context zal ik uw woord ondersteunen met lof over uw goedheid en trots voor een kind dat u werd opgedrongen. Ik zal de heren uit de raad van bestuur van de rederij, wijzen op het ongeluk dat u jaren geleden ten deel is gevallen en hoe u daar toch het risico voor wilde nemen uit respect en liefde voor uw eigen bloed. In uw privéomgeving kunt u dit, indien u dit wenst, zelf vertellen. Zo kunt u vermijden dat er in de toekomst verdere verwikkelingen ontstaan, wanneer een van de betrokken heren toch zijn mond voorbij zou praten. U weet dat uw familie uiteraard steeds op de steun van de Heer kan rekenen.'

Ik wist niet wat te zeggen. Ik kon ook met de beste wil van de wereld niet begrijpen waarom Alex dit zou vertellen en vooral aan wie. In elk geval was het iemand die het de moeite waard vond om ook de Monseigneur in te lichten. Misschien om er zelf iets uit te halen of om mij schaakmat te zetten. Verschillende gedachten slingerden door mijn hoofd heen en weer tot ik het plotseling begreep. Henri. Hij heeft het aan Henri verteld. Net de persoon die op zo'n verhaal zat te wachten. Als hij bovendien heeft ontdekt dat Maryse hier niet ver vandaan zit, dan heeft hij zeker de munitie om mij meteen te fusilleren.

'Wanneer wilt u dat ik dit openbaar maak?'

'Ik denk niet dat u meteen moet overgaan tot matig overwogen bekentenissen. Dit zal u meer schaden dan goeddoen, denk ik. Volgens mij is het moment aangebroken om Alex een plaats te geven in uw familie. Hem erkenning geven, zonder dit daarom uitdrukkelijk zo te noemen. U was degene die het nodig achtte hem in te lichten, besef dan ook dat u zichzelf in deze situatie hebt gebracht.'

Ik slikte mijn onrust weg. En hoewel ik me tot dan toe altijd met vertrouwen had vastgehouden aan de wederzijdse verstandhouding die er bestond met de Monseigneur, voelde ik nu een definitieve machteloosheid over me heen komen, waartegen ik me zelfs niet met geld kon beschermen. Alex erkenning geven, dat deed ik toch al jaren? Niet openlijk, maar wel recht uit het hart. Hij was kind aan huis, formeel en met het respect van een opgenomen wees. Ik wist niet hoe ik hem op dit moment meer kon erkennen als familie dan nu al het geval was. Maar de Monseigneur liet mij duidelijk geen andere keuze.

'Hebben wij een akkoord?' vroeg de Monseigneur, die mij uit mijn gedachten haalde.

'Zeker, Monseigneur,' antwoordde ik slaafs, alsof het geloof mij dat verplichtte.

6

'Geef je me het brood door, Alex?' vroeg ik, hem uitdrukkelijk met de voornaam aansprekend.

We zaten aan tafel alsof we een familie waren die nooit in een andere samenstelling dan deze samen aan tafel had gezeten. Toch was er een geladenheid voelbaar. Er werd zuinig gelachen en het leek alsof er grenzen werden afgetast. Na de meermaals hoogoplopende discussies met Alex was dit de eerste keer dat we samen aten. Ernest keek Anne aan en keek vervolgens in mijn richting. Door hem voelde ik me in deze situatie nog het meest bedreigd. Als iemand het slagen van deze uitzonderlijke samenstelling in de weg zou kunnen staan, dan was hij het. Geld boven liefde, zo is het in de geschiedenis altijd geweest en zo zal het in de toekomst blijven. En wie was ik om hem dat kwalijk te nemen. Maar ten koste waarvan wilde ik hem toelaten me te beletten dat ik mijn schuld voor eens en voor altijd kon afkopen? Alex liet me weer toe hem te ontvangen. Mijn familie stelde zich geen vragen. En ik had nog niets hoeven op te biechten. Wat kon ik op dit moment meer verlangen?

'Gaan jullie binnenkort naar het landhuis in de Kempen?' vroeg Adèle.

'Als Ernest niet voortdurend met zijn hoofd bij de rederij zit, zou dat moeten lukken,' zei Anne. Ernest slikte zijn stukje brood door en keek zijn schoonmoeder verontschuldigend aan. Omdat het zo moest. Niet omdat hij zich oprecht aangesproken voelde voor zijn beperkte inzet om tijd te maken voor zijn vrouw. Adèle hoorde dit te vragen, omdat er voor nageslacht moest gezorgd worden en de twee jongelingen nu toch al enkele maanden getrouwd waren. En hij hoorde zich te verontschuldigen, omdat hij begreep wat de onderliggende toon van de vraag inhield. Maar geen van beiden gaven ze om deze werkelijkheid.

'We maken er werk van,' zei hij.

'Ik spring wel bij in de rederij,' zei Alex met een knipoog.

Ernest keek naar mij en vervolgens naar Anne. Ik zag hoe hij zich grijnzend in de richting van Alex draaide. De jeugd trok aan hetzelfde zeel. Misschien niet geheel met overtuiging, omdat ze elkaar niet volledig vertrouwden. De kaarten zouden opnieuw geschud worden. Het zou niet louter meer om een zakelijke relatie gaan. De relatie die ik wilde vormen, hing als een zwaard van Damocles boven de hoofden van de twee jonge mannen. Met één slag kon het de groei van hun vermogen verminderen of zelfs helemaal wegslaan. Alex wist dit en mogelijk was het de reden waarom hij een geveinsde vriendelijkheid aan de dag legde in afwachting van het slotgevecht dat hij meende te zullen winnen. Ik twijfelde of ik nog meespeelde en of het einde niet al geschreven was door de spelers aan zet. Ik voelde me aan de kant geschoven, te oud voor de snelheid waarmee de nieuwe generatie de strijd aanging. Toch bleef ik vasthouden aan mijn waarden en geloven in mijn gezag, hoe wankel dit nu ook mocht lijken.

De borden werden afgeruimd en Alice reed een roltafeltje de eetkamer in waarop porseleinen kopjes en een koffiekan stonden. Ik nodigde de heren uit in de salon om daar ons digestief te nemen. Anne bleef bij haar moeder aan tafel zitten.

Ernest stond recht, trok zijn colbert goed en volgde me. Alex deed hetzelfde.

In de salon was het stil. Zelfs het tikken van de wandklok leek onhoorbaar. Het gesprek dat gevoerd werd, gebeurde als in een gesloten luchtbel. Een eenmalig bevriezen van waarheden en onwaarheden in de tijd. Ik stelde me op tegen de open haard en leunde nonchalant met mijn arm op de schoorsteenmantel. De heren namen elk plaats in met velours gestoffeerde zeteltjes met robuuste houten armleuningen. De stilte zette zich voort, al leek dat enkel in mijn hoofd het geval. Ik zag hen elkaar met woorden bekampen en naar elkaar luisteren, maar ik maakte er geen deel van uit. Ik leek afgesneden, verdoofd door de avond. Er werd bescheiden gelachen en gepraat over de rederij. Ik zou me kunnen mengen in hun gesprek, want ik had een duidelijke mening die ik met hen wilde delen. Maar ik zweeg. Ik had nagenoeg alles wat ik wou, alles waarvoor ik blijvend wilde strijden. Tezamen. In mijn salon. Maar ik maakte er geen deel van uit. Het was net of ik me niet kon concentreren op de banaliteiten waarvoor ik alles op het spel wilde zetten. Tot Ernest zich plots duidelijk tot mij richtte en, net iets luider dan voorheen, vroeg: 'Is er nu al meer geweten over die dochter van Henri?'

Van het ene op het andere moment werd ik plots in hun luchtbel gekatapulteerd. Alsof ik uit een diepe slaap werd wakker geschud en trillend ontwaakte. Ik hoorde het haardvuur luid knetteren en de klok achter me tikken. Ik hoorde het geschuifel van de voeten van de mannen en zelfs het geluid van tegen elkaar tikkende kopjes in de keuken bereikte me met een intensiteit, alsof men ze voor mijn neus op de grond liet vallen. Het immense lawaai leek mijn zicht te vertroebelen.

'Eduard?' vroeg Ernest.

Ik verkreukte het kanten kleedje dat op de schoorsteenmantel lag in mijn hand en kneep erin tot mijn vingers wit werden. Ik zag als door een waas, dat hij zich opnieuw tot mij richtte en zijn vraag herhaalde. Ik trachtte me te herpakken.

'Nee, nee,' zei ik haast stotterend. 'Helemaal niets,' probeerde ik opnieuw resoluut te klinken. Ernest zette zijn bril recht en keek op een bedenkelijke manier in de richting van Alex. Een gevoel van onmacht bekroop me. Misschien wilde Alex wel meer dan alleen maar erkenning. Misschien trok hij Ernest mee in zijn verhaal en beloofde hij hem een deel van de koek. Misschien.

'Vroeg of laat komt die wel boven water, let op mijn woorden,' zei Alex, het tweede deel van zijn zin sterk articulerend.

En dat was exact wat ik de rest van de avond deed, letten op elk klein woord, op elke blik die er uitgewisseld werd. Ik kon niet achterhalen of Alex of Ernest op de hoogte waren van de verblijfplaats van Maryse. En op zich was dat ook onbelangrijk. Maar het knaagde. Heel zacht, haast onvoelbaar. De gevolgen zouden beslist te zien zijn wanneer er tijd over ging. Ik wilde het risico niet lopen dat ik als schandalig bestempeld zou worden. Het was aangenaam geweest. Door het toeval gestuurd, had ik mijn verzetje gehad. Nu leek het me beter dat ze uit beeld verdween. Ik wilde niet dat men mij, nu voorgoed, aan de kant zou schuiven, omdat ik had gezwegen over wat ik al die tijd wist en waarvan ik de kennis lichamelijk misbruikte. Met de situatie aangaande Alex lijk ik er nog op een redelijke manier uit te raken, dat is een kwestie van tijd. Maar of het ontsluieren van dit geheim ook op bijval zou kunnen rekenen, betwijfelde ik. Bovendien moet ik nu rekening houden met de groeiende band met mijn zoon, want die staat boven alles. Mijn naam, zijn naam. Mijn toekomst, zijn toekomst. Dat hoertje dat in het schipperskwartier haar rokken omhoogtrok, zou mij geen strobreed in de weg leggen. Ik probeerde het contact tussen de twee heren te begrijpen, te analyseren zelfs. Hun zogenaamde kameraadschap boezemde me enigszins angst in. Het leek een onechte constructie waarvan ik zelf de funderingen had gelegd. Ik was de bouwheer van dit wankel verbond. En ik besefte op het einde van de avond meer dan ooit dat ik terug de touwtjes in handen moest nemen om te voorkomen dat het boeltje op mijn hoofd zou vallen. Ik was alert en ik wist wat me te doen stond. Het moest gedaan zijn. Ik had geen schulden meer te vereffenen. Aan niemand meer. Nu was het aan anderen om hun tol te betalen. Toen Anne en Ernest naar huis waren teruggekeerd en ook Alex vertrok, stond er mij nog één ding te doen.

'Goede avond, Madame Elsa, ik heb een voorstel voor u,' waren de woorden die ik vastberaden en haast arrogant gebruikte toen ik binnenkwam. Ik wist waarom ik daar was en er was geen enkel argument van haar kant mogelijk om me van het tegendeel te overtuigen. Ik had geld, en vrouwen als zij vielen daarvoor. Het was hun verslaving. Ze gingen ervoor over lijken. Het verwonderde me dan ook niet dat mijn vastberadenheid haar meteen tot luisteren aanzette. Ik wilde geen vragen en gaf geen antwoorden. Ze moest gewoon uitvoeren wat ik vroeg tegen de prijs die ik ervoor wilde betalen. Uiteraard wist ik maar al te goed dat ze wat verzet zou tonen. Maar dat verzet was niet meer dan haar onderhandelingsstrategie om de prijs op te drijven. Geen schijn van kans gaf ik haar. Ik kende teveel mensen en wist te veel geheimen om haar zaakje op te blazen met alleen maar wat loslippigheid. Ze kon me proberen te chanteren, maar het zou bij proberen blijven.

'Ik zal zien wat ik kan doen,' had ze gezegd op een toon waarmee ik meteen had begrepen dat de bankbiljetten waarmee ik zwierig in de lucht had gewapperd hun overtuigingskracht weer bewezen hadden.

Toen ik enkele dagen later opnieuw binnenkwam, was het niet zoals de andere avonden. Ik kwam niet naar mijn goed bewaard geheim. Niet naar mijn speciale plekje dat ik met niemand wilde delen. Met de leden van de raad van bestuur wilde ik gerust naar de cafés van de Duitsers gaan om te worden opgehitst en onder handen te worden genomen door de dametjes aan de toog. Maar deze plaats deelde ik met niemand. Er bestonden nog van die exclusieve salons en ieder had zijn eigen voorkeur. Dit salon droeg mijn stempel. Hier kon ik wegdromen in mijn eigen wereld, zoals ik dat in het verleden altijd had gedaan. Ik wist wel dat ik niet eeuwig kon vasthouden aan sommige gebeurtenissen of mensen. Dat had de geschiedenis me al wel geleerd. En nu voelde ik dat er weer een moment aanbrak, waarop loslaten noodzakelijk was om te kunnen verdergaan. Misschien had ik ongelijk en was er geen reden tot paniek. Dat zal ik wellicht nooit weten. Maar de vertwijfeling die de laatste dagen en weken door mijn hoofd gierde, moest verdwijnen en met deze vertwijfeling ook de vrouw die dat teweegbracht. De brillantinejongen was er weer en leunde tegen een van de jonge meisjes die in de gang stonden.

'Weer geld gewonnen met de gansjes?' vroeg ik.

Hij bloosde en mompelde iets dat ik niet verstond, vooraleer hij zich nog dichter tegen het jong veulen nestelde.

Madame Elsa kwam me tegemoet en zei me zakelijk dat de nodige regelingen getroffen zouden worden. Ik hield de brillantinejongen in het oog, omdat ik niet wilde dat hij mogelijk iets van de plannen zou horen. Maar hij was zichtbaar al te diep weggezonken in de lelieblanke boezem van het meisje om nog aandacht aan mij te schenken. Ik schoof het geld over de toonbank en zoals afgesproken zou het meisje verdwijnen. Ik hoefde niet te weten hoe het in zijn werk zou gaan, wanneer het zou gebeuren en waarheen ze gebracht zou worden. Maar Madame Elsa vertelde het me toch.

Ik stond niet garant voor mogelijke risico's. Ik betaalde voor actie. En die zou ik krijgen. Toen ik me daarna nog een laatste keer vergreep aan haar frêle lichaam, vond ik het zelfs de moeite al niet meer waard.

'Op kosten van de zaak,' zei Madame Elsa toen ik daarna opnieuw door het gangetje liep en geld bij haar achter liet. Ze schoof het terug in mijn richting en knipoogde.

'Ik zal het bewaren voor volgende keer,' zei ik slinks.

7

'Heren, heren, stilte alstublieft.' De Monseigneur tikte met zijn ring op de tafel om de gemoederen van de aanwezige heren te sussen.

'Ik begrijp uw consternatie, maar ik vond deze zaak belangrijk genoeg om de voorzitter deze vergadering in het geheim bijeen te laten roepen.'

'Monseigneur, met alle begrip, wij kunnen toch niet gedwongen worden om onze eigen goede naam aan een dergelijk verhaal te koppelen en dat dan nog te steunen ook,' riep mijnheer Gustin.

'Inderdaad,' riepen meteen een paar anderen, waardoor het geroezemoes opnieuw aanzwol.

'Heren, laten we eerlijk zijn. U bent allen schuldig in woord dan wel in daad aan dezelfde feiten,' zei de Monseigneur kalm.

Hij had eerder weer bij me aangedrongen om Alex openlijk te erkennen. Wellicht had hij daar zijn redenen voor en nu dat wicht voorgoed uit het schipperskwartier verdwenen was, voelde ik me ook geruster in het uitvoeren van zijn vraag. Er rustte geen uitzonderlijke blaam meer op mijn naam. Ik deelde inderdaad enkel nog dezelfde schuld als de anderen aan tafel.

'Welke gevolgen heeft die erkenning zoal? Is hij meteen de troonopvolger?' spotte Leon Van Daele, die uitzonderlijk voor deze vergadering nog eens op het appel was geroepen.

'Leon, ik denk dat u zich daarover allerminst zorgen hoeft te maken. Uw familie is met zekerheid verbonden aan de rederij,' kwam ik voor het eerst opnieuw tussen.

'Maar in hoeveelste rang, Eduard, want overstijgt uw zogenaamde zoon uw dochter en bijgevolg mijn zoon niet?'

'Heren, heren, dit is nu niet aan de orde. Het gaat erom dat we hier discreet mee omgaan.'

'Discreet? Laat me niet lachen,' zei mijnheer Gustin, 'We zullen de geldschieters wel zien verdwijnen! Om nog maar te zwijgen over onze samenwerking met andere rederijen.'

'Zo'n vaart zal het allemaal niet lopen. Wat we nu moeten bereiken, is dat we allemaal hetzelfde verhaal vertellen, een positief verhaal. Uw rederij heeft onze kerkelijke steun nodig en wij hebben uw steun nodig. Het mes snijdt langs twee kanten,' zei de Monseigneur.

Het rumoerige heen en weer schuifelen van de heren op hun stoelen was opgehouden. Iedereen was stil en keek mijn richting uit. Het was net of ik het deksel van een ketel die al jaren op een stil vuurtje stond te sudderen, had gehaald en die nu onverwacht dreigde over te koken.

'De Monseigneur achtte dit de beste oplossing,' zei ik.

Ze bleven me aanstaren als een stel koeien dat verbaasd een stoomtrein voorbij zag razen.

'Het is een tijd van verandering, heren. Onze economie voelt deze wenteling, net zoals onze samenleving. U weet net zo goed als ik dat we onze adellijke onschendbaarheid langzaam maar zeker verliezen,' zei ik.

De verstarde blikken bleven elkaar kil kruisen. Het burgerleven zoals wij dat als kind bij onze ouders hadden ervaren, was niet meer. We hadden allemaal deze verandering al aangevoeld. We moesten werken voor ons geld en kregen het niet langer vanzelf in onze schoot geworpen. De tijd van samen in de bar whisky's te drinken, Cubaanse sigaren te roken en op basis van onze goede naam handelsakkoorden te sluiten, was niet langer de regel. We werden allemaal voorzichtiger wanneer het op investeren aankwam. Ik had me er mogelijk het langst tegen verzet, omdat ik het meeste te verliezen had. Ik ben een burger in de originele betekenis van het woord.

'Stel dat we zouden meegaan in het absurde idee u te steunen, mijnheer Matthieu, heeft dit dan gevolgen voor meer dan enkel de rederij? Ik heb de naam van een gegoede familie hoog te houden,' vroeg Gustin.

'Ik kan niet voorspellen wat er staat te gebeuren in de toekomst, mijnheer Gustin, maar ik kan u verzekeren dat ik niet aanstuur op onthullingen van u of van wie dan ook hier aanwezig.'

'Waarom het uwe dan wel aan het licht brengen?'

'Alex Hennaud heeft zelf al enkele mensen ingelicht. Om te vermijden dat hij dit verhaal negatief zal uitbuiten, waardoor we inderdaad mogelijk belangrijke zakenpartners verliezen, willen we hem voor zijn door hem de erkenning te geven waarop hij zo aast.'

'Denkt u dat hij dan zal ophouden met het vertellen van zijn verhaaltjes? Hij is wel op de hoogte van veel van onze situaties.'

'Ja, hij heeft mij vorige week ook in de Globe gezien,' zei een andere.

Bevestigende knikjes en gefluister van soortgelijke ontmoetingen werden onthuld.

'Hij heeft geen reden u te willen raken, heren,' kwam de Monseigneur tussen, 'Dit is geen chantageverhaal. Dit is er een van een zoon die nood heeft aan zijn vader'

'Bastaardzoon,' mompelden er enkelen.

Gekuch en gezucht rond de tafel.

'Dus, wij begrijpen elkaar?' zei de Monseigneur terwijl hij de reacties die velen binnensmonds mompelden, negeerde.

'Hebben we een andere keuze?' zei Gustin.

'Heren, ik reken op uw discretie en dan zie ik u allen graag zondag terug.' Hij stond op, knikte naar iedereen aan tafel en liep resoluut de deur uit.

Sommigen zaten vol onbegrip met hun hoofd te schudden. Dit was geen wederzijds akkoord. Ik wist niet of ik nu moest opstaan en vertrekken of dat ik beter nog wat bleef. Ik twijfelde en keek op naar de heren rond de tafel. Ik wilde hier vandaan, maar ik verroerde me niet.

'Dus, Alex Hennaud,' zei Gustin, die duidelijk een poging ondernam om zich er dan maar bij neer te leggen. 'We hadden het slechter kunnen treffen.' Ik glimlachte zwak.

Gustin kreeg geen bijval van de andere heren aan tafel, die kordaat rechtstonden en hun mantels begonnen aan te trekken.

'Denk maar niet dat ik je niet aan de schandpaal nagel, als er ook maar één letter van mijn situatie uitlekt,' siste Leon Van Daele bits, toen hij voorbijliep.

Ook de anderen hadden geen goed woord meer voor mij, hoewel ik er van overtuigd ben dat velen onder hen heel wat geheimen en bastaardkinderen met zich meedragen.

Gustin knikte nog even in een poging vriendelijk over te komen, toen hij als laatste zijn jas van de houten kapstok nam en die over zijn arm hing. Hij zette zijn hoed op en sloot de deur achter zich bij het verlaten van de vergaderruimte.

Ik zat nog steeds op dezelfde plaats. De stilte overviel me en gaf me een ongemakkelijk gevoel. Ik liet mijn hoofd in mijn handen rusten en wreef de loomheid uit mijn gezicht. Nu de familie nog. Plots zwaaide de deur opnieuw open.

'Adèle!' schrok ik, 'Wat doe jij hier?'

'Ik kom je redden uit het miserabel kluwen waarin je jezelf hebt gewikkeld. De heer Gustin wees me de weg.'

Er zijn stukken van het leven die ik niet begrijp. Er zijn waarheden die ik nooit hebt gekend en verrassingen die me tegen de grond slaan. Dit was een voorbeeld van alle drie.

'Kunst, ja,' zei ze. 'Dat draagt bij tot een zinvol leven. Religie, net hetzelfde.'

Ze stapte in mijn richting terwijl ze haar zijden handschoenen uitdeed door ze ostentatief vinger per vinger naar boven te trekken. Ik keek haar sprakeloos aan en voelde mijn hart in mijn keel bonzen.

'Literatuur, muziek, stuk voor stuk zaken die het leven de moeite waard maken. En toch is er iets dat daarboven gaat.'

Ik volgde haar handelingen en voelde mijn hart in mijn keel bonzen.

'Vrijheid,' zei ze. 'Voor mij is dat vrijheid. En laat me nu net dat aan jou, alleen aan jou, te danken hebben. Jij die zo gelooft in de waarden van het ancien régime, jij die ervoor zorgt dat ons bestaan geworteld is in tradities, jij bent de man die me door alle zakelijkheid heen vrijheid heeft gegeven. Misschien was het voor jou een gevolg van hoe jij het leven zag of misschien ben ik een vrouw die onbewust die weg is ingerold en waarvan het besef me pas nu ten volle heeft bereikt. In het midden latend of het nu door een bewuste of onbewuste handeling zo gegroeid is, kan ik de man die mij de vrijheid om te leven heeft geschonken toch niet in de steek laten omdat men hem zijn zakelijkheid verwijt.'

'Adèle, waar heb je het over?'

'Alex Hennaud,' antwoordde ze op een nog steeds rustige toon. 'Jouw bastaardzoon.'

Mijn ademhaling versnelde.

'Je hoeft het niet te ontkennen. Het hoeft ook niet bewezen te worden. Wanneer het gezegd wordt, is het waar, althans in de oren van zij die dat willen geloven. Ik hoef het niet te geloven. Ik moet het eigenlijk ook niet weten, tenzij het mijn vrijheid in gedrang brengt.'

Ik kwam niet verder dan: 'Maar Adèle.'

'Het woord extase is je wellicht niet onbekend Eduard. Het komt uit het Grieks,' ging ze verder, haast op een belerende toon.

'Mijn vader leerde het me ooit. Niet om te gebruiken, maar om te begrijpen, zei hij me. Iedereen streeft het na. Sommigen met opium, anderen met vrouwen.'

Ze keek schuin in mijn richting, alsof ze mij als voorbeeld in haar relaas aanduidde.

'Onze samenleving is een extatisch hoogtepunt, net als alle toekomstige samenlevingen een uiting van extase zullen zijn, doordat mensen zullen blijven doen wat buiten hun dagelijkse routine valt. Zoals ik al zei, bereiken velen het met kunst, literatuur of religie. Niet onbewust. Je maakt jezelf. Net zoals jij. Net zoals ik.'

Ze trok een stoel aan de overkant van de tafel bij en ging zitten. Ze legde haar handschoenen voor zich neer en zette haar gehaakte tasje, dat ze zo graag 'reticule' noemt, ernaast.

'Extase is dat moment waarop we volkomen gelukkig zijn. En dat is meer dan een schilderij of een preek van de Monseigneur mij ooit kunnen geven. Het is de vrijheid die ik heb verworven door mijn huwelijk met jou.'

'Adèle, wie heeft je over Alex gesproken?' vroeg ik.

'Hij heeft het me zelf gezegd. Waarschijnlijk omdat hij dacht dat ik anders zou reageren. Mannen zoals hij verwachten drama. Maar het spijt me, Eduard, dat kon ik hem niet geven. Zijn vader mag hij hebben op voorwaarde dat alles onveranderd blijft.'

Ik applaudisseerde. Eerst langzaam en dan sneller. Het klappen van mijn handen klonk hol en hard. Ze glimlachte.

'Ik kan ook moeilijk doen. Zeer moeilijk en ook zeer dramatisch als er aan mijn extase geraakt wordt,' zei ze. Ik knikte.

'Dan begrijpen wij elkaar.'

'Ik denk het wel,' antwoordde ik.

'Je hebt dus de vrijheid om, welke redenen je ook hebt om je zoon dicht bij je te willen, dit nu ook openlijk te doen.'

'Het zal wel wat stof doen opwaaien. Dat deed het daarnet al.'

'Ook dat gaat voorbij,' zei ze.

'Koffie in de stad?' vroeg ik en ik reikte haar een arm nadat ik mijn mantel had aangetrokken.

Ze knikte, stond recht en trok haar handschoenen weer aan.

Toen we buitenkwamen, regende het heel zachtjes. Ik opende mijn paraplu, zodat we er beiden onder konden schuilen. Zeelieden liepen ons haastig voorbij. Mannen trokken de cafés in om zich te bezatten aan de vaten die de brouwers eerder die ochtend in de kelders hadden laten zakken. Ieder zijn waarheid. Op de hoek van de straat stonden zwarte jongens ivoren figuurtjes aan te prijzen en zaten jonge matrozen met een parkiet op hun vinger kijklustigen te lokken. De stad was luid en wakker en schreeuwde net als de meeuwen van opwinding. Mochten we nu bekenden tegengekomen zijn, dan hadden die het waarschijnlijk niet begrepen. Maar onze waarheid was er dan ook één die net in haar onbegrijpelijkheid waarde vond.

Hoofdstuk 4: Anne Matthieu

1

De hoge gevels die als een ketting aaneengeregen onze straten vormen, intrigeren me. Ze verbergen levensverhalen voor het zicht van de mensen. Als monolieten houden ze elkaar in evenwicht en doorstaan ze samen de tijd, zonder enige verandering. Ik hou ervan door de stad te dwalen en te fantaseren over de verschillende verhalen die zich achter de gevels afspelen. Iedereen verbergt zo zijn geheimen. Hoge muren helpen ons daarbij, helpen ook mij daarbij. Soms vind ik deze oprijzende façades niet eens hoog genoeg om mijn verhaal achter te verschuilen. Dan is het verhaal me te groot om het zelfs achter de muren openlijk te kunnen vertellen. Ik begraaf het dan. Diep in mezelf, als een vergeten relikwie, waarvan ik niet verwacht dat iemand er naar zou zoeken. Het zou toch nooit de verhoopte graalridder zijn die zich geen enkele moeite bespaart om mijn waarheid te onthullen. Verhalen overkomen je. Je kunt ze niet sturen. Je kunt ook de personages niet als in een toneelstuk samen op de scène zetten, omdat jij als dramaturg die uitzonderlijke spanning wil creëren die net voldoende is om tot de vooropgestelde climax te komen. Je zou een poging kunnen ondernemen, maar eens het doek opgaat, is er geen weg meer terug. De spelers spelen en het publiek geeft zich aandachtig over. Het verhaal leeft en soms volstaat één moment om het verhaal een andere wending te geven. Je bent weerloos als maker en kwetsbaar als speler. In vele gevallen gaat dit voor het publiek ongemerkt voorbij en ben jij het die alleen achterblijft met dat veranderde en nieuwe gevoel. Ik ken zulke gewaarwordingen. Ze doen je spieren trillen en zuigen je longen leeg. Ze maken me melancholisch in vele gevallen en lyrisch in andere. Ik denk dan niet meer na, ik vertrouw op mijn intuïtie. Ik put energie uit deze samengeperste wijsheid die ik dan alleen nog voel. Er is geen tijd voor rede meer. Het zijn enkel de zintuigen die me dan nog prikkelen. Ik zie de hoofdrolspeelster nog staan aan de hoge tafel. Haar rok waaide op toen de deuren opengingen. Ik staarde vanuit het publiek, verscholen in de mensenmassa. Ik was me bewust van mijn voortdurend kijken, maar gaf me over. Automatisch. Mijn ogen leidden me. Ik kon mijn blik niet van haar afwenden. Mijn instinct verplichtte me te kijken. Ik kende haar niet goed, eerder beleefdheidshalve. Ze vergezelde haar vader wel eens op een van mijn moeders banketten. Niemand lette op mij, maar over haar had ieder wel zijn mening. Ze viel op door haar grote gestalte en straalde een fierheid uit in de manier waarop ze door de zaal bewoog. Ze had iets brutaals dat haar vrouwelijkheid overschaduwde en tegelijk ook oplichtte. Ik volgde haar bewegingen. Ik genoot van haar gracieuze houding die haar een plaats gaf in een wereld die niet de mijne leek. Ik wilde niet zijn zoals zij. Ik wilde mezelf zijn bij haar. Mijn vader nam me bij de arm en leidde me in haar richting. Ik volgde hem gedwee. Toen ik naderde, werd ik overvallen door onzekerheid en zenuwachtigheid voor een confrontatie met mijn eigen gevoel. De emotie overviel de rede, met een kortsluiting in mijn spraak tot gevolg. Ik herpakte me. Ik trachtte te ontwaken uit mijn verinnerlijking door de geluiden en impressies op te zoeken die vertrouwd waren, haast alledaags. Mijn moeders stem op de achtergrond en de zware bulderlach van de Monseigneur die als een kerkklok over zijn schapen weerklonken. Onze ogen kruisten. Ze knikte kordaat. Een rilling liep als een koude druppel over mijn rug. Het einde van dit schouwtoneel was abrupt en sloeg me in de werkelijkheid neer. Ik geloof niet in de gelukkige eindes zoals de gebroeders Grimm die soms declameren. Sprookjes bestaan niet. Ook al mocht ik, in gedachten, het tegendeel menen te ervaren. En toch zijn het net zulke sprookjes die ik koester in mijn hart. Verhalen die ik bescherm als een gevoel van gelukzaligheid dat elke vezel in mijn lichaam tot een uiterste spanning drijft en me inwendig doet exploderen. Verbazingwekkend en toch niet geheel onverwacht, zoals de vuurpijlen die men voor het nieuwe jaar in de hemel schiet. Ik weet, of althans ik denk, dat er zich achter elke gevel meer dan één van zulke sprookjes afspeelt. Verhalen die je doen glimlachen maar die je nooit voor mogelijk acht, omdat de vertellers ervan bang zijn dat ze, eens de gevels vallen, nooit werkelijkheid kunnen worden. Of omdat ze niet eens in de levensvatbaarheid van het in het verhaal verweven gevoel geloven. Jammer. Misschien is het mijn eigen schuld en geven de gevels rondom mij meer prijs dan ik me voorhoud. Maar kijk ik niet genoeg door de openstaande vensters om te zien wat er zich afspeelt. Misschien is het verhaal dat ik in mijn hoofd opnieuw en opnieuw vertel ook wel zo'n verhaal waarvan ik denk dat het goed verborgen is, maar toch zichtbaar is voor iedereen die maar dat ietsje beter kijkt.

2

Ik voelde de katoenen stof door mijn vingers glijden. Een vertrouwd gevoel dat de weelde waarin ik hoorde te leven, verborg. Met nadrukkelijk verzet had ik er alles aan gedaan om de zijden stoffen die met meters werden aangezeuld terug te sturen. Ik stond erop een katoenen jurk te dragen. Mijn moeder vond het ongehoord.

'Bij onze stand horen zijden stoffen. Katoen is voor in het Gasthuis,' jammerde ze rood aangelopen tegen mijn vader.

Ze had bijna neerbuigend het woord 'werkvolk van het Gasthuis' gebruikt, maar hield zich in omdat ze wist dat ik daar op een bepaalde manier graag mee geassocieerd werd. Die overwinning wilde ze me niet gunnen. Mijn vader maakte er niet de minste woorden aan vuil, noch tegen mij, noch tegen mijn moeder. Voor de rest verliep de bruiloft helemaal volgens mijn moeders plan. Weken op voorhand kreeg het hele huis een grondige schoonmaakbeurt. De vensters werden wijd opengezet om niet alleen letterlijk maar ook figuurlijk een nieuwe wind door het huis te laten waaien. De tapijten werden in grote rollen naar buiten gezeuld en in de tuin over een sterk aangespannen wasdraad gehangen. Met man en macht werd het stof van de afgelopen twintig jaar er met een rieten mattenklopper uitgeslagen. Het was alsof trouwen niet alleen voor de bruid en de bruidegom een nieuwe start betekende. Bloemen werden over het hele huis verspreid, rijkelijk versierde tafels werden met het fijnste porselein gedekt en zilveren kandelaars met ranke witte kaarsen lieten de kamers baden in een schitterend licht. Aan alle details werd gedacht. Een nieuwe kok werd gezocht om zogenaamd dringend orde op zaken te stellen in de keuken, terwijl het feit dat het al die jaren voordien prima was verlopen volledig werd genegeerd. De dag van het huwelijk zelf werd ik vergezeld door mijn vader, met veel pracht en praal in een met witte linten versierde koets door de stad gevoerd. Aan de kathedraal lag een rode loper uitgerold. Binnen zaten alle notabelen van onze stad te schuifelen op hun kerkstoel. Aangenaam verrast draaiden ze hun hoofden getooid met feestelijke hoeden, naar de grote deuren achterin, toen de eerste noten op het orgel werden ingezet en ik met mijn vader de kathedraal inwandelde. Witte rozen en lelies fleurden de stoelen aan weerskanten op. Ernest wachtte me aan het altaar op. Ondanks de bruidssluier die mij voor de starende ogen verborg, voelde ik me naakt. Ik werd beoordeeld om de plaats die ik innam in mijn familie en die mijn familie innam in onze stad. Het draaide niet om wie ik was. In mijn hand hield ik een grote bos anjers, als teken van trouw aan mijn toekomstige echtgenoot. Deze dag vol positieve symboliek zou me gelukkig moeten stemmen, terwijl het meer melancholie en twijfel waren die me overvielen. Statig leidde de priester de misviering. Mijn vader stond, samen met zijn broer op om te getuigen aan mijn kant. Mijnheer Van Daele en Alex Hennaud tekenden voor Ernest. Een na een zetten ze hun handtekening in het huwelijksregister. 'A. Matthieu' schreef ik met trillende hand. Ernest legde galant zijn hand op de mijne en keek me geruststellend aan. Er werden heel wat handen geschud die dag en heel wat kussen uitgedeeld. Als ik eraan terugdenk, was ik, ondanks de melancholie toch best gelukkig. Ik stond open voor een nieuwe toekomst en wilde die vastgrijpen met mijn bijna inhalige vingers. Natuurlijk waren er nog weleens de lichte verkrampingen in mijn hart wanneer ik twijfelde aan de stappen die ik zette. 'Ieder van ons wandelt wel eens door een donker bos alvorens door het gebladerte het zonlicht op zijn gezicht te voelen,' hoorde ik de woorden van de priester tijdens onze huwelijksviering dan geruststellend weerklinken in mijn hoofd. Net zo tijdens de nacht die erop volgde. Ik zocht inspiratie in de ceremonie om mezelf gerust te stellen dat wat er stond te gebeuren, het juiste was. Ik keek niet uit of was niet nieuwsgierig naar wat ging komen. Het was het verlengde van de dag. Iets waarvan ik wist dat het me te wachten stond. Ik kende Ernests verlangens niet. Er werd niet over gesproken. Ik verwachtte niet dat het wansmakelijk zou zijn, omdat ik zijn zachte karakter en zijn edelmoedigheid wel kende. Er moest voor een nageslacht gezorgd worden en deze avond hoorde daarbij als een soort beginritueel tot ik uiteindelijk leven zou geven. Ernest nam me mee naar het huis waar we ons leven samen zouden beginnen. Ik ging binnen in een kleine kamer links van de slaapkamer en hij ging binnen in een kleine kamer rechts van de slaapkamer. Tussendeuren verbonden de drie kamers met elkaar. Elvira, het jonge meisje dat we als een soort erfenis van de familie Van Daele hadden meegekregen, zat op mij te wachten. Ze ontwarde de linten waarmee ik helemaal ingesnoerd zat in mijn jurk en hielp me uit de hoepelrok stappen. Ze stroopte de kousen van mijn benen, wat me een rilling gaf door de gedachte aan een eerdere aanraking. Ik slikte en liet haar begaan. Ze nam de katoenen nachtjapon die klaarlag en hielp me hem over mijn hoofd te trekken. Ze knikte glimlachend en geruststellend. Ik opende de deur van de slaapkamer en nam plaats onder de lakens. Het was donker in de kamer. Mijn ogen moesten even wennen aan de duisternis. Ernest was er nog niet. Ik hoorde hem stommelen in de kamer ernaast. Muisstil bleef ik liggen. Mijn handen gebald naast mijn lichaam. Ik voelde een spanning door mijn lichaam trekken bij de idee dat hij mij zou aanraken. Ik wist wat er van me verwacht werd en toch ook helemaal niet. Dat mannen van nature verdorven zouden zijn eens ze de slaapkamer betraden, waren de geruchten die de vrouwen in het Gasthuis me wilden doen geloven. 'Ze willen je vastgrijpen en je tegen de matras vastpinnen om je dan met hun mond te behandelen. En ze verwachten van jou hetzelfde,' zei er me eentje ooit. 'Je mag niet bewegen en geen geluid maken, want je wil toch niet dat die gekken nog meer opgewonden worden in het huwelijksbed,' zei een andere. 'Daarvoor bestaan wij, de hoertjes, toch,' knipoogde een derde. Ik liet hen geloven in mijn onschuld en kuisheid. Zij waren er om mijn man te plezieren. Ik was er om zijn kind te baren. In mijn oor zou hij geen wulpse praat fluisteren. Als hij dat toch zou doen, moest ik het onderwerp uit de weg gaan. Dat had mijn gepaste opvoeding en godsdienst me wel geleerd. Je mag je nooit verlagen tot de vleselijke geneugten. Ik was niet dat ros volk. Ik greep met mijn handen het laken vast en trok het tot vlak onder mijn kin. De deur ging open. In de schemering zag ik hem in zijn pyjama in de deuropening staan. Als een zwart silhouet kroop hij bij me onder de lakens. Hij leunde op zijn elleboog en probeerde me een kus te geven. Ik wendde mijn hoofd af zodat zijn kus op mijn wang terechtkwam. Niet dat ik afkerig tegenover hem stond, maar de etiquette had me geleerd me niet te bereidwillig aan hem aan te bieden. 'Tegenzin veinzen en weinig geven was het ideale recept in onze kringen voor een goede relatie in de slaapkamer,' had mijn moeder me ooit als enige raad meegegeven. Hij streelde mijn wang en kuste me opnieuw. Ik bleef roerloos liggen. Mijn inademen en zijn uitademen wisselden elkaar af. We waren één adem die samen versnelde. Ik voelde zijn blote voeten langs mijn benen bewegen. Hij leunde tegen me aan en schuurde zich zacht tegen me aan. Zijn lid werd hard en duwde steeds heviger tegen me aan. Hij liet zijn hand onder mijn japon verdwijnen en streelde over mijn borsten en tepels die hard werden tussen zijn vingers. Door mijn hoofd flitsten allerlei gedachten die ik niet kon vasthouden, hoewel ik me erop wilde concentreren om ze me te laten begeleiden in het heen en weer bewegen. Ik verzette me toen hij probeerde mijn japon over mijn hoofd te trekken. Met beide handen onder mijn japon ondernam hij een nieuwe poging, maar gaf uiteindelijk zuchtend en kreunend op. Ik probeerde zo stil mogelijk de prikkels in me op te nemen. Zijn kreunen werd steeds luider. Onze ademhaling klonk niet meer eenstemmig. Terwijl ik zacht verder ademde, verloor hij zichzelf als een wilde in het gevoel dat zijn lichaam overnam. Hij trok wild de knoop van zijn pyjamabroek los en stootte zijn lid in me. Ik voelde hoe het brandde wanneer hij zich keer op keer in me bewoog. Ik moest mijn eigen zuchten onderdrukken en sloot mijn ogen. De eerst ongrijpbare herinneringen namen vorm aan en ik betrapte me erop dat ik door de dromen genoot van het oncontroleerbare gevoel dat hij in me teweegbracht. Zijn gezicht gloeide van de inspanning en raakte het mijne. Kleverig bewogen ook onze gezichten op het ritme mee tot zijn lichaam plots volledig verstijfde en hij als verkrampt op me neer ging liggen. We lagen zo even in elkaar verstrengeld.

'Je bent heerlijk,' zei hij hijgend. Daarna rolde hij zich van me af.

Ik sloeg mijn ogen neer en trok mijn japon naar beneden.

Ik draaide me op mijn zij. Hij bleef op zijn rug naast me liggen. We zeiden niets meer. Ik bleef nog een hele tijd wakker liggen, terwijl ik hem zacht hoorde inslapen.

'Soms moet u luisteren naar wat de ander niet zegt,' zei Alex.

Ik werd uit mijn dagdromen gehaald, terwijl ik in de schommelstoel heen en weer wiegde en keek hem aan. Hij ging zitten op de bank tegenover me.

'We zijn nooit op een gepaste manier aan elkaar voorgesteld. We hebben nooit op een gepaste manier deel uitgemaakt van elkaars leven. En nu ik u ken, bent u al aan een nieuw hoofdstuk toe,' zei hij.

'Elke ontmoeting is een nieuwe,' zei ik. 'De ander is, hoe nauw hij ons ook aan het hart ligt, nooit helemaal te kennen. Er leeft te veel in ieders hoofd.'

'Moet ik mijn vroegere beeld van u bijstellen?'

'Waarom? We hebben altijd deel uitgemaakt van elkaars levens. U bent de Alex Hennaud die ik ken. En ik ben de Anne die u kent,' zei ik, 'Zien we elkaar anders dan vroeger? Misschien wel. Maar we zullen nog wel meer veranderen. En dit is zo 'n verandering die ons leven alleen maar kan verrijken.'

Hij lachte.

'Iemand kennen, Anne,' gebruikte hij plots informeel mijn voornaam, 'is volgens mij de ander worden.'

Ik plaatste mijn voeten onder de schommelstoel en hield op met schommelen.

'Ik geloof niet dat dat kan,' zei ik.

Alex wurmde zich in de levens van anderen door te laten uitschijnen dat hij net iets meer van je wist. Hij was een meester in het uitgooien van een visje in de hoop het antwoord of de reactie te krijgen die hij verwachtte. Ik raakte ook weleens verstrikt in zijn netten. Maar ik had geleerd op te letten.

'Als ik stilsta bij wie u bent, zie ik niet wat de anderen zien en hoor ik niet wat de anderen horen. Want ik probeer u te doorzien en te luisteren naar uw stiltes. U verraadt zoveel meer over wie u bent dan wat u de buitenwereld laat zien, Anne.'

Hij bespeelde ieders gevoelige snaar op een uitzonderlijke manier. Met sommigen babbelde hij mee. Hij bleef vaag als het moest en wist zich zo in het verhaal te mengen. Hij zocht eerst vooral afstemming met diegenen die zich niet graag concreet uitspraken. Mannen die met veel grootspraak in algemeenheden bleven spreken, wisten zijn meezingen aan de oppervlakte wel te appreciëren. Ze vertelden misschien geen leugens, het was toch vooral lucht dat deze praatjesmakers verkochten. Met halve waarheden wist Alex het vertrouwen van dit type praters te winnen. Met dezelfde halve waarheden kon hij hen ook in drie tellen onderuithalen door plots met pittige details op de proppen te komen, waarvan niemand ooit vermoedde dat hij ze boven water zou laten komen. Hij luisterde. Hij wierp algemene onderwerpen op zonder mensen direct te confronteren. Zo had hij het bijvoorbeeld over de loyaliteit van de werknemers van de laatste jaren, zonder de ene of de andere direct aan te spreken. Hij benoemde de kwestie objectief. Hij beschuldigde niemand. Het hoefde niet gezegd, maar een geïrriteerde tegenreactie van een van de gesprekspartners bevestigde of ontkende daarop meestal wel de ware aard van het verhaal. Hij kende ieders zwakke plek en duwde er extra hard zijn vingers in, als hij de kans kreeg. Niets was zomaar.

'Mijn verhaal heeft geen dubbele bodem. Ik ben wie u ziet en wat u hoort,' zei ik.

'Dat weet ik,' antwoordde hij.

Ik geloofde zijn woorden niet. Er sprak een hypocrisie uit die ik niet kon duiden in de eigenlijke woorden die hij sprak, maar die ik voelde in hoe hij naar me keek. Onecht en zonder gevoel.

'Fijn dat Mijnheer Gallant tijd vrijmaakte om naar de bruiloft te komen,' zei hij.

'Ja, dat was inderdaad heel vriendelijk van hem. Zeker gezien zijn situatie,' antwoordde ik wellicht in de lijn van zijn vermoeden.

'Waar mensen uit iemands leven verdwijnen, kan het angstaanjagend stil worden,' zei hij.

Ik knikte.

Hij bleef me in de ogen kijken, alsof hij verwachtte dat ik hem zou vertellen over hoe die stilte dan voor mij was, maar ik negeerde hem.

'Heeft u ooit 'ik hou van u' gezegd zonder het te menen?' vroeg hij onbeschaamd.

Ik keek om me heen en voelde mijn wangen rood worden door de manier waarop deze vraag werd gesteld.

'Mijnheer Hennaud,' verviel ik geschrokken in een formeel taalgebruik, 'U heeft de ongemanierdheid om mij hier in mijn tuin aan te spreken op een toon die helemaal ongepast is, mij daarbovenop te beledigen met de aard van de vraag die u stelt en dan nog vindt u dat geen reden om zich te schamen. Ik zou willen dat u mij alleen laat,' zei ik met een kracht in mijn stem waarvan ik niet wist waar ze vandaan kwam.

'Ik verontschuldig me, Anne. Ik voel heel wat gevoelssituaties slecht aan en probeer met woorden duidelijkheid te scheppen. Mensen spreken te weinig met elkaar. We moeten durven uiten wat er in ons leeft.'

Ik hoorde de wolf in schaapsvacht het pad weer voor me effenen. Ik voelde zijn warme adem de kilte in mijn hoofd verwarmen. Ondanks het feit dat ik me wilde verzetten tegen zijn ontspoorde nieuwsgierigheid en doortraptheid, zei ik: 'Nee, ik zei nooit eerder dat ik van iemand hield zonder het te menen. Maar ik meen het nogal snel. Dat is ook een kunst.'

Hij glimlachte. Misschien wilde ik ook wel weten wat zijn drijfveren waren en had ik daarom geantwoord. Hij intrigeerde me net omdat hij de gave van het woord bezat.

'Wat is de belangrijkste les die het leven u tot hiertoe heeft geleerd?' vroeg ik.

'De belangrijkste les?'

Hij dacht even na, genoot zichtbaar van de vraag die hij had gekregen en antwoordde dan vastberaden: 'Dat het antwoord bij twijfel altijd ja is.'

Ik denk dat het de eerste keer was dat hij een vraag effectief beantwoordde. Niet door het stellen van een nieuwe vraag, wel door echt een antwoord te formuleren. Hij is een meester in het ontwijken van vragen. Gesprekken met hem zijn meestal een resultaat van een strijd tussen de natuurelementen, tussen rust, intensiteit, passie, jaloezie, vertrouwen en berusting.

'Stoort het als ik naast u op de bank plaatsneem?' vroeg hij.

Ik haalde mijn schouders op en schoof opzij zodat hij naast me kon gaan zitten.

'En als ik zo vrijpostig mag zijn, wat is uw levensles?'

Ik keek hem onbewogen aan. De fijne rimpels op zijn voorhoofd bewogen door de vragende blik die hij op zijn gezicht toverde. Ik streek langs mijn gezicht om de krul haar die over mijn wang hing nonchalant achter mijn oor te steken en zei alsof ik haast niet over het antwoord had moeten nadenken: 'Dat niets eeuwig is en zelfs dat niet.'

'Serieus antwoord voor een dinsdagnamiddag,' grapte hij.

'Net zoals de vraag,' antwoordde ik.

Ik bevond me op glad ijs en voelde dat ik in zijn richting gleed. Ik wilde wegkrabbelen en me verankeren op vaste grond, maar het leek me niet te lukken. Door telkens een nieuwe vraag te stellen, kroop hij dieper mijn gedachten binnen. Subtiel zoog hij het stilzwijgen uit me.

'Ik lijk misschien een sluwe vos en ik neem u niet kwalijk dat te denken,' zei hij met een directheid die me steeds minder verbaasde.

'Ik laat geen kans onbenut om mij in die rol te wurmen. Als je in de bedrijfswereld werkt, leer je dat snel. Net als onderhandelen. Zonder heb je geen bestaansrecht of drijfkracht. Het is een strijd die je moet voeren als je ergens wil geraken. Ook in het leven heeft die rol me al heel wat goede diensten bewezen. Want de ervaring leert mij dat de mensen nooit het goede met je voorhebben.'

'Dat is een wel heel pessimistische gedachte,' zei ik.

'Een realistische gedachte,' verbeterde hij me.

De bank schommelde ons zacht heen en weer.

'Ik apprecieer dat u mij hier toelaat in uw huis, om samen met u deel uit te maken van uw familie. Want ik weet niet wat liefde is en hoop er hier iets van op te steken. Ik meende het wel te kennen, maar ik heb me vergist.'

'Kan iemand de liefde dan ooit kennen?' vroeg ik.

'Kennen is misschien niet het juiste woord, voelen wel. Hoe voelt dat, de liefde?'

Ik herhaalde zijn vraag om zo het antwoord zo juist mogelijk te kunnen formuleren.

'Beschermd, geborgen, noodzakelijk en niet alleen.'

'Ik ben blij dat dat is wat je voelt bij Ernest,' antwoordde hij.

Ik sloeg mijn ogen neer.

'Als ik te direct ben, vraag ik u om mij daarop te wijzen. Ik wil van u leren, Anne, om een antwoord te vinden op mijn vragen.' Hiermee toonde hij meteen dat mijn reactie hem niet ontgaan was.

'Ik ben geen gladde paling, hoewel er velen zijn die dat wel zullen vinden. Ik ben een zalm, een dwarsligger, iemand die niet met de stroom meezwemt, maar er tegenin gaat. Zo zijn er nog. We weten elkaar te vinden als dat nodig is, maar botsen ook weleens onderling. Zalmen zoeken hun oorsprong weer op. Het is hun levensstrijd. 'Waar kom ik vandaan?' Pas als ze dat antwoord weten, kunnen ze voor een nageslacht zorgen en gerust sterven.'

'Deze zalm heeft alvast zijn oorsprong gevonden,' glimlachte ik hem toe.

Hij knikte kort.

'Gelooft u in het huwelijk?' vroeg ik met een blos op mijn wangen om de gewaagdheid van de vraag.

'Als instituut, soms wel. Als verbintenis in een eeuwigdurend gevoel niet. De huwelijksboot was vroeger een stevig schip waar we van wisten dat het gevaarlijke wateren kon trotseren. Niet door een overdaad aan gevoel, maar juist door het gebrek eraan. Nu gaat het alleen nog maar over liefde. Onze verwachtingen liggen te hoog. Het schip is gedoemd te kapseizen.'

'U blijft pessimistisch,' zei ik.

'Realistisch,' verbeterde hij me opnieuw, 'Als we het huwelijk serieus zouden nemen, dan zouden we levenslange verbintenissen moeten verbieden,' zei Nietzsche. En toch blijven wij met bloemen strooien en onze huizen met linten versieren om een verbintenis voor het leven te vieren. Zei u niet net dat niets voor de eeuwigheid is?'

Ik schrok van de wending die het gesprek had genomen. Ik had namelijk vermoed dat iemand die zo strijdt om deel uit te maken van een familie wel zou geloven in de banden die het instituut rechtstreeks of onrechtstreeks met zich meebrengen. Ik hoopte een bevestiging van hem te krijgen. Hij verblufte me door het tegenovergestelde te verkondigen.

'U wilt toch in de liefde geloven. Ik moet het u leren, zei u net nog,' ging ik voorzichtig in de tegenaanval.

'Inderdaad, maar voor mij is de liefde niet een eigenschap die ik toedicht aan die ene ideale persoon met wie ik mijn hele leven wil delen. Het is een ontdekking van een gevoel, ongeacht of ik erin slaag om het huwelijksinstituut met iemand in stand te houden.'

'Gelooft u niet in de combinatie van liefde en huwelijk?'

'Liefde en het huwelijk sluiten elkaar niet uit. Ik geloof in uw huwelijk met Ernest toch kan ik me voorstellen dat u de liefde ook elders kan vinden.'

Ik beet op mijn lip tot ik een pijnlijk sneetje voelde. Hij bleef me strak aankijken.

'U hoeft geen schrik van mij te hebben,' zei hij, 'Ik heb niet de ambitie u te verleiden.'

Hij had me in zijn macht. Ik wilde verder luisteren, want zijn visie boeide me. Tegelijkertijd bleef ik bij mezelf herhalen dat ik voor hem moest oppassen. Zijn bedoelingen waren altijd onduidelijk en ik besefte goed genoeg dat ik niet te veel van mezelf mocht prijsgeven. Hij zou het in zijn voordeel kunnen gebruiken.

'Het echtelijk model zet ons schaakmat,' ging hij verder.

'Dan toch geen voorstander,' zei ik.

'Jawel, als we weten waarvoor we kiezen, namelijk twee mensen die beslissen om samen een leven te orkestreren. In goede en kwade tijden, zoals dat dan zo mooi wordt verkondigd. En misschien moeten we blijven geloven dat dat kan, tegen het beeld van Nietzsche in. Het echtelijk model zoals het voor ons door de wetgever is uitgekiend, laat geen ruimte voor onzekerheid. Zeker niet als er kinderen zijn, want dan beschermt de afstamming ons wel tegen de onbestendigheid van de trouw. Er zijn achterpoortjes. We worden gedekt. Dus waarom nog moeite doen? Zelfs al is het maar voor het instituut an sich.'

'Bent u dan een voorstander van de echtscheidingen, zoals die nu met durf door sommige vrouwen worden opgestart?'

'Een voorstander niet. Ik sta wel achter het principe van de vrijheid die beiden, zowel man als vrouw, daarmee verwerven.'

Zijn vooruitstrevend denken verraste en verwarde me tegelijkertijd.

'Bent u trouw, juffrouw Anne?' vroeg hij.

'Ik ben net getrouwd,' zei ik verbolgen.

'Dat vroeg ik u niet, ik vroeg of u trouw bent.'

Ik had al spijt van mijn reactie, want meteen besefte ik dat ik in zijn val was gelopen. Hij had zijn overwinning behaald. Hij wist mijn antwoord. Ik hoefde het hem niet meer te vertellen. Hij was een meester van het woord en ik was slaafs zijn pad gevolgd.

Ernest kwam uit het huis.

'Je hebt al een plaatsje gevonden,' zei hij, terwijl hij in een rieten tuinstoel tegenover ons plaatsnam.

'Het gesprek met mijn vader heeft net iets langer geduurd dan ik had gedacht,' zei hij.

'Misschien kunnen we beter van plaats wisselen,' zei Alex tegen Ernest en hij stond prompt zijn plaats op de bank aan hem af.

'Blijf toch zitten,' maande die hem vriendelijk aan.

Even later verscheen Elvira in de tuin met boterhammen die ze in keurige driehoekjes had gesneden en met een tomaatje had versierd.

'Tast toe,' zei Ernest.

Alex nam een bordje en legde er een tweetal belegde boterhammen op.

De gesprekken over de schepen, de rederij en het personeel zorgden ervoor dat ik me al snel overbodig voelde in het gesprek. Ik zat op de bank af en toe te knikken en bevestigend te glimlachen, al wist ik dat mijn aanwezigheid voor Ernest slechts decoratief was. Alex deed af en toe moeite om de gesprekken in de richting van het Gasthuis te brengen door te vertellen over de iemand die door een kade-ongeluk onder mijn hoede was gekomen. Maar meer dan een korte afwijking in die richting liet Ernest niet toe. Ik verontschuldigde me dan ook en stond op om binnen mijn net begonnen borduurwerkje te zoeken en in de lederen zetel van de salon te verdwijnen.

Toen Alex wat later de deur uitging, kwam hij nog even langs om mij gedag te zeggen.

'Hopelijk kunnen we bij gelegenheid ons gesprek van eerder verderzetten,' zei hij zacht.

'Met plezier,' antwoordde ik, opdat Ernest het zou horen, maar met angst voor de gevolgen die mijn woorden met zich mee konden brengen.

3

Het pluimpje ging heen en weer over het in de tuin gespannen net. Het gras was eigenlijk te glad om erop rond te rennen. In hun veel te wijde rokken haastten de voor de gelegenheid te opgesmukte dames zich van de ene naar de andere kant om het pluimpje toch maar met het houten racket te raken. De wind was een speler in hun spel en ging meermaals met de punten aan de haal. Maar een flinterdun zonnetje scheen over de tuin en ze genoten. Zonder meer. Een voor een gingen ze onderuit. Schaterlachend. Groene grasvlekken achterlatend op hun lichtgrijze rokken. Ik hield hen in het oog van aan het tafeltje op het terras. Ik begreep deze vrouwen niet. Types zoals mijn moeder die zich mateloos aanstelden door als jonge hinden in het gras rond te dartelen. Wat wilden ze daarmee bewijzen? Dat ouderdom geen vat op hen kreeg? Of dat jeugdigheid voor hen meer dan een enkele gedachte in hun hoofd was?

'Komaan, Anne, ik daag je uit,' riep de vrouw van de notaris met rood aangelopen wangen, gesteund door enthousiaste kreetjes van de andere dames. Zij bleek het van de wind gewonnen te hebben.

Ik keek op van mijn blad, waar ik nu al voor de derde keer hetzelfde zinnetje had gelezen zonder echt te begrijpen wat er stond en schudde zuinig glimlachend neen. Ze zetten het spel verder zonder nog aan te dringen en ik probeerde me tevergeefs op mijn nieuwe hoofdstuk te concentreren.

'Vergeet je straks de familiefotograaf niet?' haalde mijn moeder me van aan de andere kant van de tuin opnieuw uit mijn concentratie, 'Je vader en ik zijn gisteren al gefotografeerd. Vandaag moeten Ernest en jij nog poseren.'

Ik sloeg onverhoeds het boek dat voor me lag dicht, duwde het van me weg en liep het huis in. Als een hazewind rende ik de trap op, recht mijn kamer in, die sinds de dag van mijn huwelijk onaangeroerd was achtergebleven. Ik zag vanuit mijn vensterraam de dames verrast naar de achtergevel kijken om dan onverstoord hun spel verder te zetten. Ik draaide me om en speurde de rechterwand van mijn kamer af. Mijn ogen dwaalden over de volgestouwde boekenkasten, hielden even halt bij enkele porseleinen poppen die met hun trieste kraalogen voor zich uit zaten te staren en bleven rusten op de gedroogde bloemstukjes die mijn moeder ter versiering in mijn wandkast had gezet. Mijn gedachten dwaalden af naar een vriendschap uit een niet zo ver verleden. Er waren momenten dat er geen plaats was voor dergelijke bewuste dromerijen, omdat mijn hoofd dan te vol zat met wat anderen wilden dat me bezighield. Toch kan ik ook op zulke momenten meermaals uit mijn rationaliteit geslingerd worden door de schijnbaar plotse aanwezigheid van een vage herinnering, een parfum of een stem die me op straat deed verstijven en zoekend deed omkijken naar de spreker. Mijn moeder had zonet één van die in me opgesloten, vergeten gedachten vrijgelaten. Terwijl de verschillende souvenirs die mijn ogen aanschouwden elkaar verdrongen, zocht ik verder tot ik het houten kistje bovenop de grote kast zag staan. Ik opende het en gooide nog meer kleine vergeten herinneringen op het bed. Pareltjes, een oorbelletje waarvan ik het andere verloren was, een stukje borduurwerk dat ik nooit had afgemaakt en vergeelde blaadjes papier gevuld met mooie woorden die niemand ooit gelezen had. Onderaan in het kistje, mooi gladgestreken, als een schat bewaard, lagen de foto's. Twee identieke. Met de nagel van mijn vinger haalde ik er één uit het kistje. Ik streelde liefkozend de gekartelde randen. Eén flits en we waren samen op papier vereeuwigd door een grote jongeman die, zeulend met zijn logge camera, op straat aan de kost probeerde te komen. Ik had het crèmekleurige kaartje dat hij na het nemen van de foto in onze handen had geduwd zorgvuldig bewaard en had de foto de week nadien in zijn straatstalletje opgehaald.

'Slechts een van de twee schoonheden vandaag?' had hij op vleiende toon gevraagd, toen ik de foto die ik hebben wilde, aanwees en het geld uit mijn portemonnee viste. Ik had geglimlacht en hem gezegd dat hij er mij twee mocht geven. Zo kon ik haar er één bezorgen. Beide foto's bleven lange tijd op mijn nachttafeltje liggen, eerder uit vergetelheid, tot het er helemaal niet meer van kwam haar eentje te geven. Met de tijd veranderde de foto voor mij in een goudklompje waarvan de waarde steeg telkens ik ernaar staarde. Ik zocht haar in mijn gedachten steeds weer op. En hoewel ik haar maar kort had gekend, overviel een gevoel van eeuwigheid me wanneer ik aan haar dacht. Ik hoopte door intens haar beeld in me op te nemen, haar ooit weer terug te zien. De zachte grijze tinten van de foto die naar de randen toe gelig werden, gaven blijk van betere tijden. Haar glimlachende ogen die me aankeken vanop het karton, deden mijn eigen mondhoeken krullen. Mijn arm door de hare en de lichtinval op de foto accentueerden een voor mij tot dan toe ongekende of eerder onbewuste samenhorigheid. Met het aanraken van de foto probeerde ik dat warme bevreemdende gevoel weer op te rakelen. De zachtheid van het papier, de kartels aan de kant, het was alsof het voelen van de foto me eenzelfde gewaarwording gaf. Deze herinnering aan een fractie in de tijd, voorbij in een glimp met het knipperen van onze ogen, bracht me in een zoete, doch zacht-treurige stemming. De wandeling over de Meir, de theetjes bij haar thuis wanneer niemand anders er was, de herinnering aan het ongewone gewone. Ik bedacht me dat ze het boekje nog moest hebben waarmee ik onze band verder wilde aanwakkeren, niet omwille van het banale verhaal, maar omwille van de onderliggende gezindheid die ik met haar wilde delen. Door elk detail in de foto te bestuderen, voedde ik de wil om alles over haar te willen weten nog meer. Het leek alsof ik een niet onbekende, maar bijna vergeten wereld volkomen in me wilde opnemen. Verlangens en wensen. Ik wilde haar beter kennen. Ik wilde mezelf beter aan haar voorstellen. Ik wilde haar nog zo veel vertellen, maar de tijd was me ontnomen. In het Gasthuis zag ik haar af en toe. In het begin vaker, omdat ik haar toen wegwijs moest maken, maar na een tijdje kende ze haar weg en wist ze hoe met de mensen om te gaan. Ik probeerde een band op te bouwen en we maakten wel uitjes, maar ik durfde me nooit helemaal bloot te geven. In gedachten bouwde ik een wereld waarin ik mijn fantasie de vrije loop kon laten en zonder meer kon spelen met mijn eigen gevoelens en dromen. Geen zuivere realiteit maar een enscenering van mogelijkheden voor een ondenkbare en nooit na te streven toekomst omdat er geen plaats voor was in het leven van elke dag. Ik zuchtte en legde de foto neer op het bed.

Geluk laat zich niet vangen in een kooitje of vastleggen op een foto. Geluk is of is niet. Wanneer het is, lijkt het vanzelfsprekend en merk je het haast niet. En toch impliceert het gelukkig zijn ook meteen een grens met wat ervoor was en wat er mogelijk na komt. Het is soms een poging om vast te houden aan het hier en nu. Het vasthouden aan het bekende, om het gevoel van geluk maar te kunnen bewaren, zet als vanzelf ook enkele stappen richting melancholie van zodra de tijd verstrijkt. En als het geluk je ontglipt, verlang je ernaar, terugdenkend aan het toen en dan. Net als ik die verdrietig mijmer over een vriendschap die te vroeg is opgehouden te bestaan zonder dat ik daar op enig moment ook maar iets aan had kunnen veranderen.

'Maryse Gallant,' zei ik haar naam hardop.

'Anne Van Daele,' riep mijn moeder, alsof het al de derde keer was dat ze had geroepen.

Ik draaide mijn hoofd in de richting van de deuropening waar ze in haar met groene vlekken besmeurde plunje stond. Ze had de gewoonte om me Van Daele te noemen, terwijl ze maar al te goed wist hoe hatelijk ik het vond om met die naam aangesproken te worden.

'Eindelijk heb ik je aandacht. Moet ik me helemaal schor schreeuwen vooraleer jij beslist om te reageren?'

Ik keek haar verbaasd aan, want ik had werkelijk geen idee dat zij, als ik haar mocht geloven, al verschillende keren mijn naam had genoemd.

'Ernest is er en de fotograaf zal niet lang meer op zich laten wachten. Maak jij je klaar?' spoorde ze me aan.

Ik grabbelde de kleine spulletjes bij elkaar en gooide ze terug in het houten kistje. Ik merkte hoe mijn moeder elke handeling zorgvuldig in zich opnam. Ze bleef kijken, alsof ze met haar ogen de snelheid van mijn doen kon of wilde bepalen.

'Weet je wat jouw probleem is?' zei ze, terwijl ze binnenstapte en de deur opzichtig achter zich sloot.

'Geen onkunde, noch het gebrek aan obsessie,' zei ze langzaam.

'Waar heb je het over?' vroeg ik op een toon die een nonchalance moest doen uitstralen.

Ze stapte dichterbij.

'Je gelooft te veel in het lot. Het leven is niet zo dramatisch als jij wel wil geloven.'

'Moeder, ik hou gewoon niet zo van fotografen. Het vastleggen van ons evenbeeld in de tijd heeft naar mijn mening weinig zin. Maar geef me vijf minuten en ik kom wel naar beneden,' zei ik sarcastisch.

'Vergeet toch maar niet dat, ondanks wat de mensen zeggen, er altijd mogelijkheden zijn om het anders te doen.'

'Wat wil je zeggen? Dat ik me met trompetgeschal moet verzetten tegen die domme fotoreportage?'

Ze zuchtte.

'Natuurlijk benijd ik de al dan niet geveinsde onwetendheid van die vriendinnen van me. Voor hen loopt alles wel naar wens, omdat hun wensen niets omvatten. '

'De meesten van hen doen alles zoals het moet. Althans zoals het in onze kringen hoort en zoals ook jij denkt dat het moet of wordt verwacht. Of zoals het lot waarvoor zij kiezen het voor hen klaarblijkelijk heeft uitgekiend,' zei ze waarbij ze de letter t op het einde van het woord lot liet doorklinken. Ze benadrukte graag woorden op deze manier, zelfs als daardoor haar verhaal moeilijker te volgen werd. Ik vatte mijn moeder heel vaak niet. Ze gebruikte woorden waarmee ze zinnen vormde die grammaticaal wel leken te kloppen, maar waarvan de betekenis me meer dan eens ontging. Vermoedelijk ging er een hele gedachtegang in haar hoofd aan vooraf. Maar die deelde ze niet. Ik kreeg enkel een soort besluit te horen. Vermoeiend type, mijn moeder. Ik stond op en zette het kistje op het nachttafeltje.

'Ik kom eraan, moeder,' probeerde ik haar de kamer uit te werken.

'Anne,' zei ze en ze zette een stap dichterbij. 'Ik ken jou. Wij hebben jou verplicht tot de makkelijke weg doorheen het leven. Je vader nog meer dan ik. Trouwen met Ernest is de gemakkelijke weg. Trouwen met je vader was dat ook.'

'Ernest is een geweldig man en zal een voorbeeldige vader zijn voor onze kinderen,' zei ik, omdat ik het gesprek van ouders die moeten kiezen en gekozen worden niet opnieuw met haar wilde voeren.

Mijn moeder keek me aan en trok haar linker wenkbrauw op.

'Echt waar,' zei ik en ergens meende ik dat ook. Ze rolde met haar ogen, iets wat ze alleen deed als ze een glaasje te veel gedronken had. Het onderonsje met haar badmintongezelschap had ze wellicht weer gezien als een vrijgeleide om een flesje porto te schaken uit mijn vaders voorraad. Er werd op zulke gelegenheden wel vaker met veel zwier drank met de gasten gedeeld. Het gevolg was dan dat mijn moeder meestal in filosofische termen tegen mij begon te jammeren over het waarom van het leven. Het was alsof ze me, zelfs nu ik niet meer onder haar veren school, telkens opnieuw belangrijke levenslessen wilde bijbrengen.

'Er zijn ook moeilijke wegen, Anne. Dat soort wegen wordt meestal overspoeld door wervelstormen van emoties die je uit balans halen om je dan op plaatsen neer te slaan die mooier zijn dan het aards paradijs.' Ze nam het houten kistje van het nachttafeltje en haalde de foto eruit die ik er net zorgvuldig weer had ingelegd.

'Dit meisje is een moeilijke weg,' zei ze, terwijl ze met haar nagel langs mijn kartels kraste.

'Ik ken de moeilijke wegen, maar laat ze links liggen,' zei ik.

'Er zijn mensen die nooit de weg vinden, die nooit thuiskomen.'

'Ik ken mijn thuis,' zei ik vastberaden, 'en ik weet de weg.'

'Goed dan,' zei ze, terwijl ze het fotootje terug in mijn handen duwde en als een schoothond op me wachtte om samen naar beneden te gaan. Ik stak de foto in mijn tasje en volgde haar.

Ernest stapte op me af toen ik de hal inwandelde. Hij kuste mijn hand teder, zoals een ware hoofse ridder zijn prinses het hof maakt. Mijn moeder hield haar pas in en bleef op de onderste trede van de trap staan. Waarschijnlijk had ze Ernest eerder al uitgebreid met drie kussen begroet en met veel interesse geïnformeerd naar zijn dag. Ze toonde graag haar hartelijke zelve door hem te complimenteren met zijn verstandige werkbeslissingen waarover ze van mijn vader had gehoord. Ze was nogal aanwezig. Niet dat ze alle aandacht naar zich toe wilde trekken, maar ze kon mensen makkelijk strikken in haar netten door schijnheilig oprecht en met een uitgesmeerde geïnteresseerde allure naar hun passies te informeren. Iedereen geloofde in haar goedheid door de kleverige houding die ze theatraal ten beste bracht. En ik, ik begreep haar niet. Ze wilde me doen geloven dat er verschillende wegen naar geluk waren. Ze overtuigde me van de alternatieve routes, maar kon evenzeer enkele minuten later als een schreeuwende aanhanger van het traditionele leventje elke vorm van behoudsgezindheid staan toejuichen. Moeders. Een onbegrijpelijke soort.

De bel ging. De fotograaf, een man op leeftijd, stond met zijn koffers in het portiekje te wachten. Mijn moeder dirigeerde hem met haar luide indringende stem naar de zitkamer. Mijn vader die ondertussen ook al thuis was gekomen, zat er de krant te lezen.

'Gustave, welkom,' begroette hij de man opnieuw.

Ik werd gevraagd om plaats te nemen op het bankje van de piano. Ernest bleef achter me staan en legde zijn hand op mijn linkerschouder. Mijn moeder stond goedkeurend over de schouder van de fotograaf mee te kijken.

'Mag ik nog even?' onderbrak ze het werk van de man.

Ze stapte op ons af en wreef met haar hand een wit pluisje van de vest van Ernest.

'U kunt weer,' glimlachte ze.

Het bleef maar duren. De lach op mijn gezicht verstarde in een harde lijn zonder emotie. Na deze foto's werden ook nog eens foto's met mijn beide ouders genomen. Foto's die niemand beroerden en die binnenkort in een brocante kader ergens in de hal tegen de muur omhoog zouden worden gehangen om daar te vergelen onder het zonlicht. Ik was wat blij toen de man een uurtje later zijn koffers weer had ingepakt en wilde liefst zo snel mogelijk met Ernest naar huis terugkeren. Maar mijn moeder had nog taart voorzien en wilde het met ons nog eens hebben over het banket dat ze de komende week wilde organiseren. Er werd veel met het woord 'moeten' gestrooid. Ik moest dan beslist eens iets anders met mijn kapsel doen, ik moest dan zeker een nieuwe jurk kopen, ik moest die fijne schoentjes dragen waarvan ik zelf vond dat er geen ongemakkelijkere schoenen bestonden. Ik moest ook nog een avondjurkje voorzien, want per slot van rekening waren er voor elk moment van de dag andere kleren nodig. Dat laatste begreep ik trouwens helemaal niet. 's Morgens deed ik alle moeite van de wereld om me in een jurk te wurmen waarvan het korset mijn fijne taille toonde, omdat Ernest ervan hield met zijn vrouw te kunnen pronken. Waarom die jurk dan 's avonds plots niet meer dezelfde waarde had, daar had ik het raden naar, maar de kleedster zorgde er wel steevast voor dat er een andere jurk in de kleedkamer op mij lag te wachten. Eentje die wel voor de avondgelegenheden paste. Toen ik nog ongehuwd was, was dit niet anders. Mijn moeder zag in mij haar persoonlijke paspop die ze te allen tijde in een nieuw jurkje kon hijsen om te zien of het misschien ook iets voor haar zou kunnen zijn. Ik had geleerd dat me er om bekommeren geen zin had. Onze kleding was niets meer dan het uiterlijke kenmerk van vaders macht en geld. Als de apothekersvrouw een nieuwe jurk droeg in de kerk, duurde het geen dag of mijn vader gaf mijn moeder de opdracht om de naaisters te laten aandraven met fijne stoffen en pareltjes om toch maar zeker niet te moeten onderdoen. Het 'moeten' hield dus zeker niet op toen bleek dat mijn moeder op vestimentair vlak een medestander in Ernest gevonden had. Ik vond dit eigenaardig, want zijn eigen moeder hield zich heel wat minder bezig met al die regeltjes. Misschien dat zij zich net als ik liever terugtrok op een plaats waar niemand iets gaf om de pareltjes op een jurk of het fijne gouden draadje dat gebruikt werd om bloemetjes op rokken te borduren. Ik was zonder meer al blij wanneer ik in het Gasthuis mijn katoenen schort kon voorbinden en me kon bezighouden met echte mensen. Want een gelukkig leven is het hoogste goed en al de rest is onbelangrijk. Mijn familie leek dat niet te begrijpen. Uit mijn werk haalde ik energie, liefde en genegenheid. Woorden die hol klonken in de oren van mijn ouders, althans zo kwam het bij me over.

Na de taart en de koffie konden Ernest en ik eindelijk naar huis terugkeren. Ondanks het feit dat hij het leven wilde aanpakken zoals het van hem verwacht werd, had ik toch het gevoel dat ik bij hem tot rust kon komen. We moesten elkaar gewoon nog leren kennen en samen ons pad aanleggen.

Onderweg naar huis zwegen we. Ik zat schuin tegenover hem in de koets. Hij keek door het ene raampje naar buiten en ik door het andere. Ik zag zijn weerspiegeling in het glas. Hij had iets jongensachtigs en tegelijkertijd verraadde de frons op zijn gezicht heel wat verantwoordelijkheid en ernst. Hij was geen rebel en ik evenmin. Daarin vonden we elkaar. Onze ogen kruisten in het glas. Hij glimlachte, terwijl een straatlantaarn een straal geel licht schuin op zijn gezicht liet vallen. Ik knipperde met mijn ogen om zijn glimlach te beantwoorden.

Ineens draaide hij zich naar me toe en vroeg: 'Gaan we dansen vanavond?'

Ik keek hem verbaasd aan.

'Ik ben niet echt een danser,' zei ik.

'Dat hoeft ook niet,' fluisterde hij.

Toen ik hem zo enthousiast tegenover me zag zitten in de koets, bedacht ik dat hij heel wat meisjes gelukkig had kunnen maken. Maar noch hij, noch ik kregen de kans om voor de liefde te kiezen. Hij lachte zijn tanden bloot terwijl hij naar me keek.

'Wat denk je?'

'En waar dan?'

'Alex heeft me iets voorgesteld. Je zal wel zien. We zullen hem daar wellicht tegenkomen.'

Veel overtuigingskracht had hij niet nodig. Hij wist dat ik mee zou gaan. Ik ging niet tegen hem in. Maar zelf zag ik er wel tegenop de avond mogelijk met Alex door te brengen.

Toen we thuis waren gekomen, kwam Elvira ons tegemoet om onze mantels en hoeden aan te nemen.

'Huispersoneel verhoogt de status,' zei de oude Van Daele altijd. En wij konden niet nee zeggen. Ernest trok zich terug in zijn bureau van zodra we waren aangekomen en zei dat we na het avondmaal zouden vertrekken. Toen ik in de woonkamer binnenkwam, zag ik dat de naaister nog volop bezig was met het afwerken en omzomen van enkele gordijnen. Sinds we in het nieuwe huis woonden, werden mijn dagen gevuld met het inrichten van kamers. Gordijnroedes werden aangesleept en werkmannen zeulden met kasten en meubels de trappen op. Van mijn grootmoeder had ik een mooie Oosterse kast geërfd, die ze als jonge vrouw had meegebracht van een van haar reizen met de Oost-Indische Compagnie. Grootmoeder was ook een liefdadigheidshelpster. Het zorgen voor anderen had ik wellicht van haar meegekregen. Jammer dat ik niet meer van haar had. Ze was een sterke vrouw met een duidelijke eigen wil. 'Je hoeft geen kloosterzuster te worden om voor anderen te zorgen', was het eerste dat ze me zei toen ik in het Gasthuis ging helpen. 'Hou de eer maar aan jezelf en laat je vooral niets aanpraten.'

Misschien was het door haar hoge leeftijd dat ze zich van niets of niemand iets aantrok en haar eigen leventje leidde. Hoe dan ook slaagde ze erin door iedereen gerespecteerd te worden, zelfs door mijn moeder. Het leek wel of de wereld vroeger minder preuts en godsdienstig was. Of zijn wij de laatste jaren voorzichtiger geworden? Toen de naaister de laatste draadjes had ingestopt, zei ze me dat ze twee dagen later zou terugkomen voor de gordijnen op de tweede verdieping. Ik knikte en met een vriendelijke glimlach verliet ze de kamer. Elvira liet haar buiten en klopte daarna op mijn kamerdeur met de vraag of ze me kon helpen met mijn jurk. Ik verzette me niet tegen het onnodige omkleden en liet haar begaan. Ze zocht een mooie avondjurk voor me uit en ik gaf me eenvoudigweg aan de grillen van de avond over.

4

'Bienvenue au Palais Rubens', begroette een jongeman in een wit maatpak met bijpassend strikje en mooie gelakte schoenen ons aan de ingang van de zaal. De Carnotstraat was op dit uur van de avond een levendig amalgaam van fel verlichtte winkels, goedgevulde herbergen, danszalen en bordelen. Bij het vallen van de avond ontwaakte de luidruchtigheid in de straten rond het stationsgebouw en doken de goed uitgeruste raven het variété- en ander nachtleven in. Ernest trok me dichter naar zich toe, terwijl we de grote deuren binnenstapten. Een man in eenzelfde wit maatpak als de portier nam de grijze mantel die ik over mijn schouders droeg van me aan en hing deze samen met de lange jas van Ernest in de vestiaire. Ernest bedankte hem beleefd terwijl hij het koperen plaatje met daarop het cijfer elf van de jongeman aannam en in het borstzakje van zijn vest stak. Samen zochten we ons een weg tussen de mensen. Het was erg warm in de grote langwerpige danszaal. De tafeltjes met stoelen en banken die aan de zijkant van de zaal stonden opgesteld, waren al goed gevuld met mensen wiens vrolijkheid de zaal vulde met gelach. Op het podium speelde een klein orkest levendige deuntjes. Melkwitte glazen lichtbollen zorgden voor een behaaglijke stemming. Op de dansvloer liet een viertal koppels zich van hun beste kant zien in een polka.

Ernest was hier al vaker geweest, toen hij als student deelnam aan politieke vergaderingen of uitgenodigd was voor de galabals die georganiseerd werden door de universiteit. Hij zigzagde dan ook gezwind naar de achterkant van de zaal en sleepte me mee in zijn kielzog. In de verte zag ik Alex staan. Hij zwaaide uitbundig in onze richting met een bruine enveloppe die hij vervolgens overhandigde aan een jongeman wiens donkere haren glommen onder de lampen en stapte op ons af.

'Een glaasje, Ernest?' zei Alex, terwijl hij meteen één van de omgekeerde fluitglazen vastnam die op het tafeltje voor ons stonden om het met de inhoud van een fles Crémant de Bourgogne te vullen.

'Juffrouw Anne?' Ik keek op van mijn tasje waarin ik net mijn zijden handschoenen wilde wegbergen en knikte beleefdheidshalve. Hij nam meteen nog een glas en vulde het met het weinige dat er nog in de fles was achtergebleven.

'Ik bestel wel een andere,' zei Ernest galant en hij overschouwde de zaal om te zien hoe hij het snelst een kelner kon vatten.

'Alex, als jij zo goed wilt zijn om Anne even gezelschap te houden?'

'Uiteraard,' glimlachte Alex.

Terwijl Ernest tussen de donkere jassen van de heren en kleurige jurken van de dames al gauw uit het zicht verdwenen was, zette Alex zijn stoel wat dichter bij de mijne.

Hij bukte zich verontschuldigend en raapte iets op van onder mijn stoel.

'Wellicht is dit uit uw tasje gevallen,' zei hij en hij hield een footootje met gekartelde randen naar het licht.

'Een souvenir aan een verloren vriendin,' zei ik.

Hij keek me aan met een indringende blik. Ik herinnerde me ons gesprek van enkele maanden eerder en wilde niet nog meer prijsgeven dan ik toen al gedaan had.

'Ik was erg op haar gesteld. Jammer dat ik haar maar tijdelijk gekend heb,' ging ik verder, terwijl een verlangen om over haar te willen vertellen en intens aan haar te willen denken me opnieuw overviel.

'Niets is zo definitief als iets dat tijdelijk is, juffrouw Anne.'

'Ik denk niet dat ik u goed begrijp,' zei ik.

'Ernest is een goed man, maar hij heeft bijzonder weinig mensenkennis.'

Zijn gezicht ontspande alsof hij nu alle puzzelstukjes in elkaar zag vallen.

'Mijnheer Hennaud,' zei ik formeel, om mijn eigen gedachten te verbergen, 'ik denk niet dat het u geoorloofd is om tegen mij op die manier over Ernest te praten. Mijn leven met hem gaat u niet plots méér aan, omdat mijn vader het nodig vond u als zijn zoon te erkennen,' repliceerde ik, terwijl ik het accent op 'erkennen' net als mijn moeder liet nagalmen in mijn mond.

'Juffrouw Anne, Anne,' herhaalde hij mijn voornaam met nadruk om banden te bewijzen die ik nooit zou zien, 'Wat mij in uw en mijn vader aantrekt, is datgene wat ik in mezelf nooit zal kunnen uitdoven en dat is een haatdragend gevoel. Hij handelt uit haat, net als ik. En ik moet daar net als hij mee leven, maar dat zal u waarschijnlijk niet begrijpen.'

'Ik begrijp dat inderdaad niet, want ik kan alleen maar vaststellen dat alles wat u doet of de laatste tijd hebt gedaan erin bestond zijn respect en erkenning af te dwingen. Ik zie daar maar bitter weinig haatdragends in.'

'Haat voedt haat. Hij verafschuwt mijn onwettig bestaan, niet omwille van mij, maar omwille van zijn eigen machteloosheid. Het leven is niet uitgedraaid zoals hij dat wilde. Zelfs mijn moeder moest hem niet. Door hem aan de schandpaal te nagelen wilde ik hem doen beseffen hoe het voelt om geen bestaansrecht te hebben.'

Ik keek hem aan en grijnsde.

'Dat leek me dan geen onverdeeld succes. U kent mijn vader duidelijk niet zo goed als u niet inziet dat hij er steeds opnieuw in zal slagen om het respect van zijn omgeving terug te winnen. Bovendien doet hij dit meestal nog snel ook. Tijd doet vergeten. Wonden helen. En mijn vader, die likt op dit moment zijn laatste beetje schande weg.'

Alex snoof en keek onverschillig. Het leek een spel van aftasten en verkennen. Wie was het ware kind in dit verhaal? Ik voelde mezelf ook deze rol innemen, een rol waarin ik aan mezelf wilde bewijzen dat er maar één waarheid was en dat ik die verpersoonlijkte.

'Die man zal altijd in nieuwe schandalen terechtkomen. Zowel u als ik draaien al heel ons leven rond hem, zoals de aarde rond de zon. Hij heeft mij in de tang en laat ook u niet los. Hij beslist en hij wil meer. Het gaat niet alleen om het feit dat wij rond zijn as draaien. Hij wil ook invloed uitoefenen over hoe we dat doen. Hij wil dat we rond hem tollen op de manier die hij verkiest. Bovendien is hij nog zo pretentieus te geloven dat hij dat kan waarmaken. Maar, ik ben zijn zoon en u bent zijn dochter, en dat wat in hem leeft, leeft ook in ons. U wilt ook dat het leven loopt zoals u dat graag heeft, net als ik.'

'Ik denk niet dat ik u nog volg. Als u bedoelt dat ik daarom haatdragend ben, zoals u zichzelf heeft genoemd, dan bent u fout.'

Hij gaf me de foto terug die hij gedurende het gesprek van zijn ene naar zijn andere hand had laten gaan en zei: 'Maryse Gallant.'

Ik slikte en bleef stil.

'Ik dacht dat zij mijn oplossing kon zijn. De rebel die mijn vader van de troon zou stoten. Misschien dacht u ook dat ze voor u de oplossing kon zijn. Een intrigerende gezelschapsdame voor uw dagen als gehuwde vrouw misschien?' zei hij wat lacherig.

'Maar, nee. Ze verdween nog voor ze iets voor ons kon betekenen. Toch, als ik één les van mijn vader heb geleerd, is het dat je met geld veel kunt bereiken. Zijn erkenning? Ik spuug erop! Hij erkent mij niet. Hij tolereert mij. Nu misschien meer dan vroeger, maar enkel omdat hij er formeel toe wordt verplicht.

'Wat wilt u dan?' vroeg ik, terwijl ik in de zaal naar Ernest zocht.

'Ik wil zijn ondergang.'

'Met alle respect, mijnheer Hennaud, Alex,' benadrukte ik mijn sarcasme door op mijn beurt met nadruk zijn voornaam te gebruiken, 'maar ik vermoed dat een dergelijke houding u nog sneller de weg naar de afgrond zal doen vinden. Mijn vader vindt wel nieuwe uitwijkmogelijkheden.'

'Laat mij in mijn zogenaamde naïviteit maar strijden tegen de stormwind is. Zoals Don Quichot tegen zijn windmolens. U hoeft zich niet over mijn lot te bekommeren, juffrouw Anne. Maar stel uzelf dan toch tenminste de vraag wat u echt wilt.'

'Ik? Ik heb alles wat ik nodig heb,' zei ik terwijl ik mijn hoofd naar beneden boog.

'Is dat zo?' viste hij verder.

'Mijnheer Hennaud,' wilde ik opnieuw zakelijk een einde aan het gesprek maken, 'het is mij niet duidelijk waar u op doelt. Ik vind uw vraag ongepast. Ik wens deze conversatie dan ook niet verder te zetten.' Ik keek opnieuw de zaal in en zag dat Ernest aan de praat was geraakt met twee jonge mannen die tegen de toog aanleunden. Ik stond op en maakte aanstalten om me bij Ernest te voegen.

'Ik weet waar juffrouw Maryse is,' riep Alex me na.

Ik draaide me verbijsterd om.

'Heb ik nog even uw aandacht?' probeerde hij plots met een zachtheid in zijn stem.

'Waar is ze dan?' vroeg ik met stokkende stem, terwijl ik mijn hart voelde verkrampen.

'Ze zal uw hulp nodig hebben. Ik kan u nog niet meer vertellen, maar ik zal haar zeer binnenkort naar het Gasthuis brengen.'

'Is ze gewond? Is ze ziek? Alex, waar is ze?' schrok ik zelf van de wanhopige toon die uit mijn vragen weerklonk.

'Ik beloof dat ik haar naar u toe zal brengen. Maar, hou dit voor uzelf en laat u vooral niet in met het hoe of wat hiervan. Dat zou enkel haar veiligheid in gevaar brengen.'

Er parelden tranen in mijn ogen. Alex trok me naast zich en kneep met zijn andere hand in mijn schouder.

'We gaan iets schitterends doen, juffrouw Anne. Uw en mijn vader is het laatste offer dat we hiervoor moeten brengen.'

Ik keek hem vragend aan. Ik legde nu mijn hart in zijn handen, ook al wist ik niet hoe hem te geloven.

'Blijf hier bij Ernest. Vertrouw me. Ik zorg voor u en voor haar.'

Hij drukte de foto in mijn hand om zijn woorden kracht bij te zetten.

Ernest was ons ondertussen genaderd en verontschuldigde zich voor het feit dat hij opgehouden was. Ondertussen leek het orkest de zaal helemaal mee te zuigen in een ambiance die overal voor lachende gezichten zorgde. De Grand March, de dansopener die op klassieke dansfeesten nog steeds als een verplicht nummer werd opgevoerd, hadden we gemist. Ik betreurde dat helemaal niet, want dansen mag dan al een sociale aangelegenheid zijn, zo'n keuring, die niets meer was dan in een wandelparade aan de anderen je aanwezigheid te laten zien, liet ik liever aan me voorbijgaan.

Ernest zette de glazen bij elkaar.

'Waarop klinken we?' vroeg hij met eenzelfde glimlach als de vrolijke mensen rondom hem.

'Op succes,' antwoordde Alex, waarbij hij zijn ogen in de mijne liet rusten.

'Op succes,' herhaalde ik, mijn blik afwendend in Ernests richting. Hij fronste heel even bijna onzichtbaar, maar net duidelijk genoeg om mij te laten weten dat hij de spanning ook voelde.

'Wie we hier hebben,' zei een jongeman die als Herbert Pieters werd voorgesteld en een oud-medestudent van Ernest bleek te zijn.

'Dat is lang geleden,' antwoordde Ernest, 'Mag ik je voorstellen aan mijn echtgenote, Anne Van Daele en mijn schoonbroer, Alex Hennaud,' zei hij zonder aarzelen.

'Te lang,' zei de jongeman, terwijl hij schalks een kus op mijn hand gaf en zijn arm rond mijn zij liet rusten. Ik hou niet van zulke gluiperds die zich als een kleverig web rond je spinnen. Alex heeft die neiging ook, hoewel het lijkt alsof ik de enige ben die dat ziet. Ernest reikte zijn oude kennis meteen een glas, gevolgd door een kameraadschappelijk schouderklopje. Hij wilde duidelijk herinneringen ophalen aan andere tijden en merkte niet dat ik me ongemakkelijk voelde bij hem. Het gesprek ging dadelijk over vroegere studentenaangelegenheden en worstelwedstrijden. Alex werd niet bij het gesprek betrokken, iets wat hij zich niet liet welgevallen. Toen er opnieuw een wals werd ingezet, zag hij zijn kans schoon om mij ten dans te vragen. Ernest keek even bedenkelijk op, maar de onduidelijke geladenheid van voordien was door de gezelligheid van het gesprek waarin hij verwikkeld was, blijkbaar verdwenen en hij vertrouwde me voor deze dans aan Alex toe.

Alex legde zijn arm om mijn middel en troonde me mee naar de houten dansvloer. Hij nam me stevig vast en hield samen met de andere heren een gezwinde tred aan. Met kleine passen wisselde hij vlot van de ene naar de andere voet en ik volgde. Het gewicht van zijn lichaam liet hij zorgvuldig rusten op de voet die hij net verplaatst had om mij zwevend over de dansvloer te kunnen meenemen. Hij zei niets. Ik zweeg ook. Rondom ons draaiden de nog steeds glimlachende gezichten en dat terwijl er zich in mijn gedachten beelden verzamelden die me allesbehalve deden lachen. Misschien waren de gedachten in mijn hoofd slechts een kleine zonde te noemen. Het waren ook maar gedachten. Onuitgesproken gevoelens. Alex hield zijn hoofd fier rechtop en deed teken met zijn ogen dat ik hetzelfde moest doen. Hij hield mijn handen stevig vast, terwijl ik zwierig en soepel over de dansvloer draaide. Ik voelde me een marionet. De muziek versnelde, vertraagde en ik had er geen vat op. Mijn hoofd tolde in het ritme van de golvende draaibewegingen die we op de houten vloer maakten. Ik struikelde en viel achterover. Ik herinner me niet dat ik gevallen ben. De muziek stopte, althans in mijn hoofd. Ik knipperde met mijn ogen. Ik zag niets meer. Ik hoorde ook niets meer. Ik lag plat op de grond, maar ik voelde de houten plankenvloer onder me niet. Het was alsof ik nog steeds zweefde, alsof ik nog steeds mijn handen in de zijne gevangen voelde.

'Anne?' riepen Alex en Ernest boven me uit. Alex' arm lag onder mijn hoofd. Ernest tikte met zijn vingertoppen hard tegen mijn wang. Ik knipperde en hield met moeite mijn ogen open. Ik hoorde plotseling heel duidelijk de stemmen boven me.

'Maak wat plaats,' riep Alex naar de menigte die als een zwerm vliegen rond ons was komen hangen. Ik wilde rechtkomen, maar mijn hoofd bonsde zo hard dat ik opnieuw achteroverviel tegen Alex die op zijn knieën achter me zat. Ik zag hoe Ernest opstond en de omstanders eigenhandig wegduwde. Tussen het knipperen van mijn ogen door zag ik dat twee obers de ontstane commotie trachtten te doorbreken.

'Dames en heren, het spektakel is gedaan! Spreid uw danskwaliteiten maar opnieuw ten toon.'

Eén van de twee obers knipte met zijn vingers als teken dat het orkest opnieuw moest starten. De muzikanten hernamen meteen weer de laatste deuntjes en de koppels schuifelden terug de dansvloer op. Ernest hielp me overeind en ondersteunde me samen met Alex tot aan een tafeltje waar ik met hun hulp op een stoel ging zitten. Er waren nog wel een paar mensen die ons aangaapten, maar toen ze zagen dat ik terug wat rode blos op mijn wangen kreeg na het drinken van een glaasje fris water, hielden ze er mee op.

'Anne, wat is er gebeurd?' vroeg Ernest, toen de rust was teruggekeerd en we met drie aan de tafel zaten.

'Ik heb er geen idee van,' probeerde ik beter te klinken dan ik me in werkelijkheid voelde.

Ernest keek naar Alex die verdedigend zijn handen in de lucht stak en al grappend zei: 'Ik heb haar niet bewust laten vallen.'

'Bewusteloos laten vallen zeker,' zei ik met een fijne glimlach om mijn mond.

Alex lachte flauwtjes.

'Je kunt weer woordgrapjes maken! Dat zal wel betekenen dat het beter gaat?' mompelde Ernest nors.

'Alles is in orde, Ernest. De wals ging me net iets te snel,' probeerde ik de positieve toon terug te halen.

'We gaan maar beter naar huis,' zei hij, alsof de avond nu volledig verknoeid was.

'Maar nee, Ernest, ze stelt het toch beter. Het zal de combinatie van het glaasje Crémant en het dansen geweest zijn,' kwam Alex tussen.

Ik zag aan Ernests gezicht dat hij de tussenkomst van Alex niet wist te appreciëren.

'Laten we gaan,' zei ik bedeesd.

Ernest nam me onverwacht hard bij de arm, we knikten naar Alex ten afscheid en lieten hem vervolgens alleen aan het tafeltje achter. Ik draaide mijn hoofd nog een keer naar hem om toen we aan de deuren kwamen, maar hij was al in de massa verdwenen.

'De mantels, graag,' zei Ernest kortaf tegen de glimlachende jongeman, terwijl hij het koperen plaatje terug overhandigde.

'Gaat het met mevrouw?' vroeg een andere man die me eerder in de zaal te hulp was geschoten.

'Ze voelt zich niet zo goed. Rust zal haar goeddoen,' zei Ernest over mijn hoofd heen, alsof ik een klein kind was dat er hulpeloos bijstond.

We verlieten de zaal door de grote deuren en liepen de straat op. Ernest nam me opnieuw bij de arm, zachter deze keer.

'Gaan we wandelen? Wat frisse lucht doet je misschien wel goed,' zei hij op zijn vertrouwde lieve toon.

De maan stond laag aan de hemel en werd door enkele sluimerwolken bedekt.

'Het is een mooie avond voor een wandeling,' zei ik. Een hele tijd bleef het stil, tot Ernest plots zei: 'Ik begrijp je niet, Anne, maar dat zal wel aan mij liggen.'

Ik antwoordde niet.

'Ik begrijp mezelf ook niet. En daarvan kan ik alleen de schuld bij mezelf leggen. Misschien begrijp ik ons samen gewoon niet,' ging hij verder.

Ik stopte en draaide me naar hem toe.

'Ernest, ik ben enkel onwel geworden. Dit gaat niet over begrijpen of niet begrijpen en al helemaal niet over jezelf of onze relatie in vraag stellen.'

'Ik stel mezelf niet in vraag, ik stel ook onze relatie niet in vraag. Ik stel enkel vast dat ik jou en mijn eigen handelen in omgang met jou niet begrijp.'

'Wij spreken toch dezelfde taal,' probeerde ik de sfeer te verlichten.

'Denk je dat?'

Ik knikte.

'Ik heb Alex graag,' ging hij verder, 'Altijd gehad trouwens. Het feit dat hij een bastaardzoon blijkt van jouw vader verandert niets aan hoe ik hem zie. Wij zijn samen groot geworden op de rederij. Ik zie hem als de broer die ik nooit had. En toch lijkt het alsof al onze vaste waarden plots overhoop zijn gehaald en alles aan het wankelen gaat.'

'Dat lijkt niet alleen maar zo,' zei ik zacht.

'Jij bent ook veranderd Anne. Hoe je naar hem kijkt, hoe je met hem praat, zo stroef de ene keer en zo ontspannen de andere.'

'Ik moet er evenzeer aan wennen, Ernest. Ik voel maar al te goed de blikken van de mensen in mijn rug priemen, als we met de familie een wandeling maken. Ik hoor ook met pijn de stemmen in de kerk, venijnig fluisterend, als mijn vader met opgeheven hoofd naast hem wandelt bij het buitengaan. Ik geef grif toe dat ons leven veranderd is en dat we ons moeizaam trachten aan te passen aan deze nieuwe situatie. Maar ik, ik ben nog steeds dezelfde.'

Ernest hield zijn ogen van me afgewend. Hij trok me aan mijn arm langzaam weer in beweging en we wandelden verder in stilzwijgen.

'Moet ik me verantwoorden tegenover jou?' vroeg ik, toen we de hoek van de straat omsloegen.

'Is daar dan reden toe?' kaatste hij onverwacht snel terug.

'Mijn gevoelens zijn altijd oprecht. Zowel bij jou als bij mij schommelen die gevoelens, omdat we beiden weten dat we een product zijn van onze maatschappij.'

'Anne, alsjeblief!' onderbrak hij me.

'Laat me even,' zei ik.

Hij stopte, keek me strak in de ogen en zei op een nogal ruwe toon: 'Wij zijn een realiteit.'

Zijn blik verraadde zijn eigen twijfel. Ik ontweek zijn ogen door mijn hoofd naar de grond te buigen en probeerde dapper tegen hem in te gaan: 'Ik heb het gevoel dat jij koste wat het wil hoopt te slagen in dit leven met mij. Dat is niet mijn droom. En ik geloof ook niet dat het jouw droom is.'

Het onderwerp lag gevoelig. Ik wist dat maar al te goed. We hadden al eerder soortgelijke discussies gehad. Binnenskamers waar niemand ons kon horen. Het was niet de gewoonte in onze kringen om het huwelijk in vraag te stellen. En ik wilde dat eigenlijk ook niet doen. Ik had me in dit leven geschikt door met Ernest te trouwen. En ik bleef loyaal aan mijn beslissing. Mijn vermoeden was dat ook Ernest zich gewrongen voelde in wat hij 'de realiteit die wij zijn' noemde.

'Zo spreek je niet, Anne,' zei hij, zijn eigen machteloosheid verbergend, 'Hou ermee op!'

'Ik ben nog niet waar ik wilde eindigen,' zei ik gewaagd.

Hij greep mijn arm hardhandig vast.

'We zijn op straat, Ernest.'

Hij liet me los en krabde in zijn haar.

'Wat is er toch?' riep hij gefrustreerd uit.

'Jij wil het leven dat wij leiden geforceerd in een bepaalde richting duwen. Het moet passen met hoe jij het leven wil zien. Rechtlijnig, zoals het hoort. Ook voor jou is dat soms moeilijk, hoewel je dat nooit zal kunnen toegeven,' begaf ik me met deze woorden op glad ijs.

Hij wilde me opnieuw onderbreken. Kalm legde ik mijn vinger op zijn lippen om hem zacht de mond te snoeren. Hij knarsetandden.

'Dat is je recht. Maar ik weet niet altijd hoe ik me daarbij moet gedragen,' ging ik bijna vrijpostig verder.

'Als mijn vrouw,' riep hij zijn ingehouden boosheid uit, 'Niet als iemand die haar bastaardbroer op een niet te verklaren manier aanhaalt!'

236

'Waar heb je het over?' kwam ik uit de lucht gevallen.

'Ik zie wel hoe jullie naar elkaar kijken. Ik begrijp dat ik je droom niet ben, wanneer je voor een ander in zwijm valt,' zei hij met een rood aangelopen gezicht.

Ik schoot in een lach.

Hij doofde mijn lach door me in het gezicht te slaan. Ik slikte. We stonden nog steeds op straat. Ik keek om me heen en op uitzondering van een enkeling die zich op een honderdtal meter van ons bevond, was er niemand te zien. Ik had hem nooit eerder zijn geduld weten te verliezen. Misschien spraken we inderdaad niet dezelfde taal.

'Ik wil me verantwoorden tegenover jou, uit blijk van respect en vertrouwen in jou. Als jij mij niet vertrouwt om wie ik ben, dan ligt de schuld daarvan inderdaad enkel bij jezelf. De reden dat ik me soms op mijn gemak voel bij Alex en soms ook helemaal niet, is omdat ik hem een plaats wil geven in mijn leven. Niet omdat ik daarvoor gekozen heb, maar omdat ik mijn vader respecteer in zijn keuze. En op momenten gaat het er eerder formeel aan toe en kom ik minder beslagen ten ijs in mijn communicatie met hem. Dat was vanavond eigenlijk ook het geval, maar dat heb je wellicht niet eens opgemerkt. En op andere momenten gaat het gemakkelijker, omdat ik dan in mijn eigen omgeving ben. Zo voelt het bijvoorbeeld goed voor me aan als mijn moeder erbij is, omdat zij vaak op een komische manier de aandacht naar zich toe trekt, wat me doet vergeten hoe ongemakkelijk ik me aanvankelijk voelde. En dat is mijn realiteit. Niet het feit dat jij in je hoofd waanbeelden ziet van mogelijke gevoelens die ik voor deze jongeman, die ik recent op een andere manier leer kennen, zou hebben. Ik blijf een droom hebben, maar Alex komt daar niet in voor,' stroomden mijn woorden over hem heen zonder angst om wat ook te verliezen.

Ik zag hoe hij zijn hoofd afwendde. Hij deed dat als hij een antwoord voorbereidde of als hij wist dat ik wel ergens een punt maakte, maar hij dat niet te kennen wilde geven.

'We gaan verder,' zei hij op een heel wat zachtere toon dan voordien. Hij nam mijn hand vast en kneep er zacht in. Ik keek hem aan en hij sloeg zijn ogen neer.

'Mijn excuses, Anne,' zei hij berouwvol.

'Ik begrijp jou niet, maar dat ligt wellicht aan mij,' zei ik, 'Ik begrijp mezelf ook niet, en ook daar ben ik schuldig aan,' herhaalde ik de essentie van zijn woorden zacht.

Ernest glimlachte ietwat triest. Eigenlijk zien we elkaar graag, maar hebben we allebei moeite met de verplichting van onze werkelijkheid.

5

Het was mistig. Vroeg in de ochtend. De metalen wielen scherpten zich aan de kasseien terwijl de koets haar weg zocht langs onbekende wegen. Ik staarde uit het raam. De biezen op de oevers van de Kempische Vaart wiegden zacht heen en weer, terwijl een met steenkool geladen vrachtschip naar de Antwerpse haven voer. Een oudere man op de fiets, die met gebogen hoofd en een jute zak op zijn rug in de richting van het groot dok reed, keek op toen hij de koets hoorde naderen. De stad lag achter me. De vertrouwde straattaferelen uit mijn eigen buurt maakten plaats voor dokken en molens, voor volgestouwde paardentrams en arbeiders op weg naar de haven. Ik besefte plotseling hoe weinig ik de stad verliet en hoe verknocht ik was aan de grote boulevards en de statige herenhuizen. Ik hield erg vast aan mijn eigen omgeving, wandelde het liefst door de gekende buurten en bleef graag dicht bij de kathedraal. Het gaf me een geruststelling, een vanzelfsprekendheid om mee te leven.

Wat niet vertrouwd genoeg aanvoelde, verwarde me. Ik hield er afstand van en zocht liever de veilige wegen op. En toch kon ik dat nu niet doen. De stad was te klein, mijn leefwereld erin te benepen. Ik moest even uitbreken om daarna met een hopelijk gestild hart te kunnen terugkeren. Na een half uurtje stopte de koets. De koetsier opende de deur.

'Juffrouw Anne,' zei hij en hij reikte me de hand.

Ik hield mijn rok vast bij het uitstappen en knikte dankbaar voor zijn hulp.

Ik keek op en aanschouwde een slanke toren die als een zandstenen pijl uit het gotische baksteen kerkgebouw schoot. Twee heren verlieten net de kerk en hielden de zware houten deuren voor me open. Het was koel binnen. Mijn stappen klonken hol tegen de witgekalkte flanken en pilaren en stierven weg in het ribgewelf boven mijn hoofd. Ik wandelde door de noorderzijbeuk in de richting van de biechtstoel. Achteraan in de kerk stak een jonge vrouw een kaars aan en in de middenbeuk zat een tweetal mensen geknield te bidden in de richting van het altaar, hun hoofden steunend in gevouwen handen. Ik sloeg het roodfluwelen gordijntje dat onderaan licht uitrafelde opzij, nam plaats in de biechtstoel en wachtte. Een gevoel van zenuwachtigheid overviel me. Ik wreef in mijn handen die klam aanvoelden. Ik schuifelde heen en weer op mijn knieën en overwoog om terug op te staan toen op dat moment het schuifje in één vlotte beweging werd opengeschoven.

'Mijn kind,' sprak de biechtvader op een langzame toon.

Ik zweeg, zuchtte en beet op mijn lip vooraleer ik een woord gezegd kreeg.

'Eerwaarde vader, zegen mij, want ik heb gezondigd.'

Ik maakte een kruisteken en staarde voor me uit.

'Ik luister.'

'Ik belijd mijn schuld voor de Almachtige God en voor u, vader. Ik zondig nog elke dag. Ik zondig terwijl ik hier bij u zit. Ik zondig terwijl ik mijn zonde opbiecht.'

Ik zag hem door de kleine gaatjes naar mijn ogen zoeken. Ik liet hem toe in mijn ogen te kijken.

'Juffrouw, uw knielen hier in deze kerk is een eerste stap naar een schuldbesef. U komt aankloppen om uw zonde op te biechten. Dan kunt u niet zeggen dat u nu nog zondigt.'

Ik boog mijn hoofd en liet het tegen het luikje rusten.

'God luistert,' zei hij.

'Ik zondig in mijn gedachten door voortdurend aan een ander te denken dan mijn toekomstige echtgenoot.'

De priester zweeg. Ik zag de schaduw van zijn hoofd zachtjes knikken.

'God is duidelijk. In de naam van de Vader mag ik niet op deze manier aan iemand denken. God is de wet en de norm. Ik weet dat en toch dwaal ik. Ik kom hier omdat ik op zoek ben naar een houvast. Ik wil dat u me helpt.'

'Sommige mensen vergissen zich. Liefde zit in alles en dus ook in iedereen. Misschien heb je je vergist.'

Ik fronste mijn voorhoofd.

'Vader, ik heb gevoelens van lust, niet enkel van liefde.'

Hij knikte opnieuw.

Ik nam het gouden kruisje dat rond mijn nek hing tussen mijn duim en wijsvinger vast en bracht het naar mijn lippen. Misschien moest ik dit gesprek maar beter meteen met God voeren. Ik kon toch niet praten met een priester over iets dat niet bestaat.

'Is er een leegte in uw leven, juffrouw?'

'Ik heb een zeer attente echtgenoot die goed voor me zorgt en me onderhoudt zoals dat hoort,' antwoordde ik bijna uit beleefdheid.

'Schaamt u zich voor de gevoelens en voelt u de schuld in uw lichaam?' vroeg hij nadrukkelijk.

Het niet openlijk kunnen zeggen, maakte elk woord uit mijn mond meteen tot een bekentenis die me inderdaad met een ongemakkelijk gevoel belastte. Echt schuldig voelde ik me niet. Ik wist dat mijn gedachten zondig waren toch wilde ik er niet mee ophouden ze te denken. Ik voelde spijt voor Ernest en voor het feit dat ik hem iets verzweeg, niet om wat ik verzweeg. Ik zat daar, geknield op de houten trede van de biechtstoel en voelde mijn onderbenen pijnlijk prikken. Ik kon mijn vreemde gedachten niet rijmen met mijn andere dagelijkse beslommeringen, maar kon er evenmin afstand van nemen. En toch antwoordde ik als bijna verontwaardigd: 'Uiteraard, ik beschuldig mij van mijn zonde en vraag ootmoedig de Heilige absolutie.'

'Vergeving en boete kunnen zeer bevrijdend zijn, maar u mag zichzelf niet toelaten om opnieuw dezelfde fouten te begaan,' zei hij streng.

Mijn hoofd steunde nog steeds tegen het houten plankje dat als een fragiele barrière mijn wereld en die van de priester scheidde.

'Zult u elke aanleiding tot zonde vermijden en geen ontmoetingen meer laten plaatsvinden?'

'Ik wil met mezelf in het reine komen en een nieuwe kans krijgen,' probeerde ik hem, of misschien eerder mezelf, te verzekeren.

'Een zonde weegt op ieder van ons. Trek de kaart van uw echtgenoot, die van het leven aan zijn zijde en uw leven zal opnieuw gelukkiger en ook vrijer zijn, hoewel u dat mogelijk niet meer hebt geloofd. God zal u helpen de weg terug te vinden,' zei hij.

Ik hief mijn hoofd op en voelde de strepen van het plankje in mijn voorhoofd getekend.

'Ik ontsla u van uw zonden in de Naam van de Vader en de Zoon en de Heilige Geest. Amen. Als penitentie geef ik u de taak tijd en rust te nemen om u tot God te richten en de Heilige Maagd met zes weesgegroetjes en zeven onzevaders.'

Ik sloeg opnieuw een kruisje en boog mijn hoofd voor de zegen van de Heer.

Ik herinner me deze dag alsof het gisteren was. De kilte van de kerk, de eenzaamheid die me overviel, nadat de priester het luikje weer gesloten had en ik helemaal alleen achterbleef in de zijbeuk van het immense gebouw. Ik zie me nog naar het Onze-Lieve-Vrouwbeeld lopen, een gebroken witte kaars aansteken en bijna beleefdheidshalve knikken naar het beeld dat me glimlachend leek te begroeten. Het gevoel dat me overviel op dat moment, op die kille plek, in die eenzame stemming, ervoer ik vandaag opnieuw. Ik was die dag speciaal naar die kerk gereisd op een tiental kilometer van de stad, omdat ik hoopte dat ik de verlangens die ik niet in woorden durfde te laten ontsnappen, toch van me af zou kunnen gooien. Maar noch de zes weesgegroetjes, noch de zeven onzevaders veranderden iets aan dat gevoel. Ik zondigde in gedachten nog steeds. Zelfs tijdens het bidden, dwaalden mijn gedachten af. Ik dacht na over wat ik verlangde en hoe ik er bijna in geslaagd was om het voor mezelf te durven uitspreken toen een vrouw naast me op de houten bank voor het Mariabeeld kwam zitten. Zoveel plaats in de kerk en toch kwam ze dicht tegen me aanzitten.

'Ik ben mijn zoon verloren,' fluisterde ze zacht.

Ik keek haar aan en legde troostend mijn hand op de hare.

'Hij was mijn kracht,' zei ze en het licht van de kaars schitterde in haar ogen.

Ik drukte mijn hand steviger op haar hand.

'We houden allemaal van mensen die zelfvertrouwen uitstralen, juffrouw,' zei ze, 'Hij was mijn zelfvertrouwen.'

Ik vroeg: 'Zoekt u uw zelfvertrouwen terug bij God?'

'Ik weet dat hij het nu heeft, want ik heb het voor hem ten grave gedragen,' zei ze, 'Ik moet het nu in mezelf zoeken.'

Ik glimlachte begripvol naar de vrouw wiens zelfvertrouwen met haar zoon verdwenen leek. Ik herkende mezelf in haar. Mijn zelfvertrouwen ging ook verloren. Het was verdwenen, samen met de vrouw die ik bovenal vereerde, net zoals deze vrouw haar zelfvertrouwen zag verdwijnen met de dood van haar zo aanbeden zoon. Maryse leerde me wat zelfvertrouwen was, door interesse te tonen in iemand zoals ik, iemand die nooit eerder uit de schaduw van haar ouders en haar omgeving was getreden. Haar zelfzekerheid wakkerde de mijne aan. Ik dacht niet dat vriendinnen worden met iemand zoals Maryse Gallant weggelegd was voor iemand zoals ik, maar het lot besliste om onze wegen telkens te doen kruisen. En ik begon erin te geloven dat het kon. Zij zou mijn ware ik kunnen zien, als ze maar iets beter keek. En dat deed ze ook. Ze nodigde me uit om samen thee te drinken of uitjes te maken. Ik zette zelf ook de stap om haar mee te vragen. De wereld van verschil die ons eerst leek te scheiden, werd kleiner. Haar wereld werd de mijne en de mijne werd de hare. Hoe vaker ik haar zag, hoe meer ze het middelpunt van mijn verering werd. Ik genoot van haar genegenheid en haar affectie en nam hoe langer hoe meer met niets minder dan dat genoegen. Ze was mijn subject van bewondering. En toen kwam Ernest, waarna niets meer hetzelfde was. De laatste keer dat ik Maryse zag, was de avond voor ze uit de stad verdween. Haar vader ging met mijn vader voor twee dagen mee naar Londen en ze had me gevraagd haar gezelschap te houden. Emma had me hartelijk begroet toen ik met mijn klein rieten mandje in hun deuropening verscheen.

'Een logeetje,' had ze mijn komst tot een kinderpartijtje herleid.

Maryse begroette me hartelijk en nam me meteen mee naar de woonkamer.

'Wat denk je van een vuurtje stoken?' lachte ze.

Ik stond er wat onwennig bij, want ik had nog nooit eerder zelf de haard aangelegd.

Ze ging voor de haard zitten en stak met enkele lucifers wat oud krantenpapier in brand. De droge houtjes vatten meteen vuur en knetterden dat het een lust was.

'Neem jij een houtblok uit de mand daar?' vroeg ze me.

Ze deed teken dat ik het blok erop mocht gooien. De rokerige geur nestelde zich meteen in de kamer en deed me denken aan de vuurtjes in de straten die op herfstavonden werden opgestookt om kastanjes te poffen.

'Laat mij dat toch doen,' zei Emma toen ze een schoteltje met twee glazen erop de kamer binnendroeg.

'Ik kan dat wel hoor,' zei Maryse alsof ze als een meisje van drie jaar haar moeder wilde overtuigen.

'Daar twijfel ik niet aan, lieve schat,' zei Emma hartelijk, 'maar kijk nu toch eens naar je handen.'

Maryse liet zich de moederlijke berisping welgevallen en veegde brutaal haar handen aan de schort van Emma af.

'Dat kind toch,' glimlachte Emma me toe.

De stemming in dat huis was een heel andere dan die bij mijn moeder en vader. Je zou niet zeggen dat er een moeder ontbrak. Zoveel gemoedelijkheid hing er in de lucht. We wasten onze handen in de keuken en werden terug de kamer ingejaagd, want Emma wilde beletten dat Maryse ook daar het werk van haar zou overnemen. We namen plaats in de zetel vlak bij het vuur en Maryse reikte me een leeg glas aan.

'Wat mag ik erin schenken?' vroeg ze en ze wees naar een assortiment flessen dat op een roltafeltje in de hoek van de kamer stond opgesteld.

'Wat kan je me aanraden?' vroeg ik.

'Elk kleurtje dat hier staat,' bekende ze lacherig haar onwetendheid.

Emma verscheen opnieuw in de kamer.

'Je vader wilde dat ik jullie bediende,' zei Emma.

Ze opende een gekoeld flesje Crémant d'Alsace en vulde onze glazen.

'Gelukkig, dan moet ik al geen kleur bekennen,' zei Maryse met een knipoog. Ze nam een extra glas van het rolwagentje en liet Emma een derde glas vullen.

'Wat zouden we zijn zonder jou?' legde Maryse meteen de tegenpruttelende Emma het zwijgen op.

'Op ons logeetje,' herhaalde Emma.

'Op een fijn weekend,' vulde ik aan.

'Meisjes, ik neem mijn glaasje mee, want als jullie nog eten op tafel willen krijgen, moet ik me daar nu dringend mee bezig houden,' zei ze en ze verdween weer richting keuken.

Ik gooide onder het goedkeurend oog van Maryse nog enkele houtblokken op het vuur en nam naast haar plaats.

'Je haren ruiken al helemaal naar de rook van het haardvuur,' zei Maryse, terwijl ze het haar dat op mijn schouders hing in haar hand nam en er aan rook.

Ik voelde me ongemakkelijk haar zo dicht bij me te hebben, maar verzette me geen meter.

'Dat gaat er wel weer uit,' antwoordde ik droog.

'Zet ik een grammofoonplaat op?' veranderde Maryse luchtig het onderwerp, 'een Mechelaar ofzo?'

'Een Mechelaar? Peter Benoit?' vroeg ik, me één van de Vlaamse componisten herinnerend.

'Nee, Beethoven,' zei ze.

'Dat is een Duitser!'

'Ja, maar hij stamt af van een Mechelse familie en eens Mechelaar...'

'Dan ben ik een Parisienne,' antwoordde ik fier.

'Ah ja?'

'Mijn overgrootmoeder was een Parisienne, dus ik stam af van een Parijse familie, en eens Parisienne, hoe ging het weer verder?' spotte ik.

'Bon, l'Allemand, alors?' zei ze gemaakt streng.

'Mais, volontiers,' probeerde ik guitig.

De muziek zoemde zacht op de achtergrond terwijl we samen aan tafel gingen. De avond kabbelde verder in een gezelligheid die ik in lange tijd niet meer had beleefd. We ruimden achteraf samen de tafel af en droogden zelfs mee de glazen, bordjes en kopjes af. Bij mij thuis was dit ondenkbaar. Mijn moeder voelde zich veel te belangrijk om in haar keuken mee te helpen. Het was dan ook ondenkbaar dat ik een voet in onze keuken zou zetten. Mijn moeder zag erop toe dat ik haar van een dergelijke vernedering zou besparen. Hier daarentegen werd het als een natuurlijke gang van zaken beschouwd. De Leuvense stoof die in de hoek van de keuken stond, gloeide nog steeds. Ik hing mijn natte vaatdoek na afloop over de kleine lichtmetalen staven die de weerszijden van de kachel als een soort balustrade omgordden, nadat ik Maryse hetzelfde had zien doen.

'Zal ik warm water voorzien om jullie later te verfrissen?' vroeg Emma.

'Zou je het bad willen vullen?' vroeg Maryse, 'Anne wil misschien wel even een bad nemen.'

'Voor mij hoef je die moeite niet te doen hoor. Een teil water volstaat.'

'Geen moeite, mijn kind,' zei Emma en ze opende met een metalen pook de kachel om een grote ketel water, die al gevuld klaarstond, op het open vuur te plaatsen.

'Ik heb heerlijke jasmijnzeep,' zei Maryse, 'die moet je beslist proberen.'

Ik stond verbaasd te kijken. Dit was niet de Maryse die ik dacht te kennen.

'Ik ontdek nieuwe interesses van jou,' zei ik verbolgen.

'Ik verplicht haar aandacht te hebben voor die dingen,' grinnikte Emma, 'als het aan haar lag, was elk stuk droge zeep meer dan goed genoeg.'

Maryse deed alsof ze zich betrapt voelde, hoewel ze er zichtbaar genoegen in schiep om Emma opnieuw te plagen.

'Ik roep jullie wel als het bad klaar is,' zei Emma, 'Maryse, leg jij het vuur aan in de slaapkamers?'

Ze knikte.

De vraag van Emma sloeg me met verstomming. De manier van leven in dit huis mocht dan toelaten dat er een grote openheid tussen het personeel en de bewoners bestond, er waren toch grenzen. Toen we even later in de slaapvertrekken stonden, duwde Maryse me de lucifers in de hand.

'Nu is het voor echt,' zei ze spontaan.

Ik stond wat houterig met de lucifers in de hand voordat ik ging zitten.

'Ik mag het toch eigenaardig vinden dat jij je zo laat aanspreken door Emma, nee?'

'Dat mag zolang je het daarbij laat,' zei Maryse die naast me plaatsnam en wat krantenpapier uit een houten kratje tot proppen verfrommelde om ze nadien een voor een in de kachel te mikken tot er een papierbodem ontstond.

'Ze is mijn moeder, Anne. Jij luistert toch ook naar jouw moeder.'

'Maar dat is ze niet,' zei ik.

'Hoe noem jij iemand die er altijd voor je is, die je opvoedt, die je warmte en genegenheid geeft, die je troost wanneer je verdrietig bent en die je de waarde van het leven leert?'

'Een moeder is iemand die je op de wereld zet,' zei ik.

'Moeder zijn is een rol. En de moeder die mij op de wereld heeft gezet, heeft een stuk van haar rol niet kunnen vervullen. Ik kan haar dat niet kwalijk nemen en ik zal haar ook nooit verloochenen als mijn biologische band, maar net zomin kan ik Emma als mijn moeder verloochenen om het andere deel van rol die zij in mijn leven speelt.'

'Ik denk dat maar weinig mensen je hierin volgen.'

'Dat hoeft ook niet. Het speelt zich ook niet af tussen andere mensen. Het speelt enkel tussen Emma en mij.'

'En je vader?'

'Mijn vader erkent de rol die ik haar toebedeel. We hebben het er nooit met zoveel woorden over, maar hij ziet hoe ik tegen haar doe en hij weet hoe zij tegen mij spreekt en dat maakt mij tot wie ik ben en daar is hij trots op.'

'Je bent een vreemd iemand, Maryse.'

'Daar waren we het toch al over eens, niet?'

Ze stond op en nam een klein houten kadertje van de schoorsteenmantel.

'Dit zijn ze alle drie op één foto.'

Ze wees haar moeder aan die arm tegen arm met Emma naast Henri stond.

'Uitzonderlijk beeld,' zei ik.

'Dat is het minste wat je ervan kan zeggen. Mijn vader vertelt altijd dat mijn moeder erop stond dat Emma naast haar zou plaatsnemen. Als je deel uitmaakt van een huisgezin, dan moest dat volgens haar ook in alles zo zijn.'

'Maar Emma wordt toch betaald om te doen wat ze doet!'

'Kost en inwoon. Dat is geschiedenis en wat de tijd met mensenlevens doet, Anne. Iets wat maar weinigen ooit zullen begrijpen.'

Ze zette het kadertje terug neer en knielde opnieuw naast me.

'Terug naar de orde van de dag,' zei ze.

Ik knoeide met de lucifers en maakte vooral veel rook met het krantenpapier. We hoestten en proestten tot de hele kamer in rookkringen dreigde te verdwijnen.

'Mijn moeder leerde me vuurtjes te stoken,' plaagde Maryse en ze duwde me zacht opzij om snel orde op zaken te stellen in de rokerige haard, waar het krantenpapier enkel wat gloeiende randen vertoonde en het aan de nodige vlammen ontbrak.

'Open je even een venster?' vroeg ze. Ik stond recht en trok aan de koperen hendel zodat het raam meteen openzwaaide. De rook verdween snel door de trekkende raamopening en Maryse toverde gezwind een brandende haard waarin het vuur algauw een aangenaam jagend geluid verspreidde.

Toen ik het raam opnieuw dichtduwde, klopte Emma om te zeggen dat de badkuip voor mij gevuld was. Ik volgde de twee door de gang. Het huis was groot, maar het had niet dezelfde statige uitstraling als het onze. De Perzische tapijten en smeedijzeren lampjes die overal in het huis als lampions verspreid stonden op kleine bijzettafeltjes, maakten het feëriek. Maryse toonde me de badkamer waar in de hoek drie kaarsstompjes dansende golven op de lichtblauwe tegeltjes toverden. Een zacht parfum van jasmijn werd samen met de damp die uit het bad omhoogkrinkelde in de kleine ruimte verspreid.

'Emma heeft hier al wat handdoeken klaargelegd,' zei Maryse terwijl ze in de richting van een hardhouten staander wees waarover de witte badlakens mooi gedrapeerd hingen.

'Zo veel moeite hoefde echt niet hoor,' zei ik.

'We hadden toch beloofd je in de watten te leggen,' zei Maryse verdedigend.

'En jij dan?' vroeg ik?

'Ik gebruik de teil water wel op mijn kamer.'

Ik herinner me dat ik bloosde en me schaamde voor de aandacht die ik kreeg.

'Kom, ik zal je helpen,' zei Maryse terwijl ze me op het houten krukje naast het bad neerduwde.

Ze hurkte neer en maakte de veters van mijn laarsjes los.

'Laat me maar,' zei ik.

'Linker!' negeerde ze me.

En ze trok een voor een mijn schoenen uit en schoof ze onder het badkamerkastje. Nadat ze me had rechtgetrokken, maakte ze mijn rok los en liet ze me eruit stappen. Ze herhaalde dit ritueel met mijn kousen die ze eerst van mijn benen stroopte. Ze haastte zich opdat ik niet te lang in de frisse badkamer moest staan vooraleer ik het stomende bad in kon.

Alsof ze de ervaring van een kleedster had, trok ze me dichterbij en knoopte ze langzaam mijn bloesje los. Ze orkestreerde mijn armen zodat ze in één vlotte beweging uit mijn mouwen gleden. Ze draaide me rond alsof ik een paspop was waar ze de kledij afwikkelde om ze te verstellen. Ze trok het lint naar zich toe waarmee het korset rond mijn lichaam vastgesnoerd was en ontwarde de strik achteraan op mijn rug tot het korset los kwam zitten. Een tinteling trok door mijn buik, terwijl de spanning van het korset rond mijn borsten helemaal verdween.

We zwegen allebei, terwijl ze met haar handen, dwingend maar zacht, verder richting gaf aan mijn lichaam. Ze nam mijn haren bij elkaar en stak ze vast in een knotje zodat ze niet verstrikt raakten in het losgehaakte lint. Ik voelde haar handen over mijn zij glijden, terwijl ze het korset over mijn hoofd omhoog duwde. Er verscheen kippenvel op mijn armen, toen ze haar handen op mijn heupen legde en me naar zich toe draaide.

'Ik zal voortmaken,' zei ze verontschuldigend.

Ik sloot mijn ogen, alsof ik me van mijn eigen naaktheid wilde afwenden, terwijl ze me uit mijn laatste stukken ondergoed hielp en me in bad liet stappen.

Ze goot wat extra welriekende olie in het bad.

'Geniet ervan,' zei ze.

'En jij?' herhaalde ik hakkelig, terwijl ik mijn hoofd tegen de badrand te rusten legde en mijn lichaam languit onder het waterdeken verdween om mijn ongrijpbaar gevoel te verbergen.

'Is er nog plaats bij je in bad?' vroeg ze heel serieus.

De aarzeling in mijn antwoord belette haar niet om toch gezwind met een grote speld haar haar op haar hoofd vast te steken en zich langzaam uit te kleden. Ik keek glurend over de badrand naar elk stukje dat ze van haar lichaam prijsgaf. De zachte rondingen van haar heupen, haar buik en de bleke borsten die strak haar bovenlichaam vormgaven, deden me ongemakkelijk slikken. Ik had nooit eerder een vrouwenlichaam naakt en zo dichtbij gezien. Ik voelde de schaamte die me eerder overvallen was nog sterker door mijn eigen lichaam trekken. Mijn benen trilden onder het wateroppervlak. Mijn hart bonsde onregelmatig in mijn borst. De spieren in mijn handen verkrampten toen ik probeerde recht te gaan zitten om haar plaats te geven. Ze stapte in het bad en plaatste zich met opgetrokken benen tegenover me.

'Jij bent echt een vreemd iemand,' zei ik, alsof ik dat nu pas echt voor bewezen achtte.

'Wat zouden wij nu voor elkaar horen te verhullen?' vroeg ze retorisch.

Ze had gelijk, maar ik had mijn preutsheid nooit eerder zo sterk present geweten als op dat moment. Ik had zelfs mijn eigen moeder in geen jaren meer naakt gezien. Dat gebeurde niet. Dat hoorde ook niet. Maryse was in alles anders. Of meer nog, ze deed opzettelijk haar best om in alles anders te zijn.

Mijn lichaam ontspande zich niet. Ik had het gevoel alsof ik als een massief blok onder water werd gehouden. De tellen van mijn adem waren de enige beweging die ik nog onder controle leek te hebben.

Ze strekte haar benen naast de mijne. Wringend. Onze huid tegen elkaar aan duwend. Dit onverwacht contact overviel me.

'En nu raken we hier nooit meer uit,' zei ze lachend.

Ik kruiste mijn benen om wat ruimte tussen ons in te proberen maken en het effect dat de aanraking op me had te verbergen.

Ze nam de spons van de badrand en het stuk zeep dat ernaast lag. Ze zeepte haar armen en borsten in onder mijn toezicht. Ze hield mijn blik vast in haar ogen.

'Zal ik je rug wassen,' vroeg ik stoutmoedig, terwijl ik de rust in mijn stem probeerde te bewaren.

Zonder te antwoorden, gaf ze me de spons en zeep aan en draaide ze zich om. Ze duwde zacht mijn benen uit elkaar en nam er tussenin plaats. De spanning in mijn lichaam was opgelopen tot bijna onhoudbaar. Toen ze zich verplaatste en haar lichaam het mijne raakte, schrok ik zodanig dat ik mijn armen in het water neersloeg en de halve badkamer onder de plassen zette.

'Gaat het, Anne,' zei ze terwijl ze zich terug naar me keerde.

Er prikten tranen in mijn ooghoeken en ik trilde onophoudelijk over mijn hele lichaam.

'Ik kan dit niet, Maryse,' zei ik en ik stond op uit het bad, sloeg een handdoek om me heen en liep de badkamer uit.

Toen ik in haar kamer voor het vuur ging zitten, kon ik mezelf niet tot bedaren brengen. Ik schokte en bibberde en niet van de koude. Even later liep Maryse de kamer in. Ze had haar nachtkleed en een kamerjas aangetrokken en vroeg of ze naast me mocht komen zitten.

Ik knikte en kroop diep in de handdoek die mijn naakte lichaam voor haar verborgen hield.

'Ik heb je nachtkleed meegebracht,' zei ze vriendelijk, 'Ik wilde niet…'

Ze stokte en legde haar hand op mijn schouder.

'Er is niets persoonlijks aan onze lichamen,' zei ze daarna zacht, 'Ze worden dagelijks door verschillende handen aangeraakt, naakt en gekleed. Het is ons hoofd dat jouw naaktheid voor mij en mijn naaktheid voor jou persoonlijk maakt.'

Ik stond op, nam het nachtkleed, keerde terug naar de badkamer en liet haar opnieuw achter. Even later stond ik terug in de kamer, gekleed en rustiger. Zij zat nog steeds op de grond voor de open haard. Ik ging naast haar zitten en legde mijn arm om haar zij en mijn hoofd op haar schouder.

'Mijn excuses, Maryse,' zei ik slikkend, 'maar ik ben bang.'

Ze legde op haar beurt haar arm rond me en zuchtte. We bleven zo een hele tijd in stilte tegen elkaar aangeleund zitten. Ik wist niet hoe ik mijn angst moest uitdrukken. Angst voor een vriendschap of angst voor de gewaarwordingen die deze vriendschap in me naar boven deden komen. Ik wilde me niet verzetten, maar ik was niet zelfzeker genoeg om deze vriendschap aan te kunnen. Maryse was mijn basis van bekoring, maar ik was haar niet. Ik was nog steeds mezelf. Ze nam mijn handen in de hare, zoals ze zo vaak deed. Ik keek haar aan.

'Je hoeft niet bang voor me te zijn, Anne,' probeerde ze me gerust te stellen, 'Ik wil je helemaal niet beledigen of kwetsen.'

'Ik ben niet bang voor jou,' fluisterde ik terug, 'ik ben bang voor mezelf.'

'Misschien van de verandering voor jezelf. Daar ben ik soms ook bang voor. Elke keer weer trouwens, als ik me in dat weinig flaterend schortje verstop. Maar verandering is ook boeiend. Je leert er respect mee te tonen. Je leert andere dingen te voelen. Je leert nieuwe mensen kennen. En staat open om iemand echt te kennen,' zei ze en ze gaf me een kus op het voorhoofd.

Ik voelde haar lippen op mijn voorhoofd nagloeien en kneep in haar handen.

'Je bestaat pas als iemand je begrijpt,' zei ze. 'Ik ben een meester in het maskeren van mijn kwetsbaarheid. Maar jij kijkt daar doorheen. Bij jou hoef ik niets te verbergen achter grootspraak en durf.'

Haar woorden maakten me ongemakkelijk en dankbaar tegelijk.

'Vind je het erg als ik terug naar huis ga vanavond?' vroeg ik.

Zij keek op haar beurt in mijn ogen alsof ze zelf even de weg verloren was. Er werd veel niet gezegd, omdat noch zij noch ik wist hoe of zelfs maar wat.

Ik kleedde me weer aan en werd even later met een koets thuis weer afgezet. Daar stelde niemand zich vragen. Ik ging naar boven, kleedde me voor een laatste maal die avond om en kroop alleen in mijn koude bed. De dag nadien trok ik de stad uit om ergens in een dorpje al die lichamelijke prikkelingen van me op te biechten. Ik wilde haar in het bad dicht tegen me aan voelen, haar huid tegen de mijne, niet wringend, maar zacht. Ik wilde haar strelingen voelen. Ik wilde haar warme handen op mijn lichaam laten rusten. In alle eerlijkheid wilde ik niet alleen dat zij mijn verlangen was, maar ik ook het hare. Toen het die avond leek alsof ook ik haar kon bekoren, verstarde ik. Want ik kon niet geloven dat zij echt zou kunnen verlangen naar mij. Ik wilde haar ook niet belasten met het gevoel dat ik zelf had. Een gevoel dat er ook geen is. Eén waar zelfs geen woorden voor bestaan. Ik biechtte de dag nadien in de woorden die ik kende. Ik sprak over lust en lichamelijk verlangen. Ik bekende dat waarvoor ik woorden had. Maar diep vanbinnen zat ik nog steeds met een gevoel waarvan ik de naam niet kende. De tijd zou wel raad brengen, dacht ik. Maar dat gebeurde niet. En toen er vorige week weer luidop over haar werd gesproken, tintelde mijn lichaam opnieuw. Even hevig als voorheen. De zogenaamde rust die in mijn lichaam sluimerde, werd er in één keer weggeslagen. De tijd had op dat vlak niets veranderd. De gedachte aan haar deed mijn zelfvertrouwen meteen groeien. Haar zien zou me misschien doen begrijpen waarom ze weg was gegaan. Maar ik wachtte niet graag. En haar verwachten maakte me onzeker. Ook het besef dat er zoveel anders was, stemde me weleens kribbig. Toch deed de tijd me vooral opnieuw lachen en zelfs dromen tegelijkertijd.

6

Net zoals een wilde kat die opgesloten wordt in een kooitje om haar rustig te kunnen temmen, was deze kamer haar bescherming. Ik eiste niets van haar. Ze moest even geen mannen meer paaien. Ze moest even niets meer. Ik gaf haar de bescherming van het warme nest. Maar zoals andere gekwetste vrouwen die haar hier in deze kamer voorgingen, zag zij dat zo niet. Ze kroop schichtig weg wanneer ik binnenkwam en een maaltijd neerzette op het houten tafeltje aan het venster. Ik zette het bordje met dikke sneden brood of een kommetje soep neer en legde er steevast een chocoladekoekje bij dat ik van thuis had meegebracht. Het was, net als met de kat in het kooitje, te vroeg om haar nu al te strelen. Ze herinnerde zich de slagen nog te goed. Ze zou toch maar vluchten. Ik vermeed ook elk oogcontact. Mijn staren zou haar opnieuw doen wegvluchten. Soms lag ze uren te rillen in bed, als een foetus opgerold onder haar deken. Ik wachtte geduldig tot zij er klaar voor was. Ik wilde het liefst bij haar in de buurt blijven voor het geval ze me nodig zou hebben, maar de andere mensen in het Gasthuis verdienden ook mijn aandacht. Sommigen raakten me meer dan anderen. Voor enkelen volstond hun verhaal om me meteen te raken nog voor ik me echt over hen kon of mocht ontfermen. Toen ik gisterochtend bij haar binnenkwam, zat ze in een hoekje van de kamer op de grond. Ze klemde haar armen rond haar opgetrokken benen, terwijl haar kin op haar knieën steunde. Ik praatte tegen haar. Op een zachte toon. Ik vertelde haar mooie dingen. Ik sprak haar over het stel musjes op mijn dakgoot elke ochtend, over hun zacht getjilp, over hun vrolijk gehuppel en het getik van hun kleine vogelpootjes op de dakrand. Ze staarde voor zich uit met een dofheid in haar ogen die getuigde van haar verslagenheid. Ze zuchtte diep, misschien omdat ze besefte dat de weg nog lang was. Soms hoorde ik haar krijsen, omdat ze door een aanhoudende misselijkheid overvallen werd. Ze braakte dan minutenlang om vervolgens uitgeteld te transpireren in haar bed met een opgekruld lichaam waarin ze zichzelf wilde verstoppen. Binnengaan en haar dan proberen te kalmeren door mijn armen om haar heen te slaan, hielp niet. Dat leerde de oefening mij al snel in zulke gevallen. Wilde katten krijg je niet rustig door ze op te sluiten. Om je meester van hen te maken, moet je hen vertrouwen schenken. De kooi is de bescherming van de kat, niet de meester die dat van zichzelf denkt. We zijn allen snel geneigd te denken dat we het bij het rechte eind hebben door ons intensief over hen te ontfermen, door naar hen te kijken en hen te willen ondersteunen door hen te omarmen, maar het meeste bereik je door zelf rust uit te stralen en afstand te bewaren. Keer op keer, dag na dag. Soms wurgt een liaan ongewild een sterke boom door hem alleen maar innig te omhelzen. Dit geldt ook voor mensen. Loslaten om te helpen, was nodig. Het hield me bezig en vergde ook veel van mijn energie. Maar ik kon zo moeilijk minderen. Ongeduldig wilde ik de dofheid uit haar ogen jagen en de vrolijkheid zien weerspiegelen. Toch wist ik dat enkel mijn volharding in het wachten en de inzet in mijn zorg zouden leiden tot succes. Wanneer ze een angstaanval kreeg die uit het niets opdoemde en ze met een rusteloos gevoel haar hoofd tegen de witgekalkte muur sloeg, ging ik binnen en ging ik vlak bij haar op de grond zitten. Ik praatte over alledaagse dingen in de hoop haar op haar gemak te stellen, haar herinnering aan te wakkeren over de schoonheid van het leven dat ze eens had gekend. Door op de grond te gaan zitten, toonde ik me klein aan haar. Ze hoefde geen schrik voor me te hebben, want ik torende niet als een alwetende boven haar uit. Ik was geen dokter in een witte jas die alle wijsheid in pacht bleek of dacht te hebben en geleerd wilde overkomen bij een patiënt die daar geen boodschap aan had. Ik was mezelf met mijn eigen gevoelens en mijn eigen praktijken. Ik stelde me niet hoogdravend op, hield me laag tegen de grond om uit mijn lichaamshouding te laten merken dat ze geen agressie van mij hoefde te verwachten. Wanneer ze een paar dagen na elkaar rustig op het bed bleef zitten of liggen terwijl ik de deur opende en binnenging, trachtte ik op ooghoogte toenadering tot haar te zoeken. Ik ging op het einde van het bed zitten en legde mijn handen in mijn schoot. Ik raakte haar niet aan, maar probeerde wel in haar ogen te kijken, knipperend en vaak nog wegkijkend om haar niet te bruuskeren. De dagen erna viel het me op dat ze zich geruster begon te voelen. De angstaanvallen verminderden, het trillen en het misselijk gevoel leken verdwenen. Toen ik even in de tuin op een bankje was gaan zitten, zag ik haar door haar venster naar buiten kijken. Ze had haar kamertje verkend en het haar eigen gemaakt. Het was haar terrein, een veilige plek waar ze om zich heen kon kijken en de wereld rondom haar in zich kon opnemen. Ik keek naar boven en glimlachte haar toe. De afstand liet toe om het contact rechtstreekser te maken. Ze glimlachte terug met het besef dat alles wat er rond haar gebeurde geen gevaar meer voor haar was. Ze stelde zich open en keek me aan als ik binnenkwam. Ze knikte als teken van dankbaarheid wanneer ik de gordijnen opensloeg en het zonlicht liet binnenvallen.

Op een ochtend greep ze mijn hand vast nadat ik langs haar aan het vierkante tafeltje, waar ze sinds enkele weken graag bleek aan te zitten, voorbij wandelde.

'Anne?' zei ze vragend, terwijl ze haar droge, door de dagenlange aanhoudende koorts, gesprongen lippen met haar tong bevochtigde.

Ik nam haar hand vast en ging naast haar op het andere stoeltje zitten.

Het had weken geduurd voor ze naar me toe kwam, maar zoals een kat die een gevoel van hernieuwd vertrouwen kent, zette zij de eerste stap en niet andersom. Ik knikte.

We zwegen allebei en bleven nog even met onze beide handen in elkaar gevouwen aan het tafeltje zitten. Dit was haar mijlpaal, onze mijlpaal. Het noemen van mijn naam. Tot een verder gesprek kwamen we niet. De kat bepaalt het tempo. Ik wilde niets forceren. Bij het verlaten van haar kamer legde ik mijn hand op haar schouder. Ze keek niet op, maar zuchtte diep. Ik trilde op mijn benen toen ik alleen op de gang stond. Ik liep de trappen af en wilde even de frisse lucht op mijn gezicht voelen. Het waaide hard. Ik leunde met mijn rug tegen de koele muur van het Gasthuis. Ik kon beter naar binnen gaan om geen kou te vatten, maar ik wilde dat de wind ook mijn gedachten even wiegde. De avond viel en de wind verzette zich tegen de stilte van het donker door hevig door de takken van de grote beuk die in het midden van het pleintje stond te jagen. Hij vocht even gierend tegen de nacht vol rust als een huilende baby in de verte tegen de slaap. Ik bleef koppig staan en vocht mee, mijn eigen onbegrijpbare strijd. Mijn handen voelden koud. Mijn mond droog. De wind beukte tegen mijn wangen en ook ik verzette me tegen de nacht, tegen de verbroken stilte die rust zou moeten brengen. Terwijl ik terugdacht aan de emotie die ik bij het horen uitspreken van mijn naam in me voelde uitbarsten, parelden er tranen in mijn ogen. De wind ging langzaam liggen en het kind in de verte leek gesust. Het eerste deel van de strijd was gestreden. Mijn strijd. Haar strijd. Ik keerde terug naar binnen.

Hoofdstuk 5: Maryse Gallant

1

Dobbelstenen luidden al eeuwen het begin en einde in van heel wat gebeurtenissen. *Alea iacta est.* Eens de teerling geworpen, was er geen weg meer terug. Onherroepelijk werd er iets in gang gezet door die ene die de gok wilde wagen. Soms denk ik dat het een overtuiging was. Een soort van willen geloven in een droom. Niet omdat het werkelijkheid zou kunnen worden, maar omdat het hoort bij de magie van de overtuiging. Het was zoals wedden tijdens de wielerwedstrijden. Je zat niet zelf op de fiets, maar zette wel al je geld in op die jonge snaak die de ziel uit zijn lijf reed, omdat zijn rugnummer net je geluksgetal was. Ik geloofde dat ik alles kon veranderen, zolang ik maar hard werkte en vooral logisch nadacht. Mijn waarheid was rechtlijnig en te vatten in zekere keuzes. Ik gokte ook weleens. En net als iedereen maakte ik denkfouten, omdat we niet alleen logisch denkende mensen zijn, maar vaker nog door onze emoties geleid worden. Normaal leer je uit wat misliep en onthoud je wat er goed ging. Bij gokken valt er echter niets te leren omdat het al dan niet succes boeken door het toeval bepaald wordt. Goed of niet goed gegokt hebben, kan je doen geloven in de invloed die je had op het spel. Je verliest de controle over de werkelijkheid. Hoe meer op het spel staat, hoe meer opwinding. Ik liet me meeslepen in het spel, niet alleen om te winnen, ook voor de verwondering van de magie. Het succes op het gevoel. Misschien kon dat gelden als verklaring voor mijn goedgelovigheid die voor velen onbegrijpelijk, doch onherroepelijk was.

2

Afstand in tijd is wat ik hem verweet. Het duren van de uren, als in een eeuwigheid. Ik beet op mijn nagels en telde af naar zijn komst. Ik had geen besef van weken of van maanden. De dagen en de nachten waren voor mij een aaneenschakeling van vage periodes die in elkaar overvloeiden en eindeloos door leken te gaan. Ik herkende de seizoenen enkel nog aan de hitte in de achterkamers. In de winter door de kachels die hevig opgestookt werden om de salon vooraan te verwarmen. In de zomer door de warmte die in de kamers sloop via vensters en kieren. Lente en herfst leken niet meer te bestaan. Ik vergat hoe een onweer rook na een te warme lentedag en hoe de herfst zich als een bladertapijt op onze boulevards te rusten legde, in afwachting van de winter. Ik vergat welk jaar we waren. En welke de dagen waren die voorbijgingen. Het enige dat ik probeerde, was mijn hoofd helder genoeg te houden om te beseffen dat hij terug zou komen.

Want, dat zou hij doen. Het was het enige waaraan ik me kon vasthouden.

'Juffrouw Gallant, ik beloof u dat ik u zal helpen,' stotterde hij.

'Je moet, echt je moet. Ik heb me vergist en ik moet hier weg.'

Ik nam zijn hand vast om nooit meer los te laten en keek hem strak aan.

'U kunt op mij rekenen,' zei hij, terwijl hij de verlegenheid waarmee hij de woorden formuleerde in zijn trage spreken trachtte te verbergen.

Ondertussen kon ik alleen maar wachten. Wachten op de jongen die ik me uit het verleden herinnerde. Meteen. Bij de eerste oogopslag. Geen twijfel. Ik herkende hem aan zijn gebalde vuisten die hij als een soort verweer naast zijn lichaam hield, klaar om toch nooit te vechten. Hij was niet charismatisch, hoewel zijn uiterlijk het tegendeel probeerde te bewijzen. Zijn lichaam torende gespierd boven iedereen uit. Zijn weelderige zwarte haren deden een zuiders temperament vermoeden. Wanneer hij als een standbeeld voor zich uitkeek, had menig mens ontzag voor hem. Maar zijn tred verraadde zijn onzekerheid door de manier waarop zijn benen hem als een ledenpop bewogen en zijn haren oncontroleerbaar deden opspringen. Hij stond tegen de comptoir aangeleund met zijn armen gekruist over zijn buik. Ik benaderde hem, alsof ik hem wilde verleiden. Het moest nu, misschien zag ik hem nooit meer terug. Al mijn hoop legde ik in zijn handen. Zijn geschrokken blik rustte in mijn ogen. Hij wist ook wie ik was. Ik streelde al spelend met een glas Veuve Clicquot langs zijn lippen. Zijn ogen vergrootten.

'Juffrouw, ik …,' haperde hij terwijl zijn adamsappel zenuwachtig op en neer sprong.

'Hier ben ik ook de baas,' onderbrak ik hem op een toon die ik met spanning acteerde, 'Volg me.'

Madame Elsa, die me bezig hoorde, grijnsde goedkeurend.

Ik trok hem bij zijn vest mee naar achter in het salon en duwde hem in een zetel.

Gezwind spreidde ik mijn benen over de zijne en ging zitten op zijn schoot.

'Juffrouw, ik kan dit niet betalen,' fluisterde hij verlegen.

'Er valt niets te betalen,' zei ik.

Ik legde zijn ruwe handen rond mijn middel. Hij schuifelde ongemakkelijk onder mijn gewicht en wilde zich verzetten tegen mijn vleierijen. Zijn ooglid trilde. Hij zocht naar woorden maar het werd niets meer dan wat gehakkel in onafgemaakte lettergrepen.

'Stil,' zei ik in zijn oor, terwijl ik voor het oog van de anderen in zijn oorlel beet, 'Ik ben de dochter van Henri Gallant. Ik ken de kade, ik ken de schepen, ik ken jullie, ik ken jou. Jij bent de zoon van Victor Smits. Sinds je vader een ongeluk heeft gehad op de kade, heb jij zijn werk overgenomen. Je was een buildrager, een dokwerker die het harde werk van het laden en lossen van de schepen voor de naties achterliet om bij ons mee in het personenvervoer te werken.

Je ziet er robuust uit. Een echte zeebonk, maar je bent een zacht eitje. Je leeft voor je familie, doet alles voor je broers en zussen. Je bent een jongen met het hart op de juiste plaats. Je moet me hieruit halen. Ik wil terug naar huis. Dit is niet de uitweg naar een vrijer leven. Hoewel ik nog steeds wil geloven dat die uitweg wel bestaat. Neem me vast en kus me in mijn nek,' beval ik hem.

Onhandig maar gedwee deed hij wat ik hem opdroeg.

'Maar wat kan ik voor u doen, juffrouw? Uw vader is er niet meer.'

Ik duwde hem van me weg en hield hem bij zijn schouders vast, zodat onze ogen lijnrecht tegenover elkaar stonden. Zijn pupillen verkleinden in het flakkerende kaarslicht. Ik negeerde de blikken van de anderen.

'Hoezo?'

Een stekende pijn stak op in mijn hoofd. De helderheid die me eerst was overvallen, zinderde weg. Ik zette het glas Veuve Clicquot aan mijn lippen en dronk het leeg. Ik voelde hoe de prikkeling mijn verdoofde keel wakker tintelde. Ik had willen roepen om mijn onmacht, om mijn fouten, maar ik zweeg. Ik kroop van hem af en ging naast hem op de bank zitten. Hij knelde zijn handen veilig tussen zijn benen. Madame Elsa kuchte terwijl ze ons voorbijging. Prompt vlijde ik me terug tegen de jongeman aan om geen argwaan te wekken.

'Hij is vertrokken naar Amerika.'

Ik keek hem aan. Hij sloeg meteen zijn ogen neer. Een mengeling van verbazing, verwarring maar ook opluchting overviel me.

'Je moet me helpen,' zei ik.

Ik kon hem geen geld of rijke verloningen waarborgen. Evenmin een toekomst die er beter zou uitzien. Ik wist zelf niet wat ik hem kon bieden, mocht het lukken. Maar hij wilde me helpen, zonder vragen en zonder meer. Ik gaf hem de opdracht Alex Hennaud te zoeken en hem te vertellen dat ik hier was. Of Alex de aangewezen persoon was die me nu zou kunnen helpen, wist ik niet. Ik kon alleen maar hopen dat hij zo onbaatzuchtig zou zijn om toch iets te doen. Er was iets dat ons verbond. De jongen stond stuntelig recht, stootte bijna nog een vaas met bloemen omver en verliet de salon. Madame Elsa zeurde nog wat tegen me omdat ik die klant had laten gaan. Maar ik wist haar te sussen door me meteen op een andere te werpen.

De routine van de dagen die onopgemerkt de nachten afwisselden en andersom, zette zich verder. Soms verloor ik mezelf in een teveel aan laudanum om toch maar weer even het leven te vergeten. De zachtheid van de roes had ik met de tijd leren waarderen. Maar ik herpakte me, mijn eigen woorden herinnerend. Ik zou erin slagen hieruit te geraken. En hij kwam terug. Verschillende avonden. De eerste keren negeerde hij mij. Zijn broer was er niet meer bij en alleen leek hij zich nog meer verloren te voelen. Dit was niet zijn wereld. Hij wist niet hoe zich erin te bewegen en te gedragen. Maar hij probeerde, voor mij. Ik bleef ondertussen ook het spel spelen dat van me verwacht werd, net als de andere meisjes. Ik stiftte mijn lippen rood tot een ordinaire *m'as-tu vu* die grotesk haar rok optilde en haar onderrok wulps in de wind van de openslaande deur liet wapperen. Ik hing aan de armen van fel bezwete legionairs of mannen in nette kostuums met vlinderdas die mij veelal deelden met nog een andere schone. Ik werd overladen met mooie en minder mooie woorden. De ene week de protegee van de ene, de andere week de slaaf van de andere.

'Ruwe diamant, je hebt me bedwelmd!'

'Schoonheid, ik kan niet meer zonder jou!'

'Hoer, doe waarvoor ik je betaal!'

Ik liet hun gezwets allemaal over me heen gaan en hield me vast aan de gedachte dat het maar voor even meer was.

De jongen liet zich in met meisjes wiens ervaring even beperkt was als die van hemzelf. Hij droeg een net kostuum en betaalde vlot de drank die op de tafels verscheen. Ik volgde zijn doen en laten. Ik probeerde het plan te begrijpen. Maar ik zag niet in hoe hij me op deze manier kon helpen. De weken kropen weer voorbij. Ik had hem al een hele tijd niet meer gezien. Het maakte me onrustig. Misschien was ik te goedgelovig om mijn hoop op zo'n jongen te stellen. Als ik me na een nacht van aandacht geven, terugtrok in mijn beddenbak voelde ik de inwendige wonden opnieuw openscheuren. Dan huilde ik uren aan een stuk.

Tot hij op een avond naar me toe kwam en me uitnodigde om met hem in de salon plaats te nemen.

'Juffrouw Gallant,' zei hij, 'Mijnheer Hennaud gaat u helpen.'

Ik verbeet mijn tranen uit blijdschap en uit ongeloof. Hij sprak me aan. Dan toch. De tijd had die hoop haast volledig uitgedoofd.

'Wat moet ik doen?' vroeg ik.

'Ze willen u hier weg. Dat heb ik opgevangen toen Madame Elsa met die oudere man aan de comptoir stond te overleggen. Ik moest van mijnheer Hennaud hier enkele weken regelmatig komen om te zien hoe we u hieruit zouden kunnen halen. Hij gaf me geld en leende me dit kostuum om minder op te vallen tussen de andere mannen. Toen ik hem vertelde dat ik had gehoord dat ze u wilde verkopen, ...'

'Verkopen?' onderbrak ik hem.

'Sst, zo dadelijk hoort iemand ons nog.'

Ik ging dichter tegen hem aanzitten en speelde met de knoopjes van zijn openhangende vestje.

'Vertel verder,' zei ik.

'Mijnheer Hennaud heeft me een enveloppe met geld gegeven om te horen van Madame Elsa wanneer ze u op de trein zouden zetten. Ik wist niet dat ze die informatie zo snel zou geven. Misschien zag ze geen gevaar in mij. Ik zei haar dat ik uw liefde wilde kopen en dat ik met u naar de andere kant van de wereld wilde reizen. Of ze dat nu geloofde of niet, kon ik aan haar gezicht niet zien. Toen ze de enveloppe had geopend, twijfelde ze niet lang om mij te zeggen dat ze u vrijdagochtend om 17 na 6 op een trein zouden zetten. Ze zei me niet welke trein. Ik heb er ook niet naar gevraagd. Mijnheer Hennaud had me gezegd dat ik haar kon beloven dat ze achteraf nog extra beloond zou worden. Maar dat als het niet waar was, ik de oudere man zou vertellen van haar oplichterij.'

'Welke oudere man?' vroeg ik.

'Die man die altijd bij u is,' antwoordde hij, 'Hij lijkt een rol te spelen in uw verkoop.'

Ik slikte en probeerde mijn kalmte te bewaren.

'En nu?' vroeg ik.

'Nu komt alles goed,' zei hij, 'Dat zijn de woorden van mijnheer Hennaud.'

Ik legde mijn wang tegen de zijne. Hij voelde zich ongemakkelijk. Dat merkte ik aan hoe hij verstijfde wanneer ik hem nog dichter tegen me aandrukte.

'Dit moet niet, juffrouw,' zei hij, 'ik wil geen misbruik van u maken.'

'Neem me alsjeblief even vast,' vroeg ik, 'oprecht, zoals mensen dat meer zouden moeten doen.'

Hij nam me in zijn sterke armen. Op dat moment geloofde ik voor het eerst dat alles inderdaad goed zou komen. De mantel die om me heen werd geslagen toen ik die vrijdagochtend aan het station uit de chaos werd geplukt, bevestigde mijn geloof in een betere toekomst. Het was niet meer het plannetje zoals de jongeman het me stap voor stap had uitgelegd. Het was echt nu. Ik ademde de lucht meermaals achter elkaar in om de geur van de stad diep in me te zuigen. Omstaanders keken verbaasd. Politiemensen liepen om ons heen. Er werd in de verte getrokken en geduwd. Ik werd meegenomen en zag vanop een afstand hoe Madame Elsa en de man met de lange jas in de boeien werden geslagen. Ik werd ook aangestaard. Maar het gleed allemaal van me af. Ik voelde enkel het opkomende zonlicht op mijn gezicht gloeien. Even later hielp Alex Hennaud me in een koets die in een zijstraat stond te wachten. Hij zette zich tegen me aan en hield me de hele rit stevig vast, zoals de jongen die me bij Madame Elsa kwam opzoeken had gedaan. Het vertrouwen groeide met de druk van zijn arm rond mijn lichaam. Ik keek door het raampje naar buiten. De geluiden van de stad waren oorverdovend dichtbij. Een hevige vermoeidheid overviel me. Alex hield me wakker door stil tegen me te praten en me te zeggen dat we er bijna waren. Na een korte rit stopte de koets. We stapten uit en wandelden in de richting van het Gasthuis. Met moeite bleef ik overeind staan. Alex ondersteunde me en droeg me op het einde tot aan de grote poorten van het Gasthuis. Ik stelde geen vragen over het Gasthuis en was al blij dat ik de confrontatie met mijn vader niet aan moest gaan.

'Je hebt verzorging nodig,' zei hij.

We werden verwelkomd door een oudere vrouw in een katoenen schort die meteen herinneringen opriep. Ze nam me mee naar een plaats waar ik mocht toegeven aan de slaap die me al die maanden was ontnomen. Alles werd voor me gedaan. Ik kreeg een kamertje apart wat naar ik wist uitzonderlijk was. Gewoonlijk legden ze alle vrouwen samen op grote koude slaapzalen in armzalige bedjes waar ze een povere verzorging kregen. Mensen met geld, en die waren hier in de minderheid, konden zich een betere maaltijd aanschaffen of konden zich medicijnen veroorloven. De anderen moesten het stellen met wat er beschikbaar was. Toen de zuster me alleen achterliet, voelde ik me in de stilte troosteloos, alleen en bang. Het plots oncontroleerbaar trillen van mijn hele lijf gaf me bovendien een draaierig en onpasselijk gevoel. Ik nam mijn benen vast en probeerde mijn lichaam stil te houden. Uiteindelijk heb ik toch de slaap gevat, want toen ik wakker werd, zat Anne op een stoel in de hoek van de kamer naar me te kijken. Ik schrok toen ik haar zag, terwijl ik net blij had moeten zijn. Een vertrouwd gezicht. Een herinnering aan betere tijden. Maar ik zweeg en kroop weg. Ze respecteerde mijn afstand, die ik zelf met de tijd wel zou overbruggen. De volgende ochtend klopte iemand op de deur. Ik schrok van het geluid en trok het laken tot aan mijn kin. De deur ging open.

'Maryse,' zei een stem wiens vertrouwdheid me spontaan deed huilen. Tranen die mijn hart voor het eerst geen pijn meer deden.

'Emma,' bracht ik met moeite haar naam uit.

Ze kwam meteen bij me op bed zitten en nam me vast. Ik stopte niet met huilen. We zaten zo een hele tijd bij elkaar, zonder iets te zeggen. De zoete geur van verse confituur hing in haar haren. Ik glimlachte voor deze kleine heerlijkheid die onveranderd was.

'Ik ben zo blij dat ik je terug bij me heb,' zei ze.

Ik trok haar dicht tegen me aan. De verloren maanden hadden me sprakeloos gemaakt. Toen ik toch iets probeerde zeggen, zei Emma: 'Zeg maar niets, schat. Er is nog tijd.'

Ik bleef glimlachen en huilen tegelijkertijd.

'Juffrouw Anne is me komen halen,' zei ze, 'Ik neem je mee naar huis lieverd.'

'Maar ik ben zo misselijk en zo vaak ziek,' zei ik.

'En ik ben er om voor jou te zorgen,' antwoordde ze.

Ze hield haar arm rond mijn middel geklemd, net alsof ze wilde voorkomen dat ze me opnieuw zou kwijtspelen.

'Mijn lieve Maryse,' zei ze zuchtend en ze streelde liefkozend over mijn wang.

'Er is nog zoveel te vertellen,' zei ik.

'Dat hoeft nu niet,' zei ze.

Ze nam de grote stoffen tas die ze had meegebracht en haalde er één van mijn jurken uit.

'Laten we je eerst eens wat opknappen,' zei ze op haar vrolijke manier, alsof er niets gebeurd was.

Ze kleedde me, kamde mijn haren en stak ze op in een dotje. Bij elke handeling vond ik mezelf iets meer terug.

'Hier is ze weer,' zei ze alsof ze mijn gedachten kon lezen, 'Laten we gaan.'

Ze nam mijn hand, trok me dichterbij en haakte haar arm in de mijne. Samen wandelden we door de grote gangen van het Gasthuis. De koele lucht in de gang overviel me. Ik was het niet meer gewend om koude te voelen. Buiten scheen de zon al hevig aan een staalblauwe hemel. De koetsen en karren zorgden voor drukte in de straten. Ik bleef dicht bij Emma en keek wat schichtig rond, bang dat iemand van in de salon me zou herkennen. Maar niemand keek op. Iedereen leek onderweg in zijn eigen leven. We wandelden langs het station en door de drukte van de Pelikaanstraat. Dezelfde sjacheraars boden er nog steeds dezelfde koopwaar aan.

'Ik haal nog even wat beleg bij de slager,' zei Emma.

Waar ik vroeger met plezier buiten wachtte om de mensen om me heen gade te slaan, ging ik nu met haar naar binnen. Ik bleef vlakbij haar staan, met mijn ogen naar de grond gericht. Toen de deur van de winkel achter ons in het slot viel, nam ik geschrokken haar hand vast. Ze nam me bij de arm en stelde me gerust. Ik liep heel de weg naar huis naast haar, zoals een trouwe hond.

'Ga wat in de tuin zitten,' zei ze. 'Het zonlicht zal je goed doen.'

Ik nam plaats in de rieten stoel die ze al voor me klaar had gezet onder de appelboom. Alsof er nu pas echt een zware last van me was afgevallen, viel ik meteen in slaap. Een rustige slaap, niet zo één waar ik bang wakker schrok van het minste geluid. Maar één waaruit ik moest gewekt worden.

'Een theetje?' fluisterde Emma zacht in mijn oor.

Ik opende mijn ogen en glimlachte. Zelfs al was ik reeds heerlijk door de zon verwarmd, een kopje van haar hand kon mijn hart toch nog meer verwarmen.

Ze haalde binnen het kleine dienblad en plaatste het op het smeedijzeren tafeltje. Ze schonk een kopje voor mij en voor zichzelf in.

'Het is hier veranderd,' zei ze.

Ik denk dat ze misschien hoopte dat ik iets kon vertellen, maar dat kon ik op dat moment nog niet.

'Je vader is naar Amerika vertrokken, nadat hij alle geloof in jouw terugkeer verloren was. Maar hij stelt het goed,' ging ze verder. 'Hij schreef me over zijn nieuwe leven en zijn nieuwe thuis.'

Het woord 'thuis' deed me rillen.

'Komt hij niet meer terug?'

'Je zult hem moeten schrijven, Maryse. Hij moet weten dat je terug bent.'

'Misschien wil hij dat wel niet weten. Niet na alles wat er gebeurd is.'

'Hij heeft altijd voor je gekozen, ondanks alles.'

'Hij is mijn vader niet,' zei ik.

'Wat zeg je nu? Zoiets mag je toch niet zeggen.'

'Hij is het niet,' zei ik.

'Wat is een vader?' vroeg Emma.

Ik haalde mijn schouders op.

'Hij is jouw vader, meer dan ik ooit een man vader heb zien worden,' zei ze.

'Waarom?'

'Omdat hij van haar hield.'

Ik vouwde mijn handen in elkaar en zetten mijn handen tegen mijn lippen alsof ik mezelf het zwijgen wilde opleggen.

'Eduard Matthieu heeft het me gezegd.'

Emma keek me aan, klaar om mijn verhaal te horen.

'Hij noemde me een bastaardjong,' zei ik.

'Het is een valsaard, een doortrapt figuur,' zei Emma, niet verrast om wat ik zei.

'Maar het is waar.'

'Hij maakt families kapot. Hij is een schande voor de wereld.'

'Negeer me niet' zei ik.

'Ja, het is waar.'

'Wist iedereen dit dan?'

Ze knikte.

'Je moeder heeft het aan mij en je vader verteld. Je vader is een sterk man. Hij koos niet voor het gevecht, wel voor de liefde. We waren allemaal slachtoffer van de handelingen van een onmens.'

'Hoe heeft hij dan al die jaren naast hem en met hem kunnen werken?'

'Omdat hij jou had, een kleine weerspiegeling van de vrouw die hij zelf zo lief heeft gehad. Jou kwijtraken was het ergste wat hem kon overkomen. Er bestaat geen duivelser figuur dan Eduard Matthieu.'

Ik zag het leed in de ogen van Emma en kon haar niet vertellen wat die duivel met me had gedaan. Ik heb toen en voor altijd uitgemaakt dat die man mijn familie niet nog meer zou kwetsen. Want dat was Emma en dat was mijn vader. Het was niet het bloed dat de band schepte, wel de aanwezigheid van onvoorwaardelijke liefde. Met die gedachte ben ik grootgebracht en het leven had me er alleen maar bewijzen van geleverd.

'Ik ga een brief schrijven,' zei ik.

'Je bent een engel, Maryse. Een echte, die in ons midden is teruggekeerd.'

Ik nam haar hand en legde hem in mijn schoot.

'Jij bent mijn familie en ik kan niet ophouden jou graag te zien,' zei ik.

Ze greep mijn handen stevig beet en kneep erin alsof ze me nooit meer zou loslaten.

'Onze thee wordt koud,' zei ik met een glimlach.

'Dat smaakt ook,' zei ze en ze gaf me een kopje.

3

'Ik heb je gemist.'

Het was alsof de wind het me zei. De afgelopen weken had ik niets anders gedaan dan stukjes stad verkend, als een nieuweling. De eerste dagen aan de zijde van Emma, nog steeds bang dat iemand me zou herkennen. Tot ik besefte dat niemand zou toegeven me te herkennen. Ik zocht mijn weg in de smalle straatjes, las de straatnaambordjes hardop alsof ik ze wilde memoriseren en voelde aan de zandstenen muur van de kathedraal en de smeedijzeren hekjes rond de tuinen van de stad.

'Ik heb je gemist,' zei de wind nu luider.

Ik keek opzij en zag Anne staan.

'Ik ontdek de stad opnieuw,' zei ik.

Ze ging naast me op de bank zitten.

'Er is niet veel veranderd,' zei ze.

'Je bent te geconditioneerd om de veranderingen te zien,' zei ik.

Ik merkte dat ik haar mogelijk met deze woorden beledigd had, maar ik hernam ze niet om ze fijngevoeliger te laten klinken.

'Had ik geweten waar je was, ik was je zelf komen halen,' zei ze.

'Wellicht,' zei ik.

'Kom je morgen naar ons banket?'

'Nee,' antwoordde ik.

'Ernest zou het nochtans erg op prijs stellen. En ik ook,' voegde ze er zachtjes aan toe.

'Nee, echt niet,' zei ik.

'Loop ik een eindje met je mee?' vroeg ze.

'Ik blijf hier nog wat zitten,' zei ik.

Ze stond op en maakte aanstalten om verder te gaan.

'Je bent egoïstisch, maar dat mag. Ik ben dat ook. Je moet dat zijn. Zeker nu.'

Ik keek haar aan en zweeg.

'Goed dan, tot ziens,' zei ze.

Ik nam geen afscheid. Ik hield mijn blik op oneindig. Toen ik even later opkeek, was ze uit het zicht verdwenen. Ik zette mijn wandeling door de stad verder. Elke dag een straatje verder, meer verwijderd van de huisdeur die me op het einde van mijn wandeling weer een geruststellend gevoel gaf. Het lantaarntje boven de deur toonde me, ochtend en avond, als een lichtbaken de weg naar mijn veilige haven. Ik liep vol verwondering langs het station dat steeds meer de vorm van een volwaardig paleis begon aan te nemen. De koepel schitterde in de zon wanneer ik erlangs wandelde. Net zoals het bouwwerk meer en meer vorm begon te krijgen, kreeg ik opnieuw het gevoel dat ik in deze stad thuishoorde. Met een herwonnen zekerheid zette ik stappen. Het geluid van de fietsbel van de postbode deed me niet meer schrikken. Het plotse geroep, van de ene naar de andere kant van de straat, door mensen die elkaar herkenden, deed me niet langer ter plekke verstijven. Ik kon met elke nieuwe week meer genieten van een marktdag waar schreeuwen de norm was. Ik durfde stil te staan tussen het gekakel van kippen die er in rennen scharrelden zonder zelf als een kip zonder kop weg te willen vluchten. Ik kon marktzangers die gewapend met hun gitaar langs de kramen walsten, glimlachend begroeten en hun slinks geworpen handkussen weer met wat rood op mijn wangen ontvangen. Ik groeide. Letterlijk. Mijn gekromde rug rechtte zich langzamaan weer. Na een tijdje hield ik me niet meer vast aan de bakstenen van de huizen, alsof ze mijn enige steun waren in mijn tocht door de stad. Ik voelde me geen opgejaagd wild meer waar menig jager zijn jachtgeweer op gericht hield wanneer het zich te ver van de kudde verwijderde. Ik twijfelde niet meer om verlaten pleinen over te steken. Ik kwam los van de kanten en de hoeken van de straten en de huizen. Ik liet mijn schouders zakken, duwde mijn borst vooruit en kon weer parmantig over de Meir flaneren. Het had lang genoeg geduurd. De stad was weer de mijne. De straten weer vertrouwd. Ik voelde dat ik bestond.

Er werd gebeld. Op dit uur kon het de postbode of de melkboer zijn. Met twee snelle passen, was ik net voor Emma bij de deur.

'Dag Maryse,' zei Anne.

'Kom erin, mijn kind,' zei Emma en ze duwde me zacht maar dwingend opzij om plaats te maken. Anne bleef staan.

'Ik wil je iets zeggen,' zei ze tegen me.

Ik wenkte haar met mijn hoofd mee naar binnen. Alsof ze had gewacht op mijn teken, volgde ze me naar de woonkamer. Ze hield haar tasje stevig vast, zoals ze altijd al had gedaan en maakte geen aanstalten om haar mantel uit te doen. Emma verdween in de keuken.

'Wil je zitten?' vroeg ik.

'Ik weet niet goed wat ik wil. Ik moet je gewoon iets zeggen,' herhaalde ze.

'Zeg maar,' zei ik, iets onverschilliger dan ik het wilde laten klinken.

Ik wandelde naar de kachel die opgeblonken stond te wachten op frisse zomeravonden en leunde tegen de marmeren schoorsteenmantel die koud aanvoelde aan mijn blote onderarmen.

Het bleef stil.

'Ik meende wat ik je gisteren zei, maar ik wil toch iets verduidelijken,' zei ze.

'Je hebt me doen nadenken,' zei ik, 'Het gebeurt niet elke dag dat iemand je egoïstisch noemt. Misschien ben je niet de enige die daar zo over denkt.'

'Jij bent mijn kopje thee,' zei ze.

'Ik heb lange tijd niet meer geweten wie ik ben en wie de mensen rondom mij zijn,' zei ik. 'En nog heb ik mijn twijfels bij sommigen.'

'Jij bent mijn basis,' zei ze. Ze stond nog altijd als verstijfd in de deuropening. Ik liep in haar richting, stopte halverwege en bleef onwennig staan. Gescheiden door Madame Elsa. Vervreemd door de tijd.

Een traan ontsnapte uit haar rechterooghoek.

'Kom,' zei ik.

Ze slikte haar tranen weg en kwam dichter bij me staan. De onwennigheid bleef. Als twee vreemden stonden we tegenover elkaar, evenwel te dicht om vreemden te zijn en te onbehouwen voor het verleden dat we deelden.

'Ik denk niet dat ik het nog langer kan volhouden. Mijn hoofd barst en mijn hart breekt elke keer als ik moet zwijgen. Ik kan het niet meer, Maryse. En ik begrijp al helemaal niet dat jij dat kunt.'

Ze huilde.

'Het is wat het is,' zei ik terwijl ik opnieuw een stap achteruit zette. Ik begreep dat wat er gebeurd was ook voor haar geen geheim meer was.

'Wat nu?'

'Niets.'

'Maar Alex wil hem aan de schandpaal nagelen.'

'Alweer dan?' grijnsde ik, 'Dat haalt niets uit. Er zal wel weer ergens een goddelijke hand opduiken die hem zal beschermen tegen elke vorm van schande.'

'Heb je je vader al gehoord?'

'Ik ben van plan hem te schrijven en overweeg om naar hem toe te gaan.'

Ik zag aan de manier waarop ze haar ogen neersloeg dat ze haar teleurstelling wilde verbergen. Toch kon ik me er niet toe bewegen om haar vast te nemen en te zeggen dat alles wel weer zou overwaaien.

'Wat wil je daar gaan doen?' vroeg ze.

'Dat weet ik nog niet. Ik wil gewoon eens een andere hemel zien. Onbekende dromen najagen.'

Ik zag haar slikken, alsof ze zich voorbereidde op een weloverwogen reactie. Er verscheen ook kippenvel op haar armen en haar bleke teint werd als het ware nog bleker, maar ze reageerde niet.

'Zal ik Emma een kopje thee laten maken? Even terug naar de basis,' probeerde ik de stroefheid uit de conversatie te halen. Omdat ik het wilde, of omdat ik dacht dat zij het wilde. Eigenlijk wist ik dat zelf niet.

Ze ademde diep in en uit en zei: 'Laten we beginnen met de basis.'

Ik verliet de kamer en ging naar de keuken. Toen ik de beige keukendeur met lichtgele glasraampjes opende, kwam een zoete geur van rode appelmoes met een heerlijk gekarameliseerd korstje mij al tegemoet. Emma was een feestmaaltijd aan het bereiden en dat zonder reden. Enkel omdat een mens toch moet eten en het dus beter lekker kan zijn. 'Ik moet er toch ook plezier aan beleven om het te maken,' zei ze dan. Ze had gelijk. Geluk zit in de dingen, die we dagelijks doen. We moeten niet buitensporig proberen te doen. Misschien weet Emma veel meer van geluk af dan ik. Misschien zit geluk inderdaad in het maken van rode appelmoes met een korstje uit de oven.

'Je zoekt mij of je wil al eens in mijn potten komen neuzen,' zei Emma terwijl ze haar hoofd uit de deur van de achterkeuken stak.

'Ik zocht jou inderdaad,' zei ik.

'Thee voor juffrouw Matthieu?'

'Ja, inderdaad.' zei ik.

'Geluk zit in thee,' knipoogde ze. 'Ik kom hem zo brengen.'

Ik fronste. Emma glimlachte. Sommige huizen hebben een engelbewaarder, wij hebben onze eigen huisfilosoof, hoewel ik het opzet van haar filosofie niet altijd begrijp.

Ik keerde terug naar de salon.

'Gaat het al wat beter?' vroeg ik toen ik binnenkwam.

Anne had haar mantel over de zetel gehangen en haar tasje neergelegd. Zelf stond ze nog altijd rechtop, haar handen op de rugleuning alsof ze nog steeds naar een houvast zocht.

'Ik wilde maar zeggen dat ik je nog altijd erg graag heb,' zei ze, terwijl ze zich omdraaide toen ze de deur hoorde opengaan, 'Ondanks alles.'

'Ik ook, Anne,' zei ik.

Emma was ondertussen binnengekomen en had de theekopjes op de tafel gezet en ingeschonken. Ik nam een kopje en gaf het aan Anne.

'Wat met je dromen hier?' vroeg Anne. Ze nam een slokje en zette het kopje op het houten bijzettafeltje neer.

'Uitgeveegd,' zei ik.

'En de rederij?'

Die ideeën zaten nog verborgen in mijn hoofd, maar de gebeurtenissen hadden mijn gedachten op andere sporen gebracht. Het was alsof mijn geschiedenis me wilde laten zien dat ik altijd ongelijk had gehad en dat het tijd werd te berusten in mijn lot, zoals mijn vader ook al die jaren had gedaan. De woorden van Anne sloegen een hoofdstuk open dat mijn familie al maanden geleden had gesloten. Mijn gedachten dwaalden af naar de rederij, naar mijn vader.

'Ik denk dat ik heb opgehouden mijn vader teleur te stellen,' zei ik.

'Ik denk het niet.'

'Hij hoeft zich nu geen zorgen meer over mij te maken. Ik ben terug en zal opnieuw zijn stille rechterhand worden.'

'Is dat wie je wil zijn?' vroeg Anne.

Ik keek haar aan.

'Wat kom je hier eigenlijk doen?' vroeg ik.

'Ik kom je wakker schudden. Zoals jij dat bij mij hebt gedaan. Meermaals. Fouten maken mag. En toegegeven, je hebt ook al wat stommiteiten begaan. Maar jij laat je niet stoppen.'

Ik wilde haar onderbreken, maar ze liet me met haar ogen verstaan dat ze nog niet uitgesproken was. Het was een uitzonderlijke reactie in uitzonderlijke omstandigheden. De emotie in haar woorden contrasteerde met haar bewegingsloze lichaam. Ze ontdooide van binnenuit, terwijl ik zelf elke vorm van emotie probeerde te bannen. Ik zette de stap die ik achteruit had gezet, weer in haar richting. Ze leunde tegen de zetel en veerde op met de emotie in haar woorden.

'Je hebt een wilskracht in je die aanstekelijk werkt. Je hebt een zijroute genomen, waarvan de gevolgen haast niet in woorden uit te drukken zijn, maar je bent terug. Je loopt weer met opgeheven hoofd door de stad. Niemand die je met de vinger wijst. Noch mijn vader, noch de Monseigneur, noch de andere mannen die je leed hebben aangedaan, zullen je klein krijgen.'

Ze bleef verder praten, terwijl haar ogen volschoten tot het geen oogparels meer waren, maar echte tranen die over haar wangen striemden.

'Jij bent iemand, een maker in dit verhaal, niet zomaar een speler.'

Haar ademhaling begon zeer onregelmatig te worden en haar gezicht werd helemaal rood van de opwinding. Ik wist niet hoe te reageren. Ze moest ophouden en wel nu. Het was te laat.

'Jij kunt hem nu publiekelijk vernederen. Zoals hij dat met jouw vader heeft gedaan, met mijn moeder en met mij. Jij hebt nog niet bereikt wat je wilde bereiken en daarvoor alleen al zou je moeten strijden.'

'Jij bent mijn kopje thee,' ontsnapte ongewild uit mijn mond. Ik had het niet mogen zeggen. Ik schrok van mezelf dat ik het gezegd had. Ik wilde het meteen terugnemen, maar het effect was er al. Anne glimlachte door haar tranen heen. Ik vroeg me af wat ik daarmee wilde zeggen. Gaf ik te kennen dat ik haar begreep? Of wilde ik zeggen dat zij nu voor mij was wie ik voor haar bleek te zijn? Misschien dat laatste.

'Met de beste wil van de wereld, Anne, laat het los. Hij is het niet waard,' vervolgde ik.

Ik zou niet strijden. Niet meer. Noch voor mijn eigen eer, noch voor die van haar. Ik mocht in haar ogen dan al egoïstisch zijn, misschien moesten we dat allemaal wat meer worden. Niet om onze ego's te strelen en te tonen hoe goed het was wat we deden, maar omdat we in onze eigen doelen geloofden, onze eigen dromen nastreefden en onze eigen wegen aanlegden. Zonder dat anderen ons vertelden wat goed was of wat moest. Al was het dan een illusie te denken dat we onbeïnvloedbaar zijn door anderen, door het verleden, door het aanbod aan wegen die ons pad kruisten, het was een recht om vast te houden aan het geloof in een eigen vrije wil. Tegen beter weten in. Of gewoon uit egoïsme. Want of we nu in het belang van onszelf of van anderen handelden, aan de oorsprong bleven wij de beslissers. Wij hadden, hoe klein ook, altijd de controle, het recht om het, deze keer en alle komende andere keren, anders te doen. En zelfs al belandden we in pijnlijke situaties of stortten we ons met onze ogen wijd open in een afgrond waarvan we wisten dat die er was, dan nog bleef het recht aan onze kant om te kiezen niet helemaal dood te gaan. Niet dan, niet daar op die plaats. Maar te kunnen vechten om te overleven en te blijven geloven in iets anders. Wat dan ook. Wanneer dan ook. Hoe dan ook.

'Ik ben een hoer geweest,' zei ik, 'Ik heb mannen verleid, veracht en benijd. Ik heb ze voelen krullen, zien zweten en puffen. Ze hebben me geslagen, gebeten en gekust.'

'Maryse,' onderbrak ze me.

Ik negeerde haar op mijn beurt.

'Ze hebben gevloekt, gejoeld en me met lust bemind. Verscholen onder hun logge lichamen heb ik tranen verbeten. Ik heb gehuild toen ik alleen was. Urenlang. Op momenten dat ik beter zou slapen, om te vergeten. Ik heb gedronken om de pijn te verzachten. En hij, hij zag mij. Hij kende mij. Hij deed net hetzelfde als al die anderen en ging ook net als hen weer naar huis.'

'Wie, Maryse?'

'Jouw vader, Anne.'

Ze liet het lepeltje dat ze op de rand van haar schoteltje wilde leggen, uit haar handen vallen. Het was mijn keuze geweest. Het was mijn eigen beslissing geweest me over te geven aan een vrouw waarvan ik alleen maar kon vermoeden dat zij het slechtste met me voorhad. Ik volgde haar die dag vanop de kade, omdat ik dacht dat mijn stoutmoedigheid me mogelijk ergens anders zou brengen. Een andere toekomst. Een betere toekomst misschien. Ik wist niet dat mijn lichaam zich zo zou verzetten tegen iets dat mijn hoofd besloten had. Als men me nu zou vragen of ik het anders zou doen, dan denk ik dat ik bijna literair clichématig zou zeggen dat ik het niet anders had kunnen doen. Ik wilde niet minder voelen dan de pijn, de liefde en de kracht van weemoed. Ik leefde door een knagende aanwezigheid van voortdurende passie die als een jeukerig samenspel van ongelijkheden voortdurend aan mijn lichaam trok. Ik geloofde toen nog in naïeve dromen en in tegendraadsheid. Dat is nu verleden tijd. Het enige waarin ik nu nog geloof, is mezelf. Zeggen dat al die verwarrende gevoelens verdwenen zijn, is liegen. De harde en rauwe realiteit maakte me wel duidelijk dat niets is zoals wij het denken. Het is niet wat we zien, maar hoe we naar de dingen kijken wat maakt dat onze ogen als weg naar onze geest anders openen.

'Wil je nu nog wat thee?' vroeg ik met de nadruk op de 'nu', enkel om haar te kwetsen uit mijn eigen onkunde.

'Ik ga naar huis,' zei Anne.

Ze verliet de woonkamer met dezelfde houterigheid als die waarmee ze eerst was binnengekomen. Even later verscheen ze zonder iets te zeggen terug om haar mantel en tasje op te halen. Met rood omrande ogen trok ze de deur achter zich dicht.

Emma stak haar hoofd verbaasd in de kamer.

'Is juffrouw Anne al weg?'

'Ja,' zei ik, 'De waarheid kwetst.'

'Maryse, dat meisje is ook gekwetst. Ze zoekt tevergeefs vriendschap en warmte bij jou.'

'Ze is de dochter van haar vader,' zei ik.

'Net als jij,' zei Emma.

Ik keek door het venster naar de wolken die voorbijdreven. Witte en grijze, blauwe en roze, lichte en donkere. Ze interesseerden me niet, maar bij wolken hoefde ik niet na te denken, ik kon er gewoon naar kijken.

'De lucht zal je niet vertellen of je goed of fout hebt gehandeld,' zei ze.

Ik haalde mijn schouders op.

'Je moet niet zo koppig zijn, Maryse, je verliest er alleen nog meer door.'

'Winnen, verliezen, wat maakt het uit. Het is geen spel dat we spelen.'

'Dat is het net wel, lieverd. Voor ons allemaal. Eén van ongeschreven regels en met weinig houvast. Je in de gedachten en gevoelens van een ander verplaatsen, is haast onbegonnen werk. Ook je eigen gedachten en gevoelens verwoorden, is soms een hopeloze opdracht. Zo gaat het nu eenmaal. Daar draait het leven om. En alleen daarom.'

'Dat ze dan zegt waar het haar om gaat.'

'Dat zal ze niet doen. Ze heeft al zo veel moeite om te tonen dat ze jou graag heeft, je kunt van haar op dit moment niets meer verwachten dan dat. Zij lijdt ook.'

'Zij heeft zich niet laten bepotelen door die man, zij heeft zich niet voelen openscheuren onder zijn woeste dwang. Wat weet zij ervan hoe het voor mij was? En waarom zou ik dan nog medelijden met haar moeten hebben!' schreeuwde ik uit.

'Omdat zij het gevoel heeft dat het haar schuld is. Dat zij dit had kunnen of moeten voorkomen.'

'Dat is belachelijk.'

'Dat is waar, maar zo ziet zij dat. En jij, jij bent alleen maar bang voor een nieuwe ontgoocheling. Maar lieve Maryse, zelfs in dat woord schuilt goochelen. Geloof terug in de magie van het leven. Het kan zo mooi zijn.'

Ik wilde mijn ongelijk wel toegeven en terug vrolijk zijn. Voor haar. Maar de spanning die de spieren in mijn lichaam deed verstijven, belemmerde me ook maar enige vorm van emotie te tonen.

Emma bleef nog een hele tijd in de kamer. Ze zei niets meer. Ik bleef naar de groene, gele en oranjekleurige wolken kijken om te proberen toch maar niet te moeten denken. Tevergeefs. Zelfs wanneer je je een slachtoffer voelt, wanneer je weet dat je er een bent, wanneer je bewijs hebt geleverd van leed, dan nog moet je de sterkste zijn. Het is zoals ik het zag bij families met vier of vijf kinderen. De oudste moest altijd de slimste zijn. Die weet toch beter. Of zou toch beter moeten weten. Als enig kind leek ik wel gedoemd om alle rollen op mij te nemen.

'De enige manier om het geluk terug te vinden, is opnieuw te vertrouwen,' zei Emma die plots vlak achter me was komen staan en haar hand op mijn schouder had gelegd.

'Ik vertrouw jou toch,' zei ik.

'Dat heb je altijd gedaan.'

'Dat is genoeg.'

'Misschien niet.'

4

'Ik weet dat jij het weet,' zei hij.

Ik wist niet meer wanneer ik echt sympathie voor hem was beginnen voelen. Misschien al de eerste keer, tijdens het nieuwjaarsconcert. Of was het later, bij de toevallige ontmoetingen. Het was misschien ook niet echt voor hem als persoon, maar eerder voor hoe hij in het leven stond. Ontspannen. Alsof hij niets te verliezen had. Toch kon de manier waarop hij dingen zei, vaak grof en zonder nadenken, me doen twijfelen aan zijn oprechtheid.

'U kunt bij het loket terecht,' zei ik.

'Wacht nog even op mij zodra jij geholpen bent, als je wilt.'

Ik knikte.

'Mademoiselle, juffrouw' wenkte even later een man gekleed in een blauw uniform met vergulde knopen me tot bij hem aan het loket.

'Deze brief is voor Amerika,' zei ik, terwijl ik de brief voor mijn vader aan hem overhandigde.

De postbeambte nam de envelop van me aan. Snel berekende hij de frankering en kleefde een reeks postzegels op de envelop. Met een paar snelle slagen stempelde hij de brief af. De gouden posthoorn die op zijn borstzakje geborduurd stond, bewoog daarbij op en neer.

Ik nam mijn beurs uit mijn tasje en overhandigde hem het nodige geld.

'En dat is voor u,' zei hij terwijl hij enkele munten in mijn richting schoof.

'Dank u wel,' zei ik en ik liet de plaats aan een jongeman achter me.

Ik keek in het postgebouw rond om te zien of ik Alex kon terugvinden. Hij was nog steeds in gesprek met zijn postbeambte. Met één been losjes achter het andere gekruist, leunde hij tegen het loket. Hij deed me denken aan de jongemannen die ik meermaals in de salon tegenkwam. Zelfverzekerd en afgeborsteld. Die types die perfectie uitademen en waarbij je niet kunt achterhalen welke hun achilleshiel is. Ik nam plaats op een houten bankje dat tussen twee statige zuilen in stond. Er waren weinig mensen in het postkantoor. De ruimte ademde koelte en rust uit. Enkel het tikken van enkele hakken op de marmeren vloer, verraadde enige beweging. Alex draaide zich om om te kijken waar ik was.

'Nog even' kon ik afleiden uit het feit dat hij zijn uurwerk even uit zijn borstzakje lichtte en erop tikte.

Ik knikte ter bevestiging. Even later vergezelde hij me op het bankje.

'Waar waren we gebleven?' vroeg hij, 'Of beter, heeft u even tijd nu?'

'Zeker,' zei ik.

'Goed,' zei hij.

We bleven naast elkaar op het bankje zitten. Ik voelde de druk van zijn been tegen het mijne.

'Iemand die voordeel haalt uit de zonde van een ander voelt zich vaak beter dan wie dat niet doet,' zei hij.

'Is dat wat u probeert te doen?' vroeg ik hem. 'Of is het dat wat u denkt dat ik probeer te doen?'

'Het is een vaststelling,' zei hij terwijl hij zijn knieën in mijn richting draaide.

Ik schoof opzij.

'We zijn eenzelfde lot beschoren, maar mijn vechtlust is op,' zei ik, 'Ik ben maar een pimpelmees. En die speelt niet met een havik.'

'Dat geloof ik niet.'

De ader die over zijn voorhoofd liep, bolde op.

'Ik zoek mezelf opnieuw. Dat is heel wat. Misschien onbegrijpbaar voor iemand zoals u. Maar ik kan het ene niet inruilen voor het andere. Ik wil niet blijven strijden zonder succes.'

'Zie je die schaduw?' vroeg hij.

Hij wees naar mijn silhouet afgetekend op de marmeren vloer.

'Dat ben jij ook, je eigen donkere kant.'

'Ik begrijp u niet,' zei ik.

'We hebben allemaal een schaduwzijde die we ontkennen of meer zelfs die we toedichten aan iemand anders.'

'Ik verwijt niemand meer iets. En ik negeer de donkere kanten van andere mensen.'

'Het gaat hier niet over de donkere kant bij anderen, wel over die bij uzelf.'

'Niemand is perfect, ook ik niet. Maar ik zal niet handelen uit een gevoel van haat.'

'Waar is de afschuw voor wat hij u aandeed?'

'Ik minacht hem, ik veracht hem, ik zal nooit begrijpen hoe het komt dat er zo'n mensen op onze wereld bestaan. Mensen die niets begrijpen van naastenliefde of van respect. Dus afschuw, zeker. Maar ik wil geen wraak. Ik wil gelukkig zijn en ik haal dat geluk niet uit het ongeluk van anderen, maar uit mezelf.'

Ik was niet bang voor hem en kon zonder gêne mijn mening met hem delen. Hij had bewezen het goed met mij voor te hebben. Hij had niet getwijfeld toen een wildvreemde jongen met een waanzinnig verhaal aan zijn deur verscheen. Hij had geluisterd en gehandeld. Uit dankbaarheid zou ik me misschien voor zijn gevecht kunnen inzetten. Maar mijn eigen eergevoel liet dat niet toe. Ik was hem niets verschuldigd.

'U bent naïef,' zei hij.

'Dat denk ik net niet. Als niets nog moet, kan er heel veel.'

'U waant zichzelf volwassen. U hebt de wereld gezien.'

'Helemaal niet, ik heb een werkelijkheid gezien die ik me nooit had kunnen voorstellen.'

'Dat is de wereld, schat,' zei hij haast vulgair.

Ik keek van hem weg om mijn verontwaardiging te verbergen.

'Haat is een van die, hoe moet ik het zeggen, slechte kenmerken van ons hart,' probeerde hij de sfeer van het gesprek te keren. 'Ons hart heeft niet altijd het beste met ons voor.'

'Het is het beste van de mens,' zei ik.

Hij snoof en duwde zijn bril hoger op zijn neus.

'Het is ook het slechtste van de mens,' reageerde hij, 'Geen liefde zonder haat.'

Hij stond op.

'Ik ga u iets tonen,' zei hij.

Hij presenteerde me zijn arm om me uit het postgebouw te leiden. We staken de Groenplaats over, langs de kathedraal, over de Grote Markt, in de richting van de dokken. Hoe meer we in de richting van de haven wandelden, hoe minder ik vond dat we in het straatbeeld pasten. Kranen en schepen, druk gejoel van mensen voor de stapelhuizen en pakhuizen. Het was er rokerig en vuil. De zomer leek hier niet door te dringen. De wolken plakten samen boven de loodsen en hangars. Aan de Brouwersvliet lagen de vissersboten slordig op elkaar gepakt. Touwen verbonden de schepen met elkaar en met de kade. De zeilen gestreken, de knopen gelegd. Op het dek van enkele sloepen zaten schippers en matrozen tussen zoutvaten met pekelharing hun verdiensten te verdelen. Viskoppen en zeewier op de kade. Het rook er naar schelvis en kabeljauw en zelfs de kaden voelden glibberig wanneer we erover liepen. Houten loopplanken versperden ons de weg wanneer we te dicht tegen de rand liepen.

'Hierlangs,' zei hij.

De hele weg had hij niets gezegd, op uitzondering van die enkele richting aanduidingen, daarlangs, deze straat in, dat brugje over. Hij wandelde met een snelle tred en wist goed waar de bestemming lag. Ik volgde maar, straatje in, straatje uit.

'We zijn er,' zei hij even later.

We stonden voor een kleine gevel van nog geen vier meter breed. Een kleine deur, één raam met daarop in grote sierlijke gele letters *'t Café* geschilderd. Cafénamen zeggen alles, maar in dit geval ook helemaal niets. Want aan de buitenkant leek dit kleine geveltje pittoresk, aantrekkelijk en gezellig. Maar wat de buitenkant toonde, kon de binnenkant niet in het minst omschrijven.

'Dit is de werkelijkheid,' zei hij, terwijl hij de deur voor me openhield.

Een walm van gerolde tabaksrook, warmte en lauw bier kwam me tegemoet. Hij duwde me binnen en werd meteen met veel enthousiasme door de lokale cafégangers begroet. Hij liep naast me tot aan de toog. Hij klom op een barkruk en kuste de dikke oude vrouw achter de toog. Haar grijze haren hingen sluik naast haar gezicht. Ze moest al voorbij de zeventig zijn.

'Ik ben blij dat ik je zie,' zei ze. 'En met een juffrouwtje?'

'Dit is juffrouw Gallant,' stelde hij me voor.

'Aangenaam,' zei ik.

Ze antwoordde niet, maar zette een vers getapt biertje voor mijn neus.

Ik keek mijn ogen uit. Ik dacht dat ik de wereld van de mannen die bij ons op de kade werkten kende. Ik geloofde dat ook, tot ik hier in dit donker café aan een toog met bijhorende vernisте lambrisering neerzat. Ik werd niet uitgejouwd, ik werd niet vreemd bekeken en net dat was wat het allemaal zo vreemd maakte.

'Waarom zijn we hier?' vroeg ik, een glimlach onderdrukkend.

'Omdat het hier gezellig is,' zei hij en hij tikte zijn glas tegen het mijne.

De gekleurde tegeltjes, de kachel tegen de muur die in de zomer ongebruikt bleef en de plakkerige ronde tafeltjes met kramakkelige stoeltjes die het gewicht van stevige dokwerkers moesten dragen, brachten meer leven in dit kleine kamertje dan ik de afgelopen weken ook maar ergens had gezien. Hij had gelijk. Het was er gemoedelijk. Ik glimlachte om de gele kanaries die zich in hun kooitjes haast bewusteloos floten voor wat aandacht van de rumoerige bende die, verdeeld over verschillende tafels, één gesprek leek te voeren. Ik genoot van de luidruchtige stemmen, de enkelingen die binnenkwamen voor een snelle pint, zelfs van de sanseveria's die op de vensterbanken stonden te treuren alsof ze al twaalf weken geen water meer kregen.

Toen we er een tijdje hadden gezeten en Alex zich als een van hen had ingelaten in het grote gesprek, zei ik hem: 'Alex, ik moet even.'

Hij zweeg en bekeek me alsof hij me voor het eerst zag.

'Echt?' zei hij.

'Ja, echt.'

'Josée, ze moet even,' zei hij tegen de vrouw achter de toog.

Ze duwde een klein jongetje vooruit dat mij de weg door de woonkamer naar de koer toonde.

'Omdat het gezellig is,' zei ik luidop om mezelf te overtuigen van de noodzaak toen de jongen me de lichtblauw geverfde deur met een verluchtingshartje toonde.

'Wat zei u mevrouw?' vroeg hij beleefd.

'Niets jongen, bedankt, ik vind de weg wel terug.'

Toen ik even later terug op mijn plaats aan de toog zat, zei Alex: 'Dus je moest echt?'

'Ik wil alles van de wereld kennen,' zei ik.

Hij keek over zijn bril met een schalkse glimlach rond zijn mond.

Josée schoof ons een bord met stukjes gedroogde worst en twee hardgekookte eitjes in een theedoek toe.

'Dat is voor jullie, van het huis.'

Ik hield van de eenvoud die van het café uitging. Het was helemaal het tegenovergestelde van wat ik in de salon had ervaren. Het bleef ook niet zoals mijn eerste indruk. Het was er huiselijk en ook aangenaam. Net zoals de mensen die er zaten. Josée was de moeder van dit gezelschap. Ze ging tussen de dronkaards staan als die amok maakten, zette ze op straat, pikte het niet als ze begonnen te vechten, maar nam ze ook terug binnen wanneer de gemoederen bedaard waren. Het was haar leven. Ze had de stiel van haar vader geleerd. Ze kende iedereen in het café. Het was haar familie.

'Ik begrijp het, het is hier gemoedelijk. Geen liefde zonder haat. Daarom zijn we hier.'

'Daarom en er komt hier elke avond iemand die jou zeker nog eens wil terugzien.'

Ik schuifelde op mijn kruk.

'Mij?'

'Geen zorgen, het komt goed,' zei hij.

In de hoek van de kamer was een vrouw rechtgestaan. Ze stak haar vlezige armen door de versleten lederen riemen van een accordeon die ze van naast haar stoel omhoog hees. Ze drukte op een toets, opende haar armen en liet de lucht in het instrument stromen. Het accordeon rustte op de dikke buik van de vrouw terwijl de toon werd gezet met die enkele noot. Met kracht hield ze het accordeon op zijn plaats. Alle hoofden draaiden in haar richting.

Ze hield haar hoofd schuin en keek met haar kleine zwarte kraaloogjes, die weggedoken in de rondingen van haar gezicht blonken, het café rond.

'Muziek,' riep Josée vanachter haar toog. Er werd me geen tijd geboden om te piekeren, want algauw nam de ambiance van de lage stem van de vrouw, die gezapig zingend het gezelschap tot bewegen aanporde, mijn gedachten over. Het accordeon bewoog door het kleine kamertje van links naar rechts. De vrouw overstemde alle anderen. Het gesprek dat de cafégangers eerder voerden, werd al zingend verder gezet. Het hele café werd meegezogen in de zang van de vrouw. Van dokwerkers, tot natiebazen, van vissers tot matrozen.

'Wie wil er niet mee langs de dokken gaan lopen,' zong ze.

'Dat wil ik wel voor een schone, mag ik hopen,' antwoordde een van de mannen naast mij aan de toog.

'De mooiste van 't stad, mijn liefelijke vriend,' zong een vrouw die in een hoek aan een tafel jute zakken zat te herstellen tot haar vingers bloedden.

'Wel dan ga ik mee.'

De mannen en vrouwen zongen, lachten en dronken. Tussen de biertjes en de kommen soep van pastinaak en gele wortel met stukken brood was iedereen gelijk. Ik bedacht me dat ik daar misschien was om ook dat te begrijpen. Hoe miserabel hun leven in mijn ogen ook mocht zijn, zij vonden er elkaar. En bovendien noemden zij noch zichzelf, noch de situatie ellendig. Ze kwamen voor gezelschap, voor plezier en voor ontspanning. Achteraan ging de deur van het café open. Er kwam een groepje van vier grote kerels binnen. Ze staken hun hand op naar Josée die hen met een vriendelijke knik begroette en op afstand hun bestelling opnam. De biertjes gingen van hand tot hand tot aan het overvolle tafeltje waar de vier mannen enkele stoelen hadden bijgetrokken en waren gaan zitten. Alex, die zich de hele tijd in het midden van de muziek als een heer en meester van het gezongen woord had geroerd, draaide zich naar me toe.

'Daar is hij,' zei hij.

En hij wees naar de jongeman die ik meteen herkende aan zijn glimmende haardos.

'Mijnheer Hennaud, juffrouw Maryse,' begroette hij ons met een vingertikje tegen zijn grijs geruite pet.

Ik glimlachte. Hij probeerde iets te zeggen, maar de muziek en de gezangen zogen zijn woorden in het geroezemoes op.

Hij boog zich voorover. Zijn wang raakte de mijne. Ruw en klam.

'Ik ben blij dat u het goed stelt.'

'Dat heb ik aan u te danken.'

'En aan Mijnheer Hennaud,' voegde hij eraan toe.

'Zeg het haar,' zei Alex.

'Ik wil tegen hem getuigen als u hem beschuldigt.'

'Hij krijgt er geld voor,' zei Alex, 'van mij.'

Er werd niet geniepig over gedaan. Het was duidelijk waarom hij hier was. De jongeman hoefde geen bedanking van mij. Hij had geleerd dat met deze vorm van helpen geld te verdienen viel. Ik was verrast.

'Ik krijg je niet overtuigd, dus probeer ik het op een andere manier,' zei Alex, terwijl ook zijn gezicht het mijne raakte.

'Nadat ik u heb helpen ontsnappen, konden we met de steun van mijnheer Hennaud de slagerij van mijn broer uitbreiden. We hebben het vee van de oude boer naast ons allemaal kunnen opkopen. Mijn zussen moeten nu niet meer elke dag naar de haven om daar een opdracht te pakken te krijgen. Zij lopen nu niet meer het hetzelfde gevaar als u. Mijn vader moet niet meer terug naar de naties en ik hoef ook niet meer in de scheepvaart te werken. Het leven is nu zoveel gemakkelijker voor ons.'

Ik begreep zijn beweegredenen en ook die van Alex. Hij wilde laten zien wat de positieve gevolgen van mijn ontsnapping voor hem waren. Hij had mij geholpen, zonder iets te verwachten en toch had hij veel in de plaats gekregen. Zijn leven en dat van zijn familie maakte een prachtige wending. Hij kon een familiebedrijf uit de grond stampen. Hij kon zijn vader en broers helpen. En hij kreeg daar wellicht nog respect voor ook. Ik was er van overtuigd dat hij Alex zo opnieuw zou helpen, zonder dat er zelfs maar iets tegenover stond. Hij stond bij hem in het krijt voor al het voorgaande. Alex wist met het tonen van dit verhaal net een zwakke plek in mijn hart te raken. De jongeman belonen voor zijn werk maakte van hem een nog grotere mecenas. Ik werd voor een keuze gezet, het goede doen en het slechte uitroeien. Of onverschillig langs de kant staan toekijken hoe het slechte verder zou floreren. Toch voelde ik me niet verplicht, ondanks zijn proberen. Alex zou het me nog vragen. Verschillende keren zelfs. Hij zou me nog opzoeken en op me inpraten. Hij zou andere manieren bedenken om me te overtuigen. Hij liet me kennismaken met vrouwen die hetzelfde hadden meegemaakt. Ze deelden hun verhaal dat zo een schets van het mijne was om een halt toe te roepen aan het wangedrag van die ene, terwijl er zo velen schuldig waren aan hetzelfde. Hij benoemde mijn onwetendheid. Telkens opnieuw. Terwijl ik het mijn grootste inzicht vond om voor mijzelf te kiezen. Hij gaf niet op. Maar dat had ik wel gedaan. Voor mij hoefde niets meer. Ik zou naar Amerika gaan. Mijn wortels verplanten en ze elders groter en sterker laten uitgroeien. Ik was hem dankbaar. Maar mijn wrok ebde weg. Het was geen knagend gevoel dat voortdurend in mijn achterhoofd zat en al mijn denken en doen in beslag nam. Het was niet dat buitensporige gevoel voor een soort aangedaan onrecht waarmee Alex elke ochtend opstond en elke avond ging slapen. Voor mij was het voorbij.

5

Ik liet mijn kin in mijn beide handen rusten terwijl ik uitgestrekt op het rode geruite dekentje lag en genoot van de zonnestralen die door de naaldbomen heen mijn gezicht verwarmden. Ik zag hoe Ernest Anne over de stam van een omgevallen naaldboom hielp.

'Iemand nog iets drinken?' vroeg Alex.

Ernest instrueerde Anne over de kleine kruidachtige plantjes die aan de rand van de open plek groeiden. Schools, stuntelig bijna. Hij leek niet de echtgenoot die haar baken was. Hij had meer de uitstraling van een onervaren jongetje, te bang om zijn liefde te uiten. De tegenpool van Alex. Daar waar de ene de eerlijke goedzak was die standvastig in het leven stond, wentelde de andere zich in een waas van mysterie waarop moeilijk vat te krijgen was. Eerlijk de ene keer, gevaarlijk de andere. Ik begreep niet hoe die twee elkaar vonden, maar dat hadden ze blijkbaar toch wel gedaan.

'Ik wil wel een glaasje,' draaide ik me naar hem om.

Ernest en Anne vergezelden ons op het deken. Verderop waren er enkele jonge kinderen kirrend en met stokken gewapend als echte ridders aan het rondrennen. De jongens met hun vuile korte broeken en versleten hemden leken op deze zondag even hun leven van in de week te vergeten. Toen ze voorbijliepen, vroeg de kleinste van het groepje: 'Doen jullie mee?' De kinderlijke onschuld liep van zijn guitige gezicht. De twee mannen gekleed in een zomers plunje keken elkaar aan. Alsof het hen aan hun eigen jeugd leek te herinneren, verontschuldigden ze zich met een brede glimlach bij ons en renden als twee gekken achter de jongens aan. Het jonge geweld vloog hen met hun zelfgemaakte zwaarden tegemoet en al snel werd er in de Kaartse bossen een ware veldslag geënsceneerd tussen de kleine jongens met grote dromen en de grote jongens met kinderdromen. Het vrolijke gegil van fijne kinderstemmetjes, gevolgd door de lage mannenstemmen die de tegenaanval inzetten, bereikte ons vanuit de verte. Anne ging dichter tegen me aanzitten en legde haar hand op mijn rug. Mijn ademhaling stokte even. Ze streelde me zacht en ik liet haar begaan. De lucht in mijn longen leek er langer over te doen om mijn lichaam te verlaten. Wat gebeurde, voelde ongemakkelijk, maar ik wilde niet dat ze ophield. De stemmen van de kinderen klonken dichterbij. Opgeschrikt keek ik rond om te zien of ze niet plotseling van tussen de bomen tevoorschijn zouden schieten, maar er gebeurde niets.

'Een framboosje?' vroeg ze.

Ze negeerde mijn remming en streek met haar arm zacht langs de mijne. Alsof ik niet wist hoe te antwoorden, beperkte ik me tot een kort knikje, waarop ze zich recht stelde en er eentje uit de picknickmand viste. De spanning leek, een klein moment, doorbroken. Ze legde zich op haar rug en keek naar me op. Tussen haar wijsvinger en haar duim hield ze het framboosje in de lucht. Ik kwam dichterbij zodat ze het in mijn mond kon steken. De kinderstemmen bleven op een afstand door de bomen weerklinken. Ze stak het framboosje in mijn mond en liet haar wijsvinger op mijn lippen rusten, alsof ze me het zwijgen wilde opleggen. Maar ik was zonder meer sprakeloos. Tergend langzaam streelde ze met haar vinger rond mijn mond. Ik hunkerde. Het was te laat om me nu nog te verzetten tegen de vloedgolf van lichamelijke prikkelingen die van mijn lippen tot diep in mijn buik woelden. Ze strekte haar hand en streelde mijn gezicht. Op dat moment stormden er vanuit het dennenbos dat achter ons lag vijf kleine jongetjes de open vlakte op. Ik schrok en ging recht zitten. Haar hand gleed over mijn wang terwijl ze zich van me afwendde. Ernest en Alex kwamen rood aangelopen achter hen aan. De jongens wuifden heftig naar de twee mannen die naast elkaar tegen de omgevallen boomstronk in elkaar zakten. De zichtbaar uitgetelde kinderen slenterden ondertussen in de richting van het bospaadje waar enkele moeders teken deden dat ze moesten terugkeren.

'Wat denken jullie, dames, tijd om terug te keren naar de stad?' vroeg Ernest.

Ik stapelde de bordjes op elkaar en wikkelde ze in de theedoeken die over de mand lagen.

'Laten we dat doen,' zei Anne.

Ze stak haar hand naar me uit en ik trok haar recht. Alex hielp de mand vullen en droeg ze toen we terugkeerden naar de tram. Toen we tegenover elkaar op het houten bankje van de tram zaten, voelde ik Maryse's vinger op mijn mond tintelen. Ze keek me strak in de ogen, terwijl we daar met vieren in stilte zaten. Ik wilde haar blik niet loslaten, maar de ogen van de mannen voelden als bijna bedreigend. Ik keerde mijn hoofd af en keek door het raampje naar buiten.

'Dat heeft me deugd gedaan,' zei Alex.

Ernest trad hem daarin bij.

'De picknick was inderdaad een goed idee,' zei ik.

Anne zei niets, maar de gloed op haar wangen verraadde, althans voor mij, haar waardering. We reden over de hobbelige kasseiweg uit Sint Mariaburg weg. Het café op de hoek waar nog heel wat ambiance was en de molen verdwenen uit het zicht. Alex hield me in de gaten.

'Heb je juffrouw Maryse al verteld over je nieuwste bezigheid?' vroeg Ernest. Anne vertelde. Ik keek haar aan. Misschien wat beschaamd, want weken had zij tijd in mij geïnvesteerd en ik had nooit naar haar bezigheden geïnformeerd. Het was alsof ik door de opmerking van Ernest in één keer besefte wat ze bedoelde met mijn egoïsme. Ik liet haar toe omdat ik haar nodig had. Te weinig had ik beseft dat het andersom misschien ook zo was.

'Monseigneur Claeys heeft de opdracht gekregen om mee te werken met de Union Étoile, een zusterschap tussen verschillende landen dat zich inzet om jonge vrouwen die alleen reizen veilig op hun bestemming te laten geraken.'

'Zo plots?' vroeg ik.

'Nee, ik had hem gevraagd of we niets konden doen tegen de wantoestanden in de prostitutie. Hij wilde zich daar niet in mengen, maar had op een conferentie over de Union Étoile gehoord en vond dat we daar wel aan konden meewerken.'

'En wat doen zij dan?'

'Dat zijn dames die per drie of per vier andere jonge dames opwachten op perrons of aan de kade om hen veilig naar hun hotel te brengen. En als ze geen hotel hebben, kunnen ze terecht in een huis in de Paleisstraat dat het Gasthuis ter beschikking stelt.'

'Anne en haar stationsjuffrouwen,' lachte Ernest met een goedkeurend knikje. 'Je hebt haar op ideeën gebracht, juffrouw Maryse.'

Ik wist helemaal niet wat Anne bezighield. Ik dacht dat ze nog altijd in het Gasthuis werkte. Blijkbaar had mijn ervaring haar erger aangegrepen dan ik dacht. Ze opende haar tasje en haalde er een stoffen armband uit. In sierlijk gestikte letters stond er een A en een F. Ze overhandigde me er eentje.

Ik voelde met mijn duim over het fijne borduursel.

'Amie, Freundin,' zei ze.

'Wanneer heb je dat allemaal gedaan?' vroeg ik.

'Terwijl jij opnieuw leerde ademen,' antwoordde ze.

'Hoe lang ben ik weggeweest?' vroeg ik.

Ze lachte.

'De stationsjuffrouwen berichten elkaar over de vertrek- en aankomsttijden van de meisjes. Je moet maar eens meegaan,' zei Anne.

'Graag,' antwoordde ik.

'Misschien kan je je taken in het Gasthuis ook opnieuw opnemen,' zei Ernest.

'Dat kan,' zei ik met enige aarzeling in mijn stem.

'Alles heeft zijn tijd,' zei Alex en hij keek me op zijn indringende manier aan.

Ik antwoordde niet meer.

Een paar dagen later had ik zelf een bandje om mijn bovenarm en werd ik stationsjuffrouw voor één dag. Ernest had me een fijne dag gewenst. Hoe absurd. Alsof ik mijn heil opnieuw in het liefdadigheidswerk zou vinden. We zouden in het station twee Britse zusjes ophalen die op doorreis waren naar Duitsland. Ze bleven één nacht in de stad. De koets zette ons af aan het station, vlak bij een werfingang die voor de reizigers met houten balustrades was afgezet. Op de perrons gonsde het van de drukte en de gejaagdheid van mensen op doorreis. We gedroegen ons verlegen tegenover elkaar. Ik stak vooral veel tijd in het toespelden van de insigne en zij keek verschillende keren de aankomsttijden van de treinen na. We waren te vroeg en liepen nog even schoorvoetend naast elkaar het perron op en af. Plots zag ik haar. Ik verstijfde ogenblikkelijk. Als een uitgekraste herinnering vlogen de maanden van mijn verblijf in het Slot aan me voorbij. Ze herkende me niet. Mijn wangen waren terug voller en de bleke teint die de vermoeidheid me had aangemeten, was verdwenen. Tussen de drummende menigte die van de net aangekomen trein stapte, dook ze op als een zelfzekere hoedster. Met een warm opgezette glimlach tuurde ze langs de openstaande treindeuren. Kruiers zeulden rieten en lederen koffers af en aan. Vertrekkende passagiers omhelsden geliefden en aankomende passagiers zochten naar bekenden. En daar tussenin, als baken van valse veiligheid, zocht zij die enkelingen die onwennig hun bagage bij elkaar zochten. Ik sloeg mijn hand op Annes buik en maande haar met enige druk tot staan. De wind die als een koeling helderheid bracht in mijn geest, hielp me uit de verstomming waarin ik terecht was gekomen.

'Dat is ze,' zei ik.

'Wie?' vroeg Anne

'De zus van Madame Elsa.'

Annes ogen volgden mijn blik in de richting van de vrouw die door de trede waarop ze stond als een heerser over de reizende massa uitkeek.

'Ben je zeker?'

Ik zou haar silhouet zelfs in het donker herkennen. Net als haar tweelingzus paradeerde ze met veel zelfvertrouwen. Als een arend op zoek naar zijn prooi, nam ze elke scène die zich op het perron afspeelde in zich op, zodra ze een slachtoffer in het vizier had, snel en zonder scrupules toe te slaan.

'Ik haal de stationschef,' zei Anne.

Ik bleef de arend volgen, terwijl ze als een braaf uitziende moeder over het perron bewoog. Het lichte zomerhoedje dat ze droeg, samen met de witte jurk die achteraan met een breed wit lint was toegeknoopt, wilde mateloos de onschuld benadrukken waarvoor ze symbool probeerde staan. Ik had haar in heel wat minder onschuldige plunjes gezien. Want hoewel zij, net als haar zus, het echte werk aan de meisjes overliet, waren zij het die in het bordeel voor het verhoogde drankverbruik zorgden, door de manier waarop ze de mannen met woorden bespeelden. Het teveel aan herinneringen deed me vluchten. Ik kon en wilde niet blijven wachten tot Anne terugkwam. Ik wilde geen scène. Ik wilde geen spotlichten. Ik wilde alleen maar verdwijnen en dat deed ik ook. Ik draaide me om en begon me met een snelle tred uit de voeten te maken. Misschien had ik nog onvoldoende straatnaambordjes gelezen en was ik nog te weinig zeker in sommige delen van deze stad. Ik wilde naar huis, naar de vertrouwdheid van de vier muren die mijn enige bescherming leken. Ik liep. Ik struikelde. Mijn ademhaling versnelde, maar ik ging door. Ik vluchtte.

'Je was plots weg,' zei ze, toen ze even later voor mijn deur stond.

Ik liet haar binnen.

'Ik moest weg.'

'De politie heeft haar meegenomen.'

Ik haalde mijn schouders op.

'Dat wilde je toch?'

'Ja.'

'Hoe gaat het met je?'

'Goed.'

Hoeveel mensen zeggen niet 'goed', zonder dat ze goed bedoelen. Ik deed het net als al die anderen. Goed is als nietszeggend zwijgen.

Anne begon te lachen. Nogal luid bovendien. Helemaal niet haar manier van reageren.

'Als het goed met je gaat, dan lust ik ook wel een stukje,' zei ze en ze wees naar het plakje cake op een bordje op het bijzettafeltje.

'Daar kan ik voor zorgen,' zei ik.

'Fijn,' zei ze.

Ze was veranderd. Meer zelfzeker, bijna brutaal. Ik herinnerde me haar niet op deze manier. Ik haalde haar een stukje cake en gaf het haar terwijl ze nog altijd in het midden van de kamer stond in haar mantel met de geborduurde armband op.

'Dank je,' zei ze.

'Wat is er gebeurd?' vroeg ik.

'Heel veel,' zei ze en ze prikte een stukje cake op haar vorkje en stak het in haar mond.

Ik bleef recht tegenover haar staan. Starend. Ik nodigde haar niet uit om te gaan zitten en zij maakte ook geen aanstalten om plaats te nemen.

'Ik heb nagedacht,' zei ze en ze zette een stap in mijn richting.

'Verrassend,' antwoordde ik, terwijl ik voor geen meter week.

Ze hield het bord tussen ons in vast.

'Ook een stukje?' vroeg ze.

Ik bedankte.

Ze at het stuk op terwijl we daar in het midden van de kamer stonden, de punten van onze schoenen net niet tegen elkaar. Het lege bordje zette ze op het tafeltje naast ons neer.

'Ik heb gebiecht,' zei ze.

'Heb jij dan iets op te biechten,' vroeg ik.

'Meer dan je zou vermoeden.'

'En dat lucht op?' vroeg ik.

'Eigenlijk niet.'

'Dat is jammer.'

'Helemaal niet.'

'Goed dan.'

'Het is de tweede keer,' zei ze.

'Als goed christen zijn we dat verplicht.'

'Zo goed ben ik niet.'

Ik grijnsde.

'Soms is het beter op je intuïtie dan op je verstand te vertrouwen. Lang niet alle kansen die je meent te ontdekken, bieden de perspectieven die je erin denkt te herkennen,' zei ze.

Ik wist niet wat zeggen en kon niets anders doen dan haar verder aan te staren.

'Zwijg nu niet,' zei ze en ze nam mijn arm vast, wat me deed schrikken.

'Ik wil graag even naar buiten,' zei ik en ik deinsde een stapje achteruit.

Mijn plotse afstandelijkheid verraste haar. Ze kwam te dicht, net zoals ze in de Kaartse bossen ook had gedaan. Ze verliet mijn bewegingsruimte door mijn arm die ze nog vasthield, ongemakkelijk en half verontschuldigend los te laten, hoewel ik eigenlijk niet wilde dat ze me losliet. Ik wilde haar poriën zien, mezelf in haar ogen herkennen, haar lichaamswarmte voelen, het bloed door haar aders horen stromen, haar zoetheid ruiken. Ze draaide haar vingers in haar vuisten. Ik wreef met mijn hand even over mijn gezicht. Niet om na te denken, maar om een gevoel van rust op te wekken door mijn gefronste voorhoofd met mijn vingertoppen glad te masseren. Net zoals een kat die zich begint te wassen om weer even zichzelf te zijn, los van elke streling. Beiden vielen we terug op onze lichamen die onzekerheid uitstraalden. We zochten steun in onze eigen handen. Met mijn hoofd naar de grond gericht draaide ik me om en liep de gang in. Ze volgde me stilzwijgend tot buiten. De straat was verlaten. Onze hakken tikten op de kasseitjes en onze armen schuurden tegen elkaar aan. Dichter dan dat konden we niet bij elkaar raken. We liepen door het park en langs de theaters van de stad. Ze praatte en zocht in het straatbeeld naar gespreksonderwerpen. Ze wees me op de affiches van de variétés, vertelde welke leuke avond ze onlangs nog had bij een theatervoorstelling. Ze nodigde me ook uit voor eentje. Ik knikte, glimlachte en schudde af en toe bevestigend of ontkennend. Na een half uurtje stappen, kwamen we op de Groenplaats aan. We liepen onder de lindebomen en hoorden de muziek van een orkestje, dat in de grote sierlijke kiosk speelde, over het plein galmen. Tussen de bloemenkraampjes en de bomen liepen enkele jonge paartjes te genieten van het mooie weer. Vlak voor de kiosk danste een groepje jonge kinderen terwijl ze met fleurig gekleurde linten zwierden op het ritme van de muziek.

'Wil je even zitten?' probeerde ze vriendelijk.

We namen plaats op een bank die vlak voor de rij lindebomen stond. Niet in de drukte en de ambiance van het concert, maar net dicht genoeg zodat de muziek ons nog bereikte.

'Als zwijgen liegen is, lieg ik tegen je,' zei ik.

'Als fantasie liegen is, lieg ik ook tegen jou,' zei ze.

De verrader van elke leugen, van elk zwijgen of van elke fantasie was de emotie die zich uitte in onze lichaamstaal. We wisten niet hoe we die taal moesten begrijpen. We hadden te veel gelet op de woorden die we uitwisselden, zonder aandacht te schenken aan de kleinigheden die onze ogen en onze lichamen ons vertelden. De ene keer stoutmoedig, de andere keer verlegen. Allebei voelden we de onkunde om met de juiste woorden de chaos van lichaamstekens te verklaren. Ze kwam dichter tegen me aan zitten. In de bomen achter ons werden lampions opgehangen voor het bal populaire dat die avond voor de zogenaamde burgerij en het volk werd georganiseerd. We waren getuige van het begin van een avond waar arm en rijk aan elkaars zijde dansten en even de verschillen in stand vergaten. De schemering veranderde de donkere bomenrij in een zee van feeërieke lichtjes. Meer en meer mensen arriveerden op het plein om zich te vermaken en te genieten van de mooie zomeravond. Opgetutte dames met witgepoederde gezichten zwierden er aan armen van notabele heren. Bakkersvrouwen met gezonde blosjes op hun wangen walsten er net iets te hevig met hun mannen in zondags kostuum. Op het terras van het Grand Café de l'Univers en het Café de la Poste waren mooi uitgedoste kelners ook druk in de weer met lantaarntjes te hangen en kaarsjes op de tafels te plaatsen.

'Moet jij niet naar Ernest?' vroeg ik.

'Hij is met een delegatie Britten waarmee hij een vergadering had voor de rederij de stad in getrokken. Ik vermoed dat hij hier ook wel zal eindigen vanavond,' zei ze.

'Wil je hier dan blijven?' vroeg ik.

Ze schudde van nee en zei: 'Laten we gaan.'

Ik besliste niet bewust om met haar mee te gaan. Ik volgde gewoon. We namen de tram tot aan het begin van de straat waar haar huis stond. We zeiden de hele tijd niets. Elkaars gezelschap leek voldoende. Ook zij zocht niet naar nietszeggende gespreksonderwerpen zoals eerder. Woorden leken toch maar voor verwarring te zorgen. En de stilte tussen ons was niet onaangenaam, maar vanzelfsprekend en nodig. Bij haar thuis dekte we samen de tafel op het terras. We zorgden zelf voor wat soep, brood en kaas, want het meisje dat ze in dienst had, had de avond vrij om naar het bal te gaan. Na het eten ruimden we de tafel af en haalden een bordspel uit de kast. Ze gaf me nieuwe kaarsen voor in de kandelaars en we installeerden ons buiten. Ze plooide het spelbord, dat gedrukt was op dik papier en een fijne afwerking met gouden randen had, open. De kaarten waren verpakt in een flinterdun beige papiertje met een touwtje eromheen om ze bij elkaar te houden. Ze haalde de drie houten dobbelstenen en vier matgekleurde pionnen die de set compleet maakten uit een klein doosje met bijpassende gouden versiering en zette alles klaar om te spelen.

'Het is pas in het spel dat ik je ware aard zal herkennen,' zei ze.

'Met een spel vol geluksworpen, doolhoven, levensbronnen en gevangenissen? Ik denk het niet.'

'De gans helpt je wel een handje,' glunderde ze.

'De gans? Je weet toch waarvoor die in de Griekse mythologie symbool staat?'

'Uiteraard,' zei ze.

'Goed dan, gooi dan maar.'

Ze schudde de dobbelstenen in haar hand en liet ze over het bord kaatsen. De pionnen zaten elkaar achterna, sprongen over elkaar heen, stonden dicht tegen elkaar op eenzelfde tegel en gingen weer uiteen. We speelden het serieus. Met overgave. Terwijl we allebei wisten dat een speling van het lot het einde zou bepalen.

'Gewonnen,' zei ik en ik plaatste triomfantelijk mijn groene pion op de laatste tegel van het spel.

'Proficiat,' zei ze, 'Herkansing?'

'Verliezer beslist,' zei ik, 'Mijn eer is alvast gered.'

'Dan heb ik andere plannen met de winnaar,' zei ze, 'Mijn eer hoeft niet zozeer gered te worden.'

Ze plooide het bord dicht en stak de pionnen terug in het doosje. Ze nam de kandelaars met de kaarsen mee naar binnen. Ik hielp haar door de witte gordijnen die de muggen moesten weren, opzij te houden om haar makkelijk binnen te laten.

'Kom mee. Ga alvast zitten op de chaise longue, ik ben zo terug.'

'Ik ben benieuwd.'

Even later verscheen ze met een klein glaasje water en een penseel. Ze liep naar de grammofoon en legde een pianosuite van Debussy op. Krakend zette de muziek in.

'Klaar voor een Oosterse ervaring?'

Ik had geen idee wat te verwachten en gaf me gewoon over aan het moment. Ze nam tegen de leuning plaats, haar benen samen aan één kant en vroeg me mijn hoofd in haar schoot te leggen. Ik strekte me languit naast haar en keek haar aan. Ze boog zich over me.

'Sluit je ogen,' zei ze.

Ik deed wat ze me vroeg. Op de achtergrond speelde de muziek als een uiting van al wat we voelden. Vreugde, verdriet, angst en verlangen. Langzaam en dan sneller, stil en dan luider. Ze doopte het penseel in het water en legde haar hand op mijn gezicht. De pianotonen vulden de kamer. Hoog en laag, net als de waterdruppels die zacht over de zijkant van mijn gezicht rolden. Ze schilderde lijnen door de ontsnappende druppels uit te strijken. Over mijn voorhoofd, langs mijn slapen, over mijn kin. Ze legde haar hand daar waar ze het penseel van mijn gezicht nam en streelde me. Opnieuw doopte ze het penseel in het water en streek het terug zacht tegen mijn gezicht. Ik slikte. Het was alsof de schoonheid van de muziek als een aquarel werd vastgelegd op mijn gelaat. Broos, licht en toch krachtig tegelijk. Ze boog zich dichter voorover. Ik opende mijn ogen en zag haar naar me kijken. De muziek hing als een onzichtbare lijn tussen ons. Het was de grens die ons intens dicht bij elkaar en tegelijk op een afstand hield. Hoe dichter ik haar bij me liet, hoe meer ik besefte dat ze niet dicht genoeg was. Het was het aangetrokken zijn tot een onmogelijk iemand waarvan ik dan ook nog het onmogelijke verwachtte. Ze ging door met het penseel en bij elke veeg voelde ik haar nog meer dichtbij, tot op het punt dat ze onmisbaar leek. Ik knipperde met mijn ogen en sloot ze opnieuw. Het penseel gleed over mijn oogleden en liep als tranen over mijn wangen tot onderaan mijn kin. In schokjes klom het terug naar boven, onder mijn ogen, boven mijn wenkbrauwen, terug naar beneden langs mijn neus en over mijn gesloten lippen. Ik wilde niet dat het ophield. De spanning in de muziek nam toe, sneller, luider, opnieuw en opnieuw om daarna terug te keren naar de rust en eenvoud in enkele losse, trage lage noten. Op het ritme van de klanken bewoog ze met het penseel over mijn gezicht, eerst kalm en troostend en dan harder, turbulent en emotievol. Ze voerde het penseel aan met nadruk om het daarna weer los te laten. Ik liet me meenemen op de mysterieuze tonen van de muziek. Ik liet me verleiden. En hoewel ik niet met zekerheid kon zeggen of toegeven aan de tomeloosheid in mijn hart juist was, deed ik niets meer dan ervan te genieten tot de laatste noot, tot de laatste druppel. Ze legde het penseel neer en masseerde de enkele achtergebleven druppels van mijn gezicht. Ik opende mijn ogen en ging rechtop zitten. Ze was nu heel dichtbij. Ze legde haar wang tegen de mijne. Het beetje weerstand dat ons van elkaar scheidde, viel weg toen haar warme adem langs mijn gezicht streelde en onze lippen elkaar vonden. De omhelzing zette de beleving van de muziek verder. Zacht, zoekend en daarna onrustig en bezitterig. Het was zomer en de lichamen waren warmer. Een overgave aan die heerlijke warmte was eenvoudig. Ik had me te lang opgesloten in mijn hoofd. Ik had te veel gedroomd en mezelf verbeeld hoe de dingen zich zouden kunnen ontvouwen. Het was een troosteloze plaats geweest waarin de waarheid zonder reden anders werd geëvenaard. Ik dacht al die tijd dat het alleen in mijn hoofd bestond. Maar het bestond ook in het hare. Ik gleed weg in een andere staat van realiteit. Ze knoopte het lint dat mijn bovenlichaam ingesnoerd hield los. Mijn lichaam trilde in haar handen. Liefde was een lotsbestemming. Eén die je niet uit de weg kon gaan. Het was een spel waarin elke speler voortdurend vreesde de juiste zet te moeten maken om niet te verliezen, maar waarbij strategie nooit leidde tot geluk.

'Heb me lief,' klonk het als een zucht over haar lippen.

'Speel niet met mijn hart. Ik weet dat het van jou is, maar als je het laat vallen dan breekt het,' fluisterde ik.

Het kaarslicht glinsterde in de duisternis van haar ogen. Mijn vingers speelden in haar haar. Ze kuste me opnieuw, warm en zacht. Haar smaak nestelde zich in mijn mond. Haar tong streelde mijn lippen. Mijn handen bespeelden haar lichaam als een virtuoos. Niet ruw en verplicht, zoals ze gewoon waren geweest, maar lief en bedwelmend.

'Vertrouw me.'

Alle gevoelens waarvan ik wist dat ze bestonden, maar die ik nooit zo welwillend had ervaren, kregen vorm in het kronkelen van onze lijven. Ze bewoog haar lichaam op het ritme van ons verlangen. Ze raakte me aan en kuste mijn borsten. Ik kon niet anders dan mijn ogen sluiten en aan niets meer denken dan aan haar zo dicht bij me. Ik voelde haar donzige blanke huid die onder de toppen van mijn vingers steeds meer onthuld werd. Ze trok zich zinderend aan me op. Ik duizelde, net als zij.

'Onvoorwaardelijk.'

Onze handen dwaalden verder over elkaars lichaam, langzaam en dan sneller, zacht en dan begerig. Ik legde mijn hand tussen haar benen en streelde. Mijn spieren trilden. Haar hartslag in haar lichaam klopte staccato. Ik hoorde haar adem versnellen. Zelf leek het alsof ik even stopte met ademen. Het verlangen nam toe, steeds heviger. Haar hand gleed van mijn buik tussen mijn dijen, uiterst langzaam. Onverantwoord traag. Mijn hele lijf hunkerde naar haar. Ik voelde haar in me en zij snakte naar mij. Ze nam me stevig vast, legde haar hand in mijn nek en schokte onder mijn bewegingen. Ik klemde mijn benen om haar heen. Het ritme versnelde. Steeds sneller. Ik voelde nu nog alleen maar onze spieren knappen. Ze duwde me, greep me vast, had me lief. Ik zuchtte en barstte open. Ik voelde haar tranen over mijn gezicht lopen. Ze kuste me. Warm, nat en zout. Mijn gezicht eindigde waar het hare begon. Ik kon haar niet meer loslaten. Ze was zo dicht geweest. De spieren van mijn lijf ontspanden zich, net zoals de hare. We bleven in elkaar gehaakt. Mijn ene arm over haar rug. Haar hoofd in mijn nek verscholen. Onze wangen tegen elkaar aan. Roerloos. Blozend. Warm. Donzig zacht.

'Dit is wel een hele mooie zomeravond,' fluisterde ze glimlachend.

Ik trok mijn hand terug, sloot mijn ogen en kroop tegen haar borst aan. Ik dook weg in haar beschermende armen, maakte me klein in haar elleboog en plooide mijn armen en handen onder mijn gezicht. Mijn vingers ondersteunden mijn kin. Ze roken naar haar, een scherpe geur van passie en ingelost verlangen. Ik greep haar hand vast, kuste en proefde haar vingers, zilt en zuur, vooraleer ik ze tussen mijn handen verborg. We bleven daar een hele tijd liggen. Het was zo vanzelfsprekend in de schemering van het kaarslicht. Niemand kon vermoeden dat aan de avond die eeuwig leek door te kunnen gaan, abrupt een einde zou komen door het geluid van vallende sleutels in het portiek. Ik werd bang. We losten elkaar en begonnen bezeten onze jurken recht te trekken. Ik stond op en legde net een strikje in de linten van mijn korset toen de deur tussen de hal en de woonkamer werd geopend. Mijn handen steunden nog op mijn borsten. Anne zat op de zetel. De linten van haar jurk losjes over haar korset.

'Juffrouw Gallant, u nog zo laat hier,' zei Ernest formeel.

De blos op mijn wangen gloeide weer even op. Niet uit genot zoals nog net daarvoor, maar uit schroom en schaamte.

'Ze ging net weg,' zei Anne. De mismoedigheid overstemde.

'Heeft u al een koets laten roepen?'

Ik voelde me beroerd, koortsig.

'Nee.'

Ernest draaide zich om en liep naar de voordeur. We hoorden hem met zijn stalknecht praten. Ik sloeg mijn ogen, die ik de hele tijd naar de grond gericht had, naar Anne op. Ze deed niets. Ze hield haar ogen neergeslagen en keerde zich van me af. Even later kwam Ernest terug de kamer in.

'Volgt u mij?' zei hij vriendelijk.

Ik kuste Anne op de wang. Ze kneep in mijn hand. Het was toen dat ik wist dat het echt was geweest. Geen veronderstellingen die ik voor waar had geacht.

6

'Ik had je moeten laten rotten in dat hol,' zei hij, 'Wij zijn niet uit hetzelfde hout gesneden.'

Hij duwde me de gang in. Bruut en gemeen. Zoals ik werd behandeld door heel wat mannen bij Madame Elsa.

'Alex.'

Hij snoerde me de mond door me in het gezicht te slaan. Zijn ring kwam hard tegen mijn wenkbrauw terecht en ik moest moeite doen om niet achterover te vallen. Mijn hoofd tolde. Ik herkende hem niet meer. Hij handelde buiten zijn eigen zinnen.

'Komt hij daar ellendig, dronken en helemaal gebroken bij me binnenvallen. Gekraakt door jou dan nog wel!'

Hij duwde me waardoor ik nu wel mijn evenwicht verloor en met mijn hoofd hard op de tegelvloer terechtkwam.

'Sta recht,' beval hij me.

Ik kroop recht en voelde aan mijn gezicht. Bloed bleef achter op mijn vingers. Hij dreef me tegen de muur waar ik houvast zocht tegen de houten kapstok. Ik zag hem huiveren toen hij me vertelde dat zijn beste vriend mij had gezien in een toestand waarin hij zich alleen maar hoeren kon herinneren. Zijn pupillen verwijdden en zijn stem klonk gespannen.

'Misschien had mijn vader gelijk door je daar te laten zitten. Misschien was dat je plaats wel en heb ik je onterecht geholpen.'

Hij spuugde op de tegels. Zoveel onmacht had ik bij hem nooit eerder gezien. Ik ademde diep. De stem van Madame Elsa weerklonk in mijn hoofd. Ze lachte me uit. Wie zondigt, wordt daarvoor altijd gestraft. Dat had ik ook altijd geloofd. Maar mijn geluk was geen zonde geweest. Het ontkennen had geen zin, het hardop uitspreken nog minder. Alex hield me in de gaten. Hij wilde me niet laten ontsnappen. Niet nog een keer. Maar ik wilde nergens heen. Er gebeurde niets meer met me. Ik was alleen nog vlees en bloed. Mijn ziel doofde uit. Ik liet me door mijn benen zakken. Ik denk dat ik op dat moment echt inwendig gestorven zou zijn als ik me niet in gedachten haar stem herinnerde, haar zachte handen op mijn lichaam, haar wang tegen de mijne. Hij stapte op me af. Ik beschermde mijn gezicht onder mijn handen. Maar hij wilde me niet slaan.

'Hier,' zei hij terwijl hij mij de hand reikte.

Hij trok me recht, trok een grote stoffen zakdoek uit het borstzakje van zijn vest en depte het bloed boven mijn oog.

'Ik wilde u geen pijn doen,' verontschuldigde hij zich met opgeheven kin.

Ik was bang. Ik mocht niet opnieuw in zijn woordenval trappen. Ik moest opletten. De oprechtheid waarin ik tot dan altijd had blijven geloven, was weg.

Hij liet me plaatsnemen op de houten bank die in de hal naast de paraplu's stond. Zijn aanval op mij was niet geacteerd, ook niet gericht, maar een uiting van vele samengeklitte frustraties. Hij knielde naast me. Ik had niet de bedoeling hem tegen te werken. De kwaadheid die hem eerder liet ontvlammen, smeulde nog na in zijn houding, als een lichte ergernis. Hij legde zijn hand op mijn arm. Hij mocht dan al de intentie van gemeende spijt hebben om zijn aanval, zo voelde dat niet voor mij.

'Ik mag u niet kwetsen. En al wat ik zal doen, heeft geenszins de bedoeling u te raken. U bent een slachtoffer. Net als ik.'

Hij liet me niet los. Ik zweeg. Bang voor wat er volgen zou. Maar hij bleef rustig.

'Ik vraag nooit toestemming voor de dingen die ik doe, maar ik ben wel zo oprecht om vergeving voor mijn fouten te vragen. Dit was een fout.'

Ik reageerde niet. Ik gaf geen vergiffenis.

'Ik mag niet roekeloos met u omspringen. Dat hebben te veel mensen voor mij al gedaan en nu nog maar eens opnieuw. En ik mag u daar niet voor veroordelen. Integendeel, het is mijn taak het voor u op te nemen en de straffen uit te delen.'

Niemand moest gewroken worden. Hij wist niet hoe geluk voelde, hoe het eruit zag, hoe het proefde en rook. Alleen het gevoel van afgesneden zijn, kende hij. De ruwheid ervan. De pijn. Het ellendig lijden van eenzaamheid. Het compenseren kon hij alleen maar door wat hij kende. Door zelf de oorzaak te zijn van ruwheid, pijn en eenzaamheid. Hij erkende dat niet. Hoe kon hij ook. Hij had tevergeefs gewacht op iets beters. Hij was daarom niet ontevreden met wat hij had, maar het gemis bleef.

'Ze heeft je misleid.'

Nadenken of niet nadenken. Nu spreken, ontkennen, veroordelen of zwijgen. Ik twijfelde om te reageren. Er waren er die nadachten voor ze iets zeiden. Er waren er die dat niet deden. En dan waren er die te veel nadachten en hun woorden meer dan eens opnieuw overwogen vooraleer ze al dan niet uit te spreken. En dan waren er nog die anderen, die te veel nadachten en dan uit het niets ophielden te denken en gewoon spraken. Zij kwamen te laat tot inkeer. Ze bedachten dan uit spijt dat ze beter eerst hadden stilgestaan bij wat ze wilden zeggen. Deze wilden vaak de situatie redden door verduidelijkingen toe te voegen. Het hield niet op voor hen. Ze praatten zich alleen nog meer vast. Het was te laat dat ze begrepen dat hun spreken de situatie niet zou verbeteren. Ze hadden beter van in het begin gezwegen. Ik dacht na, stond stil bij verschillende manieren om te zeggen dat hij ongelijk had. Ik wikte mijn woorden. De verdediging stond klaar. En toch. Of het uit vrees, lafheid of het wel overwegen van de situatie was, weet ik niet. Maar ik sprak niet. Ik was niet in staat om mijn ware gevoelens uit mijn woorden te bannen. Ik greep naar mijn hart waar ik het onrecht voelde samenkrimpen.

'U deelt mijn lot. Ik het uwe. We moeten elkaar helpen.'

Het was geen vraag. Het was geen veronderstelling. Niets wat ik zou gezegd hebben, had enige invloed gehad. Hij was zelfverzekerd, standvastig en week nooit van zijn doel af. Dat bewees hij me nog maar eens opnieuw. Ik was nooit zo geweest. Ik dacht dat alleen maar.

'Ik zal de Monseigneur wel inlichten. U hoeft zich daar gezien wat u recent allemaal heeft meegemaakt niet over te ontfermen. U zal niets kwalijk genomen worden.'

Een walging, sterker dan wat me ooit in de salon was overvallen, viel me ten deel. Hij had enkel oog voor zichzelf en liet zich leiden door een vurige haat om zijn eigen verlangens in te lossen. Hij had mij in zijn macht.

'De houding van zijn dochter zal hem zuur opbreken. Want een bastaard kan je nog ontkennen. Je eigen bloed, dat kleeft als een niet te verwijderen vlek. Ik heb getwijfeld, uit respect voor Ernest.'

Ik begreep het. Mij slaan was misschien het enige moment dat hij echt oprecht was geweest. Hij nam het op voor zijn vriend. Hij toonde zijn hart. Twijfelen voor hem was niet kiezen tussen goed en kwaad, maar tussen gradaties van zondigheid. Ik kreeg respijt voor de zonde waaraan zowel Anne als ik in zijn ogen schuldig waren, en dat alleen maar omdat ik zijn lot deelde. Ik kokhalsde. Zoals de wind waaide, waaide zijn jasje. Ik stommelde recht en liep de keuken in. In de hoek stond een metalen emmer met aardappelen. Ik kieperde de emmer om. En terwijl de aardappelen in uiteenlopende richtingen over de grond rolden, braakte ik. Hij stond op een afstand te kijken.

'Het komt wel goed,' zei hij.

Ik draaide me niet om, maar hoorde hoe hij het huis verliet. Ik schoof de emmer opzij en ging op de tegelvloer liggen. Ik wist niet wat erger was. Het opgesloten zijn in de salon of het opgesloten zijn in mezelf. Bij het eerste had ik de kans ervaren eruit te raken. Bij het tweede nog niet. Hoe onwetender en deugdzamer de mens, hoe beter. In beide gevallen. De koude van de tegels doortrok langzaamaan mijn hele lichaam. Ik moest haar waarschuwen. Ze zou met me mee kunnen gaan. Ik voelde mijn lichaam niet meer. Ik wist ook niet of ik luidop dacht of dat ik sliep en droomde. Ik besloot dat ik haar liefhad. Ik twijfelde of het haar begeerte was die haar zo begeerlijk maakte of dat het mijn besef was dat ik de eenzaamheid zonder haar niet zou kunnen verdragen. Mijn handen tintelden. Misschien moest ik beducht zijn voor mijn gevoelens, want verstand en liefde waren altijd in onevenwicht. Zo veel wist ik wel. Ik had haar niet gezocht, ze was me overkomen. Het was onmogelijk nog meer te verliezen dan wat ik nu al had verloren. Het kon me alleen harder spijten. Niets is zo moeilijk als dat wat onzichtbaar is. Maar zolang het voelbaar is, kan het toch niet onoverkomelijk zijn. Ik hoorde een druppel die op de rand van de pomp parelde in de pompsteen vallen. Mijn lichaam ontwaakte, stram en stijf. De koude bleef. Ik opende mijn ogen. Het schemerde ondertussen. Ik kroop recht en zette me met mijn rug tegen de keukenkast. Het huis was stil. Misschien was ik bang voor de liefde. Of schaamde ik me er zelfs voor. Ik steunde met mijn hoofd tegen de kast. Ik had moeten opstaan en tegen hem ingaan. Niet zwijgen, maar mezelf en hem in verlegenheid brengen door openlijk te vertellen wat liefde voelen is. Schaamte kan overweldigend zijn. Misschien was het dat daarnet ook en was het uit trots dat ik zweeg. Het besef dat hij mij nawees om mijn zonde, deed me niet blozen, wel het feit dat Ernest het hem had verteld. Ernest had het gezien. Het is er dus ook geweest. Al noemde de ene het een zonde, een niet te ontkennen vergissing en de andere het een schande, een grote fout, dat was relatief nu en betekende niets meer. Fouten gebeurden buiten de rechte wegen, in de kronkels en de bochten. Het was vanuit die paden dat ontdekkingen werden gedaan. Ik had haar lief. Niet meer als een besluit, maar als een ontdekking waarbij ik zelf versteld stond van mijn gedachten. Ik lachte. Ik had haar lief. Het was geen verspilling van emotie. Het was schoonheid die voortvloeide uit de ene na de andere twijfel. Het was echt. Ik stond op. Ik voelde me niet meer misselijk. Alles wat ik eerder schrikwekkend op me had zien afkomen, leek nu een stuk minder erg. Ik spoelde de emmer om en zette hem buiten. Ik ging naar mijn slaapkamer met een teil water. Ik goot het water uit in de porseleinen kom die op mijn spiegeltafel stond en depte het opgedroogde bloed van mijn gezicht. Ik maakte het sneetje schoon en smeerde er wat zalf op. Het prikte. Maar dat deerde niet. Niet meer.

7

Ik stond haar op te wachten, ongeduldig reikhalzend. Rieten hutkoffers werden over de loopplanken het schip opgedragen. Ik knoopte mijn sjaal stevig vast. De wind speelde met mijn rokken. De kade stroomde vol mensen die valiezen en jute plunjezakken achter zich aan trokken. Schoenmakers, arbeiders, boeren, uitvinders, wetenschappers en schrijvers. Iedereen met eenzelfde droom. Ik zag families die met al hun kinderen over de loopplanken liepen om elders hun heil te vinden. Ze namen hun kostbaarste dingen mee. Niet alleen de vertrouwde spullen, zoals kleding, huisraad of de lekkere koeken die de buurvrouw hen vlak voor het vertrek nog toestak, maar vooral ook hun geliefden. De kinderen in hun beste goed. De meisjes met witte linten gestrikt in het haar. De jongens met hun dasje mooi geknoopt. Het was een feest voor elk van hen. De overtocht zou hoe dan ook warm zijn, omdat er hoop mee gemoeid was. Ik ging op de tippen van mijn tenen staan om te zien of ik haar koets nog niet zag arriveren. Een jongeman met zijn pet in de hand liep in al zijn enthousiasme tegen me aan. In de vlucht verontschuldigde hij zich. Iedereen had een brede glimlach op zijn gezicht. Iedereen was klaar voor hetzelfde avontuur. Het water rond de boeg rimpelde zachtjes. Ook de bemanning van de Callica stond te popelen voor de oversteek. Op het dek stonden er al heel wat mensen bij elkaar gepakt om toch maar op de eerste rij te staan en de achterblijvers te kunnen uitwuiven. De schouwen op het dek puften grote slierten donkere rook. De motor werd opgestookt.

De schroeven kraakten. De vlaggen wapperden heftig in de wind. Wolken sluierden steeds meer de ondergaande zon. Het personeel op het dek en in de kajuiten hielp iedereen zo goed en zo snel mogelijk. Ook op de kade was er een grootse bedrijvigheid. Er moest voortgemaakt worden om alle passagiers tijdig op het schip te krijgen. De wind joelde mee. Ik stak mijn handen in mijn zakken en voelde een briefje in de plooien van het stiksel.

'Het is niet omdat ik daar niet tussen de massa sta te drummen om je te uit te wuiven, dat ik je niet zal missen. Emma,' las ik fluisterend.

Ze wilde niet mee. Ik had het haar telkens opnieuw gevraagd. Ook mijn vader had meermaals in zijn brieven geprobeerd haar te overtuigen. Maar ze wilde niet. Ze zou ons missen en schrijven, zo had ze gezegd. Misschien nam ik dan toch niet al mijn geliefden mee. Er moest toch iemand op ons wachten als we zouden terugkeren, vond ze. Hoewel ik niet dacht dat ik dat ooit zou doen. Er was te veel dat me hier had weggejaagd. Alex mocht dan zijn slag hebben thuisgehaald en werd Eduard Matthieu uit zijn beslissingsrecht gezet in de raad van bestuur, niets zou nog hetzelfde zijn. Het was nu aan mij om uit eigenbelang te kiezen. Niet opstaan en tevreden zijn met wat was, betekende voor mijn leven een gevaar. Het zou me telkens deeltjes doen sterven. Mijn dorst naar omwentelingen, die leek weggeduwd in mijn gedachten, vergeten in mijn achterhoofd, was terug. Niet weten waar de horizon eindigen zou, gaf me een nieuwe kracht. Ik draaide me nogmaals om. Een drietal koetsen vertrok en maakte plaats voor alweer een rij aankomende reizigers. Vanuit de havenloodsen troepten ook mensen de kade op. Zeulend met hun bagage trokken ze in de richting van de achtersteven van het schip waar de loopplank voor hen klaar lag. De rode baksteen van het pakhuis schitterde vurig in de ondergaande zon, terwijl mannen en vrouwen, avonturiers en dromers inscheepten op de Callica. Het eerste zicht op het schip verraadde dat hun kijk veranderd was. Deze eerste aanblik maakte alles nieuw. Verwondering hielp hen inschepen in hun eigen onontgonnen toekomst. Er was geen melancholie meer, geen heimwee naar wat was. Ze zagen alles anders. Met mildere ogen. De mogelijke onzekerheid die hen vanmorgen bijna had weerhouden te vertrekken, veranderde in opwinding. Kinderen stonden te trappelen om door te lopen. Hun moeders en vaders, hun grootmoeders en grootvaders evenzeer. Het enige wat telde, was dat wat ze gewaarwerden, strookte met hun verwachtingen. Ze wilden dit. Ze zouden dit doen. Uit noodzaak, uit hoop, uit fascinatie voor hun eigen kunnen en hun eigen zijn. Net zoals ik. De kade werd opgeruimd. De achtergebleven tassen werden ingepakt. De laatste mensen sloten de laatste rijen. De achterblijvers op de kaaien werden rumoeriger. Het enthousiasme zwol aan. Het zou niet lang meer duren. De schouwen spuugden steeds dikkere wolken de lucht in. De hoorn weerklonk over de kade. De Callica werd nog even beteugeld. De touwen schuurden rond de meerpalen. Het was een metalen beest dat nu nog wel te temmen was, maar dat zich weldra zou lostrekken van de kade. En Anne was er nog altijd niet. Of toch. Ze stapte in de verte uit een koets. Geen begroeting van veraf, geen koffer. Enkel een ineengestuikte verwachting. Haar zien maakte alles anders. Bij de eerste aanblik. Ze was er maar tegelijk ook helemaal niet. Weemoed zou me helpen inschepen. Er was geen onstuimigheid, geen verlangen naar wat komen zou. Ik zag niets nog zoals het was. De opgewondenheid van eerder, veranderde in verwarring. Ik kon niet meer bewegen. Ik was net zo verankerd als de Callica.

'Ik begrijp het niet', zei ik toen ze naast me stond, 'Waarom dan? En wat met alles dat er gebeurd is?'

'Dat moest gebeuren, ook voor mij.'

'Het is net dat wat ik niet begrijp.'

'Ik wilde het ook weten. En nu ik het weet, kan ook ik verder met mijn leven.'

'Willen en niet willen, was door onzekerheid, maar... Waarom dan niet?'

'Dat is het mysterie van de liefde. Dat stuk begrijp ik zelf ook niet, dat is het gevoel dat me ingeeft zo te handelen.'

'We zouden toch samen weggaan? Of zie je me niet graag?'

Ik stelde een vraag waarop geen eerlijk antwoord kon worden gegeven. Ze schreeuwde enkel mijn wanhoop, angst en eenzaamheid uit. Luider dan de stilte.

'Ik zie je liever.'

Haar antwoord zou niet eens moeten worden gegeven als haar woorden en haar daden dezelfde zouden zijn. Ik zocht geruststelling en troost bij iemand die me dat niet kon geven. Ik had geloofd in de levensvatbaarheid van een ander soort geluk.

'Samen weggaan, verandert niets. Het is niet de plaats die bepaalt wie je bent, het is het gevoel dat je neerslaat en bekruipt, dat zich in je nestelt en je verwarmt. Ik mag me niet overgeven aan dat gevoel, net door alles wat we hebben meegemaakt,' zei ze.

'En wat met morgen?'

'Lieve Maryse, de tijd zal wel verder tikken. Je zult een prachtig leven tegemoetgaan. Je zult mooier leven, dieper ademen en verder dromen. Net zoals je tot nu toe altijd hebt gedaan. Voor jou is de tijd de basis van evolutie of beter voor evolutie. Voor mij is het een context die maakt wie we zijn en hoe we handelen, die maakt wie ik ben en wie ik verwacht word te zijn. Ik ben geen revolutionair. Ik durf jouw wegen niet verder bewandelen. Ik ben een kind van mijn tijd.'

'Anne, alsjeblief.'

Het kraken van mijn stem verraadde de tranen in mijn ogen. Ik kon dit niet alleen, ik wilde dit ook niet alleen. *Amor vincit omnia.* Alleen samen. Ze legde haar hand op mijn wang en streelde me.

'Stap nu maar gauw op die boot van jou. Wie weet wie er aan de overkant op je staat te wachten.'

Plots hoorde ik weer de geluiden van de karren op de kasseien, van mensen die afscheid namen, van het klotsen van de Schelde tegen de buik van de Callica, van die ene toeterende auto, van de beiaard op de kathedraal. Wilde ik deze geluiden die bijna één met me waren achterlaten? Kon ik het leven dat me hier had gemaakt tot wie ik daar op dat moment was, laten staan? Wilde ik haar in haar schoonheid, eenvoud, trots en waardigheid loslaten of was dat net wat zij had gedaan door niet mee op de loopplank te stappen? Tweestrijd in mijn hoofd en dwaling in mijn hart. Ze trok haar hand terug en knipperde met haar ogen. Het leek alsof ze me een soort toestemming gaf om haar los te laten. Ik trok aan mijn jas en frunnikte aan de touwtjes die aan mijn tas vastzaten. Het liefst had ik me nu terug verscholen in haar armen tussen de dag en de nacht, tussen 25 en 26 juli, tussen het einde en het begin, of liever ergens daar middenin. Maar het regende en het leven, ons leven, dat van één met twee had zopas opgehouden te zijn. De zomer stroomde uit de hemel. Ik liep over de loopplank, keek nog één keer om en verliet mijn stad, mijn liefde en mijn wereld om het onbekende te omarmen en om opnieuw te leren en te ontdekken wie ik altijd al was geweest.

'Dat was de juiste beslissing, juffrouw Matthieu. Dat weet u net zo goed als ik. De werking van het Gasthuis mocht niet in het gedrang komen. U werd te veel afgeleid door uw zogenaamde andere bezigheden. Een overgave aan de kerk, zoals uw vader, de heer Hennaud en ik zijn overeengekomen, is het beste voor u. Zo zal u opnieuw uw ware rol als vrouw leren appreciëren. U begrijpt dat wij niet anders konden dan u dit op te leggen.'

'Ja, Monseigneur', zuchtte Anne en ze stapte in de koets die de hele tijd op haar had staan wachten.

Bronnen en bedankingen

De historische details over prostitutie die ik in de roman verwerk, zijn onder andere afkomstig uit bronnen geraadpleegd in het Felixarchief te Antwerpen. Ter inspiratie las ik verschillende krantenknipsels, politieverslagen en gezondheidsboekjes die dateren uit de periode 1850 tot en met 1920. Meer bepaald de stukken over *Afschrijving van publieke vrouwen MA 527/25, Verdachte herbergen MA527/12-13, Sluiting van klandestiene ontuchthuizen MA 527/9-11, Rapporten over klandestiene prostitutie (1b) MA 5542/ 1 en MA 5542/2, Boekjes, rapporten en bestuurlijke akten (1b) MA 5542/3, Inschrijvingsregisters van inlichtingen aangaande prostitutie MA 5542/4-5-6, Aanklacht door dhr. Harry Peeters 5542-3* en het *Reglement prostitutie MA 526/1.* Daarnaast vond ik ook de nodige stof tot schrijven in het artikel *Tijhoff, E., De stationsjuffrouw, In: Lover, jg 37, juni 2010, p.30-31* Aanvullend las ik rond het stationswerk ook nog de aansluitende bronnen op de website van het Nederlandse Atria kennisinstituut. Ook het proefschrift: *Collard, Wolter Louis Albert, De handel in blanke slavinnen, Amsterdam, Boek-, kunst & handelsdrukkerij v/h. Gebroeders Binger* dat dateert uit 1900 bleek een schat aan informatie. Tot slot had ik voor dit onderwerp een heerlijk gesprek met Wiske Potters die me haar levensverhaal in de prostitutiewereld in de jaren 70 wilde delen.

De insteek over de Antwerpse Zoo kwam uit het krantenartikel: *Archief Zoo Antwerpen voortaan toegankelijk in het Felixpakhuis, DM, 21/06/08.* Verder baseerde ik me voor de beschrijving van de velodroom op de thesis: *Van wielerbaan tot... 'Velo-droom', de geschiedenis van het baanwielrennen in België van 1890 tot 2003, Bert Moeyaert, 2002-2003, KULeuven.* In het ROSA documentatiecentrum te Brussel vond ik het nodige over de eerste emancipatiegolf; meer bepaald in de teksten van *De Weerdt, Denise, En de vrouwen? : vrouw, vrouwenbeweging en feminisme in België (1830-1960)* - Gent : Masereelfonds, 1980; Holtrop, Aukje, *Vrouwen rond de eeuwwisseling*, Amsterdam : Uitgeverij de Arbeiderspers, 1979; Van Dijck-Jaecks, J. *Vrouwen omstreeks de eeuwwisseling*, In: Bevrijding, nr. 1-2, 1968, p. 47-61; Bruinier, S., *En al die onaangenaamheden omdat je geen man bent: brieven van een jonge schilderes rond 1900*, Amsterdam: Uitgeverij Andreas Burnier, 1993; Knotter, A. *Louis Franck (1864 – 1917) en de beperkingen van het mannelijk feminisme*, In: Historica, juni 2010 p. 3-5 en Keymolen, D. *Vrouwelijke bewustwording ten overstaan van de mannelijke seksuele dominantie (eind 19ᵉ-begin 20ᵉ eeuw)*, In: Koninklijke Nederlandse Maatschappij voor Taal, 1989, p. 289-302. Over vrouw, arbeid en huwelijk las ik volgende artikels en boeken: Smit, C., *Gij echtpaar vol van deugd: huwelijk en sociaal werk rond 1900*, In: Tijdschrift voor genderstudies, 2007, p. 54 – 67; Périllon, M, *Vies de femmes: les travaux et les jours de la femme à la Belle Epoque*, Roanne, Editions Horvath, 1981 ; De Ridder, W. *Loon naar werk rond 1900 : De invloed van loonsystemen op arbeid, arbeidsverhoudingen en management*, In : Brood en Rozen, Jg. 2007, nr. 2, p. 23-35; Flour, E. *Vrouwenberoepen gepost*, In: Historica, juni 2010 p. 30; Van Elsen, J. Het *slagveld van den arbeid: arbeidsrisico's in de haven van Antwerpen rond 1900*, Leuven, 2003 (thesis) De informatie over de Red Star Line haalde ik uit de nieuwsbrieven van de Vrienden van de Red Star Line, alsook uit de causerie tijdens de high tea met Joseph Pearce en Rachida Lamrabet over migratie en de daaropvolgende historische duiding van Marc Reynebeau over dit onderwerp die georganiseerd werd in het zgn. salon van de Ballroom Belgenland (in de gebouwen en op de werven van de scheepvaartmaatschappij) tijdens het Red Star Line festival in 2012 naar aanloop van de officiële opening van het Red Starline Museum in 2013. De beschrijvingen van Antwerpen, de locaties en buurten zijn geïnspireerd op mijn eigen observaties, alsook op fragmenten uit de publicatie: K. Ennekens, *Verhalen Bazaar, foto's en verhalen uit de Stationsbuurt*, een realisatie van de Stad

Antwerpen – Sociale Zaken en het MAS van de gelijknamige tentoonstelling in 2006.

Los van de bronnenlijst wilde ik vooral een verhaal vertellen waarin ik de sfeer van het einde van de 19de eeuw en het begin van de 20ste eeuw wilde meegeven, meer dan een focus op bepaalde historische gebeurtenissen. Het is dan ook moeilijk om een echt jaartal te noemen. Het schrijfproces is een vermengen van ideeën uit de historische en andere bronfragmenten met mijn fantasie en veronderstellingen. Ze resulteren in het verhaal dat ik hier vertel.

Meer nog dan uit de bronnen haalde ik de inspiratie uit de mensen die mij gedurende het hele schrijfproces hebben uitgedaagd in ratio en emotie. Ik wil dan ook mijn muzen omhelzen die als bron van dromen, denken en zijn mij naar dit verhaal hebben geleid, maar zeker ook mijn kritische duivels die me tot nog verder dromen, nog verder denken en nog verder zijn, hebben verleid.

www.ingramcontent.com/pod-product-compliance
Lightning Source LLC
Chambersburg PA
CBHW071205020726
47502CB00002B/547

* 9 7 8 9 0 8 2 4 5 5 3 0 4 *